A. M. D. G.

ℂOLLEGIUM ℙARISIENSE

SANCTI-IGNATII

PRÆMIUM

Calligraphiæ

Meritus ad consecutus est

Roger Julius

in *5. Cursu procp:* auditor,

Parisiis, die _4_ Augusti 1878

Rector

A. de Gabriac

imp. Aubry.

ALEXIS CLERC

Paris. — Imp. JULES LE CLERE et Cᵉ, rue Cassette, 29.

ALEXIS CLERC

MARIN

JÉSUITE ET OTAGE DE LA COMMUNE

Fusillé a la Roquette, le 24 mai 1871

SIMPLE BIOGRAPHIE

Par le R. P. Charles DANIEL , S.

de la Compagnie de Jésus.

DEUXIÈME ÉDITION

PARIS

EDOUARD BALTENWECK, ÉDITEUR

SUCCESSEUR DE J. ALBANEL

7, RUE HONORÉ-CHEVALIER, 7

A LA MÉMOIRE

DU R. P.

ARMAND DE PONLEVOY

Auteur des *Actes* de la captivité et de la mort
des RR. PP. P. Olivaint, L. Ducoudray, J. Caubert,
A. Clerc, A. de Bengy,

De la Compagnie de Jésus.

AU LECTEUR

La première édition de ce livre s'étant écoulée en moins de six mois, une nouvelle édition est devenue nécessaire.

Malgré la célérité de travail qui nous était commandée, notre texte a été soigneusement revu et corrigé, mais nullement augmenté, aucun document de valeur n'étant venu s'ajouter à ceux que nous avions déjà mis en œuvre.

En constatant avec joie un succès bien supérieur à son ambition, l'auteur éprouve avant tout le besoin de remercier d'éminents critiques, sans lesquels il ne l'eût jamais obtenu ni aussi prompt,

ni aussi complet, notamment M. A. de Pont-
martin, dont l'article, fort remarqué, a paru dans
la *Gazette de France* du 30 octobre 1875.

Voilà ce que nous avions à dire au lecteur
sur cette nouvelle édition.

Paris, 17 janvier 1876.

PRÉFACE

Le Révérend Père de Ponlevoy m'avait confié le
soin d'écrire cette Biographie. Je l'ai commencée
sous ses yeux et je l'achève sur sa tombe ; je la
dédie à sa mémoire. Mais que n'ai-je, pour m'acquitter de mon humble tâche, la plume avec laquelle
il a écrit lui-même les Actes de la captivité et de
la mort de nos chers martyrs de la Commune !

Du moins les renseignements de toute nature ne
m'ont pas manqué et je les ai reçus des sources les
plus sûres. J'en dois un grand nombre, précieux
entre tous, à M. Jules Clerc, le digne frère de
celui dont je vais raconter la vie, et aussi son meilleur et son plus tendre ami. D'autres me viennent

de ses compagnons d'enfance ou de jeunesse, de ses camarades, officiers de marine ou anciens élèves de l'École polytechnique. Son nom, qu'aucun d'eux n'avait oublié, a été ma seule recommandation auprès de la plupart d'entre eux, et m'a valu de tous un accueil charmant. J'en suis profondément touché et n'épargnerai rien pour leur témoigner ma gratitude.

Si quelque personne, en lisant ceci, s'apercevait qu'il fût en son pouvoir d'enrichir le petit trésor de souvenirs où j'ai puisé avec tant de fruit, je la conjure de considérer ces lignes comme un appel à sa générosité, et de ne pas me refuser ce qui m'a toujours été accordé de si bonne grâce.

Les notes intimes du Père Clerc, écrites sous le regard de Dieu et recueillies après sa mort, m'ont livré le secret de sa vie intérieure. Je n'ai pas négligé, bien entendu, le témoignage de ses frères en religion, dont plusieurs, ses supérieurs ou ses collègues dans l'enseignement, ont été mieux placés que moi pour ne rien ignorer de lui. Je l'avoue, plein de respect pour sa vertu dont j'ai pu juger par moi-même, ayant été pendant huit ans son commensal, j'étais pourtant loin de soupçonner tout ce que sa mort nous révèle. Mais, Dieu merci, je le connais maintenant, et j'éprouve un bonheur indicible à le faire connaître. Ce sera, je l'espère, pour la gloire de Dieu, pour l'édification d'un grand nombre d'âmes.

J'ai à cœur de déclarer, avant d'entamer le récit de cette belle vie couronnée par une mort héroïque, que, s'il m'arrive de parler quelquefois de Martyre, c'est sous la réserve du jugement décisif qui sera porté par le Vicaire de Jésus-Christ, la seule autorité irréfragable devant laquelle nous devons tous nous incliner avec la plus entière et la plus filiale confiance.

Paris, ce 17 juillet 1875, Fête de saint Alexis.

ALEXIS CLERC

CHAPITRE PREMIER.

ALEXIS CLERC, AVANT SA VINGT-SEPTIÈME ANNÉE. — SON ENTRÉE DANS LA MARINE ET SA PREMIÈRE CAMPAGNE.

Alexis Clerc naquit à Paris le 12 décembre 1819, sur la paroisse Saint-Germain-l'Auxerrois, où il fut baptisé le lendemain.

C'était, de toute façon, un véritable enfant de Paris, appartenant à cette classe moyenne dont le rôle était déjà grand alors, mais l'ambition plus grande encore, et dont l'importance politique atteignit son apogée sous la monarchie de juillet. L'éducation d'Alexis, confiée de bonne heure à l'université, fut ce qu'elle pouvait être sous le régime du monopole, ni pire, ni meilleure que celle de tant d'enfants de la bourgeoisie parisienne, auxquels leurs professeurs inoculaient tous les jours l'indifférence et le doute et qui ne voyaient le prêtre que de loin en loin, comme un fonctionnaire dont on n'a besoin que dans trois ou quatre circonstances de la vie et après la mort.

Disons-le toutefois, Alexis eut pour mère une fervente chrétienne, d'une ancienne famille lyonnaise où la piété était héréditaire; « une sainte, humble et douce, » — c'est le témoignage qu'il lui rendait plus tard — sur les genoux de laquelle il fut initié à la vie de l'âme en apprenant à connaître Jésus-Christ. Mais il la perdit à l'âge de treize ans. Combien de temps fut-il encore fidèle à ses exemples et à ses leçons? Quelques mois, une année peut-être au plus; après quoi il suivit le grand courant et devint étranger à toute pratique religieuse. Treize années se passèrent ainsi, treize années qu'il devait pleurer avec des larmes amères et pendant lesquelles il avait vécu dans l'oubli de Dieu.

Il n'était pas né pour être incrédule, et il avait même de grandes dispositions — nous l'apprenons encore de lui — à tourner son cœur du côté de l'infini. « Lorsque j'allais à l'école tout petit, racontait-il plus tard à un ami, on lisait dans un grand livre relié en veau, les merveilleuses histoires des Saints. C'était si beau, que j'avais toute sorte d'envie d'en faire autant. Et bien certainement, pour être naïf, mon désir de plaire à Dieu et de faire de grandes choses pour lui n'en était ni moins vrai ni moins raisonnable. »

Comment cette belle ardeur s'éteignit-elle ? Hélas ! la chose n'est que trop simple à expliquer, et son histoire est celle de milliers, de millions d'enfants, victimes d'un odieux monopole.

« Le poison du collége, ajoutait-il, eut vite et long-temps raison de ma naïveté et de mon désir de sain-teté. » Cela se conçoit de reste ; quel est l'écolier, fré-quentant les établissements universitaires, tels qu'ils étaient en ce temps-là, — je ne recherche pas ce qu'ils sont aujourd'hui, et je les suppose notable-ment améliorés, — quel est, dis-je, l'écolier qui n'eût été bafoué par ses condisciples, et peut-être par ses maîtres, s'il eût fait profession d'imiter de loin, de bien loin, les exemples d'un saint Stanislas ou d'un Berchmans, moins encore, d'aller à confesse et de fréquenter l'église ? On n'en convenait pas, of-ficiellement du moins ; car si athée que fût la loi, l'*État enseignant* ne pouvait honnêtement se donner pour tel. Mais les professeurs, les chefs de l'instruc-tion publique ne se faisaient pas faute d'attaquer dans leurs leçons ou dans leurs livres l'Église ca-tholique, le clergé, l'épiscopat français tout entier, et tel d'entre eux se faisait applaudir en célébrant les funérailles du christianisme et en écrivant : *Comment les dogmes finissent.*

Dans la famille, après la mort de sa pieuse mère, Alexis ne trouva plus personne pour lui parler de Dieu, pour le rappeler à l'observation des devoirs du christianisme. Loin de là, son père, homme honorable d'ailleurs, et qui ne manquait ni de culture d'esprit, ni d'élévation de caractère, était un philosophe de la vieille école, un voltairien, pour dire le mot ; ardent patriote, mais d'une façon tant soit peu révolutionnaire, qui ne devait détester ni les chansons de Béranger, ni les pamphlets de Paul-Louis Courier. Si nous en croyons un ami d'enfance de notre Alexis, qui venait à la maison partager ses jeux et pour lequel on n'avait guère de secrets, M. Clerc, entraîné dans le mouvement libéral du temps et très-hostile au gouvernement du roi Charles X, ne resta pas simple spectateur pendant les événements de juillet 1830 ; et quand le trône, sapé par tant de mains, s'écroula pour le malheur de la France, le père de notre Alexis s'applaudit d'un pareil succès, et put se regarder comme l'un des vainqueurs. Ses affaires, car il était à la tête d'un commerce important, n'en allèrent pas mieux ; même il fit pendant la crise des pertes sensibles, dont il ne se releva jamais. Ses convictions politiques n'en furent point ébranlées ; il ne ménagea pas les sacrifices pour ce qu'il estimait être la bonne cause, et quand fut fondé le *Siècle*, il tint à honneur d'inscrire des premiers son nom sur la liste des actionnaires fondateurs. On voit d'ici dans quels principes Alexis fut élevé et quelles maximes on lui inculqua : de l'honneur, oui, beaucoup d'honneur, un grand désintéressement, un dévouement sans bornes à la patrie et à *la sainte cause de la liberté;* mais de religion il n'en était pas question, si ce n'est peut-être pour s'élever contre les empiétements du *parti-prêtre.*

Alexis épousa-t-il les passions et partagea-t-il les préventions de son père en matière religieuse? Je ne le crois pas, et je ne vois pas qu'il se le soit reproché après sa conversion, alors qu'il repassait avec amertume sur ses années de jeunesse. Non, il ne haïssait ni les hommes ni les choses d'Église; indifférence et dédain, voilà tout ce qu'il croyait leur devoir, et sa philosophie, toute négative, n'allait pas plus loin.

Il fit ses études avec succès en partie au collége Henri IV, en partie dans une institution où l'on enseignait d'après la méthode Jacotot. « L'éducation que nous recevions dans cette maison, nous écrit un de ses anciens camarades, était l'idéal de l'éducation sans Dieu. Ce serait calomnier M. de S. que d'en faire un ennemi de la religion. Mais ce serait lui prêter un mérite qu'il n'avait pas que d'en faire même un simple déiste. Je ne croirais pas cet homme-là possible si je ne l'avais connu. Nous avons poussé là comme nous avons pu. »

Voici maintenant une petite esquisse de ce qu'était alors le jeune écolier dont la carrière devait être si laborieuse et semée jusqu'à la fin de tant d'épreuves. C'est toujours le même témoin qui parle.

« Alexis était la paresse même; mais, grâce à son intelligence, il était l'un des élèves les plus distingués. Pour son caractère, je n'en ai jamais connu de plus facile et de plus aimable. Je ne crois pas lui avoir vu jamais une seule querelle. Il n'était mal avec personne, et nous étions deux ou trois particulièrement bien avec lui. »

Parmi ces intimes, il faut placer au premier rang son frère Jules, plus âgé que lui de deux ans au plus, et qui, le précédant à peu d'intervalle, n'avait pas d'autres camarades, d'autres amis que les siens. Leur mutuelle amitié était des plus tendres; plus tard la religion, en faisant presque au même jour la conquête de l'un et de l'autre, resserra encore les liens déjà formés par le sang et par la sympathie des caractères.

A dix-sept ans, Alexis était bachelier ès-lettres. Que faire alors? Le commerce n'était pas son fait; n'ayant aucun goût à compter et à débattre ses intérêts, il y aurait réussi moins encore que son père. On pensa que la grande industrie ouvrirait un champ assez vaste à son besoin d'agir et de payer de sa personne. M. Clerc comptait parmi ses amis un M. Griollet, qui dirigeait une filature de laine et qui, par parenthèse, venait d'acheter le château de Voltaire à Ferney. On fit entrer Alexis dans la filature. Mais les affaires de son patron ne prospéraient pas; il fallut tout vendre, même Ferney; et Alexis, rentré chez son père, se trouva de nouveau en quête d'une position, et moins fixé que jamais sur la carrière qu'il lui conviendrait d'embrasser.

« C'est alors, nous dit le témoin fidèle auquel nous empruntons ces détails intimes, et qui s'est mis de la meilleure grâce du monde à notre disposition, en nous faisant part de ses souvenirs, — c'est alors que M. Clerc, ne sachant que faire d'un enfant fort intelligent et qui était l'objet de toute sa tendresse, me fit l'honneur de me consulter, moi enfant plus âgé qu'Alexis de quelques mois à peine. Un de mes parents venait de sortir de l'École polytechnique dans un des premiers rangs. Je parlai de l'École polytechnique. M. Clerc me demanda : « Mais à qui m'adresser pour préparer Alexis? » Je lui parlai de l'école préparatoire où avait été mon cousin. Il nous envoya, Alexis et moi, trouver le chef de cette institution. C'est ainsi qu'Alexis entra

chez M. de Reusse, rue de Vaugirard, au coin de la
rue Férou [1]. »

Là encore il fut tel qu'il s'était montré pendant
tout le cours de ses études classiques; et nous en
recueillons le témoignage de la bouche d'un de ses
nouveaux condisciples, qui le suivit, à une année
d'intervalle, à l'École polytechnique, et qui devait
le retrouver, à trente ans de là, prêtre et jésuite, se
préparant aux suprêmes épreuves que la Providence
lui réservait. Nous n'avons garde d'enlever à ces
quelques lignes leur couleur locale, dont nos lecteurs ne s'offenseront pas, surtout s'il leur est arrivé
de fréquenter la jeunesse plus ou moins studieuse
dans les rangs de laquelle se recrute la grande et
illustre école où voulait entrer notre héros.

« J'ai fait sa connaissance, dit ce condisciple, à
l'institution de Reusse, en 1839. La bonté de son
caractère, son esprit vif et enjoué le faisaient aimer
de tous, en même temps que sa facile intelligence
de l'X le mettait en haute considération parmi les
taupins (c'est ainsi qu'en argot scolaire on appelle
ceux qui, se préparant à l'École polytechnique, font
leurs mathématiques spéciales). Il était en même
temps très-fort sur les compositions littéraires. Ce
sont deux aptitudes qui vont rarement ensemble. Il

---

1. L'institution de Reusse, qui n'a pas changé de nom, est
actuellement rue du Cardinal Lemoine.

y avait aussi de l'enthousiasme dans son caractère, et cela n'excluait pas un grand bon sens. »

Ce dernier trait achève de le peindre et tel, en effet, nous l'avons connu jusqu'au dernier jour. Son enthousiasme, loin de s'affaiblir ou de s'éteindre, — comme il arrive trop souvent à mesure que l'on multiplie les expériences, — s'était plutôt avivé en s'épurant au contact des saintes réalités de la foi et des espérances éternelles.

Après une préparation rapide, il fut reçu à l'École polytechnique en fort bon rang, le 26e de sa promotion. Les mêmes qualités aimables et toutes françaises qui l'avaient fait bien venir de ses camarades de pension ou de collége, lui valurent dans cette réunion de jeunes gens, si divers d'origine et de caractère, une véritable popularité qu'il conserva jusqu'à la fin et que nous avons retrouvée encore toute vive dans les souvenirs de plusieurs d'entre eux. Ils ne tarissent pas sur l'enjouement plein de charme, sur l'esprit vif et alerte, sur le caractère serviable et « bon enfant » du *petit Clerc;* et si on les en croyait, on se laisserait aller à raconter les jolis tours et les jolis mots, d'ailleurs fort inoffensifs, par lesquels il égayait ses camarades. On sait qu'il existe à l'École un usage, une tradition sur la manière d'accueillir les nouveaux venus et de mettre quelque peu à l'épreuve leur bon caractère. Ce n'est pas chose nouvelle dans la jeunesse des écoles, et dont il y ait tant à rougir; Athènes, en ce genre, avait devancé et probablement surpassé Paris, où, pendant tout le moyen-âge, les recteurs de l'Université eurent beaucoup de peine à protéger les arrivants dont on mettait la bourse à sec en leur faisant payer leur *béjaune*. Qu'est-ce auprès du béjaune que *la colle d'absorption?* Je lâche le mot sans périphrase. Peut-être un jour ira-t-il rejoindre *béjaune* dans le Dictionnaire de l'Académie.

Toutefois, il faut l'avouer, la plaisanterie, assez souvent, dépassait les bornes et tournait en véritable vexation. Il n'en fut pas ainsi quand le *petit Clerc* fut choisi (avec le général Thoumas, nous assure-t-on) pour soumettre à cette épreuve la nouvelle promotion. Tout se passa de la manière la plus agréable pour tout le monde. Nous avons sous les yeux un spécimen des problèmes qu'il proposait, des questions qu'il adressait à ses recrues; c'est fort drôle; la subtilité grecque y donne la main à l'esprit gaulois, sans parler de l'agrément obligé des formules mathématiques brochant sur le tout; mais il n'y a pas un mot dont on puisse s'offenser, et il paraît que ceux qui passaient par ses mains en sortaient légèrement chatouillés mais non froissés.

Aussi avait-il le droit de tout dire, à toute heure, sûr d'être écouté. Un jour qu'on venait de terminer

je ne sais quel travail des plus ingrats, on voulut
en détruire jusqu'aux dernières traces, et voilà nos
grands écoliers amassant au milieu d'une cour des
monceaux de papiers; ils y mettent le feu, puis, se
prenant par la main, ils forment autour une ronde
effrénée. A un moment, Clerc se détache de la bande
et s'approche du brasier : il voulait tout simplement
allumer sa cigarette. Mais on prend le change sur
son intention et ce cri est lancé : « Clerc veut parler! » Au même instant la danse s'arrête, chacun fait
silence et prête l'oreille. Bon gré mal gré, il dut
prendre la parole pour dire qu'il n'avait pas envie
de parler.

Il était entré vingt-sixième à l'Ecole; il en sortit
vingt-troisième, preuve qu'il ne s'abandonna pas
trop à son penchant pour la paresse. En pareil rang,
il avait le droit de choisir entre plusieurs carrières,
quelques-unes très-enviées, agréables et même
lucratives. Quel ne fut pas l'étonnement de ses
camarades quand ils apprirent qu'il avait choisi la
marine? « Un fameux marin, disait celui-ci, qui
n'a jamais navigué que sur la Seine, entre Bercy et
Charenton! » — « Il veut faire le tour du monde,
ajoutait un autre; sait-il ce que c'est, lui qui n'est jamais sorti de Paris, si ce n'est pour aller, en cou-
cou, à Versailles ou à Montfermeil ? » Et les quo-
libets d'aller leur train.

Le fait est que la vocation d'Alexis pour la marine était bien subite et, pour un natif de la rue des Bourdonnais, tout à fait extraordinaire. Il y débuta, sans préparation aucune, par une campagne de quatre ans dans les mers du Sud et par « la conquête des îles Marquises, » nous disait un de ses amis. Comment avait-il pris une résolution si étrange, si inopinée? Je soupçonne fort, tout d'abord, que tout emploi administratif lui répugnait, et qu'il ne voulait à aucun prix s'enfermer dans un bureau. Il lui fallait de l'air et du soleil, de l'espace, les coudées franches. Puis il avait son ambition à lui, non pas petite, mais fort grande; ambition de faire *quelque chose* et de servir son pays en y mettant tout son savoir-faire et même, au besoin, son sang et sa vie. C'est la belle ambition de l'adolescent qui croit à la gloire et aux dévouements magnanimes, celle que Virgile a si noblement exprimée par la bouche de son Nisus :

Aut pugnam aut aliquid jamdudum invadere magnum
Mens agitat mihi, nec placida contenta quiete est.

Après cela, si je regarde aux causes extérieures, j'en découvre une qui agit, paraît-il, sur notre Alexis. Il y avait parmi les amis de sa famille une excellente femme, Mme Pagès, qui lui portait un vif intérêt et dont le nom se retrouve fré-

quemment dans ses lettres. Elle avait un frère capitaine de corvette, le commandant Baligot, qui se
préparait à partir pour les mers du Sud. «Si tu veux
te faire marin, dit-elle au jeune homme, mon frère
te prendra à son bord et moi je te donnerai ton
épée. » — « Je ne demande pas mieux, » répondit-il.
Ce qui fut dit fut fait, et l'on ajoute qu'il ne savait en partant ni le but ni la durée de l'expédition.

Il n'y avait pas de temps à perdre; nommé aspirant de première classe le 1er octobre 1841, il dut
s'embarquer à Brest, sur la *Triomphante*, le 22 du
même mois, et s'y trouva, lui futur officier, plus
novice que le dernier des mousses, ne sachant rien
de la manœuvre ni même de la langue du bord.
Mais aussi, dès le début, il parut dans tous les avantages de son heureuse nature, plein d'énergie et de
ressources, joignant à une grande décision de caractère cet esprit français qui n'y gâte rien, et conqué-
rant par là tous les cœurs.

Admirablement placé pour le juger, le commandant Baligot écrivait, en mer, le 17 décembre :
« Quant à Alexis, c'est un brave et courageux jeune
homme, qui a fait preuve d'énergie dans les commencements de notre campagne. J'espère trouver
l'occasion de lui en tenir compte. »

L'occasion vint bientôt, hélas! tout autre que ne
l'attendait cet excellent homme, qui donna au jeune

aspirant une marque d'estime et de confiance réservée d'ordinaire à un âge plus mûr et à une plus
longue expérience. M. Baligot mourut en mer avant
de toucher les côtes d'Amérique, nommant Alexis
son exécuteur testamentaire, et celui-ci se trouva
privé, dès son entrée dans la carrière, des conseils du vieil officier sans lequel il n'eût jamais
songé à se faire marin. « Le commandant Baligot,
écrit-il à son père (de Valparaiso, 19 août 1842),
était, autant que j'ai pu en juger, de beaucoup le
meilleur marin que j'aie vu jusqu'ici... Si c'est une
perte pour le bâtiment, quelle perte n'est-ce pas
pour moi que la sienne! » Et il ajoute, nous révé-
lant son caractère alors tant soit peu présomptueux :
« Depuis que je crois avoir de la raison, — et c'est
longtemps avant que j'en eusse, si toutefois j'en ai,
— j'ai toujours jugé moi-même, me suis conduit
par mon propre sentiment, ai voulu par ma propre
volonté. Ce cher commandant était si sage, si éclairé,
si noble, que, sans m'en rendre compte, je lui avais
laissé le soin de vouloir pour moi : il m'aimait assez
pour le faire. Sa mort me laisse sans intention, sans
but, sans volonté. Je me suis laissé aller sans aucune direction. J'avais besoin de sa force. Une de
mes opinions était une vérité pour moi s'il la parta-
geait. Personne n'a jamais eu sur moi un pareil
empire. »

Voilà bien le jeune homme au cœur enthousiaste et fier, qui se donne sans réserve et sans calcul, heureux, au delà de toute expression, d'avoir enfin rencontré un homme, un caractère, chose rare!

Mais que va-t-il devenir, lui dont la vocation de marin tenait à ce seul homme, et à qui vient à manquer l'appui dont il avait besoin plus que tout autre au début d'une carrière pour lui si nouvelle?

Le ressort qui était dans sa nature, l'énergie indomptable de sa volonté suffirent à tout; non qu'il éprouvât la même confiante allégresse qu'au moment du départ; les épreuves lui furent rudes, et ne lui furent pas épargnées; il les ressentit très-vivement, mais sans défaillance; se demandant quelquefois s'il n'avait pas fait fausse route et s'il ne vaudrait pas mieux se raviser à temps et chercher un meilleur emploi de ses forces; en attendant, faisant bonne contenance, surmontant tous les dégoûts, toutes les difficultés du métier, et ne s'abandonnant jamais lui-même.

Tel nous le montre un ancien officier de marine, son camarade dans cette longue et lointaine expédition, mais plus jeune que lui de quelques années et qui, sorti du vaisseau-école, n'était encore qu'aspirant de deuxième classe, tandis que Clerc, venu de l'École polytechnique, était d'emblée aspirant de première classe. « Il avait sur moi une grande supériorité d'instruction scientifique, nous dit ce digne officier, mais, d'un autre côté, mes connaissances pratiques, acquises au vaisseau-école, étaient supérieures aux siennes; et, sentant bien que s'il ne demandait pas des explications, il ne connaîtrait jamais le détail de certaines manœuvres qu'il serait obligé de commander aux matelots, il me pria de l'aider dans ce travail. Il venait donc près de moi, la nuit, quand j'étais de service, et je lui expliquais les détails du gréement du navire, la manière de faire les nœuds et amarrages les plus usuels; je lui apprenais le nom des cordages et leur position. Il fut ainsi en bien peu de temps au courant de tous les détails qu'il aurait toujours ignorés s'il n'avait eu l'humilité d'en demander l'explication à un ami. »

En parlant d'humilité, M. le vicomte de M. sait fort bien et il a soin d'ajouter que la religion de son camarade était alors « à l'état latent. » L'humilité, cette vertu essentiellement chrétienne, ne pouvait donc se greffer sur la foi absente. Mais le jeune marin était préservé, par son seul bon sens, de tout sot orgueil.

Ce genre de mérite, si rare chez un débutant, plaisait singulièrement aux hommes d'expérience et leur paraissait de fort bon augure. « Monsieur, écrivait au père d'Alexis M. Nielly, commissaire de la marine, mon second fils, qui, depuis six

mois, habite la même chambre que votre Alexis,
et s'en trouve au mieux, me charge de vous prévenir que son ami se portait bien le 10 novembre 1842 ; que leur corvette partait le lendemain de
Valparaiso pour les Marquises, où elle stationnerait
pendant six mois sur la rade de Nouka-Hiva, pour
ne retourner qu'ensuite à Valparaiso ; qu'enfin la
caisse contenant le reste des valeurs ayant appar-
tenu à feu M. Baligot, capitaine de corvette, se
trouvait en rade de Brest sur la frégate de l'État la
Thétis. » Suivent des détails relatifs à la succession
du commandant Baligot. M. Nielly termine sa lettre
par ces mots qui durent combler de joie M. Clerc :
« Je n'ai plus qu'à me féliciter d'avoir eu l'occasion
d'adresser quelques mots au père d'un marin qui,
tout jeune qu'il est, paraît réunir à l'habileté et au
courage la sagesse qui en assure les fruits à ses amis
et à soi. »

Sagesse tout humaine, encore une fois ; à l'époque
où il s'attirait de tels éloges, ses mœurs étaient loin
d'être irréprochables et il ne sentait pas même l'aiguillon du remords. Cependant l'heure de la grâce
approche, et bientôt tant d'heureux dons seront
transformés en vertus chrétiennes.

La crise intérieure à laquelle il dut son salut
commence un peu après son départ de Valparaiso,
aux îles Gambier, qu'il rencontra sur sa route en se

rendant aux Marquises. Dieu lui ménageait là un spectacle dont son esprit observateur fut singulièrement frappé et qui le fit profondément réfléchir ; le spectacle d'une chrétienté naissante, renouvelant les merveilles de la primitive Église sur les ruines encore fumantes d'une idolâtrie abjecte et sanguinaire.

Le théâtre où éclatait ainsi la vertu de l'Évangile, était bien petit, bien obscur et presque ignoré du reste du monde. On parlait souvent de Tahiti, la *nouvelle Cythère*, qui devait au capitaine Cook et à d'autres navigateurs aussi peu scrupuleux, une célébrité de mauvais aloi. Mais à part les catholiques, — attentifs aux travaux des missionnaires et tenus au courant par les *Annales de la propagation de la foi*, — qui donc avait souci de connaître, autrement que de nom, et d'étudier dans cette phase si intéressante de leur histoire, ces petites îles d'origine volcanique, Mangaréva, Taravaï, Aokéna, Akamarou, qui forment l'archipel de Gambier, perdu dans l'immensité de l'Océan Pacifique, à trois cents lieues environ de Tahiti et à même distance des Marquises ? La première fois qu'ils y abordèrent, au péril de leur vie, les missionnaires français, prêtres de la congrégation de Picpus, n'y trouvèrent pour toute population que d'affreux cannibales, allant tout nus, faisant la guerre à leurs voisins pour se repaître de la chair et du sang des vaincus, joignant, en un mot, des appétits de bêtes féroces à des instincts d'enfants dépravés. Pays enchanteur, au reste, et d'une fertilité prodigieuse. L'étroite ceinture de terre qui entoure chaque cratère éteint produit à souhait et sans culture le cocotier, le bananier, l'arbre à pain, qui fournissent aux insulaires non-seulement la nourriture et le vêtement, mais encore la charpente, la toiture et tout le mobilier de leurs humbles cases. Malgré la richesse du sol et la beauté du climat, tout cela était l'empire du démon avant les années 1834, 1835 ; le Soleil de justice n'avait pas encore lui sur ces infortunés, qui dormaient *assis dans les ténèbres et à l'ombre de la mort* ; pas une âme, dans tout l'archipel, qui ne fût en proie à la superstition, à l'anthropophagie, à la lubricité la plus honteuse, et pas une parole de salut n'avait retenti sur ces plages inhospitalières. En débarquant à Mangaréva, la plus grande des quatre îles, — elle mesure à peu près une lieue d'étendue, — messieurs Caret et Laval virent du premier coup d'œil à quelle sorte d'hommes ils avaient affaire et quelles étaient les mœurs de l'endroit. On leur fit un accueil bienveillant et même empressé, mais qui ne leur inspira nulle confiance. Le chef d'une peuplade assez nombreuse leur ayant offert l'hospitalité vers le coucher du soleil, ils acceptèrent de lui un peu de nourriture, mais ne voulurent pas coucher dans sa case, pensant qu'ils seraient plus en sûreté dans le bois voisin. Vaines précautions ! La nuit venue, ils furent l'objet de poursuites sans nom, et on leur fit (racontent-ils eux-mêmes) « des propositions opposées à la plus sainte des vertus. » Ils s'enfuient ; on les pourchasse à outrance. Ils se cachent et se blottissent dans les roseaux de la plage ; on y met le feu et on les environne d'un cercle de flamme, dont on assiége toutes les issues afin de les faire tomber dans le piége infâme. Ils ne parvinrent à sauver leur honneur et leur vie que par un miracle de la Providence. Voilà ce qu'étaient les insulaires de Mangaréva vers 1834.

Eh bien ! à quelques années de là, ces mêmes insulaires seront de fervents chrétiens et des hommes civilisés, qui doubleront par le travail la fécondité d'un sol déjà si productif, qui cultiveront les arts nécessaires à l'entretien ou à l'ornement de la vie, qui accueilleront l'étranger avec une charité vraie et secourable, qui seront chastes, doux, désintéressés, sincères, reconnaissants, et qui puiseront dans l'amour de Jésus-Christ et de sa sainte Mère l'idéal et l'inspiration de toutes les vertus.

Ce que je dis là, notre jeune aspirant de marine le vit de ses yeux en débarquant aux îles Gambier dans le courant de l'année 1842. On lui montra une église, la première construction en pierre de

Mangaréva, bâtie avec d'énormes blocs de corail
que les indigènes allaient arracher aux entrailles de
la mer, à cinq lieues des côtes, et rapportaient sur
des radeaux. Il fit connaissance avec l'ancien grand-
prêtre de l'île, Matua, espèce de géant, naguère
encore anthropophage et maintenant doux comme
un agneau. Matua avait accueilli des premiers la
bonne nouvelle et son exemple avait décidé le roi
Maputeo, son neveu, à recevoir le baptême. Dans
une lettre datée de Valparaiso, où il était de retour
après avoir stationné aux îles Marquises, Alexis
raconte à son père ces choses si nouvelles dont il
vient d'être l'heureux témoin et lui communique,
sans beaucoup de commentaires, les premières impressions qu'excite dans son âme le spectacle de
cette chrétienté au berceau. Je détache quelques
passages de cette lettre.

« Quand nous sommes partis de Valparaiso, nous
ne savions pas encore le but de notre voyage. Nous
sommes allés aux îles Gambier.

« Il y a dix ans qu'une corvette anglaise y relâcha
pour faire de l'eau. Les naturels s'emparèrent du
lieutenant et d'un matelot, les tuèrent et les man-
gèrent. Ils étaient les plus féroces et les plus sauvages de l'Océanie, allaient complétement nus. Voici
ce que nous avons vu.

« Ce groupe d'îles en renferme quatre; nous ne

sommes allés que sur les deux principales, Mangaréva et Akéna. L'abord en est très-difficile, il y a
beaucoup d'écueils formés par des coraux. Il y va
peu de navires, ces îles ne fournissant que des
perles et de la nacre.

« Deux missionnaires français s'y établirent, il y
a huit ans, avec deux ouvriers. Ils apprirent la
langue. Par les bons conseils qu'ils leur donnèrent
et par leur conduite, ils s'acquirent l'estime et l'affection des sauvages ; alors ils essayèrent de les convertir et de les civiliser. Il est impossible de concevoir par quels prodiges de dévouement et à quel
point ils ont atteint ce but. Les naturels maintenant
sont tous chrétiens ; ils sont honnêtes, bons, laborieux et très-religieux.

« Le grand-prêtre, qui avait égorgé les Anglais,
fut un des premiers convertis. C'est un grand, gros,
bel homme, tout tatoué, qui raconte naïvement les
supercheries qu'il employait pour exploiter la crédulité de ses fidèles. Le roi fut plus difficile à bapti-
ser, mais il y vint, puis tout le peuple.

« Maintenant les enfants vont à l'école : il y en a
deux, une pour les filles, l'autre pour les garçons.
Ils y apprennent à lire, à écrire, à compter ; on leur
enseigne la religion, surtout les bons principes. Les
garçons y ajoutent le latin.

« Le coton vient en abondance dans ces îles ; on

leur a appris à le filer, à le tisser, à s'en faire des habits : tous les habitants sont vêtus.

« La nourriture de tous les naturels de l'Océanie est le fruit de l'arbre à pain, préparé d'une façon tout à fait détestable pour un Européen : cela s'appelle *popoi*.

« Les missionnaires leur ont appris à la mieux préparer, à conserver le fruit de l'arbre à pain sous terre, pour éviter ces famines épouvantables qu'un orage peut causer tout d'un coup.

« Enfin ces bons Pères ont construit une église, simple, mais plus belle que beaucoup de nos églises de campagne, — avec deux ouvriers. Les sauvages allaient chercher des masses de rochers, à cinq lieues de là, sur des radeaux, apprenaient des ouvriers à les tailler, à les élever et à les mettre en place. Les missionnaires ont trouvé dans les coraux si abondants et si nuisibles à la navigation, une mine inépuisable de la plus belle chaux du monde. Ils se sont élevé, à eux-mêmes et au roi, deux maisons en pierre qui servent de modèles pour les habitants.

« Les missionnaires n'ont pris aucune autorité dans le pays ; ils l'ont régularisée et laissée aux mains du roi. Il faut une piété bien vraie pour inspirer une pareille conduite. Nos missionnaires ont un caractère très-différent de ceux des Anglais. Ceux-ci travaillent pour leur pays, les nôtres pour le pays

où ils sont. Les îles où il y a des missionnaires
anglais deviendront anglaises; celles où sont les
nôtres se constitueront en petits états.

« Nous passâmes trois jours dans cet heureux
pays, entre autres un dimanche qui était une grande
fête. Tout l'état-major, officiers, élèves et la compagnie de débarquement en armes, assista à la
messe. L'église était pleine d'un peuple immense
qui chantait, dans la langue du pays, sur un air qui
appartenait à leur ancienne religion, une prière que
les missionnaires leur ont composée. Cette harmonie
simple, pleine de contrastes, me produisit une impression comme je n'en ai pas ressenti....

« Après la messe, les missionnaires nous firent
déjeuner chez eux avec le roi et le grand-prêtre. Un
repas très-frugal nous fut offert, mais d'un si bon
cœur! Ces pauvres gens se servent de coquilles pour
assiettes ; ils avaient du pain, mais ils ont été souvent réduits à la *popoi*. Quel beau dévouement,
mais quelle récompense dans un pareil résultat! Je
croyais rêver, et voir la réalité d'un chapitre des
Natchez.

« Enfin, — chose merveilleuse dans l'Océanie, —
les femmes sont chastes, les mariages respectés.

« Depuis lors la population, qui diminue chez
tous les sauvages, s'accroît d'un tiers par an. Mais je
veux vous réserver des choses à vous raconter pour

mon retour; car, enfin, je reviendrai peut-être.... »
C'est là tout, et l'on soupçonnerait à peine, à lire
ce récit entremêlé de rares et courtes réflexions,
quelle impression profonde et durable Alexis avait
remportée de sa visite à la mission des îles Gambier.
Mais on l'a entendu souvent depuis rapporter à cette
date le travail longtemps secret de sa conversion,
qui aboutira, sur une autre plage, quatre années
plus tard. S'il avait communiqué à son père toutes
ses pensées, il n'eût pas été compris. Et puis avait-il
bien conscience lui-même, à cette date, de ce qui se
passait dans les profondeurs de son âme? Si je ne
me trompe, c'est après avoir vu et admiré de fort
bonne foi toutes ces merveilles et pendant son second séjour à Valparaiso, qu'il se vit à deux doigts
de la mort et que, se croyant perdu, il n'eut pas
une seule pensée pour l'éternité.

Comme il l'a plusieurs fois raconté à ses amis
et à ses frères, un jour qu'il gravissait une
pente escarpée et dangereuse, ayant peut-être entrepris l'ascension de quelque morne du Chili, le pied lui
manqua et il se sentit rouler dans l'abîme. Il pouvait y rester, mais on l'en retira vivant quoique
fort meurtri. La lettre que je viens de citer parle de
deux esquilles sorties sans trop de peine et de l'assurance d'une complète guérison. Or, au moment critique où, perdant tout espoir, il disait en lui-même

adieu à la vie, parmi les mille réflexions qui traver-
sèrent son esprit, rapides comme l'éclair, la plus sail-
lante fut celle-ci : « C'était bien la peine, mon pauvre
Alexis, d'entrer à l'École polytechnique et de faire
un si rude apprentissage du métier de marin, pour
aller ensuite te casser le cou si loin des tiens et laisser tes os dans ce misérable trou ! » A cela se bornait
encore sa philosophie; mais patience, la bonne semence est dans son âme, et elle portera ses fruits.

La vie de marin a cela de bon qu'en isolant les
hommes elle les mûrit, pour peu qu'ils soient disposés à ne pas écarter par frivolité les graves et sérieuses pensées que doivent éveiller en eux les grands
spectacles de la nature. L'homme se sent si petit
entre le ciel et l'eau, si faible dans sa lutte sans cesse
renouvelée contre les éléments, que, bon gré mal
gré, il se souvient qu'il n'est pas maître de sa vie,
qu'il ne s'est pas fait lui-même, que sa destinée ne
lui appartient pas et qu'il est irrésistiblement poussé
vers un rivage lointain sur lequel sa raison n'a que
des lumières incertaines. Comment n'accueillerait-il
pas, lorsqu'elle se présente à lui dans sa simplicité
radieuse et consolante, l'idée d'une révélation et celle
d'un Sauveur? Son oreille est fermée aux mille bruits
qui s'élèvent de la fourmilière humaine, et il n'est
pas troublé dans sa méditation solitaire par le conflit
des opinions et des systèmes; la Vérité, dont la voix

mystérieuse n'est jamais muette, se fait entendre plus facilement à son cœur et elle s'empare de tout son être du moment qu'il consent à l'écouter.

A dater du jour où il reçut aux îles Gambier ce premier trait de lumière, le jeune marin devient plus grave, plus appliqué, et sans avoir rien perdu de l'aménité de son charmant caractère, on sent, dans tout ce qu'il écrit, qu'il commence à envisager la vie par ses côtés sérieux, et à en mieux comprendre les devoirs. Sa tendresse pour son père et pour ses frères, toujours très-vive, s'exalte et s'épanche tantôt en touchants regrets, tantôt en aspirations et en désirs. Comme il comprend, maintenant qu'il en est privé, la douceur et le prix de la vie de famille!

« J'ai devant moi, dans mon secrétaire, écrit-il à son père, ma bibliothèque dont la vue seule me fait un grand bonheur. Qu'il m'est doux et triste à la fois d'avoir sous les yeux ces gages de ton affection et de celle de mes frères et de mes amis.

« Hélas ! c'est là le cruel du métier : tout est fini, je ne vous verrai peut-être que trois ou quatre fois jusqu'à ce que j'aie ma retraite.

« Avoir été si près du bonheur, et l'avoir quitté pour toujours! Où retrouverais-je de pareilles affections, et d'ailleurs pourrais-je briser les liens qui m'attachent aux anciennes? Non, et je ne le voudrais pas. Ah! mon cher et bon père, combien je com-

prends que j'ai gaspillé mon bonheur en ne jouissant
pas plus que je n'ai fait de ta tendresse pour moi et
en te cachant la mienne! Stupide caractère qui se
révoltait contre les meilleures choses, qui ne voulait
rien céder, rien pardonner! Seuls, isolés des événements extérieurs, sans souci pour les choses matérielles de la vie, nous comprenons mieux combien
le vrai bonheur de la vie vient de la famille, et combien des affections partagées et certaines sont déli-
cieuses. Nous en sommes privés pour toujours, vous
êtes perdus pour moi. Quel dédommagement peut-il
y avoir à cette perte? Aussi n'y en a-t-il pas, et la
destinée de l'officier de marine est de devenir d'une
insensibilité de pierre. Il a rompu avec toutes ses
affections et ne se trouve plus capable d'en concevoir
de nouvelles pour les rompre encore. »

Cette conclusion, que personne ne sera tenté de
prendre au sérieux, est tout simplement une bou-
tade. Non, certes, — et Clerc en est lui-même la
meilleure preuve, — l'officier de marine n'est, par
profession, ni indifférent, ni insensible, et il peut
dire avec autant de vérité que n'importe qui :

Homo sum et humani nihil a me alienum puto.

Comme le pauvre Alexis est triste lorsque, ren-
trant à Valparaiso après une première expédition
dans les mers du Sud, il n'y trouve aucune lettre de

son père ou de ses frères, aucune nouvelle de sa famille ! Mais aussi quelle effusion de joie lorsque le
courrier ne lui a pas fait défaut et qu'il a revu cette
chère écriture ! « Laisse-moi t'exprimer, écrit-il à
son tour, la plus vive reconnaissance, à toi d'abord
pour tes lettres si bonnes, si affectueuses. Quelle sollicitude pour moi! Ah ! mon cher père, l'ardeur de
mes embrassements pourra seule te donner une idée
de la douceur qu'ont pour mon cœur les preuves
multipliées d'une si tendre affection. Chère providence qui protéges encore un pauvre enfant si éloigné, tes bons conseils me font le plus grand plaisir et
je me fais un devoir de les suivre. »

Répondant à ce que son père lui avait dit, qu'il
avait à lui rendre des comptes de tutelle et qu'il se
reconnaissait son débiteur : « Je suis payé, archi-
payé, écrit Alexis. Je me sens presque en colère de
cette idée qu'un père doive des comptes à ses enfants. Je n'en veux jamais entendre parler. »

Quant aux conseils que le jeune marin sollicitait
et qu'il prenait toujours en bonne part, ils avaient
pour objet non-seulement la direction générale de
sa vie, mais encore le menu détail en matière de
convenances et de savoir-vivre. En voici un exemple assez singulier. Après deux années de campagne,
le temps de passer officier étant venu pour lui,
Alexis avait le désir bien naturel de revenir en

France où, après un examen, il aurait été régulièrement promu au grade d'enseigne de vaisseau. Autrement il faisait bien le service d'officier, mais il
n'en avait pas le grade, position doublement fausse
pour lui que son âge et sa qualité d'ancien élève de
l'École Polytechnique mettaient déjà à part des autres aspirants. Si vous joignez à cela le désir non
moins vif de revoir son pays, d'embrasser son père
et ses frères, vous concevrez sans peine qu'il ait
fait une démarche auprès de l'amiral qui commandait la division navale, — c'était, je crois, l'amiral
Hamelin, — afin d'obtenir de lui son retour en
France à la prochaine occasion. Jusque-là rien que
de parfaitement correct et M. Clerc lui-même n'y
trouvait rien à redire. Mais il avait couru certain
commérage qui, selon la manière de voir de cet
excellent père, avait atteint dans son esprit des
proportions énormes. Son fils, — la chose est-elle
croyable? — avait demandé audience à l'amiral *par
écrit*. Par écrit! n'était-ce pas oublier toute dignité
et se donner fort gratuitement des airs de solliciteur?
Je suppose du moins que c'était là ce qui choquait
tant un homme si épris des principes de 89, si cha-
touilleux en matière d'égalité. Il n'en était rien;
Alexis s'était tout simplement adressé, selon l'usage,
à l'aide-de-camp de l'amiral, et sur la demande ba-
nale de celui-ci : « Que lui voulez-vous ? » il avait

répondu : « Veuillez me nommer, et je présume que cela suffira pour que l'amiral sache de quoi il s'agit. » Comme M. Clerc dut être heureux d'apprendre que son fils n'avait pas commis ce qui lui semblait être une platitude ! Ces susceptibilités, peut-être excessives, feront comprendre, mieux que beaucoup de paroles, ce qu'avait dû être l'éducation d'Alexis, et quel était le niveau des idées et des sentiments dans son honorable famille.

Alexis n'obtint pas son retour au bout de deux ans, ni même de trois, et ce ne fut que la quatrième année qu'il revint en France très-fatigué d'une campagne dont les résultats, à ses yeux, n'étaient pas magnifiques. A la vue de ces rochers dénudés et inhabitables dont se compose presque tout l'archipel des Marquises, songeant au mystère impénétrable dont on avait couvert jusqu'au bout cette expédition et aux grands résultats attendus, il n'avait pu s'empêcher de s'écrier avec sa verve parisienne : « Oh ! montagne, quel accouchement ! » Il pensait peut-être en lui-même qu'un aspirant de plus ou de moins dans la flotte n'importait guère aux projets de colonisation dont on s'occupait, tandis qu'il lui importait beaucoup, à lui Alexis Clerc, de ne pas rester indéfiniment simple aspirant de première classe. Il le dit à l'amiral qui, sans aucun succès, essaya de lui persuader que, pour le moment, il valait beaucoup mieux pour lui être aspirant qu'officier, et qui, de plus, eut la maladresse, le mot ne me paraît pas trop dur, d'ajouter : « De tous les anciens élèves de l'École polytechnique que j'ai rencontrés dans la marine de l'État, je n'en connais pas un seul qui soit marin. »

Pour le coup, c'était trop fort et vraiment il s'adressait mal. Si Alexis eût été un de ces jeunes pédants bourrés d'équations qui ne toucheraient pas du bout du doigt le moindre cordage, la leçon, si leçon il y a, eût été peut-être à sa place ; mais on a vu que notre aspirant ne la méritait en aucune façon, et que, par son courage, sa résolution, son désir passionné de s'instruire et d'apprendre son métier même de ses inférieurs, il avait fait concevoir de lui les meilleures espérances. Ainsi cette qualité d'élève de l'École Polytechnique qui, dans le civil, lui eût ouvert toutes les portes, devenait un obstacle à son avancement ; ces études, ces connaissances théoriques, partout ailleurs si appréciées, on en faisait fi et c'était marchandise à jeter par-dessus bord. Cela lui donna fort à réfléchir ; il envisagea de sang-froid sa position et se vit dans l'isolement où l'avait laissé la mort du regretté commandant Baligot. Point de nom, point de fortune, point de notoriété militaire ou maritime dans sa famille, point de ces hautes relations qui aident le mérite à percer quand elles ne tiennent pas lieu de tout mérite. Pouvait-il se fier à la détermination si subite qui avait fait de lui un marin? S'il s'était trompé, ne valait-il pas mieux revenir sur ses pas, pendant qu'il en était temps encore? Là-dessus il s'examine, il s'analyse de la tête aux pieds, après quoi il consulte son meilleur ami et son plus sûr conseiller, ce père si éclairé auquel il a recours en toute occasion :

« Je n'ai pas, que je croie, beaucoup d'ambition pour me soutenir dans ces luttes continuelles. Faut-il imposer un peu silence à cet orgueil qui vous réclame à un poste élevé? ou bien faut-il s'y sacrifier, faut-il à tout prix, sauf celui de l'honneur, prétendre à des grades? ou faut-il, remplissant tous mes devoirs avec modestie, attendre que la fortune daigne songer à moi?

« La carrière de l'ambition est difficile, incertaine et irritante par les mécomptes qu'elle rencontre toujours; elle est bien difficile pour moi qui n'ai pas de guide et qui ne sens que rarement cette espèce de feu sacré qui anime les hommes qui ont une noble ambition. Or, je ne ressentirai jamais l'étroite ambition de certaines gens que je connais, qui ne voient dans l'élévation que l'élévation elle-même, le prestige qui y est attaché et l'argent, mais qui n'y voient pas du tout un poste où ils sont appelés à faire valoir avec importance et succès leurs talents.

« Le système suivant ne serait-il pas le meilleur? M'occuper tranquillement des idées que j'aime, nourrir les sentiments qui me sont doux, et, remplissant les devoirs du métier le mieux possible, me remettre à l'avenir pour les heureux hasards. »

Noble nature, après tout, qui, même avant d'être transfigurée par la grâce, connaissait tout le prix du désintéressement et n'aspirait jamais à rien de bas.

Ce que répondit son père, nous l'ignorons. Sans doute il réserva ses conseils pour le temps où, son fils étant de retour à Paris, leurs mutuels épanchements seraient plus doux et plus intimes. Ce moment semblait toujours s'éloigner. Alexis disait qu'on le trouverait bien changé et que, parti à vingt-deux ans, il en aurait vingt-six au retour, grand espace de la vie, comme dit Tacite, *grande spatium*, pour les hommes de cet âge.

Dans les premiers jours de janvier 1845, faisant la traversée d'Arica à Islay (Pérou), il écrivait à son père et lui communiquait quelques-unes de ses réflexions mélancoliques. Il terminait sa lettre en disant : « Je me propose de faire à notre arrivée à Callao, qui, j'espère, sera prochaine, de nouvelles tentatives pour débarquer; mais j'ai peu d'espoir de réussir. Je crois que je pourrai t'en apprendre le résultat par

cette lettre que je n'expédierai qu'à Callao. » Cependant il touchait au terme de cette longue et pénible campagne et, contre toute espérance, il put
clore sa lettre par ce *post-scriptum* : « Aujourd'hui
21 janvier la corvette est arrivée à Callao. J'ai obtenu d'embarquer sur la frégate la *Charte*, commandée par M. Penaud. Elle part demain pour
Valparaiso, et de là, pour la France. Ce sera environ
le 25 février, de façon que je serai probablement au
commencement de juillet à Brest et en août auprès
de vous. Mais je n'y suis pas embarqué comme officier. Rien ne m'a arrêté quand il s'est agi de revenir
plus vite. » Il se soumettait donc à une dernière
épreuve en reprenant, à 26 ans, le rang et le service
d'aspirant; mais il allait enfin revoir la France et
embrasser son père.

Quand il débarqua, il comptait quatre années de
service à la mer; il avait visité, en Amérique, les
côtes du Brésil, du Chili et du Pérou, et traversé
l'Océanie en tout sens, s'arrêtant tour à tour aux
îles Gambier, aux Marquises, à Tahiti, aux Nou-
velles-Hébrides. Son expérience de marin, nulle au
départ, commençait à dépasser celle d'un aspirant
de première classe. Nous en avons pour preuve la
note que lui donna au retour le capitaine (depuis
amiral) Penaud, officier de mérite, mais qui ne pé-
chait pas, nous a-t-on dit, par excès d'indulgence.

La voici : « Actif et servant fort bien; a du goût pour la marine et beaucoup plus d'acquis en pratique qu'on ne pourrait en attendre d'un élève sortant de l'École polytechnique [1]. »

Mais le grand résultat de cette campagne, c'était pour lui le rayon divin qui avait pénétré dans son âme à la vue de la mission de Gambier, rayon dont la clarté toujours croissante allait illuminer sa vie tout entière et lui découvrir la *voie droite* où Dieu lui-même guide ses élus. Où en était-il de cette merveilleuse transformation à l'expiration de ses quatre années de campagne? Nous savons de bonne source qu'au moment de partir de Valparaiso pour la France, il découvrit à un officier, dont les sentiments lui étaient connus, son désir de devenir chrétien comme lui, et qu'il le pria de l'adresser à des amis dont l'exemple et les conseils pussent favoriser un si louable dessein. L'indifférence était donc bannie de son âme et on pouvait le regarder comme en pleine voie de retour. Nous serions mieux édifiés sur ses dispositions intérieures, si nous avions pu retrouver une lettre qu'il envoyait à son père pour une tierce personne et sur laquelle il attirait cependant son attention, par les paroles suivantes : « Ce paquet renferme une lettre pour mon oncle Bour-

---

[1]. Archives du ministère de la marine.

geois, que je te prie de lui faire parvenir. Je désirerais que tu en prisses connaissance sans trop t'étonner et surtout sans croire que je n'y suis pas sincère. Il y a tant de faces dans le cœur de l'homme, que l'on y peut voir les choses les plus contraires. »

Qu'est-ce donc que cet épanchement, dans lequel il se révèle à son oncle sous un jour tout nouveau pour son propre père, et dont il veut avoir ce même père pour témoin? On le devinera, lorsqu'on saura que l'oncle Bourgeois était un parfait chrétien, esprit distingué d'ailleurs et d'une certaine valeur scientifique. Alexis espérait sans doute faire, par ce moyen, parvenir à son père des réflexions qui, bien nouvelles pour lui-même, seraient accueillies avec bonheur par son oncle, mais qui ne pouvaient sans préparation être adressées à celui des trois qui avait le plus besoin de s'en pénétrer.

On le connaît, ce semble, maintenant, non-seulement par les témoignages si unanimes de ses compagnons d'enfance et de jeunesse, mais encore par la vivante image qu'il a laissée de lui-même dans ces lettres à son père dont nous venons de citer quelques fragments.

Nature transparente, au reste, sans le moindre repli, loyale et généreuse au possible, toute de flamme. Malgré bien des pages perdues et qui ne se

3

retrouveront probablement pas, sa vie nous apparaît déjà comme un livre ouvert où tout le monde peut lire couramment, et où le sens des choses se révèle sans le secours d'aucun commentaire.

En parcourant ses papiers, j'ai rencontré une note singulière, d'une écriture inconnue et qui ne reparaît pas dans les pièces de sa volumineuse correspondance. Est-ce une somnambule qui a griffonné cela? Est-ce quelqu'un qui se piquait de déchiffrer le caractère des gens et de lire leur destinée dans quelques lignes de leur écriture ? Un honnête homme se prête quelquefois, ne fût-ce que par jeu, à ces tentatives de divination, et si la pièce est réussie, on la jette dans ses cartons et on la garde à titre de curiosité et de souvenir.

Quoi que cela puisse être, voici plusieurs traits qui caractérisent assez bien l'original et qu'on me permettra de citer :

« Actif, énergique, impressionnable, irritable ; très-entreprenant, faisant les choses avec enthousiasme et se décourageant néanmoins. Besoin d'être soutenu par les autres. » — Sans doute, mais sachant aussi se soutenir par lui-même, lorsque tout appui extérieur vient à lui manquer, et luttant *avec courage* contre le découragement.

« Beaucoup de spontanéité, flottant, ne se décide pas de suite ; passions vives, facile à s'emporter. » Il y a de l'un et de l'autre dans ceci, mais plus de vrai que de faux.

« Voix brève et saccadée par instants. » Fort bien. « Idées excentriques et fantasques. » Vrai encore, avec cette réserve que l'imagination folâtre et fantasque était dominée par un grand bon sens. « Aura des chicanes et procès. » Sur ce point la sagacité de notre devin est tout à fait en défaut ; Alexis ne pouvait avoir de procès par la raison toute simple que sa bourse peu garnie était ouverte à tout le monde, et à qui lui aurait demandé deux, il aurait donné trois et plus encore.

« Franchise accentuée, exagérée quelquefois. » A merveille.

« Il a dû voyager beaucoup et des voyages lointains. » Je soupçonne que cela n'a pas été dit par divination pure et simple, mais à l'aide de certaines inductions faciles à saisir.

« Vie agitée, perturbation dans les affaires (pas plus d'affaires que de procès). Chances heureuses parfois, mais n'en tirant pas tout le parti possible.

« Rendant service aux amis et dévoué. »

Oui, et nous en verrons plus d'une preuve.

Enfin, un dernier trait, quasi-prophétique celui-là :

« Courra divers périls violents. » Comment le devin a-t-il su cela ? Probablement par de très-vagues conjectures et qui auraient bien pu ne se réaliser jamais.

Cependant, étant donné le caractère si bien trempé de notre héros, une certaine philosophie chrétienne pouvait amener à conclure que la Providence lui réservait sans doute des épreuves à la hauteur de son énergie et de son courage.

> A brebis tondue
> Dieu ménage le vent.

C'est un vieux proverbe, et qui a du bon, car il rassure et console ceux qui ne se sentent pas suffisamment armés pour les luttes de la vie.

Mais, en revanche, par une raison toute semblable, aux forts les grandes et fortes épreuves ! A ce compte, notre Alexis devait s'attendre à rencontrer combats et tempêtes.

CHAPITRE II.

SÉJOUR EN FRANCE. — NOUVELLE CAMPAGNE.
CONVERSION.

Nous savons peu de chose sur le séjour d'Alexis en France du 14 octobre 1845 au 26 mai 1846, daté d'un nouvel embarquement.

Dès qu'il est au milieu ou à proximité des siens, sa correspondance nous fait défaut. Néanmoins, aux détails près, nous pourrons dire comment il remplit cet intervalle d'environ sept mois. A en juger par les résultats et par les souvenirs consignés ultérieurement dans ses lettres, ce ne fut pas un temps perdu, au double point de vue de sa carrière et de son acheminement vers la vie chrétienne.

A Toulon, ayant pu enfin passer son examen, il fut promu au grade d'enseigne de vaisseau. Puis il vint à Paris et n'y resta pas oisif, comme on va le voir.

Etre enseigne de vaisseau à vingt-six ans, ce n'é-
tait pas un succès enivrant, et, d'après ce qu'il venait d'éprouver, notre jeune officier ne pouvait se
promettre un avancement rapide. Ses doutes, à
l'endroit de sa carrière, subsistaient donc tout entiers. Nous ne saurions dire si ce fut par les conseils
de son père ou de quelque ami de la famille, toujours est-il qu'il crut devoir se ménager, à tout
événement, l'entrée d'une autre carrière, peut-être
mieux en rapport avec ses antécédents, celle de
l'instruction publique. Il se remit donc courageusement à l'étude des mathématiques et se fit même
l'élève d'un de ses anciens camarades de l'École,
M. Joseph Bertrand, alors professeur au collége
Saint-Louis. En trois mois il avait obtenu les di-
plômes de bachelier et de licencié ès-sciences mathématiques, et il se préparait à devenir docteur, lorsque la perspective d'une nouvelle campagne le
rengagea pour longtemps dans la marine.

Mais la préparation de ses examens fut loin de
l'absorber tout entier, et il entreprit alors des études
d'un bien autre intérêt, qui devaient imprimer à sa
vie une direction toute nouvelle.

Nous l'avons dit, il n'était pas systématiquement
incrédule et le voltairianisme de son père n'avait jamais déteint sur lui. Encore moins s'était-il laissé
entamer par les bizarres doctrines de Fourier, qui

comptaient alors de nombreux adeptes à l'École po-lytechnique.

Plus sage, en ce seul point, que tant d'autres, il n'avait pas fait de pacte avec l'erreur. Mais, depuis l'âge de quatorze ans, ne mettant jamais le pied à l'église, il n'entendait plus parler de Dieu ; il n'avait rien lu, rien de ce qui éclaire l'homme sur sa destinée future et son avenir éternel ; à cet égard, il était redevenu un pur païen. C'était donc une éducation à refaire. Il le comprit et se mit résolûment à l'œuvre.

Il lui arriva comme à Marceau, ce grand chrétien, bien ignorant, lui aussi, et même d'une impiété quelque peu agressive, jusqu'au jour où les écailles lui tombèrent des yeux. Poussé par je ne sais quelle curiosité, ou plutôt obéissant à une première et mystérieuse impulsion de la grâce, le capitaine Marceau demanda un jour à un ecclésiastique de Toulon [1] un livre sur la religion catholique où la question fût traitée *à fond*. Ce digne prêtre lui donna la *Démonstration évangélique* de Duvoisin. Marceau la lut d'un bout à l'autre, d'abord avec une certaine défiance, puis avec un intérêt passionné, la lumière pénétrant de plus en plus vive dans son âme ; et tel fut, au rapport de son historien, le commencement de son admirable conversion qui précéda de quelques années celle d'Alexis Clerc.

1. M. l'abbé Gilbert, vicaire à Sainte-Marie.

Par quelles mains le même livre fut-il remis à
notre jeune marin? Je l'ignore, mais ce que je sais
c'est qu'il le lut avec le même fruit que Marceau, et
que, plus tard, il l'indiquait à ses amis comme un
remède dont il avait éprouvé sur lui-même l'efficacité. Fort bon livre en effet, doué de toutes les qualités sérieuses qui distinguent la vieille école française.
Né vers le milieu du xviiie siècle, Duvoisin avait
professé en Sorbonne avant la Révolution; le concor-
dat fit de lui un évêque et il administra avec sagesse
le diocèse de Nantes, mais pour son malheur il devint,
en 1811, membre de la commission ecclésiastique
présidée par le cardinal Fesch et dans cette occasion
mémorable, hélas! il ne fut pas héroïque. Il en rejaillit sur son nom une flétrissure qui ne doit pas atteindre le remarquable traité apologétique dont il
est l'auteur. Tout homme désireux de s'instruire de
ce qu'il n'est pas permis d'ignorer, trouvera là, en
quelques pages écrites sans prétention, mais non
sans chaleur, — quoique d'un style toujours contenu
et discret, — tous les éléments d'une conviction solide et réfléchie.

« La religion chrétienne est-elle révélée? Voilà
l'état de la question. Question de fait qui ne peut
être décidée que par des faits, c'est-à-dire par celles de
toutes les preuves qui sont les plus convaincantes,
les plus faciles à saisir, les plus analogues aux prin-

cipes et aux sentiments qui nous dirigent dans le cours ordinaire de la vie. L'auteur du christianisme s'est dit l'envoyé de Dieu. Ses disciples prétendent qu'il a justifié sa mission par des prodiges évidemment surnaturels, et ils apportent en preuve non-seulement leur témoignage, mais encore des prodiges tout semblables, opérés par eux-mêmes au nom de leur maître. Jésus-Christ et ses apôtres ont-ils fait les miracles qui leur sont attribués? et ces miracles ont-ils à notre égard un degré de certitude qui ne permette pas à un homme raisonnable de les révoquer en doute? [1] »

Voilà en effet toute la question; elle est nettement posée et l'on doit ajouter consciencieusement résolue; si bien, qu'en arrivant à la conclusion de son livre, l'apologiste est en droit de s'adresser à Dieu lui-même et de lui dire avec Richard de Saint-Victor : « Dieu de vérité! je crois fermement tout ce que vous m'avez révélé par Jésus votre fils. Lui seul *a les paroles de la vie éternelle, et il n'est pas sous le ciel d'autre nom par lequel nous puissions être sauvés.* Je ne crains pas de m'égarer à la suite d'un tel guide. Mais si, par impossible, ma foi était une erreur, ce serait vous qui m'auriez trompé en permettant que le christianisme fût marqué à des caractères

1. *Démonstration évangélique*, p. 4. Paris, 1818.

où je reconnais l'empreinte de votre toute-puissance [1]. »

Cela soit dit en passant pour signaler à l'attention du lecteur, un livre qu'Alexis Clerc avait en très-haute recommandation, d'après son expérience personnelle confirmée depuis par des études plus approfondies.

Alexis lut aussi les *Pensées* de Pascal, et comme il était très-sensible non-seulement à la portée philosophique des idées, mais encore à la beauté du langage, il goûta infiniment l'illustre penseur qui est sans conteste l'un de nos plus grands écrivains. Soit qu'il compare l'entreprise de Jésus-Christ à celle de Mahomet et qu'il arrive à conclure que, « puisque Mahomet a réussi, le christianisme devait périr s'il n'eût été soutenu par une force toute divine ; » soit qu'il dise tout simplement, avec l'autorité d'une conviction inébranlable, qu'il croit « des témoins qui se font égorger, » Pascal, qui, dans des conditions différentes, aurait été peut-être le plus puissant des apologistes, abonde en mots frappés au coin du génie qui sont comme autant de médailles commémoratives de ces grands faits divins dont se

1. Domine, si error est quem credimus, a te decepti sumus; quoniam iis signis prædita est religio, quæ nonnisi a te esse potuerunt. — Richard de Saint-Victor, cité par Duvoisin. *Démonstration évangélique*, p. 360.

compose toute l'histoire du christianisme. Moins
exact, cependant, moins vrai, lorsque, étalant
comme à plaisir la misère de l'homme déchu, il
s'acharne sur cette grande ruine et prend à tâche de
dépouiller l'image de Dieu de tout ce qui rappelle
encore son origine. Si la raison humaine était aussi
infirme qu'il le prétend, aussi fatalement entraînée
sur la pente de l'erreur, il faudrait désespérer d'elle
et renoncer à lui faire accepter les préliminaires de
la foi. Aussi, quoi qu'on ait pu dire, dans cette partie de sa sublime ébauche, Pascal est plus jansé-
niste que catholique, et le douloureux scepticisme,
qui s'exhale si souvent de ses pages immortelles,
n'est pas toujours sans danger. Chose remarquable !
Clerc, si novice en ces matières, eut un sentiment
confus de ce côté faible d'un écrivain de génie, et l'on
verra, dans une lettre que nous citerons tout à l'heure,
qu'il ne regardait pas le livre des *Pensées* comme
très-propre à éclairer une certaine nature d'esprits.

Je ne saurais dire si ce fut alors ou depuis, mais
il lut aussi et goûta singulièrement l'éloquent chapitre de La Bruyère sur les *Esprits forts;* et comme
son admiration était on ne peut plus communica-
tive, nous la verrons partagée par ses amis en ce qui
concerne ce remarquable morceau, dont la valeur
apologétique n'est certainement pas à dédaigner.

Ainsi, dès le début, guidé par son seul amour du

vrai et du beau, Alexis entrait de plain pied dans le
commerce des grands esprits chrétiens du xviiᵉ siècle,
et il s'y trouvait passablement à son aise pour un
enfant du xixᵉ siècle, formé à une tout autre école.
Plus tard on le verra faire mieux encore, aborder
de front saint Augustin et saint Thomas, leur consacrer ses loisirs, devenir leur disciple et, au besoin,
leur interprète ; résolution rare chez un homme de
sa profession, et qui ne tenait en rien du caprice.

Cependant tout n'était pas fait, et la conversion
du cœur était singulièrement en retard sur celle de
l'esprit. En dépit des promesses qu'il s'était faites à
lui-même, il ne profita pas de son séjour à Paris
pour obéir à la voix qui lui disait comme autrefois
au pauvre lépreux : *Ostende te sacerdoti.* S'il vit
des prêtres, ce fut de loin.

Il y en avait alors d'illustres — plus tard il devait
les mieux connaître — dont l'éloquence attirait dans
la nef de Notre-Dame un immense auditoire, jeune
et passionné pour le bien. En descendant de chaire,
à l'issue du carême de 1845, le P. de Ravignan avait
dit : « Levez-vous donc, messieurs, au milieu des
sociétés malades, et dites-leur votre force et votre
bonheur ; qu'on vous rencontre, qu'on vous voie
partout où le mal a besoin de remède, le bien de
consolation et d'appui. Montrez le courage des convictions catholiques aux postes les plus avancés de

la lutte, dans les combats de la science, de la philosophie, des lettres, de l'industrie, des arts et de la
liberté. Faites entendre la grande voix du christianisme parmi ce chaos confus d'opinions et de doctrines. Dites que vous voulez, que nous voulons la
gloire et la grandeur de la patrie, le développement
des institutions, le libre essor du génie et des
grandes pensées. Pensez vous-mêmes bien haut,
apprenez à ceux qui l'ignorent votre langue et votre
foi ; rétablissez par la conscience chrétienne l'empire de la justice, de la vérité et d'une sainte indé-
pendance. Croyez-le ! vous avez reçu plus de puissance et de durée que tous les essayeurs épuisés des
théories humaines. »

Telle était la note à cette date ; et la voix grave et
austère du P. de Ravignan ne la rendait pas encore
aussi vibrante que celle, plus sympathique à la jeunesse, du P. Lacordaire. Quelles années que celles-
là ! quels hommes ! A la Chambre des pairs, Montalembert était tous les jours sur la brèche, champion
infatigable de toutes les grandes causes catholiques.
La lutte se poursuivait depuis deux ans avec une
ardeur sans pareille ; et si, d'un côté, on était attristé par une recrudescence d'impiété qui éclatait
dans la presse périodique, et jusque dans les chaires
de l'enseignement supérieur, on reprenait courage en
voyant l'épiscopat tout entier guider aux combats

de la guerre sainte les fils des croisés. La compagnie de Jésus était proscrite; elle dut s'effacer et *faire la morte* par ménagement pour les timidités du pouvoir; mais elle venait d'affirmer son existence comme elle ne l'avait pas encore fait depuis le commencement du siècle, dans l'éloquent plaidoyer du P. de Ravignan : *De l'existence et de l'Institut des Jésuites*. La liberté que revendiquait le P. de Ravignan au nom du droit commun, un peu auparavant le P. Lacordaire l'avait prise. Il était monté dans la chaire de Notre-Dame revêtu de la robe blanche des dominicains; et personne n'avait osé lui demander de quel droit il portait l'habit de son ordre.

La France entière avait les yeux fixés sur ces deux illustres religieux qui, dans tout l'éclat de la plus pure renommée, ne rivalisaient que d'éloquence, de zèle apostolique et de charité fraternelle. Après l'apparition du beau livre du P. de Ravignan, dans une séance solennelle du cercle catholique, présidée par l'Archevéque de Paris, le P. Lacordaire s'écria: « Si nous étions en Angleterre, je proposerais trois salves en l'honneur du P. de Ravignan. » Ces paroles furent suivies d'unanimes applaudissements, trois fois répétés [1].

S'imagine-t-on que Clerc, revenu en France avec

---

1. *Vie du P. de Ravignan*, par le P. de Ponlevoy, t. I, p. 289.

l'intention de faire profession de christianisme, soit resté insensible à ces grands spectacles? On me le dirait que je n'en croirais rien, tant cette indifférence était peu dans sa nature. Cependant, quels que fussent ses sentiments, il ne fit pas alors le pas décisif. Bien plus, se retrouvant en présence des mêmes séductions auxquelles il avait succombé tant de fois, il éprouva les mêmes défaillances que par le passé et se sentit plus éloigné du but auquel tendaient pourtant toutes les convictions de sa raison devenue chrétienne.

J'en trouve l'aveu dans des notes manuscrites qui portent la date d'une grande retraite faite à Saint-Acheul après son entrée dans la Compagnie de Jésus.

Qu'on me permette de soulever ce voile. Je le ferai, bien entendu, avec tout le respect dû à sa mémoire vénérée et à sa mort glorieuse, mais avec la sincérité dont il aurait usé lui-même, si, nouvel Augustin, il nous eût laissé le livre de ses *confessions*. Eh bien! oui, j'en crois les notes accusatrices de sa retraite de Saint-Acheul, et je ne crains pas de divulguer ici les égarements de sa jeunesse, qui seront plus tard le triomphe de l'infinie miséricorde. Comme tant d'autres enfants du siècle, dans cette atmosphère empestée de Paris, de bonne heure il connut le mal et n'en eut point horreur. Les maisons d'éducation qui le reçurent doué d'une précocité dangereuse, protégèrent mal son innocence, et il prêta une oreille complaisante à la voix de ses passions. Une fois, — probablement pour s'exempter de toute pratique religieuse, — il eut le triste courage de se dire protestant, et s'il s'imposait alors quelque contrainte, ce n'était pas vertu, car il se qualifie de *sépulcre blanchi*. Mais la dissimulation répugnait trop à sa nature; il secoua de nouveau le frein et ne voulut plus paraître autre qu'il n'était; l'École Polytechnique, Brest, les îles Marquises, Valparaiso, enfin Paris, qu'il revoyait après avoir reçu les premières impressions de la grâce, chacun de ces noms excite son repentir en lui remettant devant les yeux les déréglements et les scandales de sa jeunesse.

Saint Augustin, qui en savait quelque chose, nous peint éloquemment cet état de lutte, où, l'esprit étant convaincu et aux trois quarts soumis, le cœur hésite encore et n'a pas le courage de briser les liens qui le retiennent captif sous le joug des sens [1]. Ses inclinations mauvaises et frivoles venaient à l'envi le tirer par la robe de sa chair et lui murmurer à l'oreille : Quoi! tu nous quittes? C'en est donc fait! et la séparation sera éternelle! Le moment est donc venu où tu ne jouiras plus de toute ta liberté?

[1]. Confessions, livre VIII, chap. XI.

Tel était l'état d'âme d'Alexis, de retour à Paris
après sa campagne dans les mers du Sud, et voilà
comment il put, lui qui croyait déjà et qui désirait
pratiquer, assister à ces grandes manifestations de
foi catholique qui réveillaient les plus endormis,
sans y prendre part autrement que par ses regrets
joints au sentiment de son indignité. Tant il est
vrai que la force de caractère ne suffit pas à tout et
que les âmes les mieux trempées succombent là où
les petits et les faibles remportent la victoire avec la
grâce de Dieu.

Nous le retrouvons à Toulon dans le courant du
mois de mai, en activité de service et se préparant
à une nouvelle campagne. Là sa correspondance,
interrompue par son séjour à Paris, se rouvre et
nous donne jour sur son intérieur à une époque
déjà très-voisine de sa conversion.

« Mon cher père, écrit-il le dimanche 30 mai, je
pars demain lundi à bord de la corvette à vapeur le
Caïman, pour la station du Sénégal. Je n'ai reçu
cet ordre que mercredi. Les occupations d'un départ si précipité et plus encore la certitude de
n'avoir pas de réponse à ma lettre m'a fait tarder
jusqu'à ce jour pour t'en informer. J'aurais très-
vivement désiré recevoir des nouvelles de Paris,
principalement au sujet de la dernière lettre que je
t'ai envoyée, et comme j'avais l'espoir de jour en

jour d'en recevoir, j'ai remis au dernier jour les derniers mots que je t'écris de France. Cet embarquement, auquel je ne songeais pas le moins du monde, est évité autant que possible par chacun ; aussi m'est-il revenu de droit. Je regrette de n'avoir pas été embarqué sur un vaisseau. Mais le plus fâcheux, c'est que me voilà encore au loin et peut-être pour longtemps. Je compte sur une campagne au moins d'une année, mais il est impossible de rien prévoir maintenant. Malgré tous les inconvénients de cette campagne, je crois que je m'y suis résigné assez philosophiquement. Je suis très-convaincu qu'on ne peut avoir assez de sagacité pour prévoir à l'avance et pour si longtemps. Cependant je ne saurais dire que j'aie bon espoir. Je compte sur de la tranquillité et de la paix à bord, et voilà tout. Moyennant cela, j'aurai, j'espère, de quoi m'entretenir à bord pendant la campagne. »

Il emportait des livres, comme toujours ; mais sa bibliothèque de campagne s'était renouvelée et les ouvrages religieux y tenaient une large place. Il ne savait guère où Dieu le menait ; par un pressentiment instinctif, il se dérobait à l'aiguillon dont il allait sentir les plus vives atteintes.

Autre lettre, commencée en mer le 22 juin et terminée le 27, devant la barre du Sénégal.

« Nous avons, ce matin 22 juin, mon cher père,

dépassé les îles Canaries sans y toucher, et nous aurons demain le soleil dans le nord. Madame Pagès t'aura probablement communiqué une lettre que j'ai envoyée de Cadix, et il ne me reste à te mettre au courant de mes affaires que depuis ce moment. Tu sais par conséquent qu'avant d'aller à Cadix nous avions déposé à Tanger le consul de Mogador. Nous devions l'aller reprendre après qu'il se serait abouché avec le consul général de France et le conduire à sa destination. Nous quittâmes donc Cadix le 13 pour l'aller prendre. Mais nous trouvâmes à l'entrée du détroit un vent d'est très-violent et le commandant jugea prudent de retourner à Cadix. Nous y fûmes mouillés dans la soirée. Le lendemain dimanche 14, j'étais de garde, et je m'étais déjà consolé de ne pouvoir partager le plaisir d'aller à terre. C'est que la chose en valait la peine : il s'agissait d'une course de taureaux à Cadix. Mais ne voilà-t-il pas que le commandant m'engage à y aller et me propose de faire la garde pour moi. Moi, pas fier, j'accepte, et me voilà de la partie. Il n'y a, décidément, que l'absurde de raisonnable, que l'impossible qui se réalise. Où a-t-on jamais vu, même dans les contes de fées, des commandants qui font la garde pour leurs officiers afin de les laisser aller à des courses de taureaux? C'est absurde et c'est impossible. »

Il assiste donc à ce sanglant spectacle, à cette boucherie dont les apprêts ne lui inspiraient d'abord qu'un insurmontable dégoût. Puis il s'étonne d'être gagné par la curiosité, par l'émotion du drame, et il subit l'espèce de frénésie qui s'est emparée de tous les spectateurs.

« Aux deux premiers chevaux horriblement éventrés, j'étais baigné de sueur, le cœur me gonflait dans la poitrine. J'aurais bien voulu avoir conservé ma garde à bord. Et cependant je suis resté jusqu'à huit heures du soir, j'ai vu tuer huit taureaux, éventrer une dizaine de chevaux et emporter deux picadors à moitié morts. Cela aurait duré vingt-quatre heures, que j'y serais resté, je crois, sans boire ni manger. Enfin, le croirais-tu ? au second taureau, j'applaudissais les beaux coups soit de la bête, soit des hommes ; je huais les maladroits, je demandais les chiens quand le taureau me semblait trop pacifique. On se dit : « Les chevaux sont des rosses qu'on mène au cirque au lieu de les mener à l'abattoir ; quant aux picadors, ils valent à peu près autant que leurs montures. » Oh ! que je comprends bien à présent les prouesses des gladiateurs ! Quelle gloire de transporter d'admiration par son adresse, sa force et son courage un peuple tout entier ! Quel enivrement que celui d'une telle victoire et de tels applaudissements en plein soleil ! Il y avait un matador maladroit : à sa place, je me serais fait tuer par le taureau, ou je l'aurais tué d'un seul coup.

« Que de cruauté et de folie dorment cependant à notre insu dans un recoin ignoré de notre cœur ! Aurais-je jamais cru que je dusse sentir et penser de la sorte ? Imaginez-vous donc que vous vous connaissez, quand de pareilles épreuves viennent vous donner de pareils démentis !

« Malgré tout cela, je retournerais sur-le-champ revoir tuer des taureaux, éventrer des chevaux et fracasser des picadors, ou tout au moins ne voudrais-je pas pour beaucoup ne l'avoir pas vu. »

A Tanger, il va passer la soirée chez le consul français, qui avait réuni pour la circonstance tous ses collègues européens. Là il danse, il valse et il s'abandonne à une franche gaieté, tout en observant du coin de l'œil cette société cosmopolite et en faisant à part soi de piquantes réflexions sur l'aimable concorde qui règne entre les représentants des différentes puissances, grâce à la nécessité où ils sont de frayer ensemble pour ne pas *vivre comme des hiboux*.

Encore un trait qu'il lance à tout hasard en s'éloignant de Tanger : « Nous avons fait à ce trèsaimable empereur de Maroc la gracieuseté de lui transporter à Mogador une demi-douzaine de petits

négrillons, esclaves et eunuques destinés à son sérail.
Et nous allons au Sénégal pour empêcher la traite !
Mais il est défendu de voir et de prendre aucun négrier, à ce qu'on dit. La suite me permettra d'affirmer ou de nier cette singulière consigne. Je crois
que tout le clabaudage de M. Billault avec son droit
de visite est la cause de la présence dans cette affreuse station de vingt-six bâtiments de l'État. Si
on m'envoyait quelquefois payer de leurs personnes
tous ces *palabreurs*, cela produirait, je crois, un
bon effet. Mais attendons à voir pour être bien sûr. »

Il avait raison de ne pas précipiter son jugement.
A quelques jours de là le *Caïman*, ayant rencontré
un négrier, fit son devoir en conscience. Quant à
sa mauvaise humeur contre M. Billault et les orateurs négrophiles, intraitables sur le droit de visite
dont ils parlaient fort à leur aise, c'était un sentiment très-répandu parmi les marins et autres gens
avisés qui soupçonnaient la philanthropie anglaise
de n'être pas désintéressée dans la revendication d'un
droit extrêmement onéreux au pavillon français.

Chemin faisant, il esquisse le portrait des officiers
du bord, dont il a généralement à se louer. Le commandant, capitaine Rousse, est un provençal, déjà
sur le retour, qui regrette un peu les figuiers et les
oliviers de sa bastide, mais bon, indulgent pour ses
inférieurs et fort bien disposé en faveur de l'en-

seigne Clerc, auquel il apprend son métier. « Hier
soir, il m'a tenu une longue conversation, où il
m'a indiqué les meilleurs et les plus dignes moyens
de faire son avancement, c'est-à-dire le sommaire
des matières dont la connaissance est utile, la manière de les étudier et de les employer à son profit.
Tout cela sentait l'expérience et la bienveillance.
Tu vois, mon cher père, que je suis bien tombé.
Il fait, il est vrai, profession d'un positivisme très-
prosaïque; mais (ajoute-t-il judicieusement), comme
ce sont les excès des sentiments contraires qui l'ont
ainsi transformé et que c'est maintenant un homme
très-bon, je me félicite de l'avoir pour maître.
Le second du bâtiment est M. Esmangard, lieutenant de vaisseau, gracieux dans sa personne et
dans son esprit. Dès le premier jour nous nous
sommes donné dans l'œil, et si le diable ne s'en
mêle, j'aurai un jour en lui un ami. »

En effet, ils devinrent amis. Si je suis bien informé, ce jeune officier se réclamait de l'école de
Fourier, qui comptait alors beaucoup d'adeptes,
comme on put le voir en 1848. La conversion de
Clerc, dont Esmangard fut témoin, laissa leur affection entière, sans qu'il s'opérât entre eux de rapprochement sur le terrain des croyances.

Cependant Alexis ne perd pas son temps; il réfléchit, il étudie tantôt les mathématiques, tantôt

l'économie politique, mais plus souvent encore la religion, et l'on sent bien que c'est là au fond sa grande affaire.

Un jour il écrit à son frère Jules ces lignes singulières, dont le visible embarras trahit la pensée qui l'obsède et le domine bien malgré lui.

« Il y a un quart d'heure que je tourne ma plume dans mes mains sans oser rien écrire. C'est très-ennuyeux à la fin de parler toujours de soi. Je te jure que si tu ne me renvoies pas la monnaie de ma pièce, et avec les intérêts, c'est fini, je ne t'écris plus. Cela posé, je continue. Le peu de temps qui échappe au jeu, au sommeil ou au service, je lis J.-B. Say et l'*Histoire des Variations*. C'est un contraste assez frappant ; l'un ne s'occupe que des biens matériels et ne s'imagine pas qu'il y en ait d'autres, et l'autre n'en a guère souci. Mais il y a des livres qu'il faut connaître ; on doit y prendre ce qu'il y a de bon et laisser le reste. Notre métier, d'ailleurs, nous oblige à apprendre dans les livres ce que, vous autres citadins, vous apprenez malgré vous. Il faut que nous sachions à quoi nous en tenir sur les questions *douanes*, *commerce*, *industrie*, *colonie*, *traités de commerce*. Nous pouvons avoir à y intervenir, et il serait alors trop tard pour commencer à les étudier ; et voilà le *pétrin* où je me suis fourré pour quelque temps. Il est minuit passé, mon quart aussi. Bonsoir : je m'en vais prendre Bossuet. Il a le privilége de me tenir compagnie jusqu'au moment du sommeil. »

Prenant de nouveau la plume, il ajoute : « Je fais toute sorte d'efforts pour devenir plus sage et plus religieux; mais c'est difficile, et mon voyage à Paris a contribué à augmenter les obstacles. J'espère que, de ton côté, tu es dans la même voie et je ne doute pas que tu n'y marches plus vite que moi. Je te recommande les *Méditations* et les *Élévations* de Bossuet; ce sont deux excellents livres. »

Les deux frères avaient puisé aux mêmes sources le germe de l'indifférence religieuse. Mais la grâce agissait simultanément sur leurs cœurs et l'heure approchait où la joie de chacun d'eux, en revenant à Dieu, allait être doublée par le retour et la réconciliation accomplie d'un frère bien-aimé.

Un peu avant d'arriver au Gabon, Alexis écrit encore à son père; il faut lire entre les lignes pour deviner ce qui se passe dans son âme.

« Mon cher père, nous avons rencontré ce matin un pauvre diable de négrier. Nous nous rendions tranquillement à la voile au Gabon. Nous avons allumé les feux des chaudières et, une heure après, le bâtiment recevait un de nos canots [1]. Il va partir, je lui confie cette feuille.

1. Le négrier était donc capturé, et le commandant du *Caïman*

4

« Tu sais fort bien, cher père, que ce n'est que dans les romans que les marins mènent une vie aventureuse. En réalité rien n'est si uni, si régulier ; c'est une vie presque monastique et, en vérité, je n'ai absolument rien à te raconter, car il ne s'est rien passé que du temps. Mais il est assez reçu de parler sans rien dire. Donc, je me porte très-bien ; je ne m'ennuie pas et je ne sens pas encore ce besoin terrible de Paris qui me tourmentait si fort il y a à peine une année. Cela ne m'empêche pas de le désirer et de le regretter, mais ce n'est pas une souffrance.

« Je suis toujours au mieux à mon bord, et je désire cependant le quitter pour aller avec Esmangard sur un bâtiment à voiles.

« Le départ de l'officier qui commande notre prise de ce matin me laisse, après le lieutenant, le plus ancien officier du bord, de sorte que la prochaine prise pourrait, si je le voulais, m'échoir et par suite me ramener en France. Qu'en penses-tu ? — Mais ne vendons pas la peau de l'ours...

« J'espère trouver des lettres au Gabon, où nous serons dans quelques jours. Je n'en ai point encore reçu. On ne sait pas à Paris le bien que cela fait à un pauvre exilé. Vous restez ensemble, vous !

avait rempli son devoir en s'opposant au transport des pauvres victimes de la traite.

« Ne trouves-tu pas qu'il y a eu une sorte de fa-
talité pour me faire embrasser ce métier? Je ne m'en
plains pas, je suis à peu près aussi heureux que possible ; mais il me semble qu'il y a eu quelque chose
d'étranger à ma volonté qui m'a poussé, il y a cinq
ans, à cette résolution. Cinq ans ! j'ai été obligé de
recompter plusieurs fois. Oui, il y a cinq ans que
je vous ai quittés ; cinq ans ! j'en ai vingt-sept à
présent. Comme le temps passe vite même lorsqu'on
est malheureux ! Mais le malheur passé est un bonheur présent ; il est doux de s'en souvenir.

« Je fais tous mes efforts pour devenir sage, mon
cher père, c'est-à-dire religieux, car il n'y a pas de
sagesse hors de la religion. J'aurais bien besoin de
conseils ; j'en suis tout à fait privé ; j'en trouverais
de si bons en France !

« Charge-toi, mon cher père, d'embrasser Jules,
ce bon et honnête homme ; dis-lui, sans blesser sa
modestie, qu'on ne saurait rencontrer un cœur
aussi intelligent et aussi dévoué que le sien.

. . . .
. . . .

« Adieu, cher père, je t'embrasse de tout cœur ;
porte-toi bien. Se je pouvais te souhaiter du repos !
Mais tu regardes ton travail comme un devoir. On
te comprend, mais on préférerait te voir vivre pour
toi un peu, à la fin. Adieu, cher père ! »

Enfin il a vu le Gabon, cette terre promise d'un nouveau genre, côte aride et montagneuse située juste sous l'équateur. Là pourtant coula pour lui le lait et le miel; là il goûta la joie de se sentir en paix avec Dieu et avec sa conscience, et lorsqu'il quitta le rivage africain pour revenir en France, il avait commencé une vie nouvelle.

Nous avons sous les yeux une lettre à son frère, datée de Wydah, le 25 janvier 1847. « Wydah, nous dit un missionnaire qui avait pris passage à Gorée sur le *Caïman*, est une ville du puissant royaume de Dahomey. Le roi de ce pays est célèbre dans la Guinée par son palais aux murs garnis d'ossements humains, et par sa fameuse garde noble, composée de femmes armées de pied en cap et d'un courage à toute épreuve [1]. »

Dans cette lettre, pleine d'effusions cordiales, éclate la joie de l'enfant prodigue rentré en grâce avec son père. Alexis vient d'apprendre, par des amis qui lui ont écrit de Paris, que son frère, touché comme lui de la grâce, remplit maintenant tous les devoirs d'un fervent chrétien. Il l'en félicite chaudement, en homme qui sait le prix d'une con-

---

[1]. Lettre de M. Briot, missionnaire apostolique de la congrégation du Saint-Cœur de Marie, à M. Libermann, supérieur de la même Congrégation. — *Annales de la propagation de la foi*. T. XX, p. 324.

version sincère et qui est en train d'en faire l'expérience : « Que ce royaume est éloigné de celui du monde ! que la bonté y surabonde ! que les fondements en sont stables ! Il ne m'a pas été donné de voir ton bonheur, de m'y associer ; cette joie nous est peut-être réservée, nous prierons tous les deux pour l'obtenir. »

Alors aussi lui apparaît, non plus comme un reproche, mais comme un motif d'espérer beaucoup, la pureté de sa première enfance, protégée par une bonne et pieuse mère. Quoi de plus touchant que cet élan du cœur au moment où il se sent renaître à la foi et à la vertu ! « Il nous faut aller tous vers une pauvre sainte femme qui nous tend les bras là-haut. Elle nous appelle, pour sûr, de tous ses efforts. »

Toutes les perspectives de la vie sont agrandies et embellies par celles de l'éternité où il aspire, et il ne se lasse pas de bénir l'infinie miséricorde qui l'appelle à une si grande félicité, lui si coupable ! « Que je serai heureux s'il m'est accordé de me trouver encore au milieu de vous ! Quel heureux changement dans notre société ! Quel déplorable égarement n'a pas été le nôtre, et combien plus déplorables ceux qui ont fait tant d'efforts pour rendre aimable ce qui est si odieux ! Quelle clémence a pu endurer si longtemps cet orgueil et cette corruption !

Combien mon compte est lourd dans tout cela! »

Les vertus chrétiennes, qui sont sœurs, ont pris toutes à la fois possession de son âme : humilité, défiance de soi-même, respect sans bornes pour l'autorité de l'Église représentée par ses ministres, crainte salutaire de s'égarer en s'en rapportant trop à ses propres lumières.

Il écrit le 1er février : « Je regrette beaucoup de ne pas être à Paris. J'ai le plus grand besoin de conseils. Ma vie — c'est mon ardent désir — doit désormais suivre des voies nouvelles. Je n'ai pas encore de route tracée. Le contact d'un homme pieux et éclairé serait pour moi, comme homme et comme chrétien, de l'influence la plus salutaire. La solitude peut être profitable, mais elle peut aussi être dangereuse, et avec ma Bible latine, que je comprends mal peut-être plus souvent que je ne crois, pour tout entretien, je suis exposé à beaucoup de périls. J'ai des craintes et des incertitudes continuelles, et sans compter les mille erreurs de doctrine dans lesquelles je puis tous les jours tomber à mon insu, je n'ose m'imposer certaines obligations qui pourraient être inutiles ou nuisibles, et je n'ose ne pas me les imposer.

« Il faut, dit saint Paul, nous contenter de la mesure de grâce accordée à chacun de nous. Je ne sais jamais si, par une ambition coupable, je veux aller au-delà, ou si, par lâcheté, je reste en deçà.

« Peut-être, dans une position si différente de la mienne, ne comprendras-tu pas ces sollicitudes, et je t'en félicite. Je ne puis m'empêcher de m'imaginer que tu jouis de la paix promise aux hommes de bonne volonté. Je pense bien que ce n'est pas sans quelques troubles passagers. Mais j'arrête sur toi ma pensée avec bonheur; il me semble alors que c'est un reflet qui m'arrive. »

Le changement était complet, il fut sans retour. Comment s'était-il opéré? Nous l'ignorions, lorsque tout récemment, nous avons rencontré un digne témoin de cette grande et consolante conversion. Un fils du R.P.Libermann, un missionnaire de la congrégation du Saint-Cœur de Marie, est revenu du Gabon, ce semble, tout exprès pour nous apprendre ce que nous avions tant à cœur de savoir; aujourd'hui, rendu à sa chère mission, il continue à évanliser les pauvres nègres de la côte africaine.

« O malheureuse Guinée! s'écriait le vénéré P.Libermann, il me semble que je l'ai tout entière dans mon cœur! Les malheurs de ces pauvres âmes m'oppressent et m'accablent. » Au mois de septembre 1843, il y avait envoyé sept missionnaires qui abordèrent au cap des Palmes le 29 novembre suivant. Trois d'entre eux furent emportés en quelques jours par la fièvre ou l'apoplexie, et le reste fut dispersé par la fureur des nègres. C'est pour remplir ces vides, ou plutôt recommencer à nouveau une entreprise si difficile que les PP. Briot de la Mallerie et Leberre montèrent à bord du *Caïman* en rade de Gorée. Le P. Leberre, qui a seul survécu et que j'ai pu voir pendant son séjour à Paris, se rappelle très-bien le commandant Rousse et son second M. Esmangard, intimement lié avec l'enseigne Clerc. Esmangard était fouriériste, et les autres officiers faisaient profession d'indifférence, sinon d'incrédulité. Après quelques jours de traversée, l'on se mit à discuter avec les missionnaires. L'un d'eux, M. Briot de la Mallerie, avait été dans la marine, ce qui, joint à l'ascendant de son caractère, lui donnait quelque chance d'être écouté. Nul ne prêtait à ses discours une oreille plus attentive et plus sympathique que l'enseigne Alexis Clerc, toujours prêt à faire honneur à ses convictions. Un jour, engagé lui-même dans la lutte, il rompit en visière à son camarade Esmangard, et, au carré du bâtiment, devant tout l'état-major et tous les passagers, il fit, avec une certaine solennité, la déclaration suivante : « Après tout, messieurs, ce sont encore les principes qu'une mère chrétienne a déposés dans le cœur de son enfant, qui y restent le plus profondément gravés, et ce sont eux aussi qui sont les meilleurs. »

« A partir de ce moment, ajoute le R. P. Leberre, il parut entrer dans une véritable voie de conversion.

Il demanda un catéchisme à M. Briot, sans doute pour se remémorer les principales vérités de notre sainte religion et se préparer à la pratiquer. Il fit, à l'établissement de Sainte-Marie du Gabon, une confession générale et y reçut la sainte communion. Un autre officier du *Caïman* suivit son exemple. »

Enfin une dernière révélation nous arrive inopinément et nous permet de saisir Clerc en pleine lutte, à la veille de son dernier combat, puis encore tout frémissant des angoisses qu'il a traversées avant de remporter cette grande victoire.

Il avait dans la marine un ami chrétien, Claude Joubert, simple enseigne de vaisseau, avec lequel il s'était lié sur la frégate la *Charte* qui les avait ramenés tous les deux en France après leur première campagne faite dans les mers du Sud. Depuis, Joubert avait quitté le service, non pour se reposer, mais dans la pensée de recevoir les saints ordres et de se vouer un jour aux saintes fatigues de l'apostolat. Apôtre, il l'était déjà, et il pressait son cher camarade de ne pas opposer plus longue résistance à la grâce. C'était, du reste, un de ces amis sûrs auxquels on peut tout confier. Il est mort à vingt-neuf ans, diacre, emportant dans la tombe le secret des entretiens intimes qui lui avaient fait voir un *vase d'élection* dans cette âme encore asservie à la chair et au sang, qu'il cherchait à conquérir à Jésus-Christ.

Mais les lettres qu'il avait reçues du Gabon, et d'autres encore, il les a gardées ; et voilà qu'après trente ans, elles tombent entre nos mains, pleines de lumière, — d'une lumière qui éclaire la profondeur de l'abîme d'où notre nouveau converti sort avec une joie mêlée de crainte et d'étonnement.

Clerc écrit une première fois à son ami en vue du Gabon, le 8 décembre 1846. Après quelques détails sans intérêt pour le lecteur : « J'arrive enfin, lui dit-il, à te remercier de ta bonne lettre. Qu'elle est arvée à propos ! qu'elle est affectueuse et qu'elle touche au point précis où je sens le mal ! O mon cher ami, écris-moi souvent, je t'en conjure, quand même tu ne recevrais pas de réponse. L'éloignement, tu le vois, peut en être la cause, et je suis bien affligé de penser que tu ne m'as pas écrit depuis le 30 mai, et que tu ne m'écriras qu'après avoir reçu cette lettre. Ne fais plus ainsi à l'avenir, cher ami ; c'est l'utilité de tes lettres qui t'oblige à m'en envoyer souvent. Montre-moi ton cœur, tes luttes, tes succès. Tu me précèdes dans la bonne voie, tu me dois l'exemple et l'encouragement.

« Je suis à bord de la corvette à vapeur le *Caïman*, station des côtes occidentales d'Afrique. Je suis aussi heureux que possible. Le bâtiment est dans une paix profonde. Je suis au mieux avec le capitaine, et le lieutenant, qui s'appelle Esmangard, est pour moi un ami. Les hommes sont doucement et justement conduits par le lieutenant. C'est un ancien ami de Desmarets. Il ne croit pas; mais je ferai tant, il a de si belles qualités... il y viendra. Mon cher Joubert, c'est maintenant la paresse qui est mon ennemi. Ce bonheur tranquille m'engourdit. Je suis tourmenté cependant, je ne suis pas dans ma paresse sans remords, mais je ne trouve pas la force de vouloir la surmonter et je suis toujours dans ce *dilemme* [1] cruel de ne pas oser me former une règle de conduite de peur qu'elle ne soit extravagante ou que je ne la suive que par orgueil, et de vouloir m'en faire une afin que mes efforts vers le bien soient récompensés. J'ai besoin de secours, je suis abandonné, sans conseils; je te prie, fais-moi une règle, je te promets que je tâcherai de la suivre exactement..... Tu as pitié d'une telle faiblesse, mais voilà mon état. Le respect humain me tient aussi. Si j'étais sûr de persévérer, je sens que je ne m'en soucierais pas; mais je suis si faible que je crains mille rechutes, et mes démarches ostensibles seraient alors bien ridicules. Et puis, aujourd'hui, on feint la piété par ambition, et je mourrais de honte, si une faute, hélas! trop probable, venait justifier l'opinion que j'ai été à la recherche d'une épaulette chez les missionnaires.

1. Nous laissons ce mot quoique impropre.

Tout cela est bien petit, n'est-ce pas? mais c'est comme cela. Tu vois que j'ai besoin de toi. Je prierai, et peut-être que demain j'aurai la force d'aller chez les missionnaires. Mais envoie-moi tout de même une règle à suivre, compatible avec mon métier. Jésus-Christ a promis de se trouver là où plusieurs seraient réunis en son nom... Mais moi, je le cherche seul; viendra-t-il? Peut-être m'égaré-je dans les voies de l'orgueil au lieu de m'avancer dans la voie de la charité. »

Là s'arrêtent les premières confidences de notre jeune marin; elles trahissent toutes les hésitations de sa volonté en présence d'un devoir qu'il regarde comme certain et qu'il serait heureux d'accomplir s'il était plus sûr de lui-même. Il y a longtemps que cet état dure; l'on peut craindre que la grâce, après avoir vainement frappé à la porte de son cœur, ne se lasse et ne l'abandonne à une fausse et mortelle sécurité. Mais non, il n'en sera pas ainsi; Dieu veille sur cette âme généreuse au fond, mais endormie, et il ne se privera pas de la gloire qu'elle saura lui rendre une fois qu'elle se sera pour toujours attachée à son service.

Un mois tout entier se passe, et Clerc, revenant du Gabon, prend de nouveau la plume pour écrire à son ami, le 11 janvier 1847.

« Mon cher Joubert, au moment où je finissais le

dernier mot de la feuille précédente, j'ai entendu armer un canot... Je ne sais si j'en ai le mérite, mais sans me consulter je me suis sauvé à terre. J'ai été chez les prêtres et je me suis confessé le 11 décembre. J'ai reçu l'absolution, presque moment pour moment, vingt-sept ans après ma naissance [1] et le même jour nous sommes partis. Félicite-toi avec moi; voilà un pas difficile de fait et c'est peut-être ta lettre qui m'a décidé. J'ai fait depuis beaucoup d'efforts pour bien vivre, mais tu sais combien c'est difficile et combien il nous faut pour cela de secours. Cependant on est, à la mer, à l'abri de bien des dangers; les sens sont dans un assoupissement presque forcé. En vérité, l'homme est comme une pierre sur le haut d'une montagne; elle est ferme sur sa base; mais, si on l'ébranle peu à peu et qu'on la fasse à la fin et à grand'peine rouler d'un seul tour, elle continuera à rouler toute seule, lentement d'abord, et peut-être pourrait-on encore l'arrêter; mais bientôt sa course est impétueuse, les obstacles ne sauraient l'arrêter, elle les franchit par des bonds prodigieux qui augmentent encore sa vitesse; elle brise, elle entraîne tout ce qu'elle rencontre, elle se précipite, comme

1. Clerc croyait être né le 11 décembre et c'est ce jour qu'il a fait inscrire, comme date de sa naissance, sur le Catalogue de la Province de France. Mais nous voyons, par son acte de baptême et par son état de service, qu'il était né le 12.

avec une fureur toujours croissante, jusque dans la profondeur des abîmes. Oh ! mon Joubert, que ma déplorable expérience te serve d'exemple ; puisse-t-elle m'en servir à moi-même ! Je sens que je n'ai pas la force cependant de résister à telle épreuve que mon esprit imagine ; je prie ardemment pour recevoir du secours et je m'efforce de détourner mon esprit de ces fantômes.

« Une jeunesse passée dans les excès de toute sorte est un bien grand malheur ! Tu ignores ces fantômes qui m'ont si longtemps poursuivi ; c'est bien à la grâce seule de Dieu que je dois d'en être moins souvent obsédé. Quand je jette les yeux en arrière, je suis bientôt obligé de les détourner. Ce que je demande le plus souvent et le plus vivement à Dieu, c'est d'avoir horreur du mal, c'est de pleurer sur ce passé ; je ne l'ai point encore obtenu.

« Tu vois, mon cher Joubert, quel état digne de pitié est le mien. Il me semble que s'il fallait mourir pour mon salut, je n'hésiterais pas, et je vis avec appréhension. Quelle créature est l'homme ? Il lui est donc plus facile de sacrifier sa vie que de contrarier ses passions ? La solitude est souvent funeste, la société presque toujours. Croirais-tu qu'il m'est impossible de passer une journée sans dire du mal de quelqu'un ? Je sais combien c'est défendu, mais c'est un thème si fréquent que la médisance qu'il faudrait se condamner à un silence absolu pour ne pas l'aborder.

« Je ne peux pas comprendre la charité. Je ne sais comment faire pour aimer un homme rempli de défauts ; il est difficile de détester les défauts et d'aimer l'homme qui s'y complaît. Le remède serait de ne juger personne, mais c'est encore plus impraticable. Je cherche bien, mais en moi je ne puis trouver à cela aucune solution possible. Comment faire pour ne pas juger des actions qui nous frappent, des sentiments qu'on se plaît à vous développer ? Je sais que je suis moi-même plein de défauts, que je nourris une foule de sentiments coupables où je me complais ; mais cela n'influe pas sur le jugement que je fais des autres ; que cela me rende indulgent s'il fallait condamner, c'est sûr, et je crois que je ne condamnerais personne ; mais juger et penser : *c'est bien* ou *c'est mal*, cela est plus fort que moi, je ne saurais m'en empêcher, ni non plus de penser : *cet homme est méchant, est sensuel, est injuste*, etc. Oh ! si le joug est suave et le poids léger, il est bien vrai aussi que la voie est âpre et étroite. »

Enfin le 20 janvier, avant de clore sa lettre, Clerc ajoute encore ces quelques mots :

« Je profite d'une occasion imprévue pour t'expédier cette lettre ; elle laisse encore une foule de choses à te dire. Depuis le 11 il m'est arrivé des lettres de France. La main de Dieu, mon cher Joubert, se révèle pour moi. Mon frère est rentré dans le sein de l'Église et a communié.... J'ai éprouvé une contrariété maritime des plus vives. Je ne suis pas fixé. Si cette persévérance de contrariété est un avis de Dieu de quitter le métier, je suis prêt; mais je ne veux pas le quitter en lâche, c'est-à-dire par des motifs humains. Eclaire-moi et prie pour moi.

« Adieu, cher et fidèle ami, prie pour un malheureux qui est bien souvent ballotté par les choses, bien tourmenté par son cœur. Je t'embrasse. A. C. »

Chose admirable! une fois entré dans cette voie étroite dont il n'approchait qu'en tremblant, Clerc n'éprouva pas les défaillances qu'il redoutait tant et qui semblaient inévitables à n'envisager que sa faiblesse dont il venait de faire, tout récemment encore, une triste mais dernière expérience. Les funestes images de son passé, les odieux fantômes dont il était obsédé s'évanouirent à la clarté du Soleil de justice, et il reconnut avec une joie indicible la vérité des paroles du divin Maître : « Venez à moi, vous tous qui êtes fatigués et qui êtes chargés, et je vous soulagerai. Prenez mon joug sur vous, et apprenez de moi que je suis doux et humble de cœur, et vous trouverez le repos de vos âmes : car mon joug est doux et mon fardeau léger [1]. »

1. S. Matthieu, XI, 28-30.

CHAPITRE III.

PROGRÈS D'ALEXIS DANS LA VIE CHRÉTIENNE. — SERVICE
A TERRE. — LORIENT, INDRET, BREST.

Revenu en France dans l'été de 1847, Alexis est
un autre homme ; témoins d'une transformation si
inattendue, ses anciens camarades n'y comprennent
rien et n'en peuvent croire leurs yeux. Est-ce bizar-
rerie d'esprit? Est-ce un jeu, une gageure? Est-il
vraiment dans son bon sens, et combien de temps
cela durera-t-il?

Mais lui leur déclare que cela est très-sérieux et
qu'il ne changera plus, avec la grâce de Dieu. Il a
des ardeurs de néophyte qui rappellent l'élan de
Polyeucte au sortir du baptême :

Allons, mon cher Néarque, allons aux yeux des hommes
Braver l'idolâtrie et montrer qui nous sommes.

Hélas! dans le Paris du XIXe siècle, ce cri : Je suis
chrétien! étonne encore bien des oreilles païennes,
il excite la rage des persécuteurs, et Clerc devait un
jour en savoir quelque chose. Mais, en attendant,
il passait pour fou, ou du moins pour très-original,
auprès de gens qui l'avaient vu aussi étranger
qu'eux à toute pensée religieuse. La folie, c'était, à
ses yeux, de ne pas croire en Jésus-Christ, de ne
pas marcher sur ses traces; il s'en expliquait avec
une verdeur d'expression très-propre à déconcerter
ceux auxquels sa nouvelle manière d'être paraissait
déraisonnable, et qui venaient pour sonder ses dispositions avec plus de curiosité maligne que d'intérêt et de sympathie.

Un jour, il est rencontré par un de ses anciens
camarades, devenu depuis capitaine de frégate et
répétiteur à l'École polytechnique; homme de beaucoup d'esprit, mais sceptique et fort intrigué d'un
pareil changement. « Qu'est-ce donc qu'on m'a
conté, mon cher Clerc, tu es devenu jésuite? » Clerc
ne l'était pas encore, mais on sait ce que ce mot
veut dire dans la bouche de ceux qui ne sont pas
même chrétiens. — « Oui, certes, je le suis comme
tout homme de cœur et d'intelligence doit l'être
quand il n'est pas un ignorant [1]. » Telle fut sa ré-

1. Il n'y a pas *certes* dans l'original.

ponse, et « le ton, le geste et les yeux de Clerc
étaient tels que je vis qu'il n'y avait pas à discuter;
je le quittai en me promettant de n'y plus revenir. »

S'il s'y était toujours pris de la sorte, il n'aurait
pas fait beaucoup de conversions. Heureusement,
avec le temps, il acquit plus d'empire sur lui-même,
non sans effort, mais avec un mérite d'autant plus
grand que cette franchise un peu rude était dans
son caractère.

Il y eut un petit groupe d'amis, à Paris, où sa
conversion si longtemps attendue causa bien de la
joie. Le meilleur de ces amis, c'était son frère Jules,
devenu en même temps que lui fervent catholique.
Tous les deux étaient liés d'enfance avec un vaillant
écrivain qui a, de bonne heure, consacré sa plume
au triomphe de la religion, et au foyer duquel
brillaient les plus douces vertus réunies dans la
personne d'une femme distinguée que Dieu avait
amenée à la connaissance de sa loi par des voies extraordinaires. Monsieur et madame de S***, que la
discrétion nous interdit de désigner plus claire-
ment, étaient des amis du premier degré, et comme
ils suivaient en tout les inspirations de la foi, ils
fêtèrent de la manière la plus sainte, en prenant
part avec lui au banquet sacré, le retour de cet enfant prodigue à la maison de son père.

M. Jules Clerc avait confié le soin de son âme à

M. l'abbé de la Bouillerie, alors vicaire général de
Paris, depuis successivement évêque de Carcassonne
et coadjuteur de Bordeaux. Mais l'un des frères ne
pouvait avoir un ami ou un guide qui ne fût en
même temps celui de l'autre; aussi, après un court
séjour à Paris, qui lui suffit pour connaître le prix
d'une telle amitié, Alexis témoignait-il pour M. de
la Bouillerie la même affectueuse et filiale confiance
que s'il eût été de tout temps son fils spirituel.

Il n'avait garde d'oublier le fidèle Joubert, son
premier guide et son modèle dans le généreux accomplissement de tous les devoirs du christianisme.
Qu'était devenu ce cher camarade dont il n'avait
plus de nouvelles depuis son départ du Gabon? Il
n'en savait rien et supposait qu'il était toujours dans
sa famille, à Pont-de-Vaux [1] (département de l'Ain).
C'est là qu'il lui écrivit le 27 août 1847, étant lui-
même à Lorient, toujours embarqué sur le *Caïman*,
car il n'avait passé à Paris que fort peu de temps :

« Tous mes efforts tendent maintenant à devenir
chrétien et à beaucoup aimer Dieu. J'ai tort de te
parler de mes efforts, parce que en vérité je suis
bien inerte, sans courage, sans persévérance. Je

---

[1] Pont-de-Vaux est la patrie du général Joubert, et notre
Claude Joubert était l'un des neveux de cet illustre homme de
guerre.

suis comme un vaisseau désemparé; mais Dieu, qui a été si bon que de me rappeler à Lui, fera dériver ce pauvre ponton vers le port le plus sûr. Mais je devrais m'aider suivant mes moyens, et je fais bien peu de chose. Il faut que je te raconte ce qu'il vient de faire pour moi tout récemment. Tu me connais, mon cher ami, et tu sais que j'ai un esprit inquiet, assez vif, pas profond du tout et passablement inconstant. Tu sais aussi cette vie du bord, inoccupée et tracassière, qui vous laisse toute la journée à rêvasser. J'étais fort inquiet de cette situation, surtout dans la privation où l'on est de l'église. Je crois qu'elle est réellement dangereuse. J'avais écrit à peu près tous les jours, pendant notre dernière traversée, toutes mes inquiétudes, toutes mes craintes et toutes mes pensées, de telle sorte que je crois que je m'étais peint assez ressemblant. Mon dessein était de donner cela à un prêtre qui m'aurait alors secouru tout de suite et qui m'eût conseillé: notre vie est si incertaine, à nous, qu'il fallait devancer l'occasion. Mais il fallait trouver un prêtre. Mon frère m'a fait rendre visite à son directeur; je n'ai pas balancé et je lui ai porté mon paquet, et le bon Dieu a fait que c'est un homme des plus intelligents et des meilleurs que je sache; c'est M. de la Bouillerie, grand vicaire de Mgr de Paris. Je ne le connaissais pas du tout et jamais je n'eusse si bien choisi. Je me sens porté à autant d'affection que de respect pour lui. Je regrette seulement qu'étant aussi occupé qu'il l'est, je n'augmente son fardeau ; mais j'ai une espèce de joie d'égoïste de l'avoir.

« Je ne me sens pas en train de t'entretenir plus longtemps. Regarde ceci comme une simple lettre d'avis de mon arrivée ; informe-moi de ce qui te regarde et compte sur mon empressement à te répondre. Je suis en ce moment à Lorient, embarqué sur le *Caïman*.

« J'ai besoin, mon cher, de beaucoup de secours. Je me recommande à tes prières.

« A. C. »

Au moment où cette lettre lui parvint, Joubert avait déjà dit adieu au monde et ne résidait plus dans sa famille, mais au séminaire d'Issy, près Paris ; c'est à Issy qu'il avait commencé les études qui, continuées l'année suivante au séminaire de Saint-Sulpice, devaient le préparer à la réception des saints ordres. Qu'on juge de sa joie en voyant Clerc en si bon chemin ! Son ami lui disait en commençant sa lettre : « Tu as contribué à ma conversion, jamais je ne l'oublierai. Tes lettres me feront toujours du bien, ne me les épargne donc pas. » Apprendre à son cher camarade l'heureuse issue de

sa vocation, lui parler à plein cœur du bonheur de
la retraite, des délices spirituelles de la vie de séminaire, de ses vénérés directeurs, de ses nouvelles
études qui nourrissent son âme en éclairant son
esprit, si différentes en cela de la science orgueil-
leuse du siècle ; puis se mettre en devoir de lui procurer à Lorient un nouveau guide et, s'il se peut,
un autre M. de la Bouillerie, voilà quelle fut la
première inspiration de Claude Joubert, et il réussit
à tout au delà de ses espérances. Rendons hommage en passant à ce saint jeune homme que le
séminaire de Saint-Sulpice n'a fait qu'entrevoir. Sa
mémoire n'y est pas entièrement effacée; l'un des
directeurs actuels, qui fut son condisciple [1], nous
dit que, s'il eût vécu, il aurait certainement rempli
le ministère d'un prêtre zélé. Humble, modeste,
réservé, exact observateur des règles, il parlait peu
de son passé, et à peine savait-on, dans le cercle
intime où il se renfermait, qu'il eût fait campagne
dans les mers du Sud.

Au commencement de septembre, Clerc, enfin
débarqué du *Caïman*, est attaché à la direction du
port de Lorient. C'est là sa première station sur les
côtes de Bretagne. Pendant les trois années suivantes, il n'eut pas de résidence fixe, son service

1. M. l'abbé Sire.

l'appelant tour à tour à Brest, à Saint-Nazaire, à
Paimbœuf et à Indret, sans parler de plusieurs em-
barquements de courte durée à bord du *Caffarelli*,
de la *Caravane* et du *Duguesclin*. Il y aurait peu
d'intérêt à suivre le jeune officier dans ces diverses
pérégrinations. Le service spécial auquel il fut appliqué sur l'aviso à vapeur le *Pélican* tire un peu
plus à conséquence, et nous en toucherons un mot,
le moment venu. Le grand avantage qu'il trouva
dans ces diverses situations, ce fut d'avoir le temps
de se recueillir et de se vouer, sans distraction mon-
daine, à la prière, à l'étude et aux bonnes œuvres.

Une lettre, datée de Lorient (17 septembre 1847),
et adressée à son frère Jules, nous met pour ainsi
dire sous les yeux le premier essor de son zèle, et
nous révèle un discernement qu'on n'était guère en
droit d'attendre d'un convertisseur si novice. Il s'a-
git d'un ami, — nommons-le Alphonse, — que son
frère et M. de S***, de concert avec lui, travaillaient
à remettre dans la bonne voie, et auquel ils avaient
conseillé les *Pensées* de Pascal et le chapitre de La
Bruyère sur les *Esprits forts*. Alexis désapprouvait
le choix de ces lectures, dont il attendait peu d'effet,
et il s'efforçait de ramener à son avis les deux auxiliaires de son zèle.

« Il est bien entendu que les *Pensées* de Pascal,
qui m'ont ouvert les premières la route, et le chapitre

des *Esprits forts*, que j'ai lu peu de temps après, sont des livres que je regarde comme très-bons et très-forts ; que je n'entends nullement les attaquer et qu'au contraire je suis prêt à les défendre. Mais les *Pensées* de Pascal sont difficiles et elles me semblent devoir glisser sur un esprit qui n'est pas recueilli ; et je crois qu'en prenant en bloc celles qu'Alphonse lira et comprendra, celles qu'il lira sans les comprendre, et celles qu'il ne lira pas du tout, — et ayant égard au mouvement dont il est actuellement entraîné, — le tout fera un nuage fort *embrumé* qui fuira derrière lui sans qu'il y jette de nouveau les yeux. Le chapitre des *Esprits forts*, — je conviens qu'il pourra le lire tout entier sans en sauter. C'est assez malin et spirituel pour l'entraîner ; mais Alphonse, grâce à Dieu, ne peut pas être rangé dans la catégorie que fait La Bruyère des *Esprits forts*.

« Alphonse n'est ni un esprit fort, ni un sceptique. Alphonse — et vous pouvez le lui dire de ma part — n'est dans aucune des catégories philosophiques. Sa philosophie consiste à n'en pas avoir parce que c'est gênant, et sa grande affaire c'est de tâcher de prendre le temps du moins mal qu'il peut. Ne vous adressez pas à son esprit pour le convaincre : il est déjà convaincu. Seulement il ne veut pas y penser et il y réussit assez passablement. Supposé même que vous le convainquiez, ne l'avez-vous pas vu cent fois très-convaincu, très-décidé à une résolution qu'il n'a pas même essayé de mettre à exécution? Mais dites-lui et redites-lui souvent que s'il est sans force, il y a un moyen d'en acquérir, qu'il faut en demander. Il sait où est le bien, mais il n'a pas la force de le vouloir; dites-lui qu'il la demande. Ce n'est pas son esprit qu'il faut dompter, ce sont ses passions. Obtenez avec persistance de petits sacrifices, soutenez-le quand il fait bien, encouragez-le, ne l'abandonnez pas un long temps tout seul. Ne parlez pas de ce qu'il peut y avoir dans le commencement de triste dans la religion; soyez le plus gai, le plus aimable possible; qu'il entrevoie qu'il y a des joies douces, des plaisirs permis, et ayez surtout attention à payer, autant que possible, tout sacrifice que vous en obtiendrez par une récompense. Enfin qu'il sente que ce n'est pas mourir que de se faire chrétien. Vous ne ferez rien à coups d'arguments, vous ferez tout par des égards, par de la persistance, et en lui faisant sentir la douceur des joies légitimes. Enfin, mon cher Jules, rappelle-lui ce que je lui ai dit de graver dans sa mémoire.

« Je ne puis vous dissimuler que je regarde votre tâche comme très-lourde, mais vous avez bon courage et Dieu vous donnera bon aide.

« Tout cela soit dit sans vous fâcher, ce que je ne

veux pas le moins du monde ; et si vous ne passez pas de mon côté, il y a toujours cet infortuné M. de la Bouillerie, qui s'est fait en nous autres une bien fâcheuse connaissance pour son repos. »

La lettre d'Alexis à son frère Jules se termine par la recommandation suivante :

« Je dois t'avoir parlé d'un ami à moi, ancien élève de l'École, ancien élève de marine avec moi sur la *Charte*, qui a déposé la cuirasse et pris la haire. Ce digne garçon est à Saint-Sulpice, et je n'en savais rien. Je regrette fort de ne l'avoir pas vu et je t'engage à faire sa connaissance ; je crois que tu y pourras profiter. Il se nomme Claude Joubert. Il se trouvera à Issy, au séminaire, jusqu'au 10 octobre, et à partir du 10 octobre au séminaire de Saint-Sulpice à Paris. Tu me feras plaisir de remettre toi-même la lettre à Joubert. »

Voici le contenu de la lettre d'Alexis à son ancien camarade :

« C'est une rude punition du retard que j'ai mis à t'écrire que d'avoir ignoré pendant mon excursion à Paris que je pouvais t'y voir. Les occasions seront peut-être si rares, où nous pourrons nous embrasser, que je regrette beaucoup celle que j'ai laissé échap-

per. Il m'est doux, il m'eût été utile de te voir dans
la paix et dans l'étude. Tu as beaucoup travaillé, les
nombreuses citations de ta lettre me le prouvent.
Quel travail charmant que celui qui nous initie à
de si grands sentiments, à de si grandes idées ! Et
ne sommes-nous pas à plaindre d'avoir pâli si longtemps sur des choses inutiles ? Mon cher Joubert,
tu m'as précédé dans la voie étroite, tu as eu le
bonheur de rompre avec le monde ; garde toujours
souvenir et pitié de moi. J'ai bien souvent peur de
chercher à servir *deux maîtres* à la fois ; je voudrais
pouvoir à tout jamais rejeter le tyran, me conserver
le père. Je voudrais l'impossible... lier à tout jamais
ma volonté au bien. En vivant dans le monde, les
tentations peuvent se présenter de tant de façons
attendues ou inattendues qu'il faut encore plus de
secours de la part de Dieu pour ne pas tomber ; et
cependant, dans ce mouvement qui nous emporte,
qu'il est difficile de trouver le recueillement de la
prière ! Le danger est grand surtout, ce me semble,
parce qu'il se compose de beaucoup de très-petits
dangers qu'on ne redoute pas assez, et la négligence
à les éviter nous fait tomber dans un état de lan-
gueur où l'on ne sent plus la grâce et où l'on n'en
est plus guère digne. La conversation est particulièrement un écueil de ce genre, surtout pour les
gens bavards et dont la petite vanité jouit vivement

du succès d'un mot bien dit et bien placé. Ceux qui aiment à s'entendre parler et qu'on écoute volontiers sont bien exposés à dire des sottises.

« Je crois t'avoir dit combien la lettre que j'ai reçue de toi au Gabon m'avait rendu service. Cette dernière est aussi arrivée fort à propos ; que cela t'engage à ne pas être paresseux. Je me suis empressé d'aller trouver M. l'abbé Stévant ; j'ai passé près de deux heures avec lui et le temps a été bien employé. Tu remercieras M. l'abbé Pinault [1] de l'excellente connaissance qu'il m'a procurée. Je connais le P. Pinault de nom, à cause d'une petite polémique scientifique que lui a faite Bertrand [2] au sujet d'un chapitre de son *Traité de calcul différentiel*. Je lui suis bien reconnaissant de ce qu'il a été touché de ma conversion, et du service qu'il vient de me rendre, et je lui demande la permission dont je profiterai quand il plaira à Dieu — d'aller de ma personne le remercier et saluer.

« M. l'abbé Stévant m'a paru bien mériter d'être « saint prêtre, » comme tu me l'as annoncé. Il est touchant de voir ces hommes de Dieu effacer si

1. Directeur au séminaire d'Issy. C'était un mathématicien distingué, autrefois professeur de l'Université et maître de conférences à l'école normale supérieure.
2. M. Joseph Bertrand, aujourd'hui l'un des secrétaires perpétuels de l'Académie des sciences.

complétement leur personnalité qu'ils ne parlent
jamais d'eux-mêmes directement ou indirectement;
ils sont tout à leur prochain ; on dirait que leur
âme ne peut aller se joindre à Dieu que portée par
celles qu'ils ont secourues, encouragées et conduites
à bonne fin. C'est te dire que j'ai été parfaitement
reçu. J'avais précisément un gros embarras, et
grâces à M. Stévant, j'en suis quitte. Il ne m'a pas
paru, dans ce point que je trouvais scabreux, moins
intelligent et moins éclairé que bienveillant et dévoué.

« Je me suis fait raconter une journée de Saint-
Sulpice. M. Stévant est tout plein du bon souvenir
de cette maison et regarde les jours qu'il y a passés
comme les plus heureux de sa vie. Tu me dis aussi
que tu n'as jamais goûté tant de bonheur. Je crois
très-bien que ce que j'en sais est le bonheur, mais
je vous félicite de recevoir la force de résister à une
aussi longue tension d'esprit. Une seule heure de
repos dans la journée serait insuffisante au milieu
d'études si sérieuses et si difficiles, si vous n'aviez
pas l'avantage de trouver dans vos fréquentes visites à la chapelle un délassement et un secours
pour vous y *retremper*, comme dit M. Stévant.
C'est un grand bonheur de prier par plénitude de
son cœur, d'avoir impatience d'en être empêché, de
ne pas être obligé pour prier de se dire : c'est l'heure,

je dois cette prière. Savoir prier, c'est prier avec attrait, c'est prier avec amour. Il faut aimer pour prier, il faut prier pour aimer, c'est un véritable cercle ; il n'y a ni commencement ni fin, et nous ne pouvons nous y mouvoir que si nous avons reçu une bonne impulsion initiale qui détermine le mouvement, et que si nous subissons la force centripète qui nous le fait décrire... Ma comparaison n'est pas fort heureuse, mais il est très-sûr qu'on ne peut ni aimer ni prier que si Dieu nous le donne. Toutefois, c'est peut-être l'histoire des *dix mines* qui, avec le bon régisseur, en produisent cent. On nous donne d'abord de prier un peu, et si nous faisons bien valoir notre capital, nous y gagnons d'aimer un peu plus, par suite de prier mieux, et ainsi de suite. Oh ! aimer Dieu, c'est la grande affaire. »

Clerc craignait encore à cette époque de se laisser aller au désespoir s'il avait le malheur de retomber dans ses anciennes fautes ; il le dit franchement à son ami, tout en promettant bien de se souvenir que dans les cas les plus extrêmes il reste toujours au pécheur une planche de salut. Enfin il parle de ses études : il s'est mis à lire saint Thomas d'Aquin. « C'est difficile pour moi, moins parce que c'est écrit en latin qu'à cause de la philosophie

d'Aristote dont je ne sais pas un mot et dont le livre
est tout rempli. Mais je m'y ferai, j'espère. »

« Pour finir, ajoute-t-il, je t'annonce que j'ai engagé mon frère Jules à t'aller voir ; je suis sûr que
tu seras content de lui ; il n'est guère possible de
trouver une meilleure créature ; il rend service à
tout le monde, aime tout le monde et n'oublie que
lui ; il est bon chrétien, d'un peu fraîche date aussi,
mais il a joliment employé son temps. C'est un
cœur simple et droit, je ne le crois pas fort philosophe, mais il aime beaucoup Dieu et son prochain ; pour moi je trouve qu'il m'aime un peu
trop.

« Je serai bientôt privé de l'abbé Stévant, qui
part pour Rennes dimanche matin.

« Si tu as envie de renseignements sur ma position, mon frère te les donnera verbalement.

« A Dieu,

« A. C. »

A Lorient, Clerc retrouva un autre camarade,
M. C***, appartenant aussi au corps de la marine,
mais qui alors, en fait d'idées religieuses, était
encore juste au même point que le nouveau converti à sa sortie de l'École.

« Il vint me voir, nous dit M. C*** dont nous
avons interrogé les souvenirs, et renouveler ou plu-

tôt faire connaissance avec moi. Dès la première entrevue il m'apprit sa conversion. La nouvelle était si imprévue que je n'y voulais pas croire, prenant cela pour quelque plaisanterie ou mystification, dont je ne trouvais pas le mot. Je finis enfin par me convaincre qu'il parlait sérieusement. Le rapprochement si naturel entre deux camarades de promotion amena bientôt la sympathie et l'amitié, et nous passâmes ensemble, jusqu'à la fin de 1847, quelques mois fort agréables et dont le souvenir nous est toujours resté cher. »

On devine que celui qui parle ainsi est chrétien maintenant, et il attribue cet heureux changement, en grande partie, à son saint ami. Mais sa conversion ne devait s'achever que beaucoup plus tard, et nous verrons avec quel zèle ingénieux, avec quelle ardeur passionnée Clerc y travaillait encore, sans jamais perdre courage, plusieurs années après son entrée dans la compagnie de Jésus.

M. C*** nous initie à la vie solitaire et studieuse dont Clerc faisait ses délices et qui dut paraître contre nature à ceux qui connaissaient son caractère expansif et ses anciennes habitudes de dissipation. « J'avais loué, nous dit ce fidèle témoin, de concert avec un autre camarade, un petit jardin avec une maisonnette dans un faubourg de Lorient. Après le travail du port, nous allions là passer quel-

ques heures et respirer le bon air. Clerc, adjoint à
notre société, trouva le jardin agréable, et, n'ayant
pas de service, il s'installa dans la maisonnette. Il y
consacrait tout son temps à la méditation et à l'é-
tude. A notre grande stupéfaction, il lisait du matin
au soir la Somme de saint Thomas ; mais il ne s'en
montrait pas moins gai et moins aimable quand
nous allions passer quelques heures avec lui. J'admirais beaucoup sa vertu, sa conviction, ses aspirations vers le bien et son mépris des choses de ce
monde. Malgré cela, tous les efforts qu'il faisait
pour nous ramener ne réussissaient guère, et, en
dépit de notre affection pour lui et de l'agrément de
son commerce, nous le considérions un peu comme
un cerveau dérangé. L'été prit fin, l'hiver vint, on
rentra en ville ; nous continuâmes à passer nos soi-
rées ensemble, Clerc toujours gai et charmant, moi
intrépide et passionné discuteur sur tout ce qui, de
près ou de loin, touchait à la religion ; ce qui nous
donnait occasion de lui reprocher son intolérance
et de ne pas prendre au sérieux ses sermons. Mais
sa gaîté et son bon caractère empêchèrent toujours
l'aigreur entre nous. »

Qu'importaient à Clerc ces petites railleries ? Il
en eût supporté bien d'autres pour la cause qui lui
était chère, et d'ailleurs il savait à quoi s'en tenir
sur les dispositions de ses amis ; un coup d'œil jeté

sur son propre passé lui suffisait pour apprendre à
ne pas désespérer de ceux qui se mettent sur la défensive, — et qui deviennent même passablement
agressifs, — aussitôt qu'on leur parle de religion.

On aura remarqué ce détail : Clerc étudiait déjà
la Somme de saint Thomas. Dans quel but? Avait-
il donc, à peine converti, des idées de vocation ecclésiastique? Oh ! non, il n'y voyait pas de si loin,
et on l'eût fort surpris en lui disant qu'il irait
un jour s'asseoir sur les bancs d'une école de théologie. Mais voici quelle était sa pensée. Devenu
chrétien, et pour tout de bon, il jugeait tout naturel, sinon nécessaire, de mettre au premier rang,
dans la culture de son esprit, la plus belle et la plus
importante de toutes les sciences, celle qui a pour
objet Dieu et l'âme, nos devoirs ici-bas, les secours
que Dieu nous donne pour les remplir et la recom-
pense qu'il réserve à notre fidélité. Mais comment
acquérir cette science dont il se sent encore si dé-
pourvu, même après les sérieuses lectures qui ont
préparé sa conversion? Préoccupé de cette pensée,
un jour, — c'était avant son départ de Paris, — il
rencontre un ecclésiastique dans la rue. Aussitôt il
l'aborde et, se découvrant : « Pardon ! monsieur
l'abbé, lui dit-il, un mot seulement en passant.
Soyez assez bon pour me dire quel est l'auteur qui
a le mieux écrit sur la religion. — C'est, lui fut-il

répondu, saint Thomas d'Aquin. — Et dans quel ouvrage, s'il vous plaît? — Dans sa Somme théologique. — Mille remercîments! » Clerc salue de nouveau et n'a rien de plus pressé que de se procurer la Somme de saint Thomas.

Au commencement il y trouva mainte difficulté; sa philosophie universitaire l'avait mal préparé à l'intelligence de ce grand et profond scolastique. Cependant il ne se laissa pas décourager et, peu à peu, il se familiarisa avec une langue et une méthode pour lui si nouvelles.

Cela pourra paraître original, mais c'est bien lui; et tous ceux qui ont vécu avec lui le reconnaîtront à ce trait. Au reste, nous en parlons ici d'après les souvenirs personnels d'un vénérable prêtre qu'il eut pour directeur dès l'année suivante, et qui ajoute en pleine connaissance de cause : « Cette étude assidue de saint Thomas lui servit beaucoup, plus tard, dans les conversions qu'il ébaucha et auxquelles il me fut donné de coopérer. »

Ce n'était pas chose facile de faire accepter à son père cette direction d'idées toute nouvelle, et, en particulier, ces excursions dans le domaine de la théologie, un pays que celui-ci estimait peuplé de chimères, ne le connaissant guère que par les descriptions qu'en faisaient quelquefois les beaux esprits du *Siècle*, en qui sa confiance était extrême.

M. Clerc se demandait si son fils n'allait pas reprendre le projet, poursuivi avant son voyage au
Gabon, d'entrer dans l'instruction publique ou du
moins de se ménager l'accès de cette carrière en prenant le degré de docteur ès-sciences. Mis en demeure de s'expliquer, Alexis le fait avec sa franchise
ordinaire : « Tu m'as demandé, mon cher père, si
je voulais pousser jusqu'au bout le projet de me
faire recevoir docteur, que j'avais entamé il y a deux
ans. Je n'y pense plus. Tu sais qu'il me resterait
pour cela à faire et à soutenir une thèse; le projet
peut donc, sans y gagner et sans y perdre, rester
dans le même état tant que je voudrai, et je ne suis
pas sollicité à le poursuivre. Beaucoup de raisons
qui m'y poussaient se sont évanouies. Ainsi je ne
me propose plus de quitter la marine, et je ne le
ferais qu'avec répugnance si les circonstances m'y
conduisaient presque forcément. Te rappelles-tu
quand j'étais chez M. de S*** [1]? J'essayais de toute
sorte de métiers; je trouvais à tous de si grands
inconvénients que je les abandonnais presque aussitôt; celui-ci est de même, mais le suivant le serait
aussi. Décidément, au lieu de changer de condition
pour en trouver une qui satisfasse le caractère, il
est plus raisonnable, quand on se trouve déjà casé,

---

[1]. Ne pas confondre avec l'intime ami désigné par les mêmes initiales. Il s'agit ici d'un chef d'institution.

de se plier à sa position. C'est l'espoir trompeur d'un bonheur qui n'existe pas qui est la source de tant d'agitations inutiles. Tu trouveras peut-être que je suis assez ridicule de regarder comme une heureuse découverte ces bonnes grosses vérités, qui sont si simples qu'elles sont presque du domaine du sens commun. Cependant je n'ai pas trouvé cela tout seul; c'est un des heureux secrets que j'ai appris depuis un an.

« A quoi bon ne pas te parler ouvertement? Depuis un an, je suis dévot; depuis lors, j'ai fait toute mon étude d'apprendre et de pratiquer notre religion. Puisque j'ai tant de temps inoccupé par mes devoirs de soldat, je me regarde comme obligé à m'instruire dans cette matière si importante; et voilà, mon cher père, comment les x sont laissés parfaitement tranquilles, et comment je vis avec de gros bouquins latins du moyen âge. Je ne te dirai pas que ce soit bien attrayant; non, c'est même quelquefois fort ennuyeux; mais toutes les sciences en sont là : les commencements sont fastidieux. Cependant cette étude m'est chère et m'a déjà fait plus goûter de douceurs que toutes celles que j'ai poursuivies. »

Ainsi, des idées de foi, le sentiment du devoir accompli même sans goût et sans attrait, le fixent dans sa carrière de marin à laquelle nous le verrons s'attacher de plus en plus, d'un amour austère et désintéressé, jusqu'au jour où il se sentira impérieusement appelé à une vocation plus sainte. Dominé par ce sentiment de foi, il persévéra dans les études qu'il venait d'entreprendre, non-seulement tant que son service à terre lui assura d'abondants loisirs, mais encore pendant des expéditions lointaines où les soins du commandement auraient suffi pour l'occuper s'il n'avait pris la chose si à cœur. En fait, la Somme de saint Thomas d'Aquin était devenue son livre de chevet. Vingt ans plus tard, il fallait l'entendre parler du docteur angélique! Avec l'intelligence de sa doctrine, l'attrait était venu, puis l'enthousiasme; son admiration, en s'éclairant, ne s'était pas refroidie, et rien n'égalait son respect pour les décisions de ce prince des théologiens.

Cependant la lecture de saint Thomas, si attachante qu'elle fût devenue pour lui, ne lui faisait pas perdre terre; loin de là, il prenait plus d'intérêt que par le passé à son métier de marin, et s'il lui arrivait de rencontrer parmi ses camarades ou ses chefs un officier de mérite dont on pouvait attendre de grandes choses pour le service du pays, la satisfaction qu'il en éprouvait était si vive qu'il ne pouvait la renfermer en lui-même. Il eut cette bonne fortune l'année suivante (1848), à bord du *Caffarelli*, un navire qui, malgré ses beaux états de service, dut être mis à la réforme à raison de certains

vices de construction. Le *Caffarelli*, frégate à vapeur, était sous les ordres du commandant Mallet,
ami et parent de Mme Pagès, très-bien disposé par
conséquent à l'égard de notre enseigne de vaisseau,
qui était de tout temps lié avec cette famille. Mais
il y avait dans l'état-major du *Caffarelli* un autre
officier qui conquit du premier coup l'estime et l'affection de notre Alexis. Comme cet officier a depuis
pleinement tenu tout ce qu'il promettait alors, n'é-
tant encore que capitaine de corvette, les quelques
lignes où il est parlé de lui, détachées d'une correspondance intime, ne seront peut-être pas sans intérêt ni même sans profit pour les hommes du métier
qui viendraient à les lire :

« Nous avons sur le *Caffarelli*, une véritable pierre
précieuse. C'est le capitaine de corvette Didelot,
commandant en second [1]; — un de ces hommes,
d'un esprit juste, fin et fort, qui joignent à leur
vraie valeur un don de séduction auquel personne
ne résiste : dès qu'on les connaît, on les estime et on
les aime. Comme le bâtiment est et sera mené par
lui, c'est un vrai bonheur pour nous que de l'avoir.
Je veux te donner un exemple de la façon dont il
entend le service. Tu sais qu'à bord chaque espèce

1. M. l'amiral baron Didelot est, actuellement, président
du conseil des travaux de la marine.

de service est sous la direction particulière d'un officier. C'est l'artillerie pour l'un, la manœuvre pour l'autre, la timonnerie pour un troisième, les soins de la coque du bâtiment et de l'arrimage des approvisionnements pour un autre, etc. Mon lot sur le *Caffarelli* est la machine. Sur beaucoup de bâtiments les choses sont ainsi de nom, mais c'est le second qui fait la besogne de tout le monde. Sur d'autres chaque officier remplit sa charge d'après les ordres du commandant et du second. Il doit en être ainsi à notre bord. Il n'y aurait rien là de particulier si le commandant en second ne m'avait demandé un projet de répartition des hommes pour le service de la machine, un projet pour le service de la machine elle-même et un projet de journal pour la machine. Il est bien clair que cela ne l'engage à rien, et qu'il fera à ces différents égards ce qu'il voudra; mais il est clair aussi que s'il juge et tranche les questions, ce qui est son droit et son devoir, il ne le fait qu'après avoir pesé les renseignements qu'il peut avoir de toutes parts. Les officiers seront naturellement portés à prendre intérêt à la chose publique, puisqu'on les aura consultés pour la diriger. C'est, à mon avis, une façon d'agir intelligente, qui ne préjudicie en rien à l'autorité et qui a pour résultat le bien de la chose et la satisfaction des officiers. »

Voilà qui n'est pas mal jugé, ce nous semble, et notre enseigne de vaisseau était dans la bonne voie pour commander un jour avec non moins d'autorité que de discernement et de mesure.

Ainsi se formait en lui le marin accompli, l'habile officier connaissant les hommes et sachant son métier, en même temps que croissait de jour en jour le parfait chrétien dont l'unique ambition était de vivre et de mourir pour Jésus-Christ.

Parcourons ses lettres à son frère Jules, où il versait toute son âme, nous laissant ainsi, sans y songer, l'image de son intérieur et l'histoire de sa vie spirituelle; de la sorte nous assisterons à ses progrès dans la pratique de la perfection chrétienne, et puissions-nous profiter de ses généreux exemples, comme aussi des précieux conseils que lui inspirait, dans l'occasion, l'amitié fraternelle la plus dévouée et la plus tendre.

Son frère vient de subir je ne sais quelle déception tout à fait inattendue et dont il a eu l'âme toute troublée. Alexis le félicite de cette épreuve où il voit une marque de la bonté de Dieu, mais il blâme amicalement son frère de n'avoir pas recouru tout d'abord au vrai médecin et au vrai remède : « Quand on se trouve dans ton cas et que tous les efforts possibles ont été employés; que l'on échoue par le fait de choses tout à fait étrangères à notre action;

qu'on a parfaitement agi avec toutes les ressources humaines, c'est que le bon Dieu en a décidé ainsi. Il faut bellement se soumettre; il y a même réellement lieu de se féliciter de ce qu'il daigne nous éprouver, car il proportionne exactement la couronne du triomphe à la difficulté du combat. La seule chose fâcheuse, c'est que tu ne sois pas allé aussitôt chez M. de la Bouillerie, qui t'aurait bien vite soulagé de tes peines. On ne va pas chez le médecin quand on est bien portant, et c'est surtout quand on n'est pas en paix avec soi-même qu'il faut aller trouver les ministres de la paix. Si nous n'y allons que quand nous sommes parfaitement dans la joie, nous n'irons jamais. Si nous fuyons les prêtres dans nos amertumes, c'est donc que nous avons honte de les leur montrer, ou que nous espérons mieux en guérir tout seuls. Tout cela sont des niches dont il faut bien se garder. Je ne te dis pas cela parce que je regarde comme grave ton silence avec M. de la Bouillerie; c'est en général. Je saisis par les cheveux l'occasion de faire des discours, comme c'est mon habitude. Je sais bien que tu as été sollicité par mille affaires et que tu n'as pas eu le loisir de bien regarder dans ton cœur. Et puis tu as peur d'ennuyer M. de la Bouillerie... Ça n'a pas le sens commun, d'abord parce que M. de la Bouillerie t'aime bien et que tu ne l'ennuies pas, et puis parce que quand même tu l'ennuierais, il te dirait bien vite qu'il ne s'imagine pas être à son poste pour s'amuser, et qu'il préfère que tu le visites trop que pas assez. »

Voilà l'idée qu'il se formait déjà du saint ministère et des devoirs qu'il impose. Disons-le à l'honneur du clergé français, c'est ainsi que l'entendent tous les bons prêtres, et ils ne sont pas rares, Dieu merci! Clerc en fit l'expérience pendant tout le temps qu'il passa sur les côtes de Bretagne; partout il rencontra d'excellents prêtres qui furent à la fois les pères de son âme et ses amis dévoués; et c'est grâce à l'obligeance de plusieurs d'entre eux, auxquels nous n'avons pas recouru en vain, qu'il nous a été possible de retrouver çà et là la trace de notre héros malgré les fréquents déplacements occasionnés par les nécessités du service.

Vers ce temps-là, probablement en 1848, il fit une retraite à la Trappe de la Meilleraie, et ce fut là sans doute que la possibilité d'une vocation sacerdotale commença pour la première fois à lui apparaître. C'est du moins ce qui nous semble ressortir de ses réflexions sur le *choix d'un état de vie*, dans une lettre à son frère dont l'avenir n'était pas encore entièrement fixé.

« Mon cher Jules, le choix d'une carrière est une des choses les plus importantes que l'homme soit appelé à faire. Il n'est permis qu'à bien peu de personnes d'en quitter une pour en prendre une autre. Généralement, cependant, il est bien rare que l'on soit content de celle que l'on a choisie d'abord; je dirai plus, il est rare que l'on ait sujet de l'être. Et si la carrière que vous avez embrassée ne vous convient pas, vous êtes voué à des tribulations stériles, sans allégement et sans issue. Mettons de côté tout ce qui tient à l'inconstance d'humeur ou à des désirs exagérés de bonheur. La cause de ces mauvais choix est que nous les faisons sans Dieu. Au lieu de peser les avantages pécuniaires, les convenances de goût et d'aptitude, choses vaines et passagères, nous devrions n'avoir d'autre but que le but suprême, notre vie éternelle; celle-ci est le portique, l'autre le temple. Si, nous dépouillant de tout désir d'ambition, de fortune, de toute complaisance envers nous-mêmes, nous regardons notre carrière comme la voie par laquelle nous devons aller à Dieu, comme le moyen de lui plaire en cette vie, de nous prêter au rôle qu'il nous a imposé et qu'il faut que nous remplissions de notre pleine volonté pour l'harmonie de ses éternels desseins, et que, dans notre ignorance de l'attribution qu'il nous a réservée, nous lui demandions avec confiance et abandon de nous la faire connaître, — certainement il le fera. Mon bon Jules, toi et moi avons agi différemment, et bien

d'autres avec nous. Ainsi notre choix est certainement mauvais, non pas peut-être que nous ayons ni
l'un ni l'autre un autre emploi que celui que Dieu
nous réservait; — car il est de sa providence d'user
même de la volonté dépravée des hommes pour ses
fins parfaites, et il lui appartient de tirer le bien du
mal lui-même : — mais notre choix est mauvais à
cause des motifs qui nous y ont déterminés. »

Après être entré dans des considérations toutes per-
sonnelles, il termine en exhortant son frère à servir
Dieu à tout prix et à lui demander les moyens d'y
réussir. « Cela est tout, et le reste n'est rien. Je n'ai
pas besoin de te dire qu'avec quelque énergie qu'on
cherche le bonheur, on ne le trouve pas hors de
Lui. Sa volonté s'accomplira toujours, que nous le
voulions ou que nous ne le voulions pas ; toute
notre sagesse, tout notre mérite, c'est de conformer
notre volonté à la sienne. Si, ayant bien imploré ses
lumières, ce projet s'empare de plus en plus de toi; si
surtout les motifs divins qui peuvent te pousser, augmentent; si tu te sens obéir à la voix de Dieu, n'hésite
pas un moment, et entreprends avec confiance ta nouvelle carrière. Si ces précieux motifs ne te détermi-
nent pas, tu feras une affaire, non pas mauvaise peut-
être, mais indifférente. Si enfin ils étaient contraires
à tes nouvelles idées, et que tu misses néanmoins
celles-ci à exécution, ce serait un grand malheur. »

Pendant un voyage en Allemagne, son frère avait
quelque scrupule de laisser passer sans réponse les
propos irrévérencieux des protestants contre la religion catholique. Pris au pied de la lettre, le vieil
adage : *Qui ne dit rien consent*, était la condamnation de son silence ; cependant quelque chose lui
disait qu'il n'avait pas failli en évitant de s'engager
dans des controverses sans issue. Alexis, qui est du
même avis, lui suggère à ce sujet des réflexions
pleines de sagesse :

« D'abord, ainsi que tu le penses, il t'est tout à
fait inutile de soutenir des thèses avec les protestants. Voilà un cas où on ne doit pas se battre,
même pour des principes. Que dis-je, se battre ? on
ne doit pas même discuter. Si tes protestants veulent ergoter, ne les écoute qu'autant que la bien-
séance ne te permettra pas de faire autrement. S'ils
veulent s'instruire, conseille-leur la lecture de l'*Histoire des variations* de Bossuet. De la sorte tu auras
satisfait à la charité et à la prudence. Mais, dis-
moi, est-ce que les protestants d'Allemagne ne sont
pas comme les nôtres ? c'est-à-dire, s'ils s'occupent
de matières religieuses, de purs déistes, ou, pour
parler plus exactement, des sociniens ; et s'ils n'agi-
tent pas les questions dogmatiques, est-ce qu'ils ne
sont pas de purs indifférents ? Connais-tu parmi eux
des gens qui aient réellement de la religion, qui

prient?... Je serais très-intéressé à ton jugement *de
visu* sur l'état religieux du peuple dans ces malheureux pays.

« Il peut être rude pour toi de n'avoir pas toujours.
le moyen de répondre aux objecfions, aux attaques
que l'on te fait ; ce qu'il en coûte à ton amour-propre,
je ne veux pas le diminuer ; mais ce qui peut porter
ombrage à ta foi, je veux le dissiper. Crois-tu d'a-
bord que la vivacité de repartie, qui te permettrait
d'avoir le dernier mot, soit une qualité de la foi ?
Crois-tu qu'un très-habile homme, profond théolo-
gien, pût sur-le-champ réfuter toutes les objections ?
Saint Thomas d'Aquin dînait une fois à la table
de saint Louis ; il s'écria tout d'un coup : *Cela conclut contre les Manichéens*. Il venait de trouver
un argument sans réplique et il s'oubliait comme
Archimède. Saint Louis, loin de s'offenser de cette
distraction et de cette sortie bizarre, ordonna à son
secrétaire de recueillir sur-le-champ ce précieux
argument. Tu vois donc qu'il est bien excusable
que tu ne puisses répondre à tout. Les conversations
sont de plus de très-mauvaises arènes théologiques.
Quand on songe à la rapidité avec laquelle la conversation glisse d'un sujet à un autre, combien elle
est toujours désordonnée, superficielle, futile, on ne
doit pas hésiter à en proscrire des matières aussi
compliquées, aussi profondes, aussi nécessaires, que

les matières théologiques. Sois donc parfaitement
en paix à ce sujet. »

Alexis craint toujours qu'entraîné, comme on dit,
par le tourbillon des affaires, son frère n'ait pas le
temps nécessaire pour se recueillir, pour vaquer à
la méditation et à la prière, pratiques sans lesquelles
il ne comprend pas la vie chrétienne. Dans les conseils qu'il lui donne, on sent qu'il parle à bon escient, d'après son expérience personnelle :

« Je veux profiter de cette lettre, qui, je t'assure,
s'allonge beaucoup plus que je ne voudrais, pour
bien te recommander d'user tous les jours du chapelet que je t'ai donné. Si tu ne l'as plus, je m'engage à t'en fournir un autre; j'ai une provision.
Le chapelet est une admirable dévotion, que les
Saints mêmes n'ont pas inventée, mais que la sainte
Vierge a révélée elle-même à un de ses serviteurs;
ce n'est pas bon seulement pour les gens qui ne savent pas lire, c'est très-bon, très-profitable aux plus
savants.

« Tu n'as pas peut-être le temps de le réciter tout
d'un trait. Eh bien ! reviens-y à plusieurs reprises.
Si tu ne peux le dire tout entier chaque jour, dis-en
ce que tu pourras. Endors-toi en essayant de l'a-
chever quand tu seras en arrière; ce n'est pas du
tout désagréable à la sainte Vierge que l'on s'en-
dorme en murmurant son nom si doux, et elle ne

7

peut manquer de protéger la nuit celui qui s'est recommandé à elle jusque dans son dernier mot. Ne
crains pas de faire de la dévotion machinale. Ne dis
pas : Je suis si fatigué, que ma voix seule prie ; mon
esprit est déjà assoupi. D'abord, si nous ne prions
que quand nous nous sentons le cœur enflammé,
cela ne nous arrivera pas souvent; ensuite, c'est en
priant d'abord mal, machinalement, avec la voix
seule, à moitié endormi, que l'on obtient de pouvoir
mieux prier. »

Il a ce point tant à cœur que, deux années plus
tard, au moment de partir pour la Chine, il renouvelle encore ses recommandations. Combien elles
sont vives et pressantes ! *Insta opportune, importune,*
voilà sa devise.

« Dans ce Paris, on peut dire que personne ne
vit raisonnablement, ni ceux qui ont de la fortune,
à cause de leurs mœurs et de leur luxe, ni ceux qui
n'en ont pas, par les efforts surhumains qu'ils font
pour en acquérir. Toi qui as beaucoup voyagé, ce
caractère particulier de Paris ne peut t'avoir échappé.
Cet excès est déplorable, j'ai essayé de le montrer
dans une lettre que j'ai écrite à mon père et à laquelle il avait adhéré, me disant qu'il tâcherait de
te la faire goûter. Il ne paraît pas que j'aie obtenu
beaucoup de succès; c'est, du reste, mon habitude.
Cependant réfléchis toi-même, et si tu penses en-

suite d'une manière différente, nous verrons. Mais je crois plutôt que c'est la difficulté de résister à cet entraînement général; et en effet, moi qui, à Paris, n'ai rien à faire, j'ai peine à m'en défendre. D'autre part, il est juste et nécessaire de travailler de toutes ses forces. Il est de plus très-difficile de fixer le temps que l'on donnera au loisir. Enfin un homme dans les affaires n'est pas un chartreux. Il faut néanmoins se garder de cette agitation désordonnée que l'on prend pour un mouvement réfléchi, de ce tumulte d'idées qu'on prend pour un travail d'esprit. Cependant, si, avec la pensée de ne te pas laisser envahir par cette espèce de turbulence, tu veux observer une petite pratique, j'espère que tu t'en tireras sain et sauf.

« C'est de consacrer tous les matins une demi-heure à la méditation. En te levant, que ce soit ta première action, que rien ne puisse empêcher. En t'occupant pendant ce temps des choses spirituelles, tu ne feras que rendre à Dieu le culte que tu lui dois; mais, par surcroît, tu recevras toutes les grâces dont Dieu récompense une action qui lui est agréable. L'avancement dans la piété est une conséquence assurée de la méditation quotidienne. N'oublie pas que tout bon conseil vient de Dieu, *tout*, même celui qui a rapport aux choses de ce monde; il est naturel que Dieu le donne à celui qui le consulte

souvent et qui a l'oreille attentive à sa voix : c'est
là le fruit de la méditation. Si tu as quelque difficulté à cet exercice, il ne faut pas moins y persévérer. Le démon n'a rien tant à cœur que de nous
empêcher de méditer, car rien ne nous donne plus
de forces contre lui. Mais il y a telle méthode qui
diminue beaucoup les difficultés naturelles que nous
y trouvons.

« C'est de lire la veille dans un traité exprès — et
il y en a beaucoup — le sujet de la méditation, où
l'on trouve les points principaux marqués ; on consacre, le soir, un quart d'heure à prendre cette
nourriture toute mâchée ; la nuit la dispose, la
méditation du matin la digère et la savoure sans
trop de peine. Pour le choix du traité et pour ce
procédé consulte plus en détail ton directeur. »

Avait-il donc déjà renoncé au monde, celui qui
écrivait de pareilles lettres, où se révèle tant d'expérience de la vie intérieure ? Non, pas encore ; mais,
à vrai dire, il ne s'en fallait guère, et il était du
nombre de ces chrétiens qui, conformant leur vie
aux conseils de l'Apôtre, savent *user du monde
comme n'en usant pas* [1]. Dans ses différentes sta-
tions sur les côtes de Bretagne, à Lorient, à Brest,
à Indret, partout il a laissé cette impression d'un

[1]. Et qui utuntur mundo, tanquam non utantur. I Cor.
VIII. 31.

homme mort au monde, qui porte encore les livrées
du siècle, mais qui appartient de cœur et de fait à
la vaillante légion des forts d'Israël. Ses anciens camarades, venus pour le voir, constataient de leurs
yeux, non sans surprise, ou apprenaient par la voix
publique cet admirable changement. L'un d'eux
arrive à Indret pendant l'automne de 1849 et demande à visiter les usines. Quand il s'est fait connaître comme ancien élève de l'École polytechnique,
on lui ouvre toutes les portes. Mais ce n'est pas
tout, il veut voir *le petit Clerc*, et l'espoir de renouer connaissance avec lui est même le plus vif
attrait sinon le but réel de son voyage. Malheureusement Clerc est, pour le moment, occupé, avec le
commandant Bourgois, à suivre sur la Loire une
série d'expériences relatives aux différentes formes
du propulseur à hélice. Grand désappointement du
visiteur. Pour le consoler, un ingénieur des con-
structions navales lui dit : « Attendez jusqu'à dimanche. Il reviendra certainement communier.
Alors vous le verrez tout à votre aise. » A son grand
regret, ce cher camarade ne pouvait attendre le retour de Clerc ; il n'en partit pas moins fort édifié de
ce qu'il avait entendu.

Un autre, à Brest, fréquentant la même chapelle
et assistant auprès de lui au saint sacrifice, eut souvent l'occasion de remarquer l'ardeur de sa dévotion

qui éclatait surtout au sortir de la sainte table. Revenu à sa place, Clerc se recueillait profondément et cachait son visage dans ses mains. S'il relevait un instant la tête, on voyait ses joues baignées de larmes.

Arrive dans cette même ville un officier de marine, dont Alexis, au moment de quitter Valparaiso, avait réclamé les bons offices pour se mettre en rapport, dès qu'il serait de retour en France, avec quelques amis chrétiens, membres d'une conférence de Saint-Vincent-de-Paul. Le sachant attaché au port de Brest, cet officier n'a rien de plus pressé que de demander des nouvelles de son ancien camarade. On lui dit qu'il est absent, mais on lui en rend bon compte : « Votre camarade ! mais c'est le plus zélé d'entre nous, notre modèle à tous et la cheville ouvrière de toutes nos œuvres. S'il était ici, ah ! vous l'auriez déjà rencontré escorté d'une légion d'enfants dont il est le maître d'école ou plutôt le père, et auxquels il distribue, avec la nourriture du corps, celle de l'âme. Toujours prêt à payer de sa personne, il ne s'épargne guère, allez ! »

En effet, au témoignage des dignes ecclésiastiques qui connurent alors tous les secrets de son âme, il excellait à faire marcher de front la charité et la mortification, deux vertus dont l'entente réciproque profite ordinairement à l'une et à l'autre. C'est ainsi que M. l'abbé Guillet, son curé et son directeur pendant tout son séjour à Indret [1], nous apprend comment il réglait l'emploi de ses modestes appointements ; chaque mois il en faisait trois parts : la première, pour son vénéré père ; la seconde, pour les pauvres ; la troisième, et c'était la plus faible, — pour son entretien personnel. Encore trouvait-il à retrancher sur cette dernière, au profit de la charité ; et il s'imposait de telles privations que son chef, le commandant Bourgois, craignant pour sa santé, dut y mettre ordre. Son esprit de mortification était si grand, nous assure un autre membre du clergé breton [2], que, pendant le carême, « il se contentait d'une grosse soupe de trappiste par jour. »

Tout autre, à sa place, aurait cru que, n'ayant nulle fortune, la prudence lui commandait de mettre de côté quelques écus et de se ménager une petite épargne pour les cas imprévus qui peuvent aggraver subitement les charges d'un officier ou même l'arrêter court dans sa carrière. Clerc ne raisonnait pas ainsi ; sa générosité ne voulait être entravée par aucun calcul, par aucune prévision d'avenir. « Quant

1. M. l'abbé Guillet est mort tout dernièrement, curé de Saint-Nicolas de Nantes.

2. M. l'abbé Guéguenou, curé de Saint-Martin de Morlaix. C'est à Brest qu'il fut le directeur spirituel de Clerc.

à l'argent dont tu ne veux pas, écrit-il un jour à son frère qui refuse de puiser dans sa bourse, fais bien attention que cet argent ne m'appartient pas, car tu sais que tout absolument, tout notre superflu appartient aux pauvres. » Son superflu à lui, c'était tout ce qui n'était pas rigoureusement nécessaire pour sa subsistance, et Dieu sait s'il vivait de peu ; il se refusait les plus innocents plaisirs, au point d'épargner sur l'approvisionnement de sa tabatière ; un sujet sur lequel il plaisantait agréablement, riant tout le premier de sa *pingrerie*, comme il appelait l'excès de sa pauvreté volontaire.

« Or, ajoutait-il à propos de l'argent qu'il s'efforçait vainement de faire accepter à son frère, comme je n'en ai pas un besoin immédiat, c'est du superflu ; si vous-mêmes n'en avez pas besoin, je me propose bien formellement de n'en pas profiter, mais de le rendre à d'autres. »

Ainsi, à l'entendre, il ne donnait pas, il *rendait* aux pauvres, croyant remplir un devoir de justice en leur abandonnant tout ce dont il pouvait se passer. Est-il besoin d'en avertir le lecteur ? La plus sévère morale ne va pas jusque-là et elle ne réclame même pas pour le pauvre, sous le nom de superflu, tout ce qui reste après qu'on a largement pourvu au nécessaire. Clerc dut rectifier ses idées sur l'aumône quand, devenu prêtre, il eut à les appliquer à d'autres ; avouons néanmoins qu'il est beau de se tromper ainsi et que là n'est pas le danger pour les gens du monde, dont le rigorisme n'a de conséquences que pour eux-mêmes.

Il nous a semblé que, Clerc ayant eu alors pour témoin de sa vie un officier distingué, digne appréciateur de tout genre de mérite, il était de notre devoir de recourir à une source d'information si précieuse, et voici ce que M. l'amiral Bourgois, accédant à nos désirs, a bien voulu nous répondre : « Ces souvenirs sont déjà bien éloignés. Je n'ai pas oublié cependant que le jeune enseigne montrait dès cette époque (1849) une maturité d'esprit et un zèle consciencieux et réfléchi qui, joints à une instruction solide et à un caractère des plus honorables, promettaient un très-bon officier à la marine. Déjà perçait en lui le désir d'être utile à ses semblables en les instruisant et les moralisant. Une école élémentaire, comprenant tout l'équipage, avait été établie à bord du *Pélican*. Tous les soirs, quand la navigation du bâtiment le permettait, les tables étaient montées dans le faux-pont du bâtiment, et l'enseigne Clerc dirigeait l'école avec un zèle patient et éclairé. Il donnait lui-même une instruction plus élevée à ceux des hommes qui visaient à obtenir des brevets de capitaine ou de maître de la marine marchande, ou de l'avancement dans la marine

militaire. J'en ai depuis rencontré plusieurs qui
avaient profité de cet enseignement pour se faire
une carrière, et qui se montraient très-reconnais-
sants des leçons qui leur en avaient facilité l'accès. »

Ces souvenirs de M. l'amiral Bourgois s'accordent parfaitement avec les premières impressions
du même officier, consignées dans les notes qu'il
envoyait au ministère de la marine en juillet 1849;
car voici le jugement qu'il portait alors sur son
jeune et habile collaborateur : « Officier plein de
zèle et d'instruction. Sorti de l'Ecole polytechnique, il joint à des connaissances théoriques étendues une pratique suffisante du métier de la mer et
un attachement à ses devoirs qui en font un officier
de tout point remarquable. »

Quant à M. l'abbé Guillet, qui, tout en adminis-
trant la paroisse d'Indret, exerçait les fonctions
d'aumônier de marine, il se félicitait de posséder
dans la personne d'Alexis non-seulement un parois-
sien exemplaire, mais encore un auxiliaire plein
d'ardeur et de ressources, dont la plus grande joie
était de s'employer à toute sorte de bonnes œuvres
pour le service du prochain et le bien des âmes.
Déjà Clerc s'exerçait vaillamment, dans des discussions amicales, à manier les armes de bonne trempe
que lui fournissait son inépuisable arsenal, la
Somme théologique de saint Thomas. Quand ses

camarades lui faisaient des objections contre la religion, il leur répondait : « Est-ce tout? Vraiment vous n'êtes pas forts, je vous en ferais bien d'autres. » Là-dessus il leur exposait quelques-unes des objections les plus sérieuses de saint Thomas sur les points attaqués et les résolvait comme ce grand docteur. « Tu as raison lui disait-on. — Si j'ai raison, reprenait-il, vous devriez faire comme moi. Croyez-vous donc que la religion catholique ait peur de vos objections ; mais elles ne sont, y compris celles de vos plus fameux philosophes, que des *bribes* de saint Thomas, et on y a répondu depuis longtemps ! » Si ceux qu'il forçait ainsi à capituler ne se rendaient pas à merci, le coup était porté et la grâce achevait plus tard l'œuvre de la conversion, à laquelle M. l'abbé Guillet avait le bonheur de coopérer. « Je n'avais point encore établi à Indret une conférence de Saint-Vincent-de-Paul, ajoute ce digne prêtre. Un matin Clerc vient me trouver et me dit : « Je ne suis pas tranquille, « je crois que ma position actuelle n'est pas celle « où Dieu me veut. Je ne suis pas digne d'être « prêtre, mais si le Pape formait une armée catho- « lique[1], dès demain j'irais lui porter mes épau- « lettes, et je lui dirais : Très-saint Père, je suis

1. Notez la date, bien antérieure à la formation d'un corps de zouaves pontificaux.

« votre homme. » M. Guillet lui répondit : « Mon
« cher ami, je crois que vous êtes parfaitement à
« votre place ; car s'il est nécessaire d'avoir de bons
« prêtres et de bons religieux, il est nécessaire aussi
« d'avoir de bons chrétiens dans le monde, qui l'é-
« difient par leurs exemples et lui montrent que,
« dans toutes les conditions, il est possible d'être
« véritablement chrétien. Ainsi, dans cette paroisse,
« vous me valez, à vous seul, toute une conférence
« de Saint-Vincent-de-Paul ! »

Ces idées de vocation, bien vagues encore, ne
prirent consistance que peu à peu, après plusieurs
années de service ; cependant les plus intimes amis
du jeune officier durent s'apercevoir qu'il répugnait
à contracter avec le monde aucun engagement irrévocable, et un jour même la clairvoyance d'un de
ses camarades, poursuivi des mêmes pensées, et
atteint du même trait de la grâce, pénétra des
projets que Clerc se cachait encore à lui-même
et qui ne devaient aboutir que beaucoup plus
tard.

Il fréquentait à Lorient la maison de M. le commandant Le Bobinnec, un de ces vieux et honnêtes
foyers bretons où l'on respire le parfum de toutes
les vertus patriarcales. M. Le Bobinnec, alors lieutenant de vaisseau et déjà père de famille, avait rencontré Clerc dans une commission de la marine,

dont ils faisaient partie l'un et l'autre. « Dès notre
première entrevue, nous dit-il, je trouvai dans ce
jeune officier une distinction si rare, jointe à une si
grande modestie, que je me sentis sur-le-champ
porté à l'aimer. J'avais devant moi non-seulement
un chrétien fervent, mais un chrétien profondément
instruit. Je le priai de ne pas oublier que ma belle-
mère aimait à recevoir tous les officiers que je lui
présentais, et que nous nous estimerions heureux
qu'il voulût bien nous donner tous les loisirs dont
il pourrait disposer. Ma belle-mère, femme d'une
grande piété, le distingua et le comprit parmi ceux
qu'elle se plaisait à nommer *ses enfants*.

« Notre cher Clerc accepta avec sa simplicité ordinaire cette adoption et n'hésita pas à en remplir les
devoirs avec un naturel qui nous charmait. »

« Ici, ajoute M. Le Bobinnec, devant la publicité
d'une biographie, je dois taire bien des détails plus
faciles à comprendre qu'à exprimer. Qu'il me suffise
de dire que, lorsqu'il m'est donné de passer par la
rue de Sèvres, j'entre dans l'église des RR. PP. Jésuites, et, agenouillé sur le marbre qui couvre sa
dépouille, je ne puis m'empêcher de dire au cher
martyr : « Vous qui avez veillé sur le berceau de
« mes enfants, continuez à veiller sur eux. »

Clerc aimait tant les enfants! Il paraissait si
heureux de les bercer sur ses genoux! On pensa

qu'il ferait un bon père de famille et l'on s'oc-
cupa de lui préparer un avenir en rapport avec ses
goûts.

A quelque temps de là il était à Nantes, et frap-
pait à la porte d'un des professeurs du collége
royal. Des lettres de Lorient avaient annoncé sa
visite. Il trouva un intérieur des plus respectables ;
la gravité douce des Rollin et des Lhomond lui
parut planer sur cette famille. La dot était d'ailleurs convenable, la jeune personne parfaitement
élevée et pleine de mérite. Quoique ces préliminaires
n'engageassent à rien, Clerc, en bon fils, crut devoir
en écrire à son père pour lequel il n'avait rien de caché. Sa lettre est curieuse par l'espèce d'embarras qui
y règne lorsqu'il s'agit d'esquisser le portrait de la
personne que son père souhaite sans doute connaître à
l'avance, puisqu'elle pourrait bien un jour devenir sa
belle-fille. Comme il s'aperçoit qu'il ne réussit guère
à cette tâche et qu'il n'a tracé qu'une ébauche fort
imparfaite : « Du reste, ajoute-t-il par manière
d'excuse, je ne l'ai vue qu'une fois et assez peu, et
je n'y vois guère, et je ne regarde pas les femmes
sous le nez, encore moins les jeunes. »

Embarras charmant chez un homme peu timide
de son naturel et qui avait déjà tant vécu ! Il était
moins ingénu à dix-huit ans. Mais Dieu, par l'effusion de sa grâce, lui avait fait un cœur nouveau et

avait renouvelé sa jeunesse comme celle de l'aigle [1].

Il termine sa lettre par ces mots : « Cependant je ne songe pas à me marier. »

Ce fut un trait de lumière pour son pauvre père, et le sujet d'une inquiétude dont nous retrouverons la trace dans la suite de leur correspondance.

Une année, dix-huit mois se passent ; Clerc est maintenant lieutenant de vaisseau et il habite Brest ; ses confrères de la conférence de Saint-Vincent-de-Paul lui ont confié les fonctions de secrétaire dont il s'acquitte, à une réunion du soir, avec l'entrain et la vivacité qu'il met à toutes choses. Arrive un nouveau confrère, enseigne de vaisseau. Celui-là est lui-même sollicité à quitter le monde par un puissant attrait dont la victoire ne tardera guère. Il nous a depuis raconté ses impressions sur sa nouvelle connaissance, et les circonstances caractéristiques de cette première rencontre.

Clerc n'était pas beau, du moins dans le sens grec du mot, et son visage aux contours anguleux aurait offert un modèle assez ingrat à la statuaire. L'extrême mobilité de ses traits trahissait sur l'heure toutes ses impressions ; son œil de feu et sa voix vibrante annonçaient une âme aussi enthousiaste qu'énergique. Petit de taille, il était, ce soir-

---

1. Renovabitur ut aquilæ juventus tua.

là, affublé d'une longue lévite qui lui descendait à mi-jambes et qui donnait à sa personne je ne sais quoi de clérical. La séance se passa comme à l'ordi-naire, à exposer les besoins des pauvres assistés par la conférence et à faire la répartition des secours. Quoi qu'il en soit, nos deux officiers de marine se remarquèrent, et, la prière dite, ils éprouvaient le besoin de se retrouver sans témoins.

Clerc invite son nouveau confrère à venir le len-demain chez lui, afin de faire ensemble quelques visites de pauvres. Le nouveau venu accepte et, à l'heure dite, se trouve au rendez-vous ; il rencontre Clerc à la porte de sa chambre où il rentrait. Ils redescendent et cheminent côte à côte pendant cinq minutes, le temps d'échanger quelques paroles. C'en était assez pour qu'ils se connussent à fond, tant leurs cœurs étaient à l'unisson. « Mais com-ment se fait-il, demande *ex abrupto* l'enseigne, qu'avec des idées semblables vous soyez encore dans la marine? »

A cette apostrophe inattendue, Clerc se retourne brusquement, recule d'un pas, rejette la tête en arrière, et, regardant l'enseigne entre les yeux :

« Et vous? lui dit-il.

— Tiens! c'est vrai, » fait l'autre.

A dater de ce moment, ils ne se quittaient plus; leurs œuvres, leurs exercices de dévotion, leur com-

mun avenir vaguement entrevu, tout les rapprochait. Quelquefois ils s'en allaient ensemble errer
dans les champs, au grand air, et là, ils s'en donnaient à cœur-joie, parlant de Dieu tout à leur aise
et entonnant même à sa louange quelque chant
d'église.

La Providence leur réservait de se connaître et de
se voir de plus près encore.

CHAPITRE IV.

ALEXIS CLERC PENDANT LES ÉVÉNEMENTS DE 1848.

ALEXIS A SON FRÈRE JULES

1er Mars 1848.

« Que te dirai-je, mon cher Jules? Sais-je bien ce que je pense? Que reste-t-il encore debout après cette tempête qui emporte d'un coup et les hommes et les institutions? Où en êtes-vous, où vous arrêterez-vous? Vous voulez renverser un ministre, et vous renversez la monarchie! Pensez-vous à cette masse incalculable à qui vous imprimez un élan? Où trouver la force qui la réduira au repos? Faudra-t-il encore d'aussi cruelles oscillations que celles que nous avons vues, pour qu'elle y revienne spontanément? Il faut cinq heures pour anéantir un si laborieux ouvrage! Où trouverons-nous maintenant la

confiance dans la chose établie? C'est la dixième
révolution depuis 89. C'est cinq ans de durée
moyenne. Que d'argent! que de sang! Et pourquoi? Pleurons sur un pays où dix gouvernements
successifs n'ont pas su, même au dernier moment,
faire la concession qui leur eût sauvé la vie. Pleurons sur un pays qui ne peut conquérir pacifique-
ment ses droits.

« Je ne regrette ni Guizot, ni Louis-Philippe, je
suis effrayé de leur chute; mais je suis bien plus
effrayé de l'avenir prochain, peut-être déjà du passé
pour vous.

« Ce n'est pas une révolution politique que vous
avez faite, c'est une révolution sociale. Vous direz,
vous dites peut-être : *l'ex-bourgeoisie*, comme on a
dit *les ex-nobles*.

« Voilà le peuple, l'ouvrier, le prolétaire sur le
pavois. Ces flots d'envahisseurs montent-ils au pouvoir, ou font-ils descendre le pouvoir jusqu'à leur
niveau? Oui, certes, si la noblesse était injuste et
tyrannique envers les autres classes, la bourgeoisie
l'était envers les prolétaires; mais ceux-ci seront-ils
plus justes? L'injustice est-elle dans ce que cent en
souffrent ou cent mille? L'injustice de la bourgeoisie était de l'égoïsme et de l'indifférence; l'autre
sera-t-elle de la haine et de la cruauté? La bourgeoisie était peu morale et peu éclairée, mais nos

nouveaux maîtres, qui les mettra soudain au niveau même des bourgeois?

« Votre gouvernement provisoire qui s'est improvisé lui-même, qui prétend à ne plus faire comme en 1830, à consulter réellement l'opinion de la France, proclame la répubique! Notre vote n'est déjà plus qu'une sanction. Ne nous trompons pas et ne nous laissons pas tromper par des mots : il n'y a pas de révolution sans qu'à la suite il n'y ait escamotage du pouvoir. Mon opinion — et je crois avoir de bonnes données — est que la France n'est pas républicaine. Cependant la république sera acceptée, je n'en doute pas. Y a-t-il, oui ou non, escamotage? Les *faits accomplis*, comme disait Guizot. Voilà donc la France gouvernée par Paris! C'est provisoire, plaise à Dieu; il faut encore accepter ce fait accompli. Mais il en est un autre qu'il ne faut pas accepter, contre lequel il nous faudra combattre jusqu'à la mort s'il veut s'accomplir ou s'accomplit; c'est le gouvernement de Paris par la commune, par les clubs, par l'armée révolutionnaire.

« Vous avez déjà la commune, l'armée révolutionnaire de vos vingt-cinq légions mobiles ; prenez garde aux clubs. Le droit de réunion, qui est juste, nécessaire, et dont la contestation a tout amené, le droit de réunion peut facilement se transformer en celui d'association, de club ; il n'y a qu'un pas : est-il possible qu'on ne le fasse pas ?

« Je consens à la république ; mais, jusqu'à notre mort, empêchons des gouvernements sans autorité d'environner d'abord et de tyranniser ensuite le gouvernement national. »

Voilà ce qu'Alexis écrivait à son frère Jules au lendemain de cette révolution du 24 février qui avait renversé en quelques heures l'établissement de juillet et remis à la décision si hasardeuse du suffrage universel les destinées de la France. Avouons que le jeune officier de marine, qui appréhendait tout en ce moment, était plus sage et plus clairvoyant que beaucoup d'autres. Parce que le peuple, étonné d'une si facile victoire, se montrait *bon prince;* parce qu'il n'abattait pas les croix et ne saccageait pas les églises, comme en 1830, on croyait tout sauvé et on se livrait à une aveugle confiance qui devait recevoir bien prochainement de cruels démentis. C'est avec raison que ce gouvernement provisoire, où Lamartine siégeait à côté de Ledru-Rollin, en compagnie de Louis Blanc, de Flocon, d'Albert, *ouvrier mécanicien*, etc., ne disait rien de bon à notre Alexis ; car il était trop visible, à qui envisageait les choses de sang-froid, que ces concessions faites aux passions révolutionnaires étaient plus propres à les exalter qu'à les apaiser. Mais on regrettait si peu le pouvoir déchu qu'on était dis-

posé à absoudre l'émeute pourvu qu'elle fût modérée. Il y eut tel moment où le citoyen Caussi-
dière lui-même, de conspirateur qu'il était la veille
devenu préfet de police, calma les inquiétudes des
honnêtes gens, qui ne l'auraient certes pas choisi
pour un pareil rôle, en leur promettant, dans son
style pittoresque, de *faire de l'ordre avec du désordre*. Le moindre indice de respect pour la propriété et pour la religion dans les masses populaires
était accueilli avec enthousiasme comme un gage
de sécurité ; et ceux qui les ont entendues n'ont pas
oublié ces paroles du P. Lacordaire, faisant allusion
à un des épisodes de l'émeute triomphante et tom-
bées de la chaire de Notre-Dame le dimanche
27 février : « Vous démontrer Dieu ! mais vous auriez le droit de m'appeler parricide et sacrilége ! Si
j'osais entreprendre de vous démontrer Dieu ! mais
les portes de cette cathédrale s'ouvriraient d'elles-
mêmes et vous montreraient ce peuple, superbe en
sa colère, portant Dieu jusqu'à son autel au milieu
du respect des adorateurs. »

L'auditoire éclata en applaudissements.

Sur quoi, le *Journal des Débats*, tirant la moralité du fait, ajoutait ce commentaire : « C'est bien ;
que l'Église prenne sa place, comme nous tous.
Qu'elle se montre, le peuple la reconnaîtra. Qu'elle
n'ait pas peur de la révolution, afin que la révolu-

tion n'ait pas peur d'elle. Dieu a livré le monde à la discussion, *tradidit mundum disputationi.* Que l'Église use de ses armes, la parole et la charité, l'enseignement et l'action. Qu'elle s'aide, Dieu l'aidera. »

Ce n'était pas un petit mérite, à cette heure-là, de ne partager aucune des illusions courantes; je ne dis pas seulement celles du *Journal des Débats*, un peu trop compromis avec la révolution, mais celles des plus sages et des meilleurs, abusés, il faut le dire, par l'excès de leur bonne foi et par leur inclination à juger des autres par eux-mêmes.

Ce mérite fut celui de notre jeune marin. On l'a vu, du premier coup et avant des expériences tristement instructives, il dénonce l'*escamotage* des révolutions qui demandent au suffrage universel une tardive et illusoire sanction en faveur du fait accompli; bien plus, dans les clubs de 1848, qui font en général plus de bruit que de mal, il démêle déjà les germes confus de la fatale commune dont il sera lui-même la victime en 1871.

Qui de nous, atteignant l'âge d'homme, ne se trouve pas à son tour face à face avec une révolution triomphante? 1815, 1830, 1848, 1852, 1871. Les dates sont si rapprochées que nul n'y échappe. Or, c'est l'épreuve, trop souvent l'écueil de la solidité de notre jugement, de notre caractère. Peu s'en

tirent sans avarie, et c'est un grand honneur de n'y
avoir pas failli. Il est bon dans tous les cas, une
fois le danger passé et le calme rétabli, de se livrer
à un sévère examen de conscience sur la manière
dont on a gouverné sa barque pendant la tempête.
En offrant à mes lecteurs un terme de comparaison,
dont les lettres d'Alexis à sa famille feront tous les
frais, je leur ménage une facilité de plus pour se
bien connaître et se juger sans faiblesse.

Vivant en province et contemplant la lutte à distance, Clerc avait, sur ses correspondants parisiens,
cet avantage qu'il échappait au vertige dont il est si
difficile de se défendre lorsqu'on est condamné à
payer de sa personne et à respirer jour et nuit l'atmosphère enflammée des révolutions. Mais ses fortes
études religieuses, les idées saines qu'il puisait dans
sa Somme de saint Thomas, lui étaient aussi un
grand préservatif, et, aidé de ce seul secours, nous
le verrons franchir victorieusement des écueils dont
ne se défièrent pas assez d'illustres et ardents catholiques.

Un mois, deux mois s'écoulent; on sait maintenant ce qu'on peut attendre du gouvernement provisoire, des hommes de l'Hôtel-de-Ville et du
Luxembourg. Le crédit public a baissé, les ateliers
nationaux ont tué le travail, l'agitation va toujours
croissant et s'étend de Paris aux départements.

Mais l'heure des élections approche, et la France va user du suffrage universel pour se donner une assemblée constituante. Cela tombe bien ! on est en pleine semaine sainte et les urnes électorales s'ouvriront le jour de Pâques. Alexis s'aperçoit que son frère a la fièvre de la politique et que son suffrage s'égarera peut-être sur la tête de Ledru-Rollin ou de Lamennais, si ce n'est même de Pierre Leroux ou de Victor Considérant. C'est le cas, ou jamais, d'une bonne correction fraternelle. Voici ce qu'il lui écrit :

« Je suis très-réellement affligé de l'état où tu te mets, et je te conjure de penser à ce que je vais te dire et d'y penser sérieusement.

« Tu as le plus entier dévouement à la chose publique, et je t'en honore. Mais pourquoi ton dévouement est-il si tracassé, inquiet, *sollicitudineux*, affairé ? Tu te perds dans tes tracas, tes démarches, tes discours. Sois plus calme. Crois-tu que s'il fallait tant de peine à chacun pour être républicain, la république serait possible ? Ou veux-tu d'une république qui accapare tellement les citoyens qu'il faille des esclaves pour pourvoir à la vie matérielle comme dans les républiques de l'antiquité ? Comment ! ton agitation, tes mouvements inquiets, empressés, vont jusqu'à te donner la fièvre, et tu ne vois pas que ce système est faux et mauvais !

8

Ce n'est pas ainsi que tu dois agir. Je te supplie d'avoir égard à mon conseil. Reste huit jours sans aller au club, et n'y va ensuite que de loin en loin. Ne livre pas ta vie à un tourbillon qui l'absorbe et qui est incapable de rien produire de bon. Sais-tu ou ne sais-tu pas où est la vérité? N'est-elle pas dans la religion? Ne crois-tu pas à la vertu et aux lumières de quelques prêtres? Va leur demander les candidats; ceux-là connaissent les hommes et te les enseigneront; tu ne pourras pas les connaître par tes clubs. Je ne veux pas entrer dans les développements, mais je veux te dire que c'est ce que j'aurais fait.

« Ne va plus au club. Remets ton esprit. Songe que nous sommes dans la semaine sainte. Va-t'en tout simplement demander les candidats du comité Montalembert ou à M. de la Bouillerie ou à un homme pieux qui ait ta confiance, et repose-toi en paix, mais surtout ne fais à aucun prix de pacte avec le mal. Je te prie qu'il n'y ait pas un nom sur ta liste que ta conscience réprouve. N'essaie pas à te tromper là-dessus par des combinaisons avantageuses. Le mal est mal absolument, et songe au rôle que jouera l'Assemblée. »

Hélas! voulant faire ce qu'il recommande si instamment à son frère, il est bien empêché lui-même pour trouver, et en si grand nombre, des noms que ne réprouve pas sa conscience. Qu'il nous suffise de dire que sa liste portait, à côté des noms du P. Lacordaire et de l'abbé Deguerry, le curé de la Madeleine, les noms de Michelet et de Béranger.

Après l'avoir mise tout entière sous les yeux de son frère, Alexis ajoute : « Je ne te la recommande pas. Cependant je crois qu'elle ne renferme rien contre la conscience. Je me reproche de ne faire que le croire et de ne pas en être sûr. »

Scrupule parfaitement justifié. Quoi ! ce censeur si sévère des votes de son frère, et qui lui reprocherait Ledru-Rollin et Lamennais, votera pour Béranger et pour Michelet ! Béranger, le chantre de *Lisette* et du *Dieu des bonnes gens !* Michelet, le calomniateur du clergé, qui avait assez récemment épanché son fiel et sa bile dans un ignoble pamphlet : *Le Prêtre, la Femme et la Famille !* Voilà pourtant à quels compromis on était amené par cet absurde système de vote, que nous avons de nouveau pratiqué depuis le 4 septembre et qui trouvera toujours de chauds partisans parmi les exploiteurs du suffrage universel. Et l'on appelle cela interroger la nation !

Quel trouble dans les idées à cette date de 1848, et quelle étrange confusion des mots et des choses !

Voici un ancien adepte de Saint-Simon et de Fourier, aujourd'hui bon catholique, et qui recommande sa candidature, à ce double titre de ce qu'il était naguère et de ce qu'il est devenu depuis, aux socialistes aussi bien qu'aux catholiques. « Le retour au christianisme, dit-il, *ne m'a jamais fait éprouver le besoin de condamner les premiers entraînements de ma pensée.* Sans doute, j'ai répudié des théories saint-simoniennes et fouriéristes tout ce qu'elles avaient d'incompatible avec la vérité chrétienne ; mais enfin je leur dois d'avoir reconnu depuis longtemps la nécessité et aussi la possibilité de réaliser cette même vérité dans toutes les relations sociales. » Il ajoute : « *Le principe de la république annule les seuls obstacles qui pouvaient s'opposer à cette réalisation. Je suis donc républicain à un double titre, comme chrétien et comme socialiste.* »

Et cette candidature, d'ailleurs pleine d'honnêteté et de bonne foi, était chaudement patronnée par les comités catholiques.

Relégué dans sa province et privé des lumières qu'il aurait voulu recevoir sur les candidatures parisiennes, Clerc croyait faire encore pour le mieux en hasardant certains noms qui ne lui étaient nullement sympathiques. Mais si l'électeur catholique, nommant Michelet et Béranger, était en règle avec sa conscience, que penser du système qui lui extorquait de pareils votes ? Si Alexis était à cent lieues

des idées socialistes, son frère ne les repoussait pas
aussi résolûment et il était de ceux qui essayaient
de les concilier, dans une certaine mesure, avec le
dogme catholique. Abonné de l'*Ère nouvelle*, il ne
désapprouvait pas le P. Lacordaire allant s'asseoir
à l'Assemblée nationale, non loin de Barbès et de
Ledru-Rollin. Alexis faisait tout le possible pour le
désabuser. Dans le courant du mois de juin, il se
mit à écrire une longue lettre, d'un caractère dogmatique, à Mme de S***, dont il n'était pas seul à reconnaître la supériorité d'esprit, lettre évidemment
destinée à son frère beaucoup plus qu'à cette dame,
dont les sentiments connus lui promettaient un
auxiliaire pour la cause qu'il cherchait à faire
triompher. Mais pendant qu'il écrit, les événements se précipitent et de terribles explosions de
la fureur populaire, rallumée par les sociétés secrètes, jettent la consternation et l'épouvante dans la
France entière. Sous le coup des émotions na-
vrantes qui se renouvellent d'heure en heure, Alexis
termine par ces mots qui peignent au vif la situation:

« Je vous ai écrit ces froides pages pendant que
Paris était à feu et à sang et que les dépêches télé-
graphiques nous tenaient suspendus dans une fé-
brile anxiété. Vous vous étonnerez que je les aie
poursuivies, mais c'est que cette horrible guerre ne
tranche pas la question, et elle surgira tôt ou tard.

Je crois aujourd'hui n'avoir aucun malheur à déplorer parmi ceux qui me sont chers. Nous avons
assez de pleurer sur la patrie et de prier pour elle.
Puisse un aussi terrible châtiment ne pas expier
seulement nos crimes, et plaise à Dieu d'accepter
d'aussi héroïques dévouements comme prix de tant
d'indifférence et d'égoïsme. Ouvrons les yeux et
jugeons des arbres des doctrines nouvelles par les
fruits qu'ils portent. J'ai enfin l'espoir que le malheur, qui sanctifie l'homme, améliorera la nation.
Oh ! si Dieu le voulait ainsi, nous serions alors
véritablement sauvés. »

Espoir encore prématuré !

« Que mon sang soit le dernier versé! » avait dit
en expirant l'archevêque martyr, frappé devant la
barricade du faubourg Saint-Antoine au moment où
il portait aux insurgés des paroles de paix. Le général Négrier venait de tomber à la même place, et le
général de Bréa avait été lâchement assassiné à la
barrière de Fontainebleau, tous les deux après avoir
fait cesser le feu de leurs troupes et en essayant de
parlementer. Cinq autres généraux et deux représentants trouvèrent la mort dans cette horrible lutte,
une des plus acharnées qui aient ensanglanté les
rues de Paris. Les alarmes de Clerc pour les siens ne
se calmèrent que lorsque son père, dont il redoutait
l'exaltation patriotique, lui eut donné signe de vie.

« Mon cher père, écrit-il le 1er juillet, je te remercie vivement de ta lettre du 27 juin, que j'attendais avec une grande impatience. Je savais par
les journaux que le faubourg du Temple avait tenu
jusqu'au troisième jour, et je prévoyais bien que le
voisinage des ponts, la rareté des voies du canal au
boulevard donneraient une importance stratégique
au quartier que tu habites. Mme Mallet mère avait
reçu le 28 une lettre de Mme Pagès, dont j'avais
auguré que tu étais sain et sauf; néanmoins j'avais
besoin de nouvelles directes et je te remercie de
n'avoir pas tardé à m'en donner.

« Je remercie, ne t'en déplaise, les insurgés, la
mobile et la garde nationale de t'avoir tour à tour
gardé prisonnier chez toi. Je ne peux guère te dire
qu'il n'est pas raisonnable d'aller flâner au milieu
d'une guerre civile. Il est impossible d'être calme
dans des circonstances si critiques, et sans cette
force majeure tu serais allé t'exposer à un danger
inutile. D'après ton itinéraire du premier jour, je
conjecture que tu avais bien des chances de ne pas
t'en tirer à si bon marché.

« J'apprendrai avec beaucoup d'intérêt tout ce
que tu pourras te rappeler des paroles des insurgés ;
quels étaient leurs moyens, leur but ; afin de savoir
au juste l'effroyable ennemi qui a failli anéantir la
patrie et qui a coûté si cher à détruire.

« Si tu voulais, mon cher père, permettre une réflexion sur ce grand malheur, je te renverrais à ma dernière lettre. L'État est une personne morale soumise à la loi de la souffrance comme un homme; pour lui aussi il faut que la justice s'exerce. C'est la cause de ces catastrophes que l'histoire enregistre avec effroi ; il lui faut de ces expiations sanglantes qui rachètent tant de crimes impunis. Il lui faut enfin comprendre que la main qui le châtie cherche surtout à le corriger.

« Le châtiment est terrible. La France a versé le plus pur de son sang. J'espère que nous n'avons plus à expier. Fasse le Dieu juste et bon que nous changions nos voies et que nous marchions dans celles qu'il nous a tracées. Oh ! alors la France est réellement sauvée. Sinon, — si nous continuons de vouloir établir les fondements de la société sur un égoïsme bien entendu; si cet égoïsme, aussi éclairé qu'on le voudra, est le principe de la morale et du contrat social, — nous sommes perdus. Il ne s'agit plus de céder à l'État une partie de sa liberté en obéissant à la loi, une partie de son bien en payant l'impôt; nous resterions dans nos anciens errements et nous aurions vu seulement la première scène de la destruction de notre pays.

« Non, il faut que la France, qui a toujours donné à l'univers l'exemple des grands et des généreux sentiments, — et c'est là plus que sa puissance, plus que son génie militaire ce qui nous la fait chérir ; il faut que, cessant de calquer la civilisation anglaise, qui ne va ni à ses mœurs, ni à son esprit, ni à son cœur, elle abjure l'égoïsme et que la fraternité qu'elle a gravée sur ses armes se grave profondément dans son cœur.

« Les déplorables philosophes du dernier siècle et de celui-ci sont parvenus, les premiers à dessécher nos cœurs, les autres à nous inspirer de la haine contre les prétendus heureux du monde, par leurs calomnies, et à nous faire croire que notre destinée et notre droit est un bonheur sans mélange sur la terre. Ces doctrines ne sont pas restées dans le domaine de l'idéologie, le feuilleton les a répandues partout, les *Mystères de Paris*, le *Juif-errant* et bien d'autres, qui ont fait moins de bruit, les ont popularisées ; et je ne doute pas que l'enquête que l'on va faire sur cette abominable insurrection ne prouve que ce n'est que la conséquence logique de ces principes. Ces romanciers, ces philosophes ne se battent pas ; ils détestent la guerre civile, on ne saurait les atteindre ; ils sont cependant les plus coupables, ils sont les vrais instigateurs de la guerre civile. Comprendront-ils ce qu'ils ont fait ? Je n'ose l'espérer de tous. La *Réforme* a donné le généreux exemple de déplorer les paroles haineuses qu'elle a publiées , et s'en trouve amèrement punie. »

Voilà certes des vues d'une élévation et d'une justesse peu communes, et plût à Dieu qu'elles eussent
eu quelque influence sur les classes dirigeantes qui,
plus éclairées, portent, devant Dieu et devant l'histoire, le poids d'une plus lourde responsabilité.

La lettre suivante touche à un sujet moins grave,
mais elle est assez piquante et elle met d'ailleurs
dans tout son jour la noble fierté que notre Alexis
savait très-bien concilier avec l'humilité chrétienne.
Pour qu'on la comprenne, il suffira de dire que, le
Caffarelli étant décidément mis à la réforme et
M. Mallet ayant reçu un autre commandement, on
désirait vivement dans la famille qu'Alexis ne fût
pas séparé d'un chef dont la bienveillance lui était
acquise depuis longtemps. De là la démarche de
M. Jules Clerc auprès de leur ami d'enfance
M. Émile Marie, dont le père, devenu ministre de
la justice, occupait l'hôtel de la place Vendôme.
Entre nous, Alexis n'était pas fâché de gloser, à
l'occasion, sur l'austérité républicaine de son frère
Jules et de la trouver en défaut.

« Mon bon Jules,

« Je ne saurais te reprocher ce que tu as fait pour
mon embarquement avec M. Mallet, Mme Pagès
surtout t'en ayant donné le conseil ; mais je dois te

dire que c'est avec un vif déplaisir que j'en ai reçu
la nouvelle. Comment fais-tu pour moi ce que ta
susceptibilité t'empêcherait de faire pour toi-même ?
De grâce, si j'ai le bonheur d'avoir quelques amis
plus haut placés que moi, ne me les fais pas perdre.
Je comprends cette espèce de mépris pour les hommes
qui s'empare si souvent des gens puissants quand ils
ont éprouvé qu'on se fait un marche-pied de leurs
sentiments les plus intimes. Ne vois-tu pas que la
position d'Émile Marie, et notre amitié, sont deux
choses d'un ordre complétement différent et qu'il
est aussi absurde qu'injuste de prétexter de l'une
pour user de l'autre. Tu ne te doutes probablement
pas de la tourbe de solliciteurs qui accable ce pauvre
garçon et tu lui retires ce pauvre petit moment de
plaisir qu'il eût éprouvé, quand il aurait pensé à
moi, en se disant que je n'avais pas été importun.

« Il a bien plus besoin d'une affection désintéressée que je n'ai besoin de tous les services qu'il
peut me rendre par sa position. Et toi, mon bon
Jules, dont la délicatesse de sentiments est si ex-
quise, tu as fait cette démarche ! Ce qui me peine
le plus, c'est que votre affection pour moi, à vous
tous à Paris, s'aveugle volontairement ; car d'abord,
vous ne feriez pas pour vous-mêmes ce que vous
faites pour moi, et si vous ne vous mépreniez pas
autant sur mes sentiments, vous ne le feriez pas

pour moi. Tu as été rebuté par de Plas[1], j'en étais
sûr et j'en suis enchanté; Émile aurait dû en faire
autant. Ne va pas croire que je ne fais pas cas de
l'amitié et que je ne veuille jamais rien lui demander : il est trop doux pour moi de pouvoir être utile
à ceux que j'aime; mais je demanderai à mes amis
des choses qui dépendent d'eux personnellement et
non pas de leurs fonctions publiques. Le côté plaisant de la chose, c'est que tu fais un républicain de
la veille de plus qui fait le métier de solliciteur, et
que moi, qui suis le réactionnaire, je fais le pu-
ritain.

« J'avais prévenu de Plas des tours dont tu étais
capable, mais j'avoue que je n'avais pas eu la subtilité de prévoir que tu dénicherais ce pauvre Émile
pour des démarches si en dehors de son ressort.

« Enfin, il faut que je dise qu'à votre propre point
de vue, vous avez fait *une boulette*. Vous croyez
que M. Mallet, qui connaît tout Paris, qui connaît
presque entièrement tout le ministère, a besoin de
ce pauvre Émile pour faire tenir une lettre à son
ami N***. En vérité, c'est un peu naïf pour des gens
qui savent leur monde. Je ne veux pas dire que
M. Mallet ne désire sincèrement mon embarque-

---

1. Cet ami chrétien avait tous les sentiments de Clerc et ils
étaient dignes l'un de l'autre. Nous ferons dans la suite plus
ample connaissance avec lui.

ment avec lui, mais il ne se peut qu'il soit obligé à une pareille *ficelle* pour obtenir ce qui est dans son droit. De deux choses l'une : ou il ne le désire pas assez pour l'obtenir, et ça ne m'empêchera pas de lui savoir gré de l'avoir désiré au degré où il l'a fait; ou il a employé un hors-d'œuvre pour donner satisfaction à votre impatience. Alors, mon pauvre Jules a fait briller en pure perte, auprès des huissiers de la place Vendôme, son incorruptibilité républicaine. C'était un si agréable passe-temps pour nous de nous indigner de la corruption et du népotisme de nos contemporains ! Va-t'en bien vite trouver Émile; pénètre, malgré les huissiers que tu as déjà appris à mettre en défaut, et dis-lui de rester chez lui; que je veux toujours qu'il fasse deux lieues pour venir me voir, mais que je ne veux pas qu'il fasse deux pas pour m'obtenir quoi que ce soit. »

La lettre se termine par cet avis qui s'adresse à la foi et à la piété de son frère :

« Toi, mon bon Jules, recueille-toi le plus que tu pourras; je conviens que c'est très-difficile pour tout le monde et que tu as de plus que les autres les obstacles de ta vie si occupée à surmonter, mais fais ce que tu pourras; dix minutes de prière valent mieux que toute la politique du monde, et, par-dessus le marché, c'est la seule vraie et bonne politique, car il y a une Providence qui nous gouverne.

9

Grave bien dans ta tête cette belle parole, de Bossuet, je crois : *l'homme s'agite et Dieu le mène* ; tu en tireras bientôt un calme dont tu es privé depuis longtemps et un jugement plus sain sur beaucoup d'événements ; tu interviendras aussi plus à mon gré dans mes affaires, et enfin, j'espère, nous n'aurons plus de dissentiment sur aucun point, ainsi qu'il convient à des frères et à des chrétiens.

« A bientôt,

« A. CLERC.

« Va sans différer remercier Émile de sa bonne volonté et l'en dispenser. »

Cependant Alexis s'aperçoit que son frère Jules n'est pas assez en garde contre certaines idées courantes qui, sous les vagues formules où elles s'enveloppent, favorisent le socialisme, et qu'on a surpris sa bonne foi en affectant de respecter son orthodoxie catholique. Les explications données par son frère ne le satisfont qu'à moitié ; il les reprend une à une, il les discute, les approfondit et se met en devoir de prouver que, si on écarte tous les voiles, toutes les équivoques, ces deux contraires, — le socialisme et le Christianisme, — sont absolument et radicalement inconciliables.

Il y a tant de raison dans ces pages, tant de sérieux bon sens éclairé par la foi, que nous croyons

faire chose agréable à nos lecteurs en les reproduisant ici en grande partie. Assurément les doctrines
de Fourier et de Victor Considérant, telles qu'on les
professait en 1848, n'ont plus guère d'adeptes en ce
temps-ci, et elles peuvent passer pour surannées en
présence de doctrines moins spéculatives qui ont
depuis fait leurs preuves avec un certain éclat. Mais
les principes d'erreurs, d'où procède le mal, sont les
mêmes, et ils s'accordent tous en un point, la néga-
tion du surnaturel. Quant aux principes que Clerc
opposait à ces utopistes dangereux, ils sont immua-
bles comme la vérité.

Donc, M. Jules Clerc avait dit, à ce qu'il paraît :
« Je ne crois pas que la religion doive intervenir
d'une manière directe dans les questions politiques,
si ce n'est pour nous conserver toujours devant les
yeux les principes de moralité et de fraternité de
l'Évangile. »

« — Très-bien, reprend Alexis, empruntons à l'ordre religieux des principes infaillibles et bâtissons
dessus; nous pourrons bien nous tromper dans des
cas particuliers, mais nous avons de bonnes conditions de vérité. Tu es dans le vrai; Dieu nous a
donné tout ce qu'il faut pour notre salut, si tu veux,
pour notre vrai bien, et pour cela il n'a pas pourvu
seulement à l'ordre de la grâce, mais aussi à l'ordre
de la nature, et il a posé les principes naturels, nous

a ordonné de les suivre, et, si nous ne le voulons pas faire, nous détruirons et nous n'édifierons pas.

« Je te prie d'excuser l'excursion que je vais faire ici ; ce n'est pas une réponse directe à ta lettre, mais je tiens beaucoup à ce que tu ne te figures pas que la religion a un domaine propre où elle doit se renfermer et que la chose publique doit se régler par ses propres lois. La religion, au contraire, est la loi universelle, et elle doit être unique, car le but unique de l'homme est son salut, qui dépend de la seule religion. Les créatures, la nature, les sociétés ne sont et ne doivent être que des moyens d'atteindre ce but.

« Or, l'homme est déchu et par sa chute il a tout perdu dans l'ordre de la grâce, ce qui n'intéresse que la religion ; et sa nature même a été corrompue, ce qui intéresse l'ordre naturel et la société. Mais, par la Rédemption, il est capable de rentrer dans l'état de grâce et de vaincre la corruption de sa nature. Il en résulte que la première condition de toute société est la religion, et on ne peut citer aucune société qui en ait été dépourvue. La corruption étant propre à chaque homme, il faut que chaque homme tâche de se vaincre ; c'est le plus grand service qu'il puisse rendre à la société. Par suite de cette corruption, la société a le droit de coërcition sur ceux qui menacent son existence. Enfin l'homme

a, par sa faute, été condamné au travail et à la souffrance, et Celui qui a prononcé l'arrêt, le main-
tiendra.

« Eh bien! Fourier et ses disciples nient que
l'homme soit déchu et, le supposant sorti tel qu'il
est des mains de Dieu, ils le déclarent bon et veulent lui permettre de satisfaire ses passions les plus
ardentes et ses désirs les plus fugitifs. Comme philosophie, il est facile de prouver que ce système est
absurde en ce qu'il méconnaît la nature intime de
notre cœur, et ne peut expliquer le mal actuel et
passé. Mais notre foi nous fait rejeter ces folies. Si
l'homme est mauvais, quoi de plus insensé que de
compter avec lui comme s'il était bon?

« J'ai vu ici V*** [1] en revenant de Paris, et je
lui ai reproché de t'avoir trompé; il s'en est défendu
en disant qu'il ne t'avait rien dissimulé et que,
comme il est possible que l'on arrive à créer une
même institution en partant de principes différents,
il s'était borné à te proposer ces réalisations pratiques sans s'inquiéter des principes qui leur servi-
raient de base dans ton jugement. En fait de politique on ne s'occupe que des faits et peu des idées,
à ce qu'il paraît. Pour sa part, il m'a bien dé-

[1]. Un de leurs amis, engagé assez avant dans les doctrines
socialistes, et dont le 4 septembre n'a pas manqué de faire
un préfet.

claré que les deux principes, fondements de ses projets de réforme, étaient que l'homme n'était pas déchu, et qu'après sa mort il continuait éternellement à mériter dans une vie nouvelle et différente. Avec ces principes je conviens qu'il est assez logique; peux-tu l'être avec des principes contraires? Non, je te l'ai déjà dit, ta bonne foi a été surprise.

« Tu me dis : « Les idées de Fourier sur l'organisation de la société sont belles en ce qu'elles tournent l'égoïsme de chacun, quand elles ne le détruisent pas, au bien-être de tous. » Quant à *belles*, nous le verrons plus tard ; quant à *fausses*, nous le verrons tout de suite. *Le travail doit devenir un plaisir par l'attrait que l'organisation saura y attacher.* Notre conscience nous dit bien haut que cela ne saurait être, mais qu'est-ce que Fourier répondra à ces paroles : « La terre est maudite dans ton œuvre, tu en mangeras (les fruits) tous les jours de ta vie ; elle te germera des épines et des ronces et tu mangeras l'herbe de la terre ; tu mangeras ton pain à la sueur de ton front jusqu'à ce que tu retournes à la terre d'où tu as été tiré, car tu es poussière et tu retourneras en poussière [1]. » Auronsnous après cela la crédulité de compter sur ses pro

1. Genèse, III. 17-19.

messes de paradis terrestre? N'oublions jamais cette terrible sentence qui pèse sur l'humanité et dont veulent nous relever tous les prophètes de nos jours.

« Est-ce *beau* de perfectionner la gourmandise jusqu'à faire, je crois, six repas copieux par jour? de permettre à la sensualité de rejeter toute entrave? d'accorder aux instincts les plus abjects des satisfactions que notre corruption actuelle ne peut même pas envisager sans rougir? Tu parles des moyens que Fourier veut employer pour détruire l'égoïsme; mais il n'y en a pas d'autres, à son avis, que de laisser librement se développer les passions de l'homme! Du reste il ne veut pas le détruire, il en serait bien fâché puisqu'il lui faut le développement de tout ce qui est dans le cœur de l'homme. — Mais il l'utilise. — Cela n'est pas trop maladroit; cependant, jusqu'à présent j'avais cru Dieu seul capable de tirer le bien du mal.

« Enfin je termine par la dernière phrase de ta première feuille. « La solidarité est un sentiment chrétien et je ne le crois pas inapplicable dans la suite des temps. »

« C'est là une phrase peu réfléchie; la solidarité n'est pas un sentiment, c'est une loi par laquelle les hommes sont responsables les uns pour les autres du bien ou du mal qu'ils ont commis; les fouriéristes donnent le nom d'*unitéisme* à ce que tu veux

dire, et trois mois plus tôt tu eusses dit avec nous
la charité, qui certainement, comme tu le dis, est
un sentiment chrétien et si chrétien, qu'il n'existe
pas hors du christianisme; ce qui me fait croire que
la suite des temps ne le rendra pas applicable si le
monde ne devient pas chrétien, et que si Dieu nous
accorde la grâce de l'être, il sera, quel que soit le
temps, applicable et même appliqué. Tu diras que
je l'applique fort peu moi-même et que tout ceci est
bien sévère; si tu devais t'en blesser, je t'en deman-
derais sincèrement pardon. Mais l'importance des
questions que soulèvent tes quelques lignes justifie
peut-être l'ardeur avec laquelle je désire que ton
attention se fixe plus mûrement sur des nouveautés
décevantes. »

Voilà qui est parler net, ce me semble. Sans doute
cette argumentation, empruntant toutes ses ma-
jeures à des vérités de foi, n'arriverait pas à convertir un aveugle disciple de Fourier, mais elle avait
sa valeur auprès de l'excellent catholique auquel
elle était adressée. Alexis ne demandait pas à la raison, trop souvent à court de preuves péremptoires,
ce que la foi donne abondamment à qui a le bonheur de croire. La direction pratique de son esprit
se révèle dans cette discussion, où il ne cherche pas
à briller, mais à convaincre, en homme qui sait le

prix des âmes et à qui l'âme de son frère est chère entre toutes.

Je dois noter l'impression que fit sur lui le vote du 10 décembre 1848.

L'élection du prince Napoléon à la présidence, par cinq millions de voix, le surprit désagréablement et il lui fallut du temps pour se remettre de ce qu'il appelait « un rude échec à sa pénétration politique. » Il avait voté pour Cavaignac, non par républicanisme, mais par sincérité dans l'acceptation du régime politique légalement établi, et aussi par une généreuse réaction contre d'odieuses calomnies auxquelles l'incorruptible général n'avait fourni aucun prétexte. Il éprouvait une répulsion instinctive pour son compétiteur princier, qui lui apparaissait toujours comme l'aventurier de Boulogne et de Strasbourg, avec du sang sur les mains... Nous ne répéterons pas les expressions extrêmement dures dont il se sert pour le flétrir; la pitié les eût sans doute adoucies après l'immense désastre où cet homme a sombré avec la fortune de la France. Mais nous pouvons laisser passer cette plainte amère, trop justifiée par l'état de prostration et d'anémie où nous réduisent les révolutions : « Ma douleur est de voir le pays entier se renoncer lui-même en faisant un choix qui est un refus de choisir quand on est forcé de choisir. C'est le suicide d'une grande nation ; elle se renonce elle-même pour telle. »

Mais peut-être y a-t-il à ce choix des motifs plus avouables, par exemple l'amour de la gloire militaire, dont Napoléon est pour nous le symbole ? L'esprit militaire est si profondément imprimé au caractère français ; il n'est pas absurde de croire que c'est lui qui a parlé. Sur quoi il ajoute avec grande raison, ce qu'on n'a voulu comprendre ni en 1848, ni en 1852, et ce que nous ne savons que trop aujourd'hui : « Ce serait très-déplorable, très-malheureux. Si c'était la signification de Louis Bonaparte, alors s'ouvrirait une nouvelle ère de guerres interminables avec toute l'Europe. »

Autre hypothèse. « Nous ne sommes pas républicains. On veut ménager un retour à la monarchie. Dans trois ans, une nouvelle constituante décrétera la monarchie et le suffrage universel appellera au trône Henri V. » Si c'est là qu'on en veut venir, ajoute Alexis, ceci est légitime et je m'y soumettrai de bon cœur. « Il n'en restera pas moins déplorable que tous ces monarchistes se soient comptés autour.... *d'un pareil nom.* »

Telle fut la politique de ce fervent et intrépide chrétien à une époque où il était si difficile de voir juste et d'accomplir sans trouble comme sans faiblesse les devoirs d'un bon citoyen. Avouons qu'il n'était pas si mal inspiré par son inviolable atta-

chement à la vérité catholique, dont les conséquences vont bien au delà de la sphère que lui
assignent les esprits superficiels ou d'une sincérité
équivoque.

Ah! si nous avions des principes! on ne nous
verrait pas verser tantôt à droite et tantôt à gauche,
et notre loyauté ne se démentirait jamais, alors
même qu'elle serait mise aux plus rudes épreuves
par les erreurs et les fautes d'un gouvernement que
nous n'aurions pas choisi et qui nous serait peu
sympathique.

CHAPITRE V

Dans le courant de mars 1848, Alexis écrivait à son père :

« Mon bien cher père,

« Ta bonne lettre pleine d'affection m'a causé la plus vive joie, je me propose de te la témoigner par une réponse détaillée.

« Il y a déjà longtemps que nous avions deviné que si tu continuais les affaires, c'était uniquement dans le but de nous faire jouir de tes succès; nous te savions gré de cette tendresse que ne rebutaient pas les revers. Mais il était aussi juste et naturel que notre affection s'occupât de toi qui t'oubliais, et que nous te souhaitions le repos après une vie si laborieuse; nous savions bien que tu n'étais pas de ces hommes *vides*, qui, débarrassés des tracas, réduits à eux-mêmes, se trouvent réduits à rien. Ton repos, que tu sauras bien empêcher d'être oisif, te sera doux et utile.

« Il est bien vrai que tu n'auras pas la médiocrité dorée; permets-moi d'appeler les choses par leur nom : ta grandeur d'âme ne t'en rendra pas la privation cruelle. Puisque la glace est rompue, je veux laisser couler ce que nous avons dans le cœur depuis si longtemps; l'admiration pour la force, pour l'énergie de ton caractère, pour ta résignation digne et sans vanterie à ta mauvaise fortune. Nous te devons, mon cher père, un des bons exemples de la vraie grandeur d'âme, celle qui n'est ni l'insensibilité du stoïcisme, ni l'orgueil du philosophe qui portait un manteau troué. Si le respect nous a retenus à te dire ce que pensent et tes fils et tes amis, il faut peut-être ne plus le taire si nous voulons nous livrer à plus d'abandon.

« Ce n'est pas sur des chances de fortune que je fonde l'espérance de plus de bonheur dans notre famille, c'est sur nos qualités; je crois ce fondement meilleur. »

Évidemment le père auquel un pareil fils parle sur ce ton, n'est ni un petit esprit ni une âme vulgaire. Combien Alexis ne doit-il pas regretter que l'entente réciproque, si complète sur tout le reste, n'existe pas en matière de religion? Très-rarement, jusqu'ici, il a touché ce point délicat, et encore avec mille précautions et un visible embarras, sentant bien qu'entre sa foi et cette âme si chère il y a tout un monde de préjugés. Mais enfin il n'y tient plus et il est décidé à rompre la glace. L'occasion est favorable; affranchi maintenant du tracas des affaires, son digne père n'est pas homme à rester oisif, et ce qu'il lui faut désormais pour remplir les loisirs de sa vieillesse, c'est une occupation d'esprit qui soit à la hauteur de ses aspirations généreuses. Quel plus noble emploi pourra-t-il faire de son temps, que d'en consacrer la meilleure part à l'étude de la religion, qui, comme dit Bossuet, est « le tout de l'homme. » Là-dessus, son plan est fait, et, sans plus tarder, il passe à l'exécution. Rappelons-nous que l'on est en mars 1848. La situation des esprits à cette époque, l'attitude confiante, trop confiante sans nul doute des catholiques en présence d'une liberté dont l'enivrement va bientôt avoir des effets terribles, sert d'entrée en matière et amène naturellement les réflexions suivantes :

« J'espère que l'adhésion cordiale et spontanée du clergé catholique au mouvement populaire, aura calmé les susceptibilités enracinées dont il est trop souvent l'objet. J'espère aussi que les hommes qui ne pensent pas comme nous, cesseront de nous regarder comme des ennemis de l'État et de la liberté. Notre religion de l'État était (singulière contradiction) en suspicion dans l'État; personne n'ignore combien le législateur a été défiant et craintif à son égard.

« Ces craintes ne doivent-elles pas être calmées depuis que la chaire ne retentit plus que du mot liberté? A Rome, à Paris [1], dans les discours, dans les écrits, des années avant que vous ne fissiez des révolutions, l'Église semblait avoir pour prédilection ce thème de la liberté dans la religion et par la religion. Ses orateurs, ses écrivains les plus distingués se dévouaient à cette question. Peut-on, en les lisant, ne pas sentir qu'ils sont inspirés du véritable esprit chrétien et ne pas voir se dissiper en fumée ces accusations de tendance au despotisme et à l'abrutissement que l'on faisait à sa doctrine? Oh! la belle, l'éternellement belle cause que de démontrer que nous sommes redevables de toute liberté, de tout bonheur politique à l'Église, comme nous lui sommes redevables de la vérité surnaturelle et de la vérité morale! Je n'ai ni les lumières, ni les

1. Le père Ventura, le père Lacordaire, etc.

talents nécessaires pour l'entreprendre : c'est réservé
à quelque grand esprit ; mais telle est ma conviction
profonde. Je crois, mon cher père, que ce beau, que
ce vaste sujet d'études ne te sera pas sans attrait ;
permets-moi de t'indiquer quelques ouvrages qu'il
te sera facile de te procurer aux bibliothèques publiques et qui te seront les premiers renseignements.

« Il est deux manières d'aborder cette matière.
L'une philosophique, qui, prenant les faits dans
leur cause, étudie la doctrine chrétienne dans ses
rapports avec la constitution civile ; cette façon d'envisager la question de haut a facilement de la majesté, parce qu'elle plane au-dessus des événements
et se trouve dégagée des temps, des lieux, des circonstances ; elle a de plus l'avantage d'être brève,
aussi les orateurs sacrés l'ont choisie. Tu as déjà
goûté les magnifiques oraisons funèbres des Pères
Ventura et Lacordaire ; tu ne goûteras pas moins
les conférences faites cette année à Notre-Dame par
l'abbé Bautain.

« On peut aussi vérifier dans les faits, l'histoire à
la main, l'influence de la religion chrétienne sur
l'Europe. Cette longue ère de dix-huit siècles se di-
viserait avantageusement en quatre époques. La
première s'étendrait de Jésus-Christ à la chute de
l'empire romain ; la seconde irait jusqu'à Luther ;

la troisième jusqu'en 89 ; et la dernière jusqu'à nous. Pour la première époque tous les bons historiens prouvent surabondamment l'excellence de l'influence chrétienne ; toutefois, afin que le résultat fût absolument sans réplique, il serait peut-être bon de lire aussi Gibbon, qui, fort opposé au christianisme, cherche à prouver qu'il s'est établi dans le monde par des moyens purement humains.

« La seconde époque est mise en lumière par deux éminents ouvrages qui suffisent amplement, l'*Histoire de la civilisation en France* de Guizot et *le Catholicisme comparé au protestantisme* par l'abbé Jacques Balmès ; l'étude sera encore bien impartiale, faite avec un protestant et un catholique. Toutefois le catholique est Espagnol, et il faut quelquefois excuser le zèle qu'il montre pour sa patrie.

« Ces deux ouvrages jetteront aussi un grand jour sur la troisième partie. Il faudrait cependant puiser directement dans l'étude des faits les renseignements sur ce qui n'y est pas traité ; au moins, pour ma part, je ne connais pas d'autres livres où le travail soit tout fait. Enfin, depuis 89, si on veut ne pas lui imputer ce que des amis maladroits ont voulu faire pour elle, la religion sortira sans tache et souvent éclatante de toutes les recherches. Mais la fable de *l'Ours et l'amateur de jardins* ne doit pas être oubliée pour la Restauration. Après avoir vu tomber ensemble le trône et l'autel, qui duraient depuis si longtemps, on a cru que, s'appuyant l'un sur l'autre, ils se soutenaient mutuellement. Fâcheuse erreur! le trône avait l'appui de l'autel ; mais l'autel tient par l'institution de Dieu, il n'a besoin d'aucun appui du gouvernement [1]. Que l'État soit monarchique ou républicain, l'autel restera toujours, il est au-dessus et plus fort que toutes les révolutions. Nous avions peut-être besoin de la Restauration pour nous remémorer que l'arbre du Christianisme n'a pas sa racine dans la terre et que nulle puissance du monde ne peut ni le détruire ni le fortifier. »

On le voit : il entre par la porte de son père, afin de sortir par la sienne, et il prend mille précautions pour ne pas effaroucher ce libre penseur émérite. C'est évidemment à cette tactique, nécessaire peut-être dans la circonstance, que Gibbon doit de figurer en si bonne compagnie dans un pro-

---

1. Il y a dans cet énoncé des inexactitudes qu'Alexis corrigera dans la suite. De ce que l'autel peut subsister tout seul par la vertu d'en haut, il ne s'ensuit pas que le gouvernement ne lui doive aucun appui, aucune protection, et que l'accord des deux pouvoirs ne soit pas très-souhaitable. Au reste, il faut bien avouer que, sous la Restauration, l'Église avait des *amis maladroits* dont les fautes étaient habilement exploitées par le machiavélisme révolutionnaire.

gramme d'études apologétiques ; Gibbon, que M. Guizot n'avait pas cru pouvoir publier en français sans
l'accompagner de notes qui sont une manière de
réfutation. Mais Alexis ne se trompait pas en pensant que les propres ouvrages de M. Guizot, pourvu
qu'on y joignît comme correctif ceux de Balmès,
étaient une assez bonne préparation évangélique
pour un esprit imbu de la philosophie toute négative du XVIIIe siècle. Comment M. Clerc a-t-il
accueilli cette ouverture ? Probablement d'assez
mauvaise grâce ; et la lettre suivante nous laisse
entrevoir avec quelles préventions Alexis avait à
compter.

« Mon cher papa, voilà déjà plus de huit jours
que je suis assis vis-à-vis de cette feuille de papier la
plume à la main et que je n'écris rien. L'importance
à mes yeux de ce que je veux te dire et la difficulté
de le bien faire, sont des motifs suffisants pour expliquer l'appréhension que j'ai à l'entreprendre.
Mais je fais effort sur moi-même, et m'abandonnant
à la grâce de Dieu, je veux te parler cœur à cœur.
Ne m'adressé-je pas à toi, mon bon père, dont l'a-
mour s'est tant sacrifié pour moi, et après tant de
preuves hésiterai-je à compter sur ce sentiment pour
te faire prendre en bonne part ce que, dans une
bonne intention, je pourrais te dire d'inexact ou de

déplacé ? Mon but n'est-il pas de rapprocher encore
nos cœurs en leur donnant une plus entière conformité ?

« Je te remercie, mon cher père, de ta lettre du
27 septembre, mais permets-moi de te dire que tü
ne me parles pas de toi, ou du moins pas assez, et
pas comme je le voudrais ; ce que je voudrais, c'est
la pensée intime qu'on se dit à soi-même, que l'on
dérobe aux yeux des indiscrets et des indifférents, et
qu'il est si doux de communiquer à un véritable
ami.

« Je cherche en vain autour de toi ; personne ne
peut recevoir ces épanchements, mon cher père ; tu
n'as que tes fils, mais ils ne sont pas encore tes
amis, car tu leur dis les choses du dehors et ne leur
dis pas celles du dedans. Eh bien ! je te conjure
d'user de nous en amis ; va, nous n'oublierons pas
pour cela que nous sommes tes fils. Je sais bien que
cette confiance ne se commande pas, il faut qu'elle
se donne spontanément ; peut-être, cependant, que
le premier effort sera le dernier, et que tu trouveras
ensuite cette intimité facile et naturelle. Que je voudrais que nous t'en parussions dignes et que nous
méritassions à tout égard le beau titre de bâtons de
ta vieillesse !

« Verrais-tu de l'indiscrétion à revendiquer cet
honneur ? Mais n'avons-nous pas aussi, nous, assez

vécu pour pressentir les débats qui s'élèvent dans une âme comme la tienne? Quelle ambition humaine te reste-t-il? N'as-tu pas assez expérimenté que tous les calculs ne sauraient conduire l'homme à son but? Qui plus que toi sait l'instabilité, l'*impalpabilité*, et, pour parler vrai et français, la vanité de tout ce que nos efforts s'épuisent à atteindre? Enfin, quand je songe à ta vie retirée, sans jouissances matérielles et sans distraction, je suis assuré que tu réfléchis profondément à ces grandes questions que les heureux seuls peuvent oublier pour un temps.

« Oui, bien sûr, c'est là ta pensée secrète, ta pensée intime, et c'est cela que je veux de toi; le reste est de la bonté à laquelle je ne peux répondre que par la reconnaissance; à cela j'y répondrai par toutes les puissances de mon être.

« La destinée de l'homme et les moyens de l'accomplir, voilà le double problème qui nous accable jusqu'à ce que nous en acceptions la solution que nous donne la religion. Et il n'y a pas moyen d'échapper, de s'abstenir; si on ignore sa destinée, on la manquera, et aussi si on ignore les moyens de l'accomplir. Dire que l'homme n'a pas de destinée, c'est dire qu'il est fait pour rien, et comme on ne peut imaginer que son Créateur l'ait fait sans but, c'est le supposer créé par le néant ou par le hasard.

Ne pas chercher les moyens de remplir sa destinée, c'est supposer que les moyens n'y feront rien ou que nous la remplirons quoi que nous fassions ou forcément, comme la terre tourne autour du soleil ; et si nous sommes créés pour une fin, notre devoir est donc également rempli par le vice ou par la vertu, qui alors sont indifférents.

« Il y a bien quelques hommes qui défendent ces sottises, mais il n'est pas bien avéré qu'ils croient ce qu'ils soutiennent.

« Il ne manque cependant pas de lumière pour éclairer ces questions capitales, et le nombre des preuves qui établissent fermement les solutions est, pour ainsi dire, infini. L'histoire, les livres saints, la tradition, sont l'arsenal où elles sont renfermées ; on n'a qu'à y entrer, chacun trouvera certainement la raison qui déterminera son consentement, à moins qu'il ne se bouche les oreilles de l'âme.

« Je me rappelle toujours que tu me disais, en causant du père Lacordaire, que, malgré la beauté et la force de ses pensées et de sa dialectique, il y aurait bien des objections à lui opposer, mais qu'on ne saurait en faire à un livre non plus qu'à un prédicateur. Il n'est pas étonnant que nous ayons des objections à opposer aux vérités que nous possédons même le mieux ; il n'y en a aucune que nous possédons parfaitement et qui ne prête à des objections par les côtés où nous ne la connaissons pas ; il faut bien nous résigner à cela et user des choses comme nous les avons ; semer le blé bien que nous ignorions comment il pousse, mettre le pain au four bien que nous ignorions comment il cuit, et le manger bien que nous ignorions comment il nous nourrit.

« Cependant, il ne faut pas croire que, par une espèce de prestidigitation, les apologistes escamotent les difficultés et esquivent avec ruse la nécessité d'y répondre. Je suis convaincu de leur naïve bonne foi et ils diront toujours en conscience, quand on le leur demandera, la difficulté telle qu'elle est, leur foi, leur religion étant intéressée à ne pas la dissimuler. Aussi est-ce avec confiance que je te dis que toutes ces objections peuvent être levées et que tu peux facilement voir tout ce qu'il est donné à l'homme de voir. Il te suffira d'aller simplement exposer tes difficultés à un docteur de notre loi.

« L'Église renferme des hommes dont les aptitudes et les qualités diverses s'utilisent pour les besoins de chacun. S'il y a des prêtres peu métaphysiciens, peu orateurs, qui ne savent que bien aimer Dieu et dire aux hommes qui ont déjà la foi comment il faut la faire fructifier et en tirer une charité de plus en plus vive, il en est d'autres aussi plus savants, plus philosophes que nos savants et nos philosophes, qui paraissent faits exprès pour les gens qui cherchent la foi qu'ils n'ont pas et qui souffrent de ne pas croire. Ils savent toutes ces objections et tout ce qu'elles valent. Ne crains pas de leur part cette foi robuste et naïve qui ne cherche pas à voir clair de peur de n'y plus voir du tout. C'est un préjugé tout à fait inexact de s'imaginer que la perfection du chrétien soit de croire sans motifs. Certainement il faut croire, c'est-à-dire, admettre des choses qui ne se démontrent pas ; mais on n'admet rien que par de très-puissants motifs. Si une discussion étourdie est dangereuse, et s'il est au moins inutile d'aller soulever auprès des personnes simples et ignorantes des difficultés que leur simplicité et leur ignorance ne leur permettent pas de résoudre, il n'est peut-être rien de plus utile qu'une foi éclairée, qui se rend bien compte d'elle-même, et c'est ce que l'on trouve chez nombre de prêtres et d'apologistes; c'est aussi ce qu'il te faut. Je te prie instamment, mon cher père, de lire un ouvrage d'un M. Nicolas, appelé *Études philosophiques sur le christianisme*, que Jules doit me procurer; j'espère que tu y verras la solidité des fondements de notre croyance.

« Je ne puis te dire combien je voudrais que tu partageasses notre foi. C'est ce violent désir qui me pousse à aborder, sans que tu m'y invites, ces matières délicates entre nous. Mais pourrais-je ne pas t'exciter de toutes mes forces à chercher le bonheur où il est? Tu n'imputeras pas tout ceci au vain plaisir de faire le sage et l'habile; tu croiras, n'est-ce pas, que j'obéis à la voix de mon cœur? »

C'est évident, le cœur a seul parlé, et son éloquence a dû se faire entendre au vieillard qui avait de si bonnes preuves de la tendresse respectueuse et dévouée de son noble fils. M. Clerc ne refuse pas de se mettre à l'étude, et il affirme qu'il n'a pas de parti pris contre la vérité. A l'entendre, il ne met pas d'obstacle à la grâce.

« Mon cher père, écrit Alexis, tu me dis de prime saut tout ce qu'on peut dire de mieux : que tu es disposé à céler à la grâce, que tu n'y opposes ni mauvaise volonté, ni froideur. Eh ! mon Dieu, c'est là tout ce que l'homme peut faire; c'est Dieu qui fait le reste et qui le fera certainement si tu persistes dans cette disposition; peut-être, et même probablement, pas par un miracle, mais par un moyen plus doux qui respectera ta volonté et te laissera davantage le mérite d'un pas si difficile. Ton cœur, un jour, docile à son impression, adhérera à la foi, et les objections s'évanouiront comme le brouillard sous les rayons du soleil. »

Mais, en attendant, les objections arrivent de toutes parts. En voici une qu'Alexis écarte doucement. M. Clerc avait-il lu Jean Reynaud? Je ne sais, mais il s'imaginait comme lui que notre planète n'est pas

10

seule habitée, et la destinée des habitants des autres
sphères lui semblait un problème tout à fait inso-
luble au point de vue du dogme chrétien.

« Ton opinion sur la population des autres globes,
lui écrit Alexis, n'est nullement un sacrilége; c'est
une opinion qu'on est très-libre d'avoir ou de ne
pas avoir. Mais il existerait alors, entre ces êtres
intelligents et nous, des rapports que nous ignorons,
mais qu'ils n'ignoreraient pas; et il n'y aurait là
aucune difficulté; l'ouvrage de Dieu étant un tout,
les parties en doivent être coordonnées, et nous connaissons la matière sans que la matière nous con-
naisse. »

M. Clerc est déiste, la religion naturelle lui suffit,
et, quoi qu'en dise le P. Lacordaire, il ne conçoit
pas la nécessité d'une révélation.

« J'arrive à ta profession de foi, lui dit Alexis. Je
reconnais aussi que cette doctrine est grande autant
que vraie, et j'y adhère complétement avec toute
l'Église. Je pense avec toi que ç'a été et que c'est
encore un symbole adopté par une grande partie de
l'humanité. Beaucoup de philosophes chrétiens se
sont plu à le retrouver dans la tradition de tous les
peuples; ils en ont tiré un puissant argument en
faveur d'une doctrine primitive que tous les peuples
ont emportée avec eux en se séparant de leur tronc.
Si donc le P. Lacordaire entend par cette assertion

que cette doctrine est peut-être historiquement celle qui a le moins de consistance et de vitalité, qu'elle est un fait isolé, je ne suis pas de son avis et je me range au tien.

« Mais s'il entend par là qu'elle ne s'est jamais traduite par aucun grand fait historique, qu'elle est incapable de le faire, qu'elle est inefficace et qu'elle n'a en elle aucune fécondité, je me range à son opinion; je ne vois aucune institution politique ou sociale qui puisse en découler. J'en vois sortir, au contraire, de tous les autres symboles. »

Nous supprimons les développements. Alexis montre les institutions sorties de la théocratie, du catholicisme, etc., et toujours il revient à cette conclusion, d'ailleurs très-conforme à l'histoire : *Le déisme est incapable de se traduire par des institutions.* D'un autre côté, tel qu'il existe sous nos yeux, le déisme n'est pas le fruit de la seule raison, mais il doit immensément à la révélation chrétienne. On s'abuse donc soi-même si l'on croit pouvoir impunément dédaigner le secours de cette lumière surnaturelle et divine.

Cependant notre jeune enseigne reçoit une nouvelle destination. Il embarque sur le *Pélican*, et la petite île d'Indret, sur la Loire, devient sa résidence habituelle.

« Maintenant, écrit-il à son frère, tu me deman-

des ce que c'est que le *Pélican* et ce qu'il fait ? Voici
l'affaire. Le *Pélican* est un délicieux petit bâtiment
à vapeur en fer, qui n'est pas du tout militaire ; il
est aussi bon que joli. Son service est de faire l'essai
des hélices employées comme propulseurs. Nous
sommes aujourd'hui à Indret et nous disposons à
prendre des hélices sur lesquelles nous expérimen-
terons à Paimbœuf. Le service qui m'est dévolu
sur le bâtiment est presque nul, et je n'ai rien autre
chose ni rien de mieux à faire que d'étudier pour
mon propre compte. »

On verra tout à l'heure s'il perdit son temps. Ce
changement amène des réflexions qui, sous air de
badinage, cachent une philosophie toute chrétienne.

« Te voilà, je crois, suffisamment au courant ; je
n'ai plus rien à te dire, et si tu veux, nous allons
causer. J'avais fait mon nid à Brest, j'avais mes
habitudes, mes manies peut-être : je sens un peu le
vieux garçon. Ma vie s'était remplie peu à peu par
toutes sortes d'obligations, et, sans avoir rien à faire,
j'étais très-affairé. Mais tu me connais ainsi ; et c'est
pourquoi j'admire tant les gens toujours dégagés
malgré le fardeau de leurs occupations, telle qu'est
Mme Pagès. Enfin donc, que bien, que mal, je me
flattais d'être dans une assiette assez convenable,
et je vivais tranquille et heureux : pourquoi ne le

dirais-je pas ? Heureux à bon marché, si l'on veut, mais néanmoins heureux ; je te raconterais bien les choses en détail, si je pouvais le faire de vive voix. Et voilà que tout d'un coup j'ai fait table rase ; il va falloir reconstruire une nouvelle existence, pour la voir bientôt devenir comme la précédente, rangée dans le magasin où l'on met les lunes du mois passé. Tu vas te moquer de moi si je te dis que j'ai découvert que tout passe bien vite et si je te parle de *la fleur des champs*. Ce qu'il y a de sûr, c'est que les marins sont à même de vérifier souvent par eux-mêmes ce qu'il en est.

« Il est sûr encore que, quand on se borne à cette conclusion, on n'est guère avancé, et que, pour peu qu'on soit logique, il faut en tirer cette autre conséquence tout aussi neuve : qu'il est sage de se faire une assiette qui ne soit pas ébranlée par tous ces changements. Tout cela va très-bien ; mais le difficile, c'est de s'établir de la sorte !

« J'étais bien à Brest, je suis peut-être mieux ici, cependant je suis tout dérouté ; que serait-ce donc s'il m'était arrivé quelque malheur ? Je ne travaille depuis longtemps qu'à m'avancer vers cet heureux état où tous ces événements ne nous atteignent pas, et je n'y ai guère réussi. »

Il trouva son assiette à Indret sans beaucoup de peine. Il y avait tout à gagner à être le collabora-

teur d'un chef aussi distingué que M. le lieutenant
(aujourd'hui amiral) Bourgois. Clerc apprécia plus
encore l'avantage de rencontrer dans cet officier
une grande conformité de sentiments sur tous les
points essentiels. Après cela, cette petite île d'Indret
était un séjour charmant, où il trouvait à souhait
de quoi satisfaire tout ensemble son besoin d'activité et son attrait pour la solitude. Sous ses fenêtres
se déroulaient les vastes bâtiments affectés à la fon-
derie, aux forges, aux machines-outils, etc. ; et là,
sans autre distraction, il pouvait suivre dans la di-
versité de leurs travaux sept à huit cents ouvriers
occupés du matin au soir, sous la direction d'habiles
ingénieurs, à construire de toutes pièces les super-
bes engins de la navigation à vapeur. Une partie de
ces travailleurs formaient la population fixe de l'île ;
d'autres, en plus grand nombre, habitaient la rive
gauche, reliée à l'île par une chaussée ; tandis qu'une
flottille d'embarcations transportait d'un bord du
fleuve à l'autre ceux qui avaient leur domicile sur
la rive droite, soit à la Basse-Indre, soit à Couëron.
Le directeur et les hauts fonctionnaires de l'établissement demeuraient au château, car Indret possède
un château qui remonte à l'époque féodale et qui,
tombant en ruines, fut rebâti par le duc de Mercœur
dans les dernières années du xvie siècle. En 1650,
la reine régente Anne d'Autriche en fit don à Abra-

ham Duquesne, qui, avec une flotte armée à ses
frais, avait battu les soldats de la Fronde et décidé
la reddition de Bordeaux. Mais des souvenirs beaucoup plus anciens et plus précieux se rattachent au
séjour d'un saint personnage dans l'île, où il s'était
bâti un oratoire. Hermeland, né à Noyon en Picar-
die vers le milieu du vII^e siècle, est le fondateur du
monastère d'Aindre, situé sur la rive droite de la
Loire dans le territoire qu'embrassent de nos jours
la paroisse et la commune de la Basse-Indre. Plusieurs fois l'année, particulièrement en carême, ce
grand amant de la solitude se retirait dans la petite
île d'Aindrette (Indret), pour vaquer en toute liberté
à la prière et aux exercices de la pénitence. Telle
est l'origine de l'ermitage qu'un fidèle historien dé-
crit comme il suit : « Cette construction est composée de deux tours accolées l'une à l'autre, bâties en
pierres brutes, mais admirablement cimentées ; elles
sont surmontées d'une plate-forme oblongue, représentant le chiffre 8, à laquelle on monte par un
escalier serpentant autour du monument. La plate-
forme est revêtue, dans un but sans doute de conservation, d'une couche épaisse de mastic de fonte.
Les deux tours communiquent ensemble à l'intérieur, mais chacune d'elles a une porte extérieure
distincte. De la plate-forme on jouit d'un point de
vue magnifique : la Loire, la campagne de la rive

gauche et de la rive droite, Couëron, le Pellerin, la Basse-Indre, etc. L'œil embrasse un immense horizon, une vaste étendue de terrain, une superbe nappe d'eau [1]. »

Avant 1844, Indret n'avait pas d'église; pour assister aux offices, ses habitants devaient traverser le grand bras de la Loire, qui les séparait de leur paroisse de la Basse-Indre, ou bien gagner à grand'peine le bourg de Saint-Jean du Boisseau, à une lieue de là. Enfin on comprit la nécessité de mettre un peu plus à leur portée les secours de la religion ; une forerie hydraulique fut convertie en chapelle, et peu après, érigée en église paroissiale. Elle fut bénite par Monseigneur de Hercé, évêque de Nantes, qui la plaça sous l'invocation de saint Hermeland, patron naturel de l'île, et de sainte Anne, la patronne chérie des Bretons.

Il y avait des écoles à Indret : école professionnelle pour l'instruction des jeunes ouvriers, école élémentaire pour les apprentis, écoles primaires pour les garçons et pour les filles, enfin salle d'asile. Alexis trouvait donc là, aussi bien qu'à Brest, tout ce qu'il lui fallait pour vivre en imitateur de saint Vincent de Paul : des pauvres, des enfants, des igno-

---

1. *Indret*, par M. Babron, inspecteur des services administratifs de la marine. (*Les établissements impériaux de la Marine française*).

rants; ajoutons-y des malades, car les exhalaisons
marécageuses des bords de la Loire engendrent des
fièvres paludéennes qui règnent, dans ces parages,
au printemps et à l'automne. S'étonnera-t-on maintenant que dans ce petit coin de terre il ait su déployer une grande activité de zèle et de charité?

Mais nous qui avons sous les yeux sa correspondance, nous croirions, à en juger par la longueur et
le sérieux de ses lettres, où tant de questions sont
abordées tour à tour et parfois traitées *ex professo*,
qu'il a vécu tout ce temps en bénédictin, au fond
d'une cellule bien garnie de livres. Dans tous les
cas, les excursions sur la Loire ont moins occupé sa
pensée que la lecture de saint Augustin et de saint
Thomas.

Une fois cependant, apprenant que son père a
passé de longues et pénibles heures au chevet de son
frère malade, il change de thème et fait une agréable
diversion en écrivant ce qui suit : « Madame de S***
m'apprend que Jules est malade. La maladie n'est
pas grave et exige surtout qu'on ait soin de se tenir
à l'abri du froid. Cependant, mon cher père, j'espère
que tu me tiendras au courant. Il n'y a pas bien
loin de Nantes à vous, et je pourrais faire mon service de garde-malade. Je me figure toutefois que tu
n'es pas assez préoccupé pour ne pas lire les renseignements que tu me demandes sur le *Pélican*.

« L'hélice est faite absolument comme un tire-bouchon. Suppose qu'un tire-bouchon soit attaché à un vaisseau et que l'eau résiste à l'hélice comme un corps solide; alors le vaisseau s'avancera par chaque tour' d'hélice comme s'il était lié à une vis qui pénétrât dans un écrou immobile. Mais l'eau, au lieu de résister à l'hélice comme un écrou immobile, cède un peu à la pression qu'elle en reçoit, et, pour un tour, au lieu d'avancer de tout son pas, l'hélice n'avance que des 80 centièmes, par exemple; comme si elle eût avancé de tout son pas dans un écrou qui en même temps eût reculé des 20 centièmes des pas de cette vis. Aussi on dirait dans ce cas que cette hélice aurait 20 o/o de recul. »

Il poursuit bravement sa démonstration, comparant le pas de l'hélice au pas de la vis; expliquant comment il suffit à l'hélice d'une *fraction de pas* pour exercer sur l'eau une pression très-efficace. Nous ne le suivrons pas dans cet exposé, où il met la science à la portée des profanes en aimable et toujours gai vulgarisateur. La lettre se termine par des considérations sur les avantages des bâtiments à hélice, particulièrement comme remorqueurs. « C'est, dit-il, ce que viennent de confirmer trois voyages que nous venons de faire à Brest, en y remorquant trois bricks beaucoup plus gros que nous. Le *Pélican* fait d'une pierre deux coups : il fait une lourde besogne, et en même temps il étudie et annonce des résultats qui sont de la plus haute importance. »

Mais il ne perd pas de vue son but principal et il y revient aussitôt qu'il peut, comme on le voit par la lettre suivante :

« Mon cher père, voilà, j'espère, notre bon Jules non-seulement hors de danger, mais quitte de vives douleurs et en bon train d'une convalescence dont tu lui abréges les lenteurs. La fidèle compagnie que tu lui tiens me rappelle que tu as été aussi mon garde-malade. Le bon naturel de Jules reconnaîtra, mieux que je ne l'ai fait, tes bons soins. Ce n'est pas une des moindres fatigues du garde-malade que la mauvaise humeur du malade que rien ne satisfait, et qui trouve qu'on n'en fait jamais assez.

« J'ai pensé que je pouvais reprendre notre grave correspondance et que tu n'étais pas assez préoccupé pour ne pas la suivre. J'ai déjà une autre lettre presque achevée et qui partira probablement demain. C'est le commencement d'une apologie des Patriarches, que je te traduis de saint Augustin. Comme ce sera long, j'économise le temps en envoyant la traduction comme elle veut venir, peut-être un peu obscure parfois, faite en français quelconque ; il y viendra bien aussi quelques contre-

sens. Enfin, je fais comme je peux. Il serait mieux
que j'eusse tout traduit, puis revu, puis que je
l'eusse envoyé tout d'une fois. Mais c'eût été interminable et je ne sais si j'eusse eu le courage de persévérer. Par des envois immédiats et nombreux, je
partage ma besogne en petites portions qui ont l'a-
vantage d'abréger ma tâche. Je prends tout cela
dans l'ouvrage contre Fauste le manichéen. Tu sais
que cette hérésie est la plus criminelle peut-être de
toutes, et rien n'est plus légitime que la sévérité
avec laquelle saint Augustin flétrit ses sophismes.

« Comme tu es parfaitement loin des erreurs de
ces malheureux, bien qu'ils aient fait les mêmes
objections à peu près au sujet des Patriarches, il va
sans dire que tu laisseras à leur adresse ce que je
n'aurais pas le soin de laisser de côté.

« J'ai également commencé une réponse à Jules,
dont une longue lettre m'a attesté d'une façon solide
l'amélioration sanitaire. »

La traduction de saint Augustin est accompagnée
de cette courte préface :

« Quoique au premier abord, mon cher père, le
jugement que tu portes sur les Patriarches soit fort
naturel, — et j'avoue franchement que je l'ai porté
tel aussi pendant longtemps, — je ne crains pas que
tu le conserves devant le plaidoyer que je vais te
faire, et si je suis si confiant, c'est que je prendrai

ce plaidoyer tout fait dans saint Augustin, et que je te donnerai le commentaire et le développement de ce passage des *Confessions* qui t'a paru obscur. » (L. III, c. vii.)

La discussion est donc engagée à fond. M. Clerc lit les *Confessions* de saint Augustin; il lit aussi la Bible; il a lu, la plume à la main, les *Études philosophiques* d'Auguste Nicolas; mais ces lectures, auxquelles il se prête avec une certaine bonne volonté, il les fait néanmoins avec les préjugés invétérés d'un trop fidèle disciple de Voltaire et les objections naissent en foule dans son esprit, ce qui renouvelle à chaque instant la tâche de son fils, qui continue à s'en acquitter du meilleur cœur et de la meilleure grâce du monde. Alexis n'avait pas mal choisi en prenant la réponse dans le grand traité de saint Augustin contre Fauste; il prouvait ainsi à son père que ce grand docteur était bien capable de se défendre lui-même et que sa pensée, quelquefois obscure par excès de concision, était toujours juste et solide, comme on pouvait le constater en recourant aux écrits où il avait eu le loisir de la développer.

Il va sans dire que nous ne reproduirons pas ici cette traduction, qui remplit plus de trente-deux pages d'une fine écriture et embrasse près de quarante chapitres de l'ouvrage de saint Augustin. M. Clerc est stupéfait d'une telle ardeur de zèle; il

11

croit qu'on veut lui faire violence et emporter la
place d'assaut. Alexis a quelque peine à le rassurer.

« Ce que je désire le plus au monde, lui écrit-il,
est certainement de te voir partager notre foi religieuse, et tu connais assez la religion catholique
pour savoir que pour qu'il en fût autrement il faudrait que j'eusse perdu cette foi.

« Tu dois trouver alors que je prends un chemin
qui ne paraît pas le plus court pour t'y conduire. Je
te répète d'abord que je n'ai pas cette prétention.
Provoquer de ta part de consciencieuses méditations, voilà ce que je me propose principalement;
et puis, par ci par là, quelques succès sur quelques
sujets isolés, c'est à peu près toute mon ambition.
Je sais par expérience comment le chemin que tu as
à faire se parcourt; rien n'est plus loin de moi que
de vouloir emporter de vive force ta volonté. Si déjà
tu la sentais inclinée à croire, alors je tenterais par
tous mes efforts de décider ton mouvement; mais je
me réserve pour ce moment, et veux rester, quoique
ce soit plus ennuyeux, dans la controverse. Aussi,
nous qui avons pendant un temps plus ou moins
long rejeté toute foi, nous ne saurions revenir à une
foi simple, naïve, qui en quelque sorte s'ignore elle-
même et ne connaît pas les difficultés de ce qui lui
est proposé à croire; notre foi doit avoir conscience
d'elle-même et ne doit pas craindre d'envisager les

plus grandes difficultés. Son mérite doit être d'apprécier ces difficultés et de les surmonter par le ressort de la volonté. Toutes tes objections sont et seront donc bien reçues; je t'en suggérerais au besoin, afin que ta décision, qui, j'espère bien, arrivera un jour, soit éclairée, ferme, inébranlable. Voir bien clair dans nos mystères, c'est impossible. Que tu n'aies plus d'objections à faire, cela n'arrivera que quand tu auras une foi vive. Mais que, malgré l'obscurité des mystères, malgré les difficultés d'objections non résolues, tu aies un jour dans ton âme assez de lumière pour croire, voilà ce qui arrivera probablement. »

Voici une lettre où il parle un peu de tout : de mariage d'abord; c'est son moindre souci, et l'on pressent quelle sera la résolution dernière.

« Je n'ai, quant à présent, aucun désir de mariage, et je n'ai fait ici que me prêter à ce qu'une active amitié exigeait de moi. Je n'ai pu aller à Nantes depuis que je t'ai écrit, et je serais fort étonné que ce projet eût une suite, entre autres raisons parce que probablement notre séjour dans la Loire ne se prolongera pas beaucoup. Au sujet de N.. , il n'y a rien à dire, puisque je ne veux pas maintenant contracter des liens indissolubles; sans que j'en développe les raisons, tu les devines, je crois. Mais si je devais me marier, je crois qu'elle serait un bon choix. »

La grande affaire maintenant, ce sont les livres
où il peut étudier la religion :

« Par ma lettre de samedi, tu as vu que pour les
livres tu avais pris le bon parti, et bien qu'à mon
habitude j'aie agi pour tout embrouiller, puisque
je m'étais engagé sans avoir ta réponse, tout se
trouve parfaitement arrangé. J'avais remis d'a-
cheter Godescard à une autre fois, mais je suis très-
content que tu l'aies acheté. Le prix qu'on m'en
demandait ici était de 23 fr. 25 c.; c'est donc le
seul qui fût meilleur marché à Paris ; ainsi tout est
bien. Aie la bonté de lui faire donner la demi-
reliure qui sera la plus solide. »

Le Godescard, relié ou non, est donc entre les
mains de M. Clerc et n'attend qu'une occasion pour
faire le voyage d'Indret. Voici justement le commandant Bourgois qui vient faire un tour à Paris
et qui offre ses services. « Mais c'est assez lourd,
observe Alexis, il serait peut-être mieux de ne pas
l'en charger. »

« Du reste, poursuit-il, si tu avais envie de lire
ces merveilleuses histoires des Saints, je te prierais
de les garder ; je n'en ai aucun besoin pressant. Je
serais enchanté aussi de voir le jugement que tu
porteras sur des hommes aussi extraordinaires et
qui sont bien plus au-dessus des plus grands héros
que ceux-ci du reste des hommes. Quelques-uns

en particulier ont été l'organe sensible de la Providence dans le siècle où ils ont vécu, et leur
vie appartient à l'histoire proprement dite. Ainsi
M. Augustin Thierry a fait des livres d'histoire
très-recherchés en se bornant à choisir dans saint
Grégoire de Tours. La vie de saint Grégoire de
Tours, de saint Germain de Paris, de saint Pré-
textat de Rouen, de saint Hilaire de Poitiers, de
saint Martin de Tours, et des autres évêques, saint
Félix, saint Clair, saint Pasquier[1], de Nantes, saint
Césaire d'Arles, et de tous les autres dont je ne sais
pas les noms, est la substance de l'histoire de France
dans ces temps de l'invasion et de la domination
mérovingienne; c'est là où l'on doit mieux étudier
l'esprit de cette monarchie faite par les évêques
comme les ruches sont faites par les abeilles, suivant
l'expression de Gibbon.

« Qui connaît saint Thomas et saint Anselme, etc.,
connaît toute la science du moyen âge. Saint Louis,
saint Bernard, saint Dominique, saint Grégoire VII,
résument leurs époques. Enfin si tu en as envie à
un titre quelconque, je te prie de les conserver (les
Vies des Saints de Godescard) jusqu'à ce que je
parte pour un long voyage. »

1. Il n'avait garde d'oublier cet évêque, qui, d'après l'auteur
de la vie de saint Hermeland, était le fondateur du monastère
d'Aindre et avait placé à sa tête le saint abbé dont on montrait l'ermitage dans l'île d'Indret.

Les noms étaient cités un peu pêle-mêle, et cités de mémoire, ce qui ne comportait pas une grande exactitude historique. M. Clerc, qui s'en aperçoit, est charmé de prendre son fils en défaut, et l'on devine quel est le sens de sa critique par la réponse suivante d'Alexis :

« Mon cher père, je dois convenir avec toi d'avoir écrit avec légèreté les noms de quelques-uns des Saints dont je t'ai fait mention. J'ignore en effet si l'ouvrage de Godescard leur donne le relief que je leur attribue; de plus, je ne sais pas toute la vie de chacun, et j'avais principalement en vue cette fécondité de la foi qui a couvert notre chère patrie de Saints à l'époque où son caractère, sa nationalité prenait naissance. Ces grandes figures se présentent peut-être hors de leur point de vue dans un ouvrage qui les offre toutes et qui peut-être n'est point conçu comme il aurait fallu pour te convenir le mieux. J'en connais quelques-uns par leur monographie; on apprécie mieux ainsi peut-être leur grandeur. Cependant je crois, d'après ce que tu m'en dis, que la principale raison de ton jugement vient de la défiance que t'inspire toujours un fait miraculeux, de sorte que, par contre-coup, tu n'acceptes peut-être pas comme pleinement assuré même ce qui n'est pas miraculeux. Il est de fait que le naturel et

le surnaturel se trouvent dans ces histoires rapprochés, mêlés, confondus, de sorte qu'il n'y a plus à
les discerner. A cet égard, mon cher père, je m'en
réfère à ce que je t'ai déjà dit sur les miracles. J'ai
mis, dans le temps, à ces pages toute la consciencieuse étude dont je suis capable ; j'en juge aujour-
d'hui par un souvenir déjà presque vieux et peut-
être me trompé-je en croyant qu'elles répondent à
tes doutes actuels. J'ajoute, — ce qui probablement
se trouve dans quelque préface ou note de Godescard, — que tous les miracles des Saints ne sont pas
articles de foi, mais ceux-là seuls sur lesquels le
procès en cour de Rome a prononcé pour la canoni-
sation du Saint [1]. Du reste, les règles de critique
peuvent ici s'appliquer en toute rigueur.

« Ton parallèle entre l'abbé Suger et saint Bernard peut être tout à l'avantage du premier, que
cependant je ne blâmerais du tout ton jugement ;
Suger étant certainement très-éclairé, très-sage,
très-prudent, très-pieux et méritant très-fort de très-
grands éloges. Mais ce grand homme faisait, je ne
dirai pas le plus grand cas de saint Bernard : il le
regardait comme un très-grand saint, comme un

---

1. Erreur : ceux-là même ne sont pas de foi, et, en général
aucun miracle rapporté par les historiens n'est de foi ; mais il
y aurait grande et coupable témérité à nier ceux qui sont re-
connus tels par l'autorité de Saint-Siége.

conseil qne Dieu inspirait. Je me rappelle une lettre de Suger à saint Bernard, qui respire ces sentiments. Il accueillit aussi avec humilité et soumission les remontrances de l'abbé de Clairvaux sur son luxe et réforma sa propre maison et son abbaye sur son avis. Si Suger lui-même n'est pas un Saint, je crois qu'il est ce qu'on peut appeler en odeur de sainteté. Il ne voulait pas les croisades. C'est assez naturel de la part d'un ministre qui croit bien faire en exagérant la prudence. Saint Bernard les a prêchées. C'est encore mieux fait de mépriser toute prudence humaine et de ne se confier qu'à Dieu, et c'est un devoir d'agir ainsi quand on est assuré qu'il commande. Mais ce fait immense des croisades est un trop fécond sujet de dissertation et assurément je n'ajouterai pas d'aperçus nouveaux à ceux que tu as. Saint Bernard, Pierre l'Ermite et les Papes ne subirent pas l'influence de l'esprit de leurs contemporains : ils le dirigèrent; plus encore, ils le suscitèrent, et c'est amoindrir leur rôle que de ne pas les regarder comme les promoteurs de ces héroïques entreprises. Un ministre de paix peut, cependant, exercer de terribles justices. Qui a dit à saint Pierre qu'il était le ministre de la vengeance et non de la paix parce qu'il a frappé de mort Ananie et Saphire ? »

A mesure qu'il avance, les idées viennent à la

suite, et presque sans s'en apercevoir, Alexis remplit de sa plus fine écriture encore une douzaine de
pages, où, après avoir dit son mot sur les croisades,
il fait l'apologie des macérations des Saints ; et il
résume toute sa pensée dans cette conclusion finale :
« Ce que je veux te dire encore cette fois, c'est que
la charité admirable des Vincent de Paul ne constitue pas une autre sainteté que les austérités des
Siméon Stylite, que les prédications des Bernard,
que les missions des François Xavier : tous ces différents mérites sont les fruits de la même grâce, qui
en est la commune sève, et leurs racines sont dans
la même terre de bénédiction, qui est l'amour de
Dieu. »

Pour un officier de marine, qui a tant d'autres
affaires sur les bras, ces essais de controverse ont
bien leur prix. On sent une âme nourrie de la
moelle du christianisme et qui médite chaque jour
sur les vérités éternelles. En outre, bien qu'il ne
fasse jamais parade de science, encore moins d'é-
rudition, il laisse deviner dans l'occasion des connaissances aussi variées qu'étendues, puisées avec
discernement aux meilleures sources. Avec quelle
compétence il parle de saint Bernard ! On en sera
moins surpris, en apprenant qu'il avait lu non-seulement la Vie du grand abbé de Clairvaux, mais encore ses œuvres (en partie du moins) dans l'original.

et nous aurions pu citer telle de ses lettres où, char-
geant son père de lui en procurer un exemplaire, il
s'explique sur le mérite respectif des différentes édi-
tions, en bibliophile qui sait son métier.

Peut-être ne l'aura-t-on pas oublié, il admirait
beaucoup dans La Bruyère ce chapitre des *Esprits
forts*, où le grand penseur du XVIIe siècle rend un
si bel hommage aux lumières et au génie des Léon,
des Basile, des Jérôme et des Augustin, et où tout
à coup il s'écrie : « Un Père de l'Église, un docteur
de l'Église, quels noms ! quelle tristesse dans leurs
écrits ! quelle sécheresse ! quelle froide dévotion !
et peut-être quelle scolastique ! disent ceux qui ne
les ont jamais lus. Mais plutôt quel étonnement
pour tous ceux qui se sont fait une idée des Pères
si éloignée de la vérité, s'ils voyaient dans leurs ouvrages plus de tour et de délicatesse, plus de politesse, plus de richesse d'expression et plus de force
de raisonnement, des traits plus vifs et des grâces
plus naturelles que l'on n'en remarque dans la plupart des livres de ce temps, qui sont lus avec goût,
qui donnent du nom et de la vanité à leurs auteurs !
Quel plaisir d'aimer la religion et de la voir crue,
soutenue, expliquée par de si beaux génies et par de
si solides esprits, surtout lorsque l'on vient à connaître que, pour l'étendue de connaissance, pour la
profondeur et la pénétration, pour les principes de

la pure philosophie, pour leur application et leur
développement, pour la justesse des conclusions,
pour la dignité du discours, pour la beauté de la
morale et des sentiments, il n'y a rien, par exemple,
que l'on puisse comparer à saint Augustin, que
Platon et Cicéron ! »

Connaître la religion, l'aimer, la faire aimer, et
pour la connaître et l'aimer toujours davantage, se
complaire à la voir *crue, soutenue, expliquée par
de si beaux génies,* c'était la passion qui guidait
Clerc dans le choix de ses lectures, et voilà pourquoi il ne redouta pas cette austérité, cette sécheresse scolastique dont sont empreints certains écrits
des saints Pères et qui en éloignera toujours les
esprits frivoles. Il en fut largement récompensé ;
non pas qu'il ait pu ainsi acquérir par lui-même
des connaissances théologiques exactes et complètes
sur tous les points ; il ne caressait pas cette illusion,
et lorsqu'il dissertait sur les choses de la foi, il avait
grand soin de faire ses réserves sur la valeur de ses
idées et d'invoquer en dernier ressort l'intervention
d'un juge plus compétent. Quand il croyait la chose
possible, il renvoyait aux saints Pères eux-mêmes ;
c'est ainsi qu'il avait fait lire à son père les *Confessions* de saint Augustin, et il écrivait à son frère
Jules : « La lecture attentive des *Confessions* de
saint Augustin sera, pour un esprit droit et fort,

une sorte de mise en scène des luttes, des progrès et de la victoire, dans un grand cœur et un grand esprit, de la vérité éternelle sur les illusions de la fausse sagesse. » Il en parle d'expérience, la vérité éternelle ayant aussi triomphé chez lui pour toujours. Au fait, après avoir lu avec soin toutes ses lettres et ses notes les plus intimes, celles qu'il n'avait écrites que pour lui-même, je n'ai pu trouver, à dater de sa conversion, aucun indice d'une foi ébranlée, chancelante ou seulement inquiétée par des retours de doute ou des assauts involontaires d'incrédulité. Bien loin de là, il va, suivant le langage du Psalmiste, *de clarté en clarté;* le surnaturel et l'invisible, dont il possède par la foi le sentiment intime, sont devenus la lumière et l'aliment de son âme. C'est là, bien certainement, une grande grâce; c'est le prix des efforts qu'il a faits pour connaître la vérité autant qu'il appartenait à un esprit aussi richement pourvu des plus heureux dons.

A Dieu ne plaise que nous proposions à ses pareils de se livrer, comme lui, à l'étude de la théologie et à la lecture des Pères de l'Église. On n'en ferait rien d'abord, et de ceux qui le tenteraient, la plupart n'auraient ni la constance, ni surtout le loisir nécessaire pour persévérer dans cette voie. Mais nul ne saurait s'exempter d'avoir souci des grandes questions d'avenir, c'est-à-dire d'éternité. Songez donc : nous sommes embarqués sur cet océan du temps, et le navire vogue, vogue toujours, sans qu'il vous soit possible de suspendre ou de retarder un instant sa marche. Où nous mène-t-il au bout du compte, et à quel rivage aborderons-nous ? Devant nous, là où nous allons fatalement, n'y a-t-il vraiment que l'inconnu ? Oui, dit l'incrédule, et il s'endort sur cette réponse si peu rassurante. Mais le croyant dit que ce rivage d'au delà, invisible à nos regards, nous est connu par la foi, et il affirme que Dieu a envoyé sur la terre son propre Fils pour nous révéler les mystères de la vie future et nous guider sûrement vers le port de salut. Cela vaut bien la peine d'y réfléchir et d'examiner si ceux qui ont cette foi et cette espérance ne seraient pas dans le vrai. Certes, il y a péril à se tromper ; à un moment donné, l'erreur, qui est de conséquence, serait à tout jamais irréparable.

Clerc avait pris le bon parti et ne s'en est jamais repenti. Avis à ceux qui n'ont pas encore le bonheur de croire et auxquels les moyens de s'éclairer ne manqueront pas plus qu'à lui, s'ils veulent se mettre en sûreté contre l'éventualité redoutable d'un naufrage éternel.

CHAPITRE VI

PRÉLUDES DE VOCATION. — PRÉPARATIFS D'UN NOUVEL
EMBARQUEMENT.

Le 1er janvier 1850, Clerc fut promu au grade
de lieutenant de vaisseau.

Il venait d'entrer dans sa trente-et-unième année.
Désormais, grâce à l'expérience d'homme de mer
qu'il avait acquise depuis dix ans, et grâce aussi
aux connaissances mathématiques dont il venait de
trouver l'emploi dans les usines d'Indret et à bord
du *Pélican*, la carrière qui lui restait à parcourir
était belle, facile et assurée, et rien ne lui manquait,
humainement parlant, pour être satisfait de son sort.

Mais son cœur avait des aspirations qui réclamaient quelque chose de plus et qu'il croyait devoir

écouter. Dieu exigeait-il de lui qu'il quittât la marine pour s'attacher plus étroitement à son service ?
Cela ne lui apparaissait pas encore dans une pleine
évidence ; mais il était trop franc pour dissimuler
les pensées qui l'agitaient, trop fidèle à la grâce pour
ne pas être prêt à tout.

Venu à Paris au printemps de 1850, il passa en
retraite la semaine du Bon Pasteur, sous la direction du P. de Ravignan. Après un mûr examen,
il sollicita dès lors son entrée dans la Compagnie de
Jésus, qu'il connaissait depuis longtemps et vers laquelle il se sentait attiré. Mais le P. de Ravignan
n'était pas homme à brusquer ces sortes de décisions. Quand il s'était agi de sa propre vocation,
qui brisait une brillante carrière à peine commencée, vivement combattu par sa famille, il avait
temporisé sans que sa résolution fût un instant
ébranlée. Il pensa que Clerc pouvait faire de même ;
et, malgré l'ardeur impatiente de ses désirs, Clerc
dut attendre [1].

---

1. Avant de quitter la maison de la rue de Sèvres, où il avait
fait sa retraite, il fut présenté à la communauté et prit congé
d'elle en des termes qui répondaient bien au désir qu'il aurait eu d'y rester, si on le lui eût permis. Le P. Ministre a
écrit sur son journal ou *Diarium* : « 24 avril. Notre jeune officier de marine, M. Clerc, sort de sa retraite et prend congé
de nous après nous avoir beaucoup édifiés. Il exprime vivement sa reconnaissance pour l'édification qu'il a reçue lui-même

Nous avons sous les yeux quelques notes de sa main, portant la date de cette retraite. D'abord des réflexions sur l'Immaculée Conception, croyance catholique sur laquelle on attendait encore la définition solennelle qui devait, quatre années plus tard, réjouir le cœur de tous les fidèles serviteurs et enfants de Marie. Puis des considérations d'un caractère dogmatique sur le sort éternel des réprouvés, sur l'expiation infinie de Jésus-Christ, *patrimoine commun de tous les hommes.*

Plus loin, au beau milieu d'une page consacrée à plusieurs sujets, cette invocation qui tranche sur le reste : « Sainte Marguerite de Cortone, priez pour moi ! »

Sans doute Clerc a lu pendant sa retraite la Vie de cette sainte, qui, jusqu'à l'âge de vingt-cinq ans, fut une grande pécheresse ; et dans la sincérité de sa pénitence, reconnaissant qu'il a commencé comme elle, il veut aussi finir comme elle et la réclame pour patronne.

Les dernières lignes roulent sur ces mots : *amour et souffrance;* il a compris que sans douleur on ne peut vivre dans l'amour de Dieu : *sine dolore, non vivitur in amore.* Et ce noble amour a, chez lui,

et le bien qu'il croit avoir retiré de sa retraite. » C'est le seul exemple que nous offre le *Diarium* d'une mention si spéciale, qui contraste avec son laconisme habituel.

tous les effets dont parle en termes si éloquents le pieux auteur de l'*Imitation* : « Rien ne lui pèse, rien ne lui coûte ; jamais il ne prétexte l'impossibilité, parce qu'il se croit tout possible et tout permis [1]. »

De retour à Brest, où le fixe de nouveau son service, il reprend avec plus d'ardeur que jamais sa vie d'austérité et de bonnes œuvres. Il en use avec le monde en homme qui n'attend rien de lui et qui a brûlé ses vaisseaux. Arrive la fête du Saint-Sacrement ; Clerc juge que sa place est à la procession sur les pas de son Dieu, et il escorte le dais en uniforme, un cierge à la main. Cela ne plut pas à tout le monde et le bruit en alla jusqu'à Paris.

Qu'on se figure la stupéfaction de M. Clerc, persuadé que la religion doit se renfermer *dans l'enceinte des temples* et s'interdire rigoureusement toute manifestation extérieure. D'autres que lui, parmi lesquels de fervents chrétiens, étaient tout à fait de cet avis, et il a fallu de bien dures leçons pour qu'on accordât enfin au culte catholique une petite place au soleil. Ceux qui la voudraient grande sont bien hardis !

Naturellement Alexis est taxé d'exagération. Il en s'en défend que faiblement, pensant qu'il a ses

1. Imit., l. III, c. 5. De Mirabili effectu divini amoris.

défauts, qu'il n'a pas entièrement dépouillé le vieil homme et qu'il peut gâter, en y mettant du sien, le bien pour lequel il se sent une si vive passion. Mais il ne passera pas condamnation sur des reproches qui atteindraient du même coup les pratiques les plus autorisées de l'Église, ou les exemples des Saints qu'il ne perd jamais de vue. Être un peu fou aux yeux du monde ne lui déplaît pas, car il sait qu'on sauve son âme et qu'on gagne le cœur de Dieu en embrassant généreusement la *folie de la croix*.

On reconnaîtra ces sentiments dans une lettre adressée de Brest à son père.

« Quant à moi, mon cher père, je ne puis qu'approuver ce que tu dis : J'ai le défaut de vouloir toujours aller plus avant que les autres dans la voie où je m'engage, et je reconnais avec toi qu'il faut tâcher de s'en corriger. Que la voie soit bonne ou qu'elle soit mauvaise, il est toujours mauvais de vouloir y primer. Mais tu sens bien que mon embarquement ne changera rien à cela ; que je sois à Paris, à Brest ou en Chine, j'y serai toujours avec ce détestable esprit de vanité. Il faut le combattre partout où je serai, à terre ou à bord, et je suis encore mieux pour cela à terre, car j'ai tous les secours spirituels qui me manqueraient au large. Ce n'est malheureusement pas une petite affaire que de se vaincre soi-même, surtout dans ce qui touche à l'orgueil.

« Il est bien possible que ce détestable sentiment ait inspiré un grand nombre de mes actions, bonnes par conséquent seulement en apparence; mais s'il faut purifier l'intention, il faut persévérer dans ce qui sera très-bon quand l'intention sera purifiée.

« Je dois te dire aussi que si je n'ai pas d'occupations serviles et nécessaires, j'en ai cependant passablement et que je ne suis pas oisif. On croit volontiers que les dévots se font une espèce de *far niente*, de paresseuse oisiveté où, comme le rat, ils se retirent loin des tracas; et puis, dans cet agréable détachement des choses du monde, les uns, — les moines, qui mangent bien, dorment bien et ne chantent que par l'organe de chantres gagés, — engraissent à vue d'œil; les autres ont leur pensée toujours fixée sur une même idée, ou mieux à la recherche d'un être qui n'existe pas, ils sont enfoncés comme les faquirs dans les ténèbres d'une abstraction qui détruit toute réalité. On me fait l'honneur de me classer dans la seconde espèce, celle des pauvres fous qui prennent la chose au sérieux. Mais tout cela n'est pas la vérité. Il y a quelques êtres ignobles qui se font litière des choses saintes; il y a quelques fous de religion; il y a quelques esprits vagues et obstinés qui se perdent dans les abstrac-

tions; s'ils ont quelque force naturelle et quelque
orgueil, c'est la matière dont se font les hérésiar-
ques; il y a enfin quelques songe-creux qui ne songent à rien et qui croient presque voir la substance
de la Trinité. Avec la grâce de Dieu et la soumission
à mes guides, j'espère éviter ces dangers à l'avenir
comme je crois les avoir évités jusqu'ici.

« Certainement la méditation est recommandée,
mais rien n'est moins vague; il faut toujours en tirer
quelque conclusion pratique, et il faut beaucoup
plus chercher une affection, un mouvement du cœur
vers Dieu, que les conceptions les plus sublimes de
l'esprit. Quoi de plus sage, de plus prudent, de plus
éloigné de l'état condamnable du songe-creux, de
l'hérésiarque, du fou ? Notre religion est positive;
elle n'est pas une abstraction. Notre Dieu n'est pas
vague et indéterminé; il est inaccessible et infini
dans son essence; il n'est pas bo n de vouloir scruter
le mystère dont il se couvre à nos yeux; mais, en
Jésus-Christ, il est accessible et à notre portée, surtout à celle de nos cœurs ; et toute notre religion,
c'est d'imiter Jésus-Christ et de l'aimer.

« Quant à *l'ascétisme beaucoup trop exagéré*, je
cherche ce que j'ai pu faire pour inspirer cette opinion. Ce ne peut être que des conversations; il ne
faut pas trop s'en préoccuper; comme tu le sais,
sans parler absolument sans réflexion, je ne pèse

toutefois pas assez mes paroles pour être assuré
que je ne les désavouerai pas avec un peu plus de
réflexion. Je ne me souviens pas actuellement de ce
qui a pu faire porter ce jugement.

« Que le monde blâme ma conduite, c'est fort naturel, et je ne lui suis en reste de rien; car, s'il me
blâme de ne rechercher ni mon intérêt ni mon plaisir, je le blâme précisément de chercher l'un et l'autre. Ici, il n'y a pas moyen de s'entendre : l'un dit
blanc, l'autre noir; il n'y a qu'à choisir et mon
choix est fait; mais assurément ce n'est pas là ce
que tu blâmes, toi qui es si peu du monde. Reste
donc l'exagération ; je ne dis ni oui ni non, car je
ne sais ce dont tu veux parler et je voudrais savoir
où prendre ce nouvel ennemi. C'est très-vague de
dire que l'on est exagéré, mais si tu veux bien pré-
ciser ce qui te paraît tel, je te promets d'y faire une
sérieuse attention. Je pense que ma conduite pendant mon voyage et mon voyage lui-même témoignent que je suis en défiance contre mes idées propres, quand même elles sont dirigées vers le bien le
plus pur. L'excès n'est pas un bien, c'est même un
mal; je veux le fuir comme un autre. L'excès en
cette matière vient d'une présomption qui fait *embrasser plus que ses prinses*, comme dit Montaigne;
elle ne peut rien étreindre, et elle jette bientôt dans
un dégoût, un découragement qui rend incapable

des choses les plus faciles. Mais s'il ne faut pas de présomption, il ne faut pas de lâcheté, et il faut, sous peine des plus grands dangers, entreprendre, avec notre confiance fermement établie en Dieu, tout ce qui nous est possible. L'exagération a quelque chose de personnel, d'humain, qu'il est facile (au moins aux autres) d'apercevoir; le zèle pur a quelque chose de saint qui révèle sa divine origine. Mais laissons. »

Cependant une nouvelle perspective commence à poindre dans le lointain. Clerc, embarqué sur le *Duguesclin* qu'on est occupé à désarmer, écrit à son père dans les premiers jours du mois d'août : « Je prévois aussi un autre embarquement plus sérieux et qui me ferait naviguer peut-être beaucoup et longtemps. Mais, comme il n'y a rien d'arrêté, je remettrai à t'en parler plus explicitement, que j'aie quelque chose de précis à t'apprendre. »

Mais en même temps, chose singulière ! les idées de vocation vont leur train et prennent de plus en plus consistance. Voilà ce qui désole M. Clerc, qui voit son Alexis repousser d'un côté tout projet d'établissement et de l'autre ne poursuivre sa carrière qu'avec la résolution, déjà peut-être irrévocable, de l'abandonner au moment où elle lui sourit plus que jamais. Cruelle prévision pour un père qui a placé sur la tête d'un fils tendrement aimé ses plus

chères espérances et qui voit ainsi s'écrouler l'é-
difice de son bonheur !

Mais il n'y a encore rien de fait et il espère bien
détourner le coup. Il commence donc par attaquer
son fils sur ses résolutions présentes et sur cette espèce de mur invisible qu'il a mis entre lui et le
monde, évidemment dans l'espoir d'arriver un jour
à une séparation définitive.

Alexis, serré de près, se défend vivement, et l'on
sent qu'il ne cédera pas un pouce de terrain.

« C'est avec chagrin, écrit-il à son père, que j'ai
lu dans ta lettre du 3 que ce qui te paraissait exagération de dévotion me paraissait à moi peut-être de
la tiédeur à cause des points de vue différents où
nous sommes placés.

« Je ne puis en effet rien changer à ma conduite
en ce qu'elle a de conforme à ma foi. J'eusse bien
préféré que tu eusses trouvé à reprendre autre part ;
je t'eusse prouvé combien j'ai à cœur de te donner
satisfaction. C'est peut-être dans la prévision qu'il
y avait là pour moi une impossibilité de concession
que tu as entrepris de me montrer qu'en te plaçant
par supposition dans mon point de vue, tu verrais
les choses autrement. Ainsi tu rappelles tes observa-
tions au sujet de la recherche que je faisais à Paris
pour quitter le monde. Je les ai encore relues avec
grande attention ainsi que celles de la présente let-

tre. Elles se réduisent à deux chefs, le premier que le célibat est un état contre nature, le second que j'ai une carrière faite que j'abandonne. Comme je ne me souviens pas d'y avoir fait réponse, tu me pardonneras celle-ci ; si elle n'a pas le mérite de la persuasion, elle aura peut-être pour toi celui de la nouveauté.

« Le mariage est pour l'espèce ce que la nourriture est pour l'individu ; c'est son moyen de conservation, de sorte qu'il est pour l'espèce une loi naturelle, et c'est, comme le dit ta note, le commandement que Dieu a posé en disant à nos premiers parents : *Croissez et multipliez*. Ainsi, tu aurais très-fortement établi que le mariage est un devoir naturel pour l'espèce et que, par suite, il est bon. Mais ce qui regarde l'espèce n'impose pas obligation à tous les individus. De même que dans une armée, où il faut des tambours, des porte-drapeaux, il ne faut pas que tous soient tambours ou porte-drapeaux ; de même, dans l'entretien et la conservation de l'espèce, etc. »

Le lecteur voit d'ici la conséquence : il n'est pas nécessaire que tous soient pères de famille. Mais là-dessus qu'on nous permette d'ouvrir une parenthèse.

On sait le commerce assidu qu'Alexis entretenait avec saint Thomas et l'habitude où il était de recourir à lui pour résoudre les objections qui lui arrivaient de tous côtés. Ici nous le prenons sur le fait, et au moment où il écrit ces lignes assez originales et même empreintes d'une certaine gaîté, il a son saint Thomas ouvert devant lui, soit sa Somme théologique (2ª 2ᵃᵉ. q. 152. a. 2. ad primum), soit la Somme contre les Gentils (l. III, c. CXXXVI); car c'est là que nous trouvons la distinction des choses nécessaires à la conservation de l'individu et des choses nécessaires à la conservation de l'espèce; distinction qui donne lieu à un raisonnement identique à celui d'Alexis, en ce qui concerne le mariage, bien que saint Thomas n'ait parlé ni de porte-drapeaux, ni de tambours.

Cette argumentation est, du reste, irréfutable; et, chose curieuse, quelques années plus tard, M. Jules Simon devait l'employer aussi dans un livre où il se plaçait exclusivement au point de vue de la morale naturelle. Il ne cite pas saint Thomas, mais évidemment il l'a lu et il écrit en propres termes : « Malgré tout ce qu'on peut dire du vœu de la nature, la nature, n'ayant pas besoin que tous les individus se reproduisent, peut permettre que la continence soit non-seulement possible, mais facile. » D'où il conclut qu'il n'est ni juste ni *philosophique* de condamner l'état de célibat [1].

1. *Le Devoir*, première édition, p. 122.

12

M. Clerc, qui se disait philosophe, avait donc affaire à forte partie; on prenait à tâche de le poursuivre sur son terrain et de le battre par ses propres armes.

« Voilà la raison philosophique, ajoute Alexis, mais la pratique et le jugement de l'Église sont bien plus concluants, et tu ne peux douter qu'elle ne fasse du célibat un très-grand cas. Il n'est pas de précepte, il est vrai, car autrement elle défendrait le mariage, et, au contraire, elle déclare que le mariage est un état saint; mais il est de conseil, et meilleur que le mariage. Assurément tu sais que tel a toujours été et sera le sentiment de l'Église en cette matière. Cependant tu t'y confirmeras encore en lisant dans la première Épître aux Corinthiens le chapitre VII.

« Ce n'est pas pour le plaisir de faire de la controverse que je te dis ces choses, mais je ne voudrais pas que tu te méprisses sur mes sentiments. Nous sommes tombés tous d'accord qu'il me fallait *attendre*. Cette décision t'a paru sage, et il faut la suivre.

« Combien je voudrais te communiquer les magnifiques espérances qu'elle me laisse entrevoir! Mais je heurterais ton sentiment, et loin de te remplir le cœur de joie, je n'y causerais que du trouble et de la douleur. Cependant tu dois, d'après la prudence que je me flatte d'avoir montrée, compter que je continuerai à m'en inspirer. Il est probable que je suivrai la marche naturelle des événements, que je laisserai à Dieu de me mettre, pour ainsi dire, de sa propre main où il me veut, si je ne dois pas rester où je suis. Mais je ne compte pas m'ingérer de quitter ma place par un effet de ma propre volonté.

« Cela me mène à répondre à ta seconde observation : que j'abandonne ma carrière. Si je l'abandonne, c'est que je n'y tiens pas ; dès lors que cet abandon serait volontaire et spontané, il ne serait pour moi aucunement malheureux. Et je reste marin avec la disposition de ne l'être plus demain s'il plaît à Dieu. Je t'assure que cela ne me paraît pas un sacrifice. »

Mais M. Clerc ne se tient pas pour battu et il revient à la charge assez vigoureusement, paraît-il, ce qui lui vaut toute une lettre sur le célibat des prêtres. Cependant il s'abstient pour le moment d'attaquer directement la résolution de son fils, car celui-ci ajoute, après avoir vaillamment défendu sa thèse : « Nous sommes restés en dehors de la question personnelle et nous sommes bien d'accord sur ce qu'il y a maintenant à faire pour moi : c'est de rester garçon, tu le trouves toi-même très-sage. Au retour du voyage, il aura bien passé de l'eau sous le pont, et je ne pense pas si loin dans l'avenir. A chaque jour suffit son mal. »

Ce n'est donc qu'une trève, mais à laquelle le voyage de long cours dont il est ici question promet une durée assez étendue; chacun des combattants compte bien d'ailleurs reprendre en temps utile les hostilités, avec plus de succès que par le passé.

Mais quel est donc ce voyage vaguement annoncé et qui sourit à notre Alexis, bien qu'il regarde sa carrière de marin comme à peu près terminée et que l'ambition même la plus légitime semble n'avoir plus sur lui aucune prise? Évidemment ce projet doit être non-seulement dans ses goûts, mais de nature à satisfaire aux secrètes aspirations de son cœur et à n'apporter aucun obstacle à sa vocation. En effet, Dieu avait disposé toutes choses à souhait, de manière à lui donner toute sécurité sur ce point essentiel, sans qu'il eût à s'en occuper et à imaginer des combinaisons qui très-probablement n'eussent jamais présenté les mêmes avantages.

Une amitié récente encore, mais sur laquelle il pouvait entièrement compter, amitié fondée sur la conformité des vues, des sentiments et des principes religieux, consacrée — vingt années plus tard — par les mêmes vœux prononcés au pied des mêmes autels, voilà ce qui intervint providentiellement dans sa vie et lui fournit le moyen de poursuivre son généreux dessein avec une ardeur toujours égale, par un chemin en apparence assez détourné et qui semblait même fait pour l'éloigner du but.

Ce fut à Brest, en 1848, que Clerc rencontra le commandant Robinet de Plas, capitaine de frégate, son aîné, son ancien dans la marine et son supérieur en grade, mais son égal par la charité qui les attirait l'un vers l'autre. Ils faisaient tous les deux partie d'un *club* (c'était le langage du temps), ouvert aux officiers des divers corps de la marine afin de les soustraire aux dangers de la vie de café. Clerc, alors enseigne de vaisseau, était membre du bureau et rendit comme secrétaire d'importants services attestés par son ami, qui nous recommande le silence sur la part qu'il prenait lui-même à cette bonne œuvre. Le commandant ayant été appelé à Paris, dans le courant de la même année, pour siéger au conseil d'amirauté, Alexis s'empressa de le mettre en rapport avec son père et avec son frère Jules, et il écrivait au premier avec sa cordialité expansive : « Tu dois avoir vu M. de Plas, capitaine de frégate. Tu auras été content de ce marin; c'est le plus bel échantillon que nous puissions envoyer à Paris; il ne serait pas prudent d'acheter toute la partie en bloc sur ce spécimen. Je suis bien seul ici depuis que je ne l'ai plus, et j'ai besoin à chaque instant de penser au bien qu'il peut faire dans sa nouvelle et importante position pour me consoler de l'avoir perdu. »

La position du commandant devint encore plus importante et son influence plus étendue, lorsque le brave amiral Romain Desfossés le nomma chef du cabinet au ministère de la marine. L'heure était aux généreux projets et à une politique plus chrétienne que celle qu'on avait vue à l'œuvre et dont on avait éprouvé la faiblesse sous la monarchie de 1830. Qu'on se rappelle ce retour triomphant de Pie IX à Rome, préparé par l'épée de la France et applaudi dans les deux mondes non-seulement par les catholiques, mais par tous les vrais amis de la justice et du droit. Comme nous nous sentions forts alors ! Peu de temps avait suffi, au lendemain d'une révolution insensée, pour relever notre ascendant et nous rendre notre rang parmi les puissances de l'Europe. Ni notre trésor ni nos armements n'étaient accrus par la chute de Louis-Philippe; mais nous marchions les premiers au chemin de l'honneur, et jamais notre drapeau ne fut plus respecté que le jour où il s'inclina sous la bénédiction du Pontife-Roi.

On ne s'étonnera pas de voir, à pareille date, sortir du cabinet du ministre de la marine le projet d'une campagne ayant pour but la visite des missions catholiques, auxquelles nos braves marins, suivant une tradition vraiment nationale, devaient promettre un appui qui leur avait trop souvent manqué sous le dernier règne. M. de Plas, désigné pour cette mission si honorable, désirait avoir Alexis à son bord. On devine comment celui-ci accueillit l'ouverture qui lui fut faite; en attendant qu'il pût s'enrôler de sa personne dans la sainte milice, il ne souhaitait rien tant que d'être, n'importe à quel titre, l'auxiliaire du prêtre et surtout du missionnaire. La chose étant revenue à M. Clerc par le P. de Ravignan, Alexis fut mis en demeure de s'expliquer avec son père et voici ce qu'il lui écrivit (lettre du 5 septembre 1850):

« J'arrive maintenant au projet de voyage. De Plas m'a en effet proposé cette expédition, et comme tu penses bien, j'ai accepté de tout cœur. Rien ne pouvait en effet mieux satisfaire mes vœux. Si je dois rester marin, rien ne peut m'y plaire autant que d'y servir, le plus directement possible, l'Église.

« Puisque tu as appris la même chose par le P. de Ravignan, il faut qu'elle soit regardée comme très-décidée. Quant à moi, je n'ai pas de nouvelles à ce sujet depuis fort longtemps. De Plas est parti pour Rome le 8 août et je n'ai rien reçu de lui depuis lors. Il a entrepris ce voyage pour prendre les instructions et les ordres du Saint-Père; mais il n'en est encore aucunement question et tous l'ignorent, si ce n'est ceux à qui j'ai fait des ouvertures pour avoir leur concours. Le choix du bâtiment

n'est même pas arrêté. Cependant je crois très-fort
que l'expédition se fera. Si je ne mérite pas l'honneur d'en faire partie, malgré la grande satisfaction
que j'y trouverais, je me crois très-disposé à m'y
résigner. Comme tu me dis, il ne faut pas se fier
aux espérances les plus flatteuses, et cela devient
facile à celui qui est intimement convaincu que la
Providence conduit tous les événements pour le
plus grand bien de ses enfants.

« Que je serais heureux, mon cher père, si tu t'u-
nissais à moi pour apprécier ce beau projet ! L'histoire de notre chère patrie la montre comme étant
toujours dans les siècles passés le bouclier et l'épée
de l'Église. Clovis a défait l'arianisme ; Charles Mar-
tel, le mahométisme ; Montfort, le manichéisme ;
la ligue, le protestantisme. Depuis les croisades, où
les plus illustres étaient les Français, le nom de
Franc s'employait partout chez les barbares pour
signifier chrétien, et la France, acceptant cette natu-
ralisation, avait toujours pris en main la défense de
tous les chrétiens opprimés à l'étranger.

« C'est ainsi que nos forces protégeant toujours la
vertu, le dévouement et la faiblesse, le nom de la
France était béni par toute la terre. Elle était pro-
clamée la nation généreuse et chevaleresque. Oh !
que ces temps reviennent ! Que nous comprenions
quelle est notre mission, que notre destinée est la

plus grande que Dieu ait faite à une nation ! En nous donnant d'être les défenseurs de l'Église, des Papes, des apôtres qui vont porter son Évangile aux confins de la terre, il a fait de la France le bras droit, la puissance temporelle de son royaume spirituel. Il n'y a pas, il ne peut y avoir de plus grande destinée pour un État. Notre autorité doit être universelle comme celle du Pape ; il nous appartient de protéger partout les chrétiens et les missionnaires. »

Quand il eut reçu l'assurance que l'expédition se ferait et qu'il en serait, il tressaillit de joie, et empruntant à la Vierge Marie son chant d'actions de grâces, il s'écria : *Magnificat anima mea Dominum.* Il est vrai, là comme toujours, il ne vit pas son idéal pleinement réalisé ; le projet de visiter les missions catholiques subit des atténuations et des retouches qui lui ôtaient, à ses yeux, un peu de sa grandeur et de sa portée au point de vue religieux. Mais il en restait assez pour qu'il y trouvât un noble emploi de ses forces et qu'il eût lieu de se féliciter, en attendant mieux, d'être associé à une entreprise dont on pouvait bien augurer pour la prospérité de plusieurs importantes chrétientés situées sur les côtes d'Afrique et sur les différentes plages de l'extrême Orient.

« Je crois prochain, écrivait-il (lettre du 19 oc-

tobre), le terme de mon attente, et d'un jour à
l'autre je peux recevoir l'ordre d'embarquer. Il paraît que l'on s'est arrêté au choix d'un bateau
à vapeur, le *Cassini*, qui est à Lorient, et c'est là
que nous irons en faire l'armement. La campagne
ne serait pas non plus telle que nous l'aurions
voulu ; elle se bornerait peut-être à l'Inde et à la
Chine au lieu d'embrasser tout l'univers. Il est probable aussi que le commandant ne pourra choisir
ni son équipage, ni tout son état-major. Enfin je
crains, pour ma part, sans avoir à ce sujet rien de
positif, que l'on ne donne à l'expédition un air trop
diplomatique ; je préférerais marcher plus carrément
et dire tout bêtement que nous allons secourir et
protéger les Jésuites. Il est vrai que, pour la France,
la diplomatie et la protection de la religion catholique sont, pour ceux qui ont un peu vu le monde,
une seule et même chose. J'aurais voulu cependant
qu'on ne craignît pas de proclamer notre intention.
La circonspection, la prudence n'est peut-être pas
mon fort; j'avoue que je n'aime pas ces concessions
à l'opinion publique égarée. Toutefois je me rassure
en songeant au chef qui doit nous commander et
avec lequel je suis sûr que cette prudence du siècle
n'ira jamais jusqu'à la faiblesse.

« Le bâtiment est, dit-on, fort avantageux sous
beaucoup de rapports ; il est à peu près neuf, les

chaudières en sont à terre en réparation ; après ces
travaux le *Cassini* sera en état de faire une longue
campagne. Mais cela demandera quelque temps, et
je me suis laissé dire qu'il faudrait environ trois
mois avant qu'il pût prendre la mer.

« Je ne sais trop quel sera l'emploi de ce temps et
si je le donnerai à l'armement ou à acquérir les connaissances qui permettent de rapporter d'un beau
voyage des documents qui intéressent la science. Je
suis disposé à tout ce que voudra de Plas ; en tout
cas, je vois arriver avec joie le moment de m'uti-
liser. Je ne crains pas trop le désœuvrement, et
l'ennui ne me tourmente guère ; mais mon inutilité me pèse et je suis un peu honteux de vivre
avec si peu de peine. »

Dieu sait pourtant s'il avait à faire ; et, quant à
la peine, s'il en était exempt par la modération de
ses désirs, il savait s'en donner pour autrui autant
et plus que ne le font généralement ceux qui sont
stimulés par leur propre intérêt. Mais ce n'était
rien au prix de ce qu'il souhaitait faire, étant de
ceux qui, après s'être acquittés de leur tâche en
conscience, savent se rendre justice en disant : *Nous
sommes des serviteurs inutiles* [1].

---

1. Servi inutiles sumus ; quod debuimus facere, fecimus.
Luc, XVII, 10.

Voici une première tentative de Clerc, d'accord avec le commandant du *Cassini*, pour donner à l'expédition projetée un caractère aussi catholique que possible. Alexis connaît le R. P. Rubillon, provincial de la Compagnie de Jésus à Paris, le même que l'on a vu depuis assistant de France à Rome ; plein de confiance dans le zèle et la charité de ce digne supérieur, il lui écrit, le 19 octobre :

« Mon Révérend Père,

« Je vous remercie du fond du cœur de votre lettre si affectueuse ; j'embrasse aujourd'hui cette longue campagne avec une parfaite sécurité, et dans l'espoir que Dieu la fera servir à sa gloire et à notre profit spirituel. Le commandant de Plas, à Rome, a offert de transporter à bord du *Cassini* un délégué du Saint-Père qui pût examiner et apprécier l'état et les besoins du royaume universel. Le ministère a fait lui-même la même ouverture au nonce à Paris. Il est probable qu'un projet qui paraît si avantageux à l'Église sera accepté ; cependant cela n'est pas sûr. Quoi qu'il en soit, ce délégué, qui peut-être ne serait pas Français, pourrait avoir des visites à faire qui le tiendraient longtemps absent du bord, le bâtiment ne serait pour lui qu'un moyen de transport ; et vous comprenez, mon cher Père,

que nous voulons un prêtre pour nous. Aussi nous
avons recours à vous.

« La loi relative aux aumôniers n'en attribue pas
aux bâtiments comme le nôtre ; nous nous réjoui-
rions de ce malheur si nous pouvions en profiter
pour avoir un Jésuite. Puisque le gouvernement
n'interviendrait pour rien dans ce choix, il ignore-
rait volontiers ce qui ne le regarderait pas.

« Le Père serait nourri avec et par le commandant ; nous réclamons les dépenses de toute autre
espèce, et nous tâcherons de le rendre en aussi bon
état qu'on nous l'aura livré. Dans la difficulté de
faire davantage et de constituer à notre aumônier
des émoluments comme s'il était légalement et admi-
nistrativement embarqué, il n'y a qu'un prêtre ayant
fait vœu de pauvreté et que son ordre recevra de
nouveau dans son sein après l'expédition, qui puisse
convenir. Cette considération fera peut-être que
l'évêque de Vannes, de qui les aumôniers qui em-
barquent dans ce port reçoivent leurs pouvoirs, se
départira du droit de choisir un prêtre de son diocèse,
et voudra bien accorder à un Père Jésuite ce qui ne
pourrait être accepté par un prêtre séculier.

« Mais si les difficultés extérieures paraissent
faciles à lever, il faut cependant des raisons de
poids pour décider votre Compagnie à consacrer
pendant trois ans un Père à un aussi petit nombre

13

de fidèles que l'équipage du *Cassini* (130 hommes).

« D'abord, le bâtiment remplira d'autant mieux son importante mission que les hommes en seront plus religieux, et il est certain que leur avancement ne sera pas utile à eux seuls. Mais la raison principale est que le bâtiment doit en effet, comme il avait été dit d'abord, faire le tour du monde, et que, par conséquent, vous pouvez avoir comme un visiteur général qui fasse pour toutes vos maisons voisines du littoral ce qui, je crois, se fait dans vos diverses provinces de l'Europe. De telle sorte que la Compagnie trouverait quelque avantage à ce qui nous serait si avantageux à nous-mêmes.

« Mon Révérend Père, c'est de la part du commandant de Plas que je vous adresse cette demande; il sera lui-même à Paris le 28 octobre et vous verra pour cette affaire; mais comme elle peut être longue à décider, il a désiré que je vous écrivisse, pour ne pas perdre de temps. Nous comptons que le bâtiment sera prêt à partir à la fin de décembre.

« Mon cher et vénéré Père, soyez-nous favorable dans ce projet, où nous sommes aussi jaloux de notre bien que de celui de la Compagnie. Il est clair que le choix d'un Père convenant à ces doubles fonctions d'aumônier et de visiteur appartient exclusivement à votre Très-Révérend Père Général; mais de Plas m'a dit de vous citer le nom du P. de Sainte-

Angèle, qui est, croit-il, à Dôle, sans toutefois insister aucunement.

« Je prierai Dieu qu'il vous rende favorable à nos desseins.

« Votre très-respectueux et soumis fils en N.-S. J.-C.

« A. CLERC. »

Quel esprit de foi et quel cœur d'apôtre! quel respect de toutes les convenances, en particulier des convenances de la vie religieuse! On sent que la soumission filiale de Clerc à son vénérable correspondant n'est pas un vain mot, et que, sans être lié par des vœux, il y trouve un avant-goût de l'obéissance religieuse. Tout, pourtant, ne devait pas marcher au gré du commandant de Plas si bien secondé par son lieutenant. Le *Cassini* ne fit pas le tour du monde et aucun Jésuite n'y fut embarqué. Mais ce double mécompte fut compensé par la présence de deux vénérables évêques, accompagnés de plusieurs prêtres, et par les services que l'expédition, une fois parvenue en Chine, rendit à l'une des plus intéressantes missions de la Compagnie de Jésus dans cet extrême Orient.

Les préparatifs furent longs et laborieux. Les officiers se recrutaient à petit bruit, sans prosélytisme affiché, et le choix fut aussi heureux qu'on pouvait raisonnablement le souhaiter, en tenant compte des entraves administratives.

« Le *Cassini* n'est pas encore prêt à partir, écrivait Alexis à son frère Jules au commencement de novembre (1850); ses chaudières sont à terre et il faut encore un mois avant qu'elles ne soient à bord; le départ ne me paraît guère possible que dans le commencement de janvier. C'est un bâtiment très-semblable au *Caïman*; il est déjà éprouvé par une campagne qui n'a rien usé et a fait l'essai de toutes choses. La machine est bonne et elle est revue d'un bout à l'autre et comme mise à neuf.

« Nous devons avoir en partant force passagers de toute robe, même des religieuses et des évêques : le nouvel évêque de Bourbon, où jusqu'ici il n'y avait pas eu d'évêché, et Mgr Vérolles, évêque de Mantchourie, qui a déjà souffert pour la foi.

« La campagne séduit beaucoup les officiers de marine, et il paraîtrait que l'ombre des soutanes, comme dit M. Hugo, n'obscurcit pas assez l'avenir du *Cassini* pour le faire redouter. Malgré notre petit parfum de jésuitisme, on paraît assez disposé à devenir nos collègues; c'est, du reste, un parfum qui se répand tout seul, car nous vivons fort tranquilles, mon collègue Bernaert et moi, et on pourrait même dire dans une réserve diplomatique, si ce n'était l'effet de nos goûts personnels. »

Ce lieutenant Bernaert, second du *Cassini*, était un marin expérimenté et un vaillant chrétien. Alors âgé de cinquante ans, il avait demandé à partir comme officier en supplément, c'est-à-dire à prendre le dernier rang; mais une décision du préfet maritime, qu'il n'avait nullement provoquée, lui rendit son droit d'ancienneté. Non moins généreux que modeste, quoiqu'il fût sans fortune, il donnait largement du peu qu'il avait; ainsi, à son arrivée en Chine, il donna au procureur des Missions étrangères, pour l'œuvre de la propagation de la foi, une somme de 600 francs, disant qu'il n'était pas venu dans ce pays-là pour faire des économies. C'était, nous dit-on, un officier auquel l'occasion seule manqua pour s'élever jusqu'à l'héroïsme et qui vivait en saint. Une fois rendu à la vie privée, il se retira dans un bourg du département du Nord (Steenvoorde), où il mourut, il y a peu d'années, laissant la réputation d'un grand homme de bien, et des exemples que n'ont pas oubliés ses confrères des conférences de Saint-Vincent-de-Paul. Un tel homme était fait pour s'entendre avec Alexis. Avant le départ, on les voyait chaque matin assister ensemble à la première messe de la paroisse, ensemble s'approcher de la sainte table; digne préparation à cette sorte de croisade maritime à laquelle ils s'étaient consacrés de si grand cœur. Clerc allait tous les jours à bord suivre les travaux et proposer les installations, mettant à profit l'expérience qu'il possédait de vieille date, grâce à son embarquement sur un bâtiment du même genre, le *Caïman*.

Contraste piquant et instructif. Lorsque, en 1847, il parcourait la côte occidentale d'Afrique sur cette corvette à vapeur, qui avait à effectuer de nombreux transports dans l'intérêt de nos établissements du Sénégal, il se sentait peu de goût pour ce genre de service, dont le terre-à-terre répondait mal à ses aspirations guerrières et chevaleresques, et, confondant dans une même réprobation la vapeur et les transports, il écrivait à son père avec un enjouement tant soit peu caustique : « En somme, depuis que je suis à bord, nous avons fait du charbon, puis chargé des foules de bagages, brûlé notre charbon, rechargé, rebrûlé le charbon, etc., toujours et toujours. Ça ressemble à un métier d'officier, si l'on veut ; mais nous voilà débarrassés, je crois, pour quelque temps des chargements, car il n'y a plus rien à charger. Si tu avais, depuis mon départ, conquis l'oreille de quelqu'un d'influent, je te dirais combien cet emploi de la marine de guerre est vicieux ; que les bâtiments à vapeur exigent des marins pour les conduire, mais qu'on ne saurait rien apprendre, à bord, du métier ; que les jeunes officiers ne devraient pas y être embarqués, que l'emploi qu'on fait des vapeurs comme transports fait, des officiers, des charretiers, etc. » Il avait la plus noble idée de la marine militaire, et sa prédilection était, en ce temps-là, pour la navigation à voiles ; témoin certain mémoire sur la *chasse des vaisseaux,* qui s'est retrouvé dans ses papiers. C'est, nous assure-t-on, une belle et ingénieuse théorie mathématique, mais dont l'application est impossible dans la navigation à vapeur. Quoi qu'il en soit, chargé sur le *Cassini* des détails de la machine, il utilisa dans cet emploi des connaissances d'une nature toute différente, celles qu'il avait acquises sur le *Caïman,* pour ainsi dire, à son corps défendant ; et contrairement à toutes ses prévisions, *brûler et rebrûler du charbon,* pour l'honneur de la France et dans l'intérêt des missions catholiques, devint la grande joie et comme le couronnement de sa carrière maritime.

Aussi, dans les derniers jours de 1850, nous le trouvons uniquement occupé à réunir des renseignements techniques précis et circonstanciés sur les différentes qualités de combustible qu'on pourra employer dans la campagne du *Cassini.* L'école des Mines offrant pour cette étude les plus abondantes ressources, Alexis voulut les mettre à profit et vint à Paris. Ce voyage lui procura la connaissance d'un homme dont l'amitié, bien que tardive, lui fut infi-

niment précieuse et fit époque dans sa vie. Qui n'a
entendu parler du commandant Marceau, ce grand
chrétien avec lequel notre jeune lieutenant avait
tant de traits de ressemblance? Tous les deux entrés
dans la marine par l'École polytechnique, revenus
de loin, étrangers qu'ils étaient à toute foi et à toute
pratique religieuse ; tous les deux aussi, depuis leur
conversion, aspirant sans cesse au plus parfait et
n'ayant d'autre ambition que de procurer à Dieu
des adorateurs en esprit et en vérité. On sait l'histoire de Marceau, elle est simple et belle comme
son caractère. Neveu du général Marceau et seul
héritier d'un nom qui figure avec tant d'éclat dans
nos fastes militaires, il songeait, au sortir de l'École,
à prendre rang dans l'armée de terre où son goût
l'appelait et où les antécédents de son oncle lui
assuraient, semblait-il, un brillant avenir. Mais il
ne fut pas libre, en quelque sorte, de suivre ses
inclinations. « Comment pouvez-vous songer, lui dit
un officier supérieur, à entrer dans une carrière où
s'est distingué un parent du même nom que vous ?
Vous devez viser à une gloire indépendante et personnelle. » Poussé de tous côtés dans la marine, il
céda. « Et voilà vingt ans, disait-il en 1849 à un
digne prêtre, que je cours les mers sans goût comme
sans répugnance. La Providence avait ses desseins.
Je n'aurais pu rendre aux missions les petits ser-

vices qu'il m'a été permis de leur rendre, si je n'eusse
été marin [1]. »

Les petits services dont il parle avec une humilité
toute chrétienne, passeraient pour grands aux yeux
de tout autre que lui, et, si l'on considère ce qu'ils
lui ont coûté, ils sont tout simplement héroïques.
Pour se dévouer à cette œuvre dont il comprenait
toute la grandeur, il sacrifia son avenir, son repos,
sa santé et, jusqu'à un certain point, la considération dont il jouissait dans la marine militaire.
Quand on sut qu'il avait donné sa démission pour
prendre le commandement d'un bâtiment de commerce, et cela au moment où il allait recevoir les
épaulettes de capitaine de corvette, on douta qu'il
fût dans son bon sens. « Mais tu as perdu la tête ?
lui dit un de ses amis. — Oui, répondit-il, humainement parlant, j'ai perdu la tête; mais j'espère que
par la foi, ma folie deviendra sagesse, car je travaille
par la foi et pour la foi. » Quelles victoires n'eut-il
pas à remporter sur sa fierté naturelle, lorsqu'il se
fit mendiant et quêteur au profit de la *Société française de l'Océanie*, s'exposant à être traité, ou peu
s'en faut, comme un chevalier d'industrie, et ne
se faisant d'ailleurs aucune illusion sur les mille

---

1. Voyez *Auguste Marceau, capitaine de frégate, commandant de l'Arche d'alliance*, par un de ses amis.

chances contraires au succès de l'entreprise. Mais
il y avait des millions d'âmes à sauver; sans
lui, sans la campagne qu'on lui proposait de faire
sur l'*Arche d'alliance*, les pauvres insulaires de
l'Océanie attendraient longtemps encore la visite
des missionnaires et plusieurs chrétientés naissantes
seraient en souffrance. Il n'hésita point; parti en
1846, il ne revint en France qu'en 1849, et quand
Clerc le rencontra à Paris, il y avait déjà près d'un
an que, malade, épuisé, vieilli avant le temps et
abreuvé de dégoûts de toute espèce, il était, pour
ceux qui se connaissent en sainteté, l'un des plus
grands exemples offerts à l'admiration et au respect
de notre siècle. Animé des mêmes sentiments et
tout disposé aux mêmes sacrifices, combien Alexis
ne dut-il pas goûter l'entretien du noble marin qui
venait de réaliser, dans une certaine mesure, l'idéal
qu'il poursuivait lui-même en ce moment avec
le commandant du *Cassini?* La grande idée de
Marceau, c'était la création d'une marine religieuse.
Chose impossible! dira-t-on. Sans doute, si le gouvernement refuse tout concours, la difficulté sera
presque insurmontable. Mais, s'il voulait, les
hommes de bonne volonté ne manqueraient assurément pas pour entreprendre, tous les deux ou trois
ans, une campagne semblable à celle dont nous
allons esquisser le tableau; et si le pavillon français

parcourait ainsi tour à tour toutes les plages de l'u-
nivers, apparaissant partout comme un signe de
concorde et de paix et portant dans ses plis la *bonne
nouvelle*, on peut croire que sa gloire n'en serait pas
amoindrie. Marceau se mourait; il venait de dépenser le reste de ses forces languissantes dans une
retraite faite à Notre-Dame de Liesse, sous la direction du R. P. Fouillot. Encore un rapprochement
inattendu. Ce sera dans cette même communauté
(transférée à Laon) que Clerc, vingt années plus
tard, passera la dernière année de sa vie (1869-70)
dans les exercices de la troisième Probation, qui le
prépareront au martyre. Dieu ne les a réunis qu'un
instant sur terre, mais il leur réservait mieux que
cela et il avait fait l'un pour l'autre ces deux grands
cœurs. Oh ! comme Marceau a dû faire bon accueil
à notre Alexis en le voyant aborder à son tour aux
rivages de l'éternité, décoré des stigmates de la victoire !

A la fin de janvier 1851, Marceau partit pour
Tours avec sa mère, et quelques jours après Alexis
apprit la mort de son ami. Il s'empressa de consoler,
en partageant ses regrets, la pauvre mère que cette
cruelle séparation plongeait dans le deuil. C'était
une femme d'une grande foi, mais qui n'avait pas
toujours été telle : par une rare et touchante inter-
version des rôles, elle avait reçu de son fils ce que

la plupart des fils doivent aux leçons et aux exemples d'une mère chrétienne. Voici sa réponse, que
Clerc avait gardée comme une relique et que nous
avons retrouvée avec bonheur :

« Ce 18 février 51,

« J. M. J.

« C'est hier, mon cher monsieur, que j'ai reçu
votre bonne lettre, et d'avance j'avais deviné tout ce
qu'elle contiendrait. Votre souvenir, celui de M. de
Plas et du bon docteur Montargis m'ont pour ainsi
dire été constamment présents depuis le coup fatal
qui m'a frappée. J'avais vu dans les courts instants
où j'ai eu le bonheur de faire votre connaissance
toute l'affection qu'il vous portait et n'avais pu
douter de la sympathie qu'il trouvait en vous, et je
trouvais une sorte de consolation à penser que vos
larmes s'unissaient aux miennes. Hélas ! ce n'est
pas sur ce cher et bon fils que je pleure, car j'ai
bien la douce confiance qu'il jouit dans le sein de
Dieu de toutes les félicités qu'Il a promis à ses bons
serviteurs ; mais c'est sur moi, pauvre vieille mère
qui avais encore tant besoin de ses conseils et de
ses exemples. Néanmoins je ferai tous mes efforts
pour mettre en pratique celui qu'il nous a donné
dans sa soumission à la sainte et adorable volonté de

Dieu; et chaque jour, je demande cette grâce à Dieu comme le plus précieux héritage que je puisse recueillir de mon excellent fils.

« Comme je pense bien, mon cher monsieur, que cette lettre sera la dernière que vous pourrez recevoir de moi avant votre départ, je vais réunir quelques-uns des détails qui ont précédé la fin de mon Auguste, en vous demandant qu'ils soient communs entre vous et M. de Plas. Vous êtes désormais tous deux réunis dans mes souvenirs, et mes vœux vous accompagneront dans la longue et pénible campagne que vous allez entreprendre.

« C'est le mardi, comme vous le savez, que nous avons quitté Paris. Ce cher ami supporta assez bien la route; seulement il commença à souffrir du froid à 15 lieues d'ici. Enfin nous arrivâmes, et le sentiment de bonheur qu'il éprouva en se retrouvant au milieu de nous parut lui faire oublier les fatigues du voyage [1]. Le mercredi il se trouvait très-faible, ce qui me paraissait une suite inévitable. Quelques aliments furent gardés, d'autres rejetés. Le jeudi fut moins mauvais; il garda presque tous les aliments qu'il prit; seulement la faiblesse augmentait et il s'en apercevait. La nuit du jeudi au vendredi fut mauvaise; il avait fréquemment de ces vomisse-

1. La sœur de Marceau habitait Tours avec sa mère.

ments remplis de sang. Le vendredi fut d'autant plus
pénible qu'il souffrait beaucoup d'étouffement et
que le médecin que j'avais appelé le mercredi avait
remis de le revoir le vendredi, et que ce fut le soir,
très-tard, et après que j'eus envoyé deux fois chez
lui, qu'il nous arriva. Oh! combien j'ai regretté
alors de n'avoir pas demandé à ce bon docteur Montargis de nous accompagner; il ne m'eût pas refusé.
Je sais qu'il ne pouvait le guérir, mais il aurait bien
certainement adouci ses souffrances. Enfin, Dieu en
avait ordonné autrement, et je veux, à l'exemple de
ce cher fils, répéter : « Que son saint nom soit béni! »
La nuit du vendredi au samedi fut moins mauvaise
que la précédente. Il reposa assez bien et garda le
peu d'aliments qu'il prit vers le matin, et se plai-
gnit d'étouffement. Sur les huit heures, cela aug-
menta; il se mit sur son séant. Je lui proposai alors
de le lever pour faire son lit et le rafraîchir; il y
consentit, mais sans paraître pressé. Je disposai tout
et pendant ce temps nous causions, sa sœur était
avec nous. Je lui dis que j'allais écrire au docteur
pour lui demander de venir. Cela parut lui faire
plaisir. Il me dit : « Tu vas aussi écrire au P. Fouil-
« lot. C'est lui qui m'a mis dans cet état, il faut bien
« qu'il prie et fasse prier pour moi. » Il était alors
près de 9 heures. Il me dit qu'il était prêt. Je m'approchais de la cheminée pour prendre la chemise

que j'avais mise chauffer, lorsque ma fille jeta un cri. Je me retourne et vois ce pauvre ami pris d'une horrible convulsion. Je veux lui faire respirer des sels, avaler de l'eau de la Salette; ma fille envoie vite chercher le médecin; je lui dis de faire aussi chercher le prêtre, qui ne se fit pas attendre. La supérieure des Dames de la Présentation, dont il est aumônier, le suivit et donna à mon Auguste tous les secours spirituels et corporels en son pouvoir. La convulsion se passa, on lui administra l'Extrême Onction; à chaque onction ce cher ami demandait pardon à Dieu. Après la communion la sœur lui nettoya la bouche, il se moucha lui-même, puis elle lui fit prendre deux petites cuillerées de gelée de viande, qui parurent lui faire plaisir. Ensuite, avec cette douceur et cette bonté que vous lui connaissez, il regarda la sœur de charité et lui dit : « Merci, ma sœur, merci. » Ce mieux si marqué a duré environ une demi-heure. Je vous l'avouerai, mon cher monsieur, ce bon garçon m'avait tant de fois répété que le bon Dieu ferait un miracle en sa faveur et le guérirait, que, dans ce moment, j'ai cru qu'il allait avoir lieu. Mais cet espoir m'a été promptement enlevé. Une seconde convulsion, bien plus affreuse que la première, est arrivée et à 11 heures et demie sa belle âme était devant Dieu.

« Dans ce moment, le sourire est revenu sur ses

lèvres, et sa figure, contractée par les horribles souffrances, est redevenue calme et belle. Je l'ai revu
encore le lendemain plus de 24 heures après; il n'é-
tait pas du tout changé et semblait en méditation.
Je l'ai embrassé en lui disant *au revoir*, car je
compte sur sa protection pour m'obtenir les grâces
dont j'ai tant besoin pour mériter de le rejoindre un
jour.

« Je ne doute pas que ces détails ne vous soient
précieux, à vous et à M. de Plas, et j'ai trouvé, dans
la pensée que je pouvais vous témoigner ma reconnaissance pour l'affection que l'un et l'autre vous
portiez à mon Auguste, la force de vous les transmettre. Pour moi, cher monsieur, bien que le bon
Dieu m'ait frappée dans ce que j'avais de plus cher,
je ne saurais assez le remercier de toutes les grâces
qu'il a daigné me faire, non-seulement en me préparant au plus grand des sacrifices par une retraite,
mais encore en permettant que ce cher et bon fils,
qui mène depuis son retour une vie si errante, soit
venu mourir près de nous, que j'aie pu lui donner
les derniers soins, et qu'enfin j'aie la douce et précieuse consolation de pouvoir aller prier sur sa
tombe. Là, je n'en doute pas, j'obtiendrai de grandes grâces; en priant pour moi je prierai pour vous,
chers messieurs; je lui dirai de vous obtenir toutes
les grâces dont vous avez besoin, de vous mettre

sous la protection de notre bonne Mère, qu'il aimait tant, de vous ramener un jour, si cela entre dans les décrets de la Providence, prier avec moi sur sa tombe.

« Comme je n'ai rien de plus pressé que de satisfaire à votre pieux désir, je vous envoie, pour vous et M. de Plas, deux livres, deux médailles, quatre images, un morceau de la cravate qu'il portait dans les derniers jours ; j'ai choisi ces objets dans les plus fanés, comme lui ayant le plus servi et pensant qu'ils vous en deviendraient plus précieux. J'ajoute un exemplaire de cantiques du mois de Marie et une *Litanie de la volonté de Dieu*, que nous devons, à son exemple, nous efforcer de mettre en pratique ; enfin vous trouverez ci-jointe une petite mèche de cheveux.

« Je ne puis terminer sans vous parler du bon, de l'excellent M. Montargis, qui, après lui avoir donné tant de soins du corps, s'est mis en quatre la semaine dernière pour lui procurer messes et prières.

« Adieu, bons amis de mon fils. Priez pour la vieille et malheureuse mère qui vous a voué une affection sincère.

« Tout à vous dans les saints Cœurs de Jésus et de Marie.

« MARCEAU,
« SERVANTE DE MARIE. »

La mère de Marceau signe *servante de Marie*, parce qu'elle faisait partie du tiers-ordre de la Société de Marie. Si Marceau eût vécu, il eût lui-même terminé ses jours au sein de cette Société, lié par les vœux de religion et engagé dans les saints ordres. C'était là, du moins, son ambition, lorsqu'il plut à Dieu de mettre fin à son exil et de couronner des mérites qui l'emportaient de beaucoup sur les résultats appréciables de l'œuvre à laquelle s'était sacrifié cet homme de désirs.

CHAPITRE VII.

ALEXIS CLERC, LIEUTENANT A BORD DU CASSINI. — DE LORIENT A CHANG HAÏ.

Le 6 mars 1851, à sept heures du matin, le *Cassini* quittait la rade de Lorient, et renouvelant un antique usage tombé en désuétude depuis la grande révolution, il saluait de toute son artillerie le sanctuaire de Notre-Dame de l'Armor. En même temps, les missionnaires qui avaient pris passage à son bord entonnaient l'*Ave maris stella*, que l'équipage chanta avec un entrain merveilleux; prêtres et marins, unis dans une même pensée de foi, suppliaient l'Étoile de la mer d'être propice à leur traversée et de bénir les entreprises si diverses qui les éloignaient de la patrie, ceux-ci pour plusieurs années, ceux-là, ou du moins la plupart d'entre eux, pour le reste de leur vie, qu'ils avaient vouée tout entière au salut des âmes.

C'était un spectacle auguste et touchant. On voyait sur le pont deux évêques : l'un, Mgr Vérolles, illustré par de longs travaux, regagnait son vicariat apostolique de la Mantchourie; l'autre, Mgr Desprez (actuellement archevêque de Toulouse), allait introniser l'évêché de Saint-Denis (île Bourbon), c'est-à-dire prendre possession de ce siège dont il était le premier évêque. Deux grands-vicaires, trois missionnaires des Missions étrangères, un aumônier attaché au *Cassini* et enfin trois religieuses de Saint-Joseph, destinées elles aussi à porter au loin le nom et la bonne odeur de Jésus-Christ, attestaient hautement par leur présence le caractère tout catholique de l'expédition. L'état-major, d'une composition parfaite, dépassait quelque peu le chiffre strictement réglementaire et comprenait cinq lieutenants de vaisseau, un officier d'administration, deux médecins et six aspirants de marine, dont quatre avaient été choisis parmi les meilleurs sujets du vaisseau-école.

Le *Cassini*, corvette à roues de 200 chevaux, était armé de six canons et comptait 120 hommes d'équipage, état-major compris, ce qui lui permettait de déployer au besoin une force militaire assez respectable. Il était destiné pour Bourbon et la Chine.

Les fonctions d'aumônier y étaient exercées, sans titre officiel, par M. l'abbé Cambier, du clergé de Paris, qui avait quitté, pour s'attacher en volontaire à l'expédition, la paroisse de Saint-Pierre du Gros-Caillou, dont il était alors vicaire. Devenu depuis quelques années curé de Saint-Jacques et Saint-Christophe de la Villette, c'est de la meilleure grâce du monde qu'il nous a confié son journal de voyage écrit pendant la traversée uniquement pour épancher son cœur dans le sein de l'amitié.

Muni des pouvoirs que Mgr l'évêque de Vannes lui avait conférés pour toute la traversée et installé du mieux qu'on avait pu dans sa paroisse flottante, M. Cambier, après avoir fait connaissance avec ses nouvelles ouailles, recueillait ses premières impressions et les consignait ainsi dans son journal : « Les marins qui composent l'équipage paraissent, il est vrai, jeunes et inexpérimentés en marine, mais ils seront vite formés et les choses en iront mieux pour peu que la divine Providence daigne nous favoriser. Du reste, tous ces marins ont bon visage. Bretons pour la plupart, le prêtre ne les effraie pas; ils sont habitués à le voir de près, à l'entendre et à suivre ses conseils. Je puis donc attendre de la sympathie de leur part. Les mousses ne sont qu'au nombre de six, ce sera mon petit troupeau. Ces pauvres enfants ne sont-ils pas trop laissés à eux-mêmes et trop mê-

lés aux hommes de l'équipage? A cet âge, les conversations libres qu'ils entendent peuvent leur être
funestes. Isoler les mousses le plus possible, les surveiller avec une scrupuleuse attention, les instruire,
me semblerait chose nécessaire ; il est à croire qu'on
ne les néglige pas, l'expérience sans doute me l'apprendra. Les hommes sont au nombre de cent vingt ;
ce sera là ma moisson ; puisse-t-elle être bonne ! A
n'en pas douter, je puis dire qu'elle le sera, n'en
aurais-je comme gage et garantie que l'exemple du
commandant et des officiers. N'eussé-je pas été jusqu'à présent convaincu de la puissance du bon
exemple, je n'aurais pas tardé à l'être sur le *Cassini*. J'ai dit que M. de Plas était un bon chrétien ;
il sait qu'il a sous ses ordres non pas seulement des
corps, mais des âmes, et il fait de la marine beaucoup moins un moyen d'avancement pour lui-même
qu'un moyen d'exercer son zèle éclairé en faveur de
ceux qu'il est appelé à commander. »

Puis M. Cambier dit un mot de chacun des officiers. « Son second, c'est-à-dire celui que l'on
nomme le *lieutenant chargé*, parce qu'il a la haute
main sur tout le détail du bâtiment, son second,
dis-je (on sait que c'était le lieutenant Bernaert),
est également un fidèle de bonne et vieille roche.
Son corps est brisé par de longs et pénibles services, mais son cœur est jeune et vigoureux. Il n'a

entrepris la campagne de Chine que pour offrir ses services aux missionnaires; ses caisses sont pleines d'objets religieux qu'il leur destine; une de ses intentions est aussi de propager la conférence de Saint-Vincent-de-Paul, d'en former une à bord, si cela est possible. Quand on va à six mille lieues de son pays avec de pareilles pensées, et qu'on est âgé et infirme, n'est-ce pas aller droit en Paradis? Que l'on dise que la religion rapetisse les idées et les sentiments! Comme preuve très-évidente du contraire, je citerai l'exemple de M. Bernaert, lieutenant chargé du *Cassini.* »

M. Cambier n'a garde d'oublier celui dont nous écrivons l'histoire, et voici en quels termes il s'exprime à son sujet : « Enfin, il me reste à dire quelques mots sur le plus jeune lieutenant, M. Clerc, élève de l'École polytechnique. Officier choisi par le commandant, il justifie ce choix par sa piété et ses talents. S'il reste dans la marine, l'avenir sera, je pense, avantageux pour lui. Il n'a que vingt-six ans [1], et il est déjà lieutenant. La carrière est longue devant lui; il a pour la bien parcourir la santé, la jeunesse, le mérite. Je ne serais pas surpris s'il venait à laisser le frac pour le froc : sa ferveur est celle d'un religieux. Les épaulettes sans doute sont

[1] Clerc avait alors trente et un ans passés ; sa petite taille et son enjouement habituel le faisaient probablement paraître plus jeune.

très-honorables ; l'habit du prêtre l'est beaucoup plus encore; mais il faut que ce soit Dieu qui le donne avec la vocation... »

Le digne aumônier nous apprend comment il exerçait à bord un ministère tout de paix et de persuasion, qui n'imposait aux hommes de l'équipage aucune gêne, aucune contrainte : « Le matin, après le lever de 6 heures en mer et de 5 heures en rade, je disais la prière : *Notre Père*, *Je vous salue, Marie*, et une oraison que j'avais composée pour les matelots. Quand les fourneaux étaient allumés, je descendais dans la machine et j'y faisais aussi les mêmes prières. Le soir, après la lecture des punitions du jour et la prise des hamacs, je disais la prière du soir au milieu des hommes tous debout et la tête découverte. Le mardi à 1 heure 1/4, il y avait catéchisme pour les mousses ; le dimanche, la messe était célébrée à 10 heures 1/4; elle commençait par l'aspersion de l'eau bénite et, en rade, il y avait instruction à l'Évangile. Le dimanche soir, en mer, à 2 heures, je faisais une instruction aux hommes de l'équipage. Pour tous ces exercices, on tintait quelques coups de cloche, et venait qui voulait, même pour la prière du matin et du soir. »

Non-seulement la vie chrétienne était ainsi librement pratiquée à bord du *Cassini*, mais Jésus-Christ lui-même y avait son trône dressé, comme il convient, à la place d'honneur. « Oui, dit M. l'abbé Cambier, nous avions une chapelle véritable sur notre bâtiment; une chapelle parfaitement installée avec autel, tabernacle, crucifix, armoires pour les ornements; une chapelle où nous avions le bonheur de posséder le Saint-Sacrement. Si vous avez parfois visité quelque bâtiment dans un de nos ports, vous devez en connaître la partie qu'on appelle *dunette*. C'est une ou plusieurs chambres placées sur le pont, soit à l'avant, soit, et plus souvent, à l'arrière. Cette dunette, sur les vaisseaux et sur les frégates, sert de salon et de cabinet de travail au commandant; sur le *Cassini* elle était divisée en trois parties : à droite et à gauche étaient les deux évêques; au milieu se trouvait la chapelle, fermée par une porte à deux battants que l'on ouvrait pour la célébration des offices. L'intérieur était en sapin plaqué de citronnier verni. On avait appliqué sur le devant de l'autel quelques ornements symboliques en palissandre. Le crucifix qui surmontait le tabernacle était en bois de noyer; ce n'était pas un sculpteur qui l'avait taillé, mais un simple ouvrier menuisier du port. Ce n'en était pas moins un petit chef-d'œuvre, ainsi que la chapelle tout entière. Les ouvriers de Lorient y avaient mis tous leurs soins et la réussite avait couronné leurs efforts.

« Si j'avais affaire, ajoute le bon et digne prêtre,

14

à un chrétien sans foi et sans intelligence des choses
de la foi, je n'insisterais pas sur ces détails; mais je
sais que ce sera pour vous un plaisir de les entendre
et que mes paroles auront de l'écho dans votre cœur.
N'était-ce pas pour nous tous, sur le *Cassini*, un
bonheur insigne que de posséder le Très-Saint Sa-
crement? Autour de nous, la mer, le ciel, nous montraient la puissance de Dieu ; auprès de nous l'Eucharistie nous révélait sa bonté et sa charité. Est-
il étonnant que les flots se soient pour ainsi dire
abaissés devant notre bâtiment pour lui laisser une
marche facile et rapide? Est-il étonnant que la paix
ait constamment régné parmi nous, et que de nombreuses bénédictions nous aient été réservées? Le
Cassini portait en son sein le Dieu de l'univers,
Celui qui marcha sur la mer de Galilée et qui par
un seul mot apaisa les tempêtes.

Aussi la traversée fut-elle, d'un bout à l'autre,
des plus heureuses. Il est vrai, au départ, la mer,
qui était assez grosse, éprouva quelques passagers;
mais le temps fut ensuite très-supportable pour la
saison, et après six jours de mer, le 12 mars, le bâtiment jetait l'ancre devant Funchal, île Madère.
La relâche dura trois jours; le charbon se fit rapidement, et des provisions fraîches permirent de
gagner le Cap de Bonne-Espérance dans les meil-

leures conditions. « Le jour de Pâques [1] la corvette était assez près du Cap pour autoriser une dépense extraordinaire de charbon. L'ordre fut donc donné de chauffer à toute vapeur, et le *Cassini* atteignit environ dix milles à l'heure. La mer était unie comme un lac ; rien ne s'opposait donc à ce que le projet d'avoir la grand'messe fût mis à exécution. Mgr Desprez voulut bien officier ; des mousses bien vêtus et intelligents furent désignés comme enfants de chœur, et, grâce aux missionnaires, aux religieuses passagères et à un lieutenant de vaisseau bon musicien, le chant ne laissa rien à désirer. »

Alexis Clerc écrivait de Cap-Town à son père : « Nous sommes arrivés au Cap le 22 avril, à 2 heures de la nuit, après une très-heureuse traversée où nous avons échappé à tous les mauvais temps et à presque toutes les autres misères de la vie maritime. Le jour de Pâques a été pour le bâtiment une fête complète ; le temps et la mer étaient parfaitement beaux. Il n'est pas bien difficile de toucher le cœur simple de ces bons Bretons ; mais il est plus doux de se rappeler ces heureux moments que d'en parler. »

La préparation des marins avait été parfaite et les efforts de leur aumônier couronnés d'un plein suc-

---

[1]. Ici je suis, ou plutôt je transcris fidèlement les notes du commandant de Plas, que j'ai sous les yeux.

cès : « Je leur dis, raconte celui-ci, que la confession était pour eux la planche du salut après le naufrage; une fois le mot dit, je le répétai; ils s'habituèrent à l'entendre, il finit par sonner moins dur à leurs oreilles et bientôt après il entra dans leurs cœurs. Quand la pensée de la confession est dans le cœur et qu'elle y est telle qu'elle doit être comprise, on ne tarde pas à venir à la pratique. C'est précisément ce qui arriva sur notre bâtiment. Les marins commencèrent par *blaguer*, et finirent par se confesser. Notre semaine sainte se passa tout entière dans la piété. »

Au Cap les attendait une autre solennité religieuse. Mgr Griffith allait faire la bénédiction de son église; il avança de quelques jours la cérémonie, afin que l'éclat en fût rehaussé par la présence des deux évêques et du nombreux clergé du *Cassini*.

Le commandant et son état-major furent aussi invités et se montrèrent une fois de plus franchement catholiques.

« Avant-hier, lundi, écrit Alexis à son père [1], l'évêque du Cap a fait la bénédiction de son église. Le *Cassini* a été de la fête; il y a été représenté par son clergé et par une députation des maîtres et des

---

1. Une fois pour toutes, la plupart des lettres d'Alexis pendant ce voyage étant adressées à son père, nous ne le répéterons pas chaque fois; ayant soin néanmoins d'avertir le lecteur lorsqu'elles seront adressées à quelque autre personne.

matelots. Nos deux évêques et nos sept prêtres ont beaucoup contribué à relever la pompe de la cérémonie, et l'on a chanté un *Regina cœli* et un *O Salutaris* d'un assez bon effet. La place du consul français, dans cette cérémonie, est la première ; les officiers du *Cassini* se sont joints à lui. C'est ainsi que partout, excepté chez nous, nous sommes catholiques. Mais qu'il est préférable de ne pas l'être comme par nécessité et par intérêt politique, — comme les Anglais sont protestants, — et d'apporter au véritable sens naturel de notre race cette adhésion du cœur qui nous permet de nous réclamer comme fils de ceux qui ont fondé la puissance et la gloire de la France !

« Les Anglais établissent actuellement un service de communications régulières entre le Cap et l'Angleterre. Elles seront d'une grande célérité : trente-trois ou trente-quatre jours ; déjà quelques paquebots ont exécuté la traversée dans ce temps. Ce sont des bâtiments à hélice qu'on y emploie. Le Cap ne sera par la suite qu'une station et les paquebots poursuivront jusqu'à Maurice, puis Ceylan ; d'autres doivent aller à la Nouvelle-Hollande. On ne saurait se défendre d'envier cette puissance et cette habileté, et si la fin de l'Angleterre n'était pas, au prix de tant d'efforts, de placer du calicot, il faudrait s'incliner devant une supériorité justifiée dans son but comme dans ses moyens..... Que le commerce soit, non un moyen de grandeur, mais la grandeur d'un pays, c'est impossible, et ce sera un jour le point de vue auquel on jugera ce peuple qui applique à de si petits intérêts une puissance si considérable. »

Le *Cassini* quitta le Cap le 3 mai. On était donc au mois de Marie, ce qu'on n'eut garde d'oublier. Chaque soir, quand le soleil avait disparu dans les flots, on se rassemblait en famille devant l'autel de Marie, dressé dans la chapelle de la dunette, et là on priait de tout cœur et l'on chantait à pleine voix des cantiques à la louange de l'auguste Mère. Marins et passagers affectionnaient beaucoup un refrain en harmonie avec leur situation :

> Exilés de notre patrie,
> Nous voguons au milieu des flots;
> Soyez notre étoile, ô Marie,
> Soyez aussi notre repos.

On arriva ainsi à Bourbon le 21 mai. Mgr Desprez débarqua le 22 au matin; salué par le canon du *Cassini*, il fut reçu à terre par le commandant des troupes de la garnison, lieutenant-colonel de Cendrecourt; après quoi on le conduisit processionnellement à sa cathédrale, où il prit possession de son siége dans les formes canoniques. « La cérémonie, écrit Alexis, a été fort belle, tant par la pompe auguste qui est le propre de nos solennités

religieuses, que par le concours d'un grand peuple
qui accueillait une autorité nouvelle dont il pressentait, sans la comprendre, la tendresse paternelle
et la tutélaire sollicitude. Mais l'allocution de Monseigneur, dans laquelle il a tracé son plan de conduite et son but, était le chef-d'œuvre de la fête,
parce qu'on y voyait toute sa charité sous une forme
simple, et qu'il s'est montré en peu de mots tel que
notre commerce continuel du bord nous l'a fait
connaître. » Il y avait bien quelque ombre au tableau. A propos d'un article de journal « qui eût
été parfaitement à sa place dans le *National*, » Alexis
ajoute : « Quel triste spectacle de voir encore aujourd'hui ce qui est le plus élevé dans la société
donner l'exemple non pas seulement de l'indifférence, mais de l'agression contre notre sainte religion ! Un pays où le gouvernement, la justice, l'enseignement sont antichrétiens, n'est-il pas bien
près d'être un état païen ? »

Une autre lettre roule sur la mission de Madagascar et sur les espérances de colonisation qu'elle
fait concevoir. On sent vibrer très-fort la fibre
française dans cette causerie intime et familière.

« Il paraîtrait qu'on y essaie (à Madagascar) un
nouveau système de colonisation, ou, pour mieux
dire, sans système, on suit une marche que la nature des choses indique, mais qui est nouvelle.

Ainsi, il ne s'agit ni de réduire les indigènes en servitude, ni de les détruire par la guerre, parce qu'ils
sont belliqueux ; il faut les enseigner et les rendre
colons de leur terre. Il y a dans ces différents points
des missionnaires jésuites, ouvriers infatigables, qui
sont le moyen de cette fondation nouvelle. On n'a
pas, je le répète, adopté systématiquement cette méthode ; elle est suivie parce qu'elle est possible. Aujourd'hui le gouverneur de Mayotte, qui a autorité
sur les autres possessions, est un homme distingué
qui paraît bien comprendre la position. Le climat
de Madagascar est meurtrier aux Européens ; les
missionnaires ont fait de Bourbon leur hôpital ; ils
s'y rallient, fatigués et fiévreux, y réparent leurs
forces et leur santé, et retournent au combat jusqu'à la mort. Leur hôpital est en même temps un
collége ; ils ont là une quarantaine de jeunes Malgaches, petits nègres qui, malgré leur couleur, ont
l'air d'être de bons enfants. On leur apprend à lire,
à écrire, la religion et un métier, et puis, une fois
hommes, on les établit chez eux. Et si ceux-là n'aiment pas un pays qui leur envoie des maîtres si dévoués, — qui, au prix de leur vie, car on finit toujours par y laisser ses os, leur apprennent à vivre
au physique et au moral, — ils seraient bien ingrats. Mais s'ils savaient quels sont les moyens or-
dinaires de colonisation, que ne diraient-ils pas à
notre louange?

« Cependant, près de ce collége, les sœurs de Saint-Joseph élèvent dans le travail et la vertu une quarantaine de petites filles malgaches, épouses probables de nos gamins. Le coup est bien monté, et ces pauvres Malgaches, qui n'y entendent pas malice, sont capables de se laisser tous prendre comme des enfants, quand ils verront les fruits de la civilisation chrétienne. Pourquoi, hélas! y a-t-il en France tant de lieux où le spectacle en serait aussi nouveau qu'à Madagascar?

« Je m'arrête avec douceur sur cette idée. Puisque les enfants sont encore entre les mains de leurs maîtres et maîtresses, je ne parle que de mes désirs, de mes espérances, si l'on veut de mes rêves. Mais quand le succès ne répondrait pas à l'espérance, cela ne diminuerait pas le mérite de l'entreprise. C'est là où j'aime notre généreuse patrie; elle emploie sa supériorité à protéger, non à asservir. L'échelle est petite ici, il est vrai, mais ce n'en est pas moins un noble usage de sa puissance. Les autres peuples peuvent être et sont la plupart du temps plus habiles colonisateurs; ils ne sauraient être, comme nous le sommes, de vrais civilisateurs. »

Vers le milieu du mois de juin, le *Cassini* dut songer à reprendre sa course vers l'Inde et la Chine. M. l'abbé Cambier n'était embarqué que pour Bourbon; un instant pourtant, il espéra pouvoir

retarder une séparation qui lui brisait le cœur. Si
la corvette l'*Eurydice* était arrivée quelques jours
plus tard, le digne aumônier suivait le *Cassini* jusqu'en Chine. Le départ était bien proche, lorsqu'on
signala au mât de la direction du port un bâtiment
de guerre français; une heure après un second signal
indiqua son numéro : c'était l'*Eurydice*.

« Je vis de loin s'approcher cette corvette, écrit-il
dans son journal, et cette vue me troubla le cœur.
Que va-t-il arriver? Mon Dieu, me disais-je, n'exi-
gerez-vous pas de moi un *nouveau sacrifice*? Donnez-moi la force de l'accomplir! »

« Le 15 juin, poursuit M. l'abbé Cambier, vers
les 10 heures, une embarcation vint de l'*Eurydice*
au *Cassini*. Un élève monta à bord et remit au commandant un pli du commandant de la station. Ce
pli n'était rien moins qu'un ordre de débarquement
du *Cassini* pour passer sur l'*Eurydice* en qualité
d'aumônier de la station navale de la Réunion, et
cela dans les vingt-quatre heures. Toute réclama-
tion était inutile. Dieu me demandait un sacrifice,
je devais lui obéir; puissé-je l'avoir fait d'une manière méritoire pour le ciel! Des larmes furent ver-
sées de part et d'autre ; pour moi, je pleurai le
plus... Et quand vint le moment de la séparation,
ce n'étaient plus seulement des pleurs, mais des
sanglots que mon cœur déchiré ne put retenir.

« Le surlendemain, le *Cassini* levait l'ancre et quittait la rade de Saint-Denis. Je n'eus pas assez de courage pour le voir partir. Quand je montai sur le pont de l'*Eurydice*, on apercevait encore à l'horizon une colonne de fumée qui se perdait dans le lointain... Cette fumée venait de la machine du *Cassini*, il n'en fallut pas davantage pour faire couler de nouveau mes larmes. Je descendis dans ma chambre, et cette journée fut une des plus tristes que j'aie jamais passées depuis que j'ai pu savoir ce que c'est que la douleur et les peines du cœur. »

Ces lignes, que nous avons tenu à citer, sont le plus bel éloge du *Cassini*, et on ne les lira pas sans éprouver une respectueuse sympathie pour celui qui les a écrites et qui savait aimer les âmes d'une affection si tendre et si pure dans le Seigneur.

Le 14 juillet, le *Cassini* mouillait devant Achem (Achin), capitale d'un royaume du même nom situé à l'extrémité nord-ouest de l'île de Sumatra. Il s'agissait d'obtenir satisfaction pour l'accueil peu hospitalier fait à un navire napolitain, la *Clémentine*, dont le capitaine, le second et le lieutenant avaient été victimes d'un affreux guet-apens, le tout avec accompagnement de vol et de pillage [1]. Clerc fut

1. Les pillards avaient fait main basse sur une valeur métallique de 22,000 piastres, dont le commandant du *Cassini* réclamait la restitution.

envoyé en corvée, à la recherche du sultan et de
sa capitale. Les géographes parlent d'une ville
de 20,000 âmes, d'une flotte de 500 voiles, d'une
armée de 60,000 hommes qui ont fait, de moitié
avec les Hollandais, le siége de Malacca. De tout
cela il n'aperçut aucun vestige et se demandait si
ce n'étaient pas des contes faits à plaisir. Cependant, rien n'est plus certain, les sultans d'Achem
furent assez forts au xvie siècle pour chasser les
Portugais de l'île, et ils recevaient à cette époque
des ambassades de tous les États de l'Europe. Il y a
plus : depuis la visite du *Cassini*, cette puissance
déchue a relevé l'honneur de son drapeau, et, tout
récemment, les Hollandais ont dû s'y reprendre à
deux fois et renforcer leurs bataillons pour ne pas
reculer devant elle. Ce que virent nos compatriotes
en 1851, ne faisait nullement pressentir un pareil
retour d'énergie et d'humeur guerrière.

Le premier soin de Clerc, arrivé à terre, est de se
procurer un interprète; il en trouve un qui sait
quelques mots de français et s'en contente faute de
mieux. Ensuite il se met à la recherche du sultan,
découvre son palais, non sans peine, et obtient une
audience. A peine a-t-il exposé le but de sa mission
que le monarque malais fait tirer d'un coffre un
étui, et de cet étui un papier attestant la bonne
amitié qui règne entre le sublime sultan et l'empe-

reur de France, Louis-Philippe. « Ne sachant pas trop, dit Clerc, comment témoigner du respect pour cette pièce souveraine, j'ai baisé le papier solennel. Et aux demandes qu'on me fit au sujet du roi, j'ai été très-heureux de pouvoir répondre qu'il était mort; car, de faire comprendre à ce digne sultan que nous congédions nos rois, comme on ne fait pas un domestique, cela m'a paru trop difficile ; il eût cru avoir été mystifié et que son papier n'avait aucune valeur. »

Le lendemain, audience solennelle donnée au commandant du *Cassini*, qui vient accompagné d'un nombreux état-major. Quand on demande au sultan ce qu'il fera pour punir les coupables, qui sont des hommes de Dahia, après avoir décliné toute participation aux faits qui leur sont reprochés, il répond qu'il n'y peut absolument rien. L'interprète étant incapable et le sultan mal disposé, on se sépare peu satisfait. Le jour suivant, après échange de cadeaux, le *Cassini* part pour Poulo-Pinang; là il se procure un interprète plus habile et complète sa provision de charbon ; puis, retournant à Sumatra, il passe devant Achem sans s'arrêter et s'en va mouiller en vue de Clouang.

« Il n'est pas, dit Clerc, de pays plus beau que celui-ci ; il est très-fortement accidenté et la végétation la plus riche couvre toutes les montagnes

15

jusqu'à leur cime ; les arbres y poussent pour ainsi
dire jusqu'à la mer. Nous avons défilé tout cela à
très-petite distance. Clouang en particulier est remarquable pour sa beauté. Le mouillage est entre une
île escarpée et un gros morne couvert d'arbres ; en
face est une plage basse et fertile, où se trouve une
rivière qui, ainsi que l'île et le pays, porte le nom
de Clouang. D'autres mornes, sur un plan peu reculé, ressortent sur cette plaine et font concevoir les
avantages d'un pays fertile et bien arrosé.

De Clouang, on se rend à Dahia ; et là l'interprète
est envoyé à terre, avec sept hommes de l'équipage,
pour présenter au rajah une lettre par laquelle le
commandant déclare qu'il veut atteindre les coupables sans frapper les innocents. Les deux coupables
se trouvant effectivement à Dahia, une fois l'interprète revenu à bord, on arme deux canots en guerre
et Clerc, à la tête de la compagnie de débarquement
forte de cinquante hommes, est chargé de s'emparer
du chef malais qui a commis le meurtre. Laissons-
le nous raconter lui-même cette petite expédition :

« Nous trouvons à la barre de la rivière un courant d'une extrême rapidité ; les eaux étaient gros-
sies par les pluies (occasionnées par la mousson
sud-ouest). Pendant deux heures entières nous
avons lutté sans succès contre cet obstacle inattendu, à portée de pistolet de terre ; mais j'avais déjà

vu assez les Malais à Achem pour n'être pas effrayé
de cela, d'autant plus que ce courant nous eût bientôt dérobés à leurs coups, si nous eussions voulu les
éviter. Dans cette longue lutte, j'ai une fois échoué
mon canot sur un banc de corail qui forme la barre
et qui rend le courant si rapide : j'étais déjà au-
dessus ; nous avons couru le plus grand danger de
nous remplir et de nous briser : le canot était jeté
d'un bord sur l'autre. Mais les matelots sont restés
calmes à leur place, et la main qui protége le *Cassini*, a, par une petite lame, soulevé le canot qui,
poussé par le courant, a franchi cette digue et est
revenu à l'assaut de la rivière. Enfin nous mettons
pied à terre. J'envoie six hommes avec un élève en
embuscade, et ayant pourvu à la garde des canots,
je me dirige avec le reste sur le fort de Kerjéroun-
Siadom. Il ne nous en coûte que d'ouvrir ou d'en-
foncer les portes : personne. Nous allons à son habitation : personne. Mais alors j'entends des coups de
fusil ; ma recherche est finie, je reviens inquiet au
rivage et je rencontre mon embuscade qui, malgré
des ordres formels de ne faire feu qu'en cas d'atta-
que, avait tiré sur des fuyards. Heureusement personne n'a été atteint. Nous avons passé la rivière et
fait une visite aussi infructueuse chez l'autre coupable, Etadji-Malot. Puis nous sommes revenus à
bord. Le lendemain, avant de partir, nous avons

brûlé les maisons de ces deux hommes. » Pour le
faire court, dès qu'il sut ce qui se passait à Dahia,
le sultan se montra plus traitable, et peu de temps
après il s'engageait, dans une convention par écrit
avec le commandant du *Cassini*, à poursuivre, par les
moyens en son pouvoir, les lâches agresseurs de *la
Clémentine*.

Le gouvernement napolitain, informé de ce qu'on
avait fait pour infliger aux coupables un châtiment
exemplaire, envoya la décoration de Saint-Georges
de la Réunion à M. de Plas et la croix du Mérite de
Naples à son lieutenant. Alexis ne porta jamais cet
insigne d'honneur, qui lui arriva en France au moment où il quittait l'uniforme pour se revêtir des
livrées de Jésus-Christ.

Après avoir touché de nouveau à Poulo-Pinang
et fait relâche à Singapour, le *Cassini* entrait enfin
dans la mer de Chine et, vers la fin du mois d'août,
il venait mouiller devant Macao, ville déjà presque
toute chinoise et porte du Céleste Empire. Jusque-là
Clerc avait bien rencontré sur sa route un assez
grand nombre de Chinois; il en avait vu à Bourbon
et à Sumatra comme à Poulo-Pinang et à Singapour, et il avait admiré leur aptitude remarquable à
s'établir selon leurs convenances et à porter partout la
Chine avec eux. Mais à Macao il les voyait en masse

et chez eux, et son esprit observateur promenant sur eux un regard curieux, il était frappé de leur physionomie originale et tant soit peu grotesque. Il faut pardonner cette faiblesse à un franc Parisien comme lui, mais il eut tout d'abord une véritable explosion d'hilarité et son rire alla retentir jusqu'à Paris.

« Je veux te dire quelques mots du Céleste Empire, à la porte duquel nous sommes. Je n'en ai pas vu grand'chose, mais j'ai vu des gens qui connaissent mieux la Chine que les Chinois eux-mêmes, le P. Huc, dont tu as lu l'ouvrage, et d'autres missionnaires qui ont eu des aventures analogues.

« D'abord, le plus exact modèle du Chinois, c'est le Chinois connu sous le nom de Chinois de paravent. C'est à en pouffer de rire quand on rencontre les originaux de ces portraits si cocasses. Les voyageurs ne sont pas tous véridiques, on s'en aperçoit de reste quand on visite les pays lointains leurs descriptions à la main ; mais heureusement ils n'ont pas inventé la queue des Chinois. Il est très vrai, pour désopiler la rate des étrangers, qu'ils portent tous ce meuble singulier. Notez bien que ce n'est pas une de ces petites queues de rat comme on en portait avec les ailes de pigeons ; celles-ci sont des queues d'un magnifique développement et pendent jusqu'à la cheville. Les Chinois sont très-capables de frauder ; aussi je crois qu'il y a bien des queues

qui ornent un autre chef que celui qui les a nour-
ries ; mais ils ont en général de beaux cheveux.
Enfin, à eux ou non, ils en tirent le parti de s'en
faire une cravate quand ils en sont embarrassés.

« Mais tout grotesque qu'il est, c'est un mar-
chand fin, actif et économe que le Chinois, et aussi
un ouvrier que l'on ne peut surpasser. Ce caractère
est très-remarquable. Le Chinois vit avec un peu
de riz, il porte des vêtements de très-peu de valeur
et l'on peut dire qu'il réunit les contrastes : il est
paresseux et aussi très-actif, très-sobre et très-
gourmand, très-ingénieux et très-borné, mais il est
surtout fin et insinuant. On fait grand bruit de l'é-
tablissement que les Anglais ont fondé à Hong-
Kong ; je crains que le bénéfice n'en soit pas pour
eux. A coup sûr, les gros mandarins qui, après
s'être enrichis, courent la chance presque certaine
d'être au moins exilés et dépouillés, sinon pis, feraient que sage de sauter à Hong-Kong, qui est si
près, et d'y acheter quelque palais.

« Les Anglais entendent, il est vrai, parfaitement
la colonisation, et ils ont découvert que la première
condition était que les colons pussent vivre de la recherche de ce qu'ils appellent le confort ; tandis que
nous sommes campés dans nos colonies, eux son
établis, et ils ont grandement raison : ces climats
n'arrivent que trop vite à nous énerver. Mais à Hong-

Kong ils ont dépassé, je crois, ce qui est bien, et
bâti une ville de palais. Telle maison de commerce
a, par exemple, dépensé pour la construction de ses
bureaux 150,000 piastres (la piastre vaut ici 6 fr. 25).
Il faut faire beaucoup de marchés pour couvrir de
telles avances et des frais généraux à l'avenant.
Aussi les étrangers anglais et américains — ce sont
à peu près les seuls — font-ils seulement le grand
négoce, et tout le reste est fait par les Chinois. Mais
je crois que ce sont les fourmis blanches de la ville,
et qu'elles la mineront. »

Ce qui le frappe par-dessus tout, c'est la supériorité des Chinois dans le commerce de détail et la
petite industrie : « Les épiciers de Paris, à qui de
mauvais plaisants ont fait une réputation drôla-
tique, ne sont que des écoliers au prix. L'habileté
des Chinois aux ouvrages des artisans est très-remarquable ; il est étonnant de voir le bon marché
de certains travaux en bambous. »

Mais le jugement d'ensemble est moins favorable : « Toutes ces petites qualités ne font pas une
petite vertu et, en somme, c'est un misérable peuple
qui, d'artisan, n'a jamais pu et ne pourra jamais
devenir artiste ; qui n'a et n'aura jamais la vertu, le
courage militaire ou civil, et qui, de la mesquine
érudition où il s'élève, n'atteindra jamais à la
science ; qui vit dans l'abaissement du paganisme le

plus matériel, le plus étroit, le plus sot, pendant que, depuis plus de deux cents ans, il n'a pas cessé d'être évangélisé par des prêtres catholiques. »

A ce portrait peu flatté, Clerc ajoute certains traits moins déplaisants dans la lettre suivante, également datée de Macao (29 novembre 1851) : « S'il est un spectacle extraordinaire pour nous, qui poussons l'ardeur de l'aventure, la soif de la nouveauté jusqu'à l'horreur de la tradition, c'est, à coup sûr, ce peuple immobile qui en est à la stupide adoration de l'usage quand même il le sent et le reconnaît mauvais. Politiquement et philosophiquement, c'est le trait caractéristique de ce peuple. C'est aussi le secret de sa vie, et, sans contredit, la Chine est une éclatante démonstration de la grande importance de la fixité dans les institutions. Telle a été la cause de la conquête que la Chine a faite de tous ses conquérants. Pour certaines personnes, — pour qui le mot de patrie ne signifie guère que le sol que nous foulons, et qui conçoivent la patrie indépendante des gloires et des institutions du passé, — cet exemple remarquable serait la meilleure preuve que c'est précisément là qu'est la source de la longévité des nations. »

La vie que menait Clerc à Macao n'était pas tout à fait oisive ; il savait trouver de l'occupation partout, et il avait avec lui ses livres, ses chers livres, sa Somme de saint Thomas, les œuvres de saint Bernard en latin, que sais-je enfin ? certainement une partie des œuvres de Bossuet ; témoin un cahier couvert de son écriture, portant cette indication : *à bord du Cassini*, et contenant une analyse très-détaillée de la *Connaissance de Dieu et de soi-même*.

« Le *Cassini*, écrivait-il, est depuis ma dernière lettre en mouillage à Macao. Les événements que tu désires que je te marque sont donc très-peu importants. C'est la vie ordinaire d'un bâtiment : des exercices de toutes sortes. Cependant je dois dire, car j'en ai une grande joie, que tu partageras, j'espère, que tous ces travaux ne sont pas stériles, et que le bâtiment commence, à bon droit, à être fier de lui. Il peut se flatter que tout autre ennemi de même force n'aurait pas beau jeu à s'y attaquer. Je le dis d'autant plus volontiers que *tout* (ce mot est souligné par lui) l'honneur en revient au commandant, qui est le plus accompli des chefs. »

En bon chrétien, le commandant de Plas renvoyait à son lieutenant Clerc une grande partie de l'honneur. Nous n'avons pas compétence pour décider cette question entre eux, et nous constatons seulement qu'ils vivaient en parfaite harmonie de vues et d'action, ce qui, sans doute, était pour beaucoup dans le résultat si satisfaisant dont chacun d'eux attribuait généreusement le mérite à l'autre.

Le zèle religieux de Clerc trouvait amplement à
s'exercer sur un bâtiment dont le personnel était
parfaitement choisi, mais où plusieurs, particulièrement parmi les jeunes officiers et les élèves de marine, avaient besoin d'être raffermis dans la foi et
doucement attirés à la pratique. Avant tout, notre
lieutenant prêchait d'exemple, et la grande charité
dont il usait envers ses camarades leur inspirait une
sympathie qui devait ajouter beaucoup d'efficace aux
insinuations de son zèle. « Dès que nous avions jeté
l'ancre dans un port, racontent des officiers de marine, qui ont navigué avec lui, et quand la permission d'aller à terre était donnée, M. Clerc avait l'habitude de s'offrir pour remplacer l'officier *de quart*,
afin de lui laisser la liberté de profiter immédiate-
ment d'une permission si agréable à tous les marins.
Et lorsque M. Clerc descendait lui-même à terre, si
nous le suivions à quelques pas de distance, nous
étions assurés de le voir bientôt entrer dans une
église, car sa première visite était toujours pour le
bon Dieu [1]. »

Sa piété fut servie à souhait pendant son séjour à
Macao, car MM. les Lazaristes y avaient leur procure et les Sœurs de Charité y étaient établies depuis
quelque temps. Il y avait aussi dans cette ville

1. Témoignage recueilli par le P. Thébault, de la bouche de
deux officiers, à bord de l'*Erigone*, en 1855.

deux Pères Dominicains, faisant les fonctions de procureurs pour les missions de leur ordre en Cochinchine. Alexis ne tarda pas à se lier avec les missionnaires espagnols et français. Pendant un second séjour qu'il fit à Macao, les Lazaristes étant partis pour Ning-po (juin 1852), il entra dans une plus grande intimité avec les Pères espagnols Ferrando et Fuixa, et il eut la satisfaction de trouver en eux des hommes qui joignaient une rare instruction à une solide piété.

L'un de ces religieux, le P. Ferrando, voulait bien se rendre à bord du *Cassini* pour y célébrer le saint sacrifice de la messe. Il y venait par tous les temps, bons et mauvais, et même lorsque la mer était fort grosse. Le lieutenant Clerc servait la messe en uniforme, après avoir fait défiler la compagnie de débarquement qu'il commandait. Il garda cette habitude pendant toute la campagne, alors même qu'il y avait parmi les passagers des Frères des écoles chrétiennes tout disposés à le remplacer dans cet emploi pour lequel leur habit semblait mieux fait que le sien. Sur quoi le commandant du *Cassini* ajoute avec beaucoup d'à-propos : « L'esprit fin et la charité sans mesure d'Alexis Clerc, toujours prêt à obliger ses camarades, rendaient possible chez lui ce qui, chez d'autres, aurait été peut-être l'occasion de taquineries, sinon de querelles de la part des officiers. Mais il n'en fut jamais ainsi. »

On soupçonnera, et à bon droit, le commandant de Plas d'être tant soit peu partial pour son cher lieutenant. C'est pourquoi nous invoquerons le témoignage d'un marin beaucoup plus jeune, alors simple élève de marine. A cet âge, on est très-observateur et l'on ne pêche guère par excès d'indulgence.

« Dès que je fus à même de connaître M. Clerc, nous dit ce dernier témoin, je le vis ce qu'il a été toute la campagne : actif et vigilant au service, simple et aimable dans ses relations, maître de lui-même, fidèle à la pratique de ses devoirs religieux sans ostentation comme sans respect humain. Sa démarche avait dès lors contracté quelque chose de ses dispositions intérieures. Il avait le pas ferme de l'homme qui a un grand but à atteindre et un long chemin à parcourir. Ses yeux étaient le plus souvent modestement baissés. »

Ce qui suit anticipe sur le séjour en Chine, mais il importe assez peu ; ce que nous cherchons ici, c'est l'homme, son caractère, l'unité de ses sentiments et de sa vie.

« Durant nos tournées, quand, à notre arrivée, il y avait quelque dîner ou quelque soirée, M. Clerc les évitait en tant que faire se pouvait. Toutefois, s'il y avait là un devoir à remplir, un service à rendre, il le faisait de bonne grâce, avec cette gaîté et cette amabilité qui ne l'ont même pas abandonné dans le triste séjour de Mazas. Il ne descendait que rarement à terre par distraction ; il était le plus souvent dans sa cabine, travaillant et lisant. C'est ainsi qu'il s'essayait à la vie nouvelle de renoncement qu'il voulait embrasser. »

Ces lignes nous viennent de la chartreuse de Reposoir, en Savoie, où M. S. de G'**, qui nous les adresse, achève sa carrière parmi les enfants de saint Bruno, après avoir atteint lui-même le grade de lieutenant de vaisseau. Rare et singulière rencontre ! Ces trois marins, d'âge et de grade différents, M. de Plas, commandant du *Cassini*, Alexis Clerc, son lieutenant, et M. de G***, l'élève de marine, tous les trois, un peu plus tôt, un peu plus tard, devaient dépouiller les livrées du siècle et se consacrer à Dieu dans l'état religieux. Deux Jésuites et un Chartreux, ce n'est pas mal pour un seul état-major ! Clerc était alors le seul des trois à peu près fixé sur sa vocation. Il se trouvait là, comme on voit, en bonne et digne compagnie, et ne s'était pas trompé en disant à qui voulait l'entendre, avant de s'embarquer sur le *Cassini*, qu'il allait y faire un premier noviciat.

Pendant plus d'une année, le *Cassini* ne put s'éloigner de Macao, où il avait son mouillage, que pour y revenir stationner longuement, sans utilité pour la mission qu'il avait reçue au départ. Cette inaction si contraire à tout ce qu'on s'était promis,

à tout ce qu'on était encore résolu à faire, fut pour
le commandant de Plas et ses généreux compagnons
la plus rude de toutes les épreuves. Les nouvelles
qui leur arrivaient de l'intérieur n'étaient pas faites
pour calmer leur impatience. La Chine, ils ne pouvaient en douter, était en pleine révolution, en
proie à tous les maux de la guerre civile. Les insurgés, favorisés par un certain réveil d'esprit national,
non-seulement tenaient en échec les troupes impé-
riales, mais gagnaient tous les jours du terrain et
menaçaient d'une ruine complète la dynastie tartare. De leur côté, les impériaux ne respectaient
nullement les garanties tant de fois stipulées en faveur des chrétiens, et nous avions tout sujet de leur
demander compte de graves et récentes infractions
aux derniers traités. Quelle que fût l'issue de la lutte,
la France, qui protégeait surtout des intérêts mo-
raux, pouvait être l'arbitre de la situation. Ce que
l'Angleterre avait fait, peu d'années auparavant,
dans l'intérêt de son commerce, — le commerce im-
moral de l'opium, — une grande nation catholique
ne pouvait-elle pas le faire avec cent fois plus d'honneur pour ses missionnaires et leurs néophytes? Si
nous évitions d'intervenir dans la politique intérieure du Céleste Empire, il nous restait à remplir
un devoir d'humanité compatible avec la plus stricte
neutralité, et personne au monde ne pouvait nous

empêcher de faire la police du littoral où refluait toute l'écume des provinces voisines et où, dans le piteux désarroi des autorités locales, régnait un brigandage effréné qui pouvait se promettre toute espèce d'impunité.

Monter un navire de guerre armé de bons canons, être en mesure de débarquer d'excellentes troupes, dont la seule vue suffirait pour mettre en fuite les malfaiteurs, et avec cela être réduit, par ordre, à l'immobilité, avouez que pour des marins français qui avaient le cœur bien placé c'était un cruel contre-temps.

Le commandant du *Cassini* n'y pouvait rien, car, depuis qu'il était dans les eaux de Macao, tous ses mouvements dépendaient du commandant de la station, son supérieur hiérarchique. Celui-ci avait-il lui-même toute liberté d'action et ses instructions lui laissaient-elles les coudées franches? Nous n'en savons rien. Notons seulement ceci en passant. Trop souvent nos braves marins, après avoir pris d'urgence un parti énergique dicté par l'honneur et le devoir, ont été mal récompensés de leur zèle et le gouvernement ne leur a pas toujours épargné les plus pénibles désaveux. Quoi d'étonnant qu'ils déclinent, dans l'occasion, une responsabilité toujours onéreuse et qui n'est pas sans danger? Et puis, — autre cause de faiblesse, — nos révolutions perpé-

tuelles, nos changements à vue de gouvernements et
de ministères sont la chose du monde la plus propre à déconcerter ceux qui ont l'honneur de repré-
senter la France et de gérer ses intérêts à quelque
mille lieues de Paris. Tout à l'heure, on l'a vu, le
lieutenant Clerc était dans un grand embarras en
présence du sultan d'Achem qui mettait sous ses
yeux un traité d'alliance portant la signature du roi
Louis-Philippe, et il n'avait garde de lui apprendre
que Louis-Philippe, *renvoyé comme on renvoie un
domestique*, était mort en exil, laissant derrière lui
la république. Eh bien! du petit au grand, c'est
toujours la même chose chaque fois que nous nous
passons l'envie de faire une révolution, et le *Cassini* l'éprouvait une fois de plus pendant ce long
mouillage de Macao ; car la république de 1848,
vaincue à son tour, cédait déjà la place à l'empire, préparé par le coup d'état du 2 décembre.
Pour des gens qui avaient reçu leur mission d'un
ministère sérieux et honnête après tout, celui dont
faisait partie le noble amiral Romain Desfossés, la
nouvelle de ce qui se passait à Paris n'avait rien
d'encourageant et la première impression dut être
des plus pénibles. Un exemple entre beaucoup
d'autres. On fondait de grandes espérances, à Canton et à Chang-haï, sur l'action d'un diplomate expérimenté, M. de Bourboulon, qui devait, d'après ses

instructions, réclamer l'exécution des traités passés entre la France et la Chine et très-probablement obtenir quelque chose de plus. Mais, à l'annonce du coup d'état, ce haut personnage s'exprima en des termes tels que tout le monde regarda sa démission comme certaine. Heureusement, quand la situation fut éclaircie, tout s'arrangea pour le mieux; M. de Bourboulon resta à son poste et reçut, avec le titre de ministre plénipotentiaire, de nouveaux pouvoirs dont il sut faire un usage excellent. Mais la diplomatie française n'en avait pas moins été, pour un temps, complétement paralysée.

La première lettre d'Alexis après la nouvelle du coup d'état porte la date du 2 février 1852. Voici comment il s'exprime à ce sujet.

« Nous avons appris la nouvelle du coup d'état du président de la République par les journaux étrangers, qui nous paraissent fort mal informés, probablement à cause de la suppression des journaux de Paris. Aucune lettre ni journal ne nous est arrivée. Tous nos paquets nous attendent à notre centre de station, Macao, et nous irons incessamment les recevoir.

« Je ne voudrais pas avoir fait partie de l'armée de Paris pendant cette audacieuse usurpation. Quant au suffrage universel, qui vient absoudre de telles prétentions, je n'ai pas attendu jusqu'ici pour le juger un déplorable *critérium* du droit ; cependant il faudra bien s'en rapporter à lui, si la grande majorité se prononce. Dans le chaos et l'anarchie où nous nous débattons, ce suffrage me paraît, tant qu'il n'attentera pas à la loi divine, le seul point, non pas de droit, mais de fait, qui puisse indiquer où réside le gouvernement de la France. Mais tout cela, comme le gouvernement de février, ou la république qui en est sortie, c'est, à mon avis, des gouvernements de fait, à qui l'on doit obéissance sous bénéfice d'inventaire, je veux dire tant qu'il n'y aura rien de mieux, sans cependant me reconnaître, si leurs actes n'y forcent pas, le droit de désobéissance et le devoir de quitter le service. Je resterais donc au service, même en supposant que je fusse en France, où ma démission serait possible, au lieu d'être ici. Mais je ne prêterai aucun serment de fidélité à ce nouveau personnage.

« L'habitude où Jules se trouve d'être en Allemagne au mois de décembre me laisse espérer, jusqu'à ce que j'aie des nouvelles, que vous êtes l'un et l'autre sains et saufs.

« Je n'accorde pas beaucoup de crédit aux récits que nous connaissons, et ils sont trop écourtés pour que l'on puisse en juger ; mais, d'après eux, je suis assez en peine de savoir avec quels hommes le président va gouverner.

« A mon sentiment, ce prince sera bien l'héritier de la politique de son oncle et leurs destinées auront quelque chose de très-comparable ; le premier a été la réaction contre les jacobins, celui-ci est pris pour combattre les socialistes. Il y a encore pour lui un beau rôle à jouer. Je n'ai pas la confiance qu'il ait ni la volonté ni la force de le remplir. » C'était voir de loin et juste. Malheureusement cette clairvoyance était peu commune. La France, affamée d'autorité, ne mesura pas sa confiance à un prince dont le passé n'avait rien de rassurant ; théoricien hardi autant que creux, toujours prêt à recommencer sa vie d'aventure en risquant non plus seulement sa liberté, ou sa tête, mais la fortune, mais l'existence même du pays qui l'avait pris pour chef et acclamé comme un homme providentiel !

Une lettre du 27 mars contient les lignes suivantes : « Mon cher père, nous allons arriver à Macao pour profiter du départ du courrier. Ma dernière lettre est de Batavia. Nous y avons reçu des nouvelles d'Europe jusqu'au 26 décembre, et l'espèce de consentement que le suffrage universel est venu donner comme sanction au coup d'état du président. Les étrangers que nous avons vus depuis ont tous l'air de croire que c'est là un mieux dans notre état. Pour nous il y aura, quand même nous en tirerions profit, une sorte de honte d'être tombés si bas qu'il ne faille pas un César d'un plus noble aloi pour nous dominer. »

Et une lettre du 13 avril : « Tu me parles avec douleur des proscriptions présidentielles. Sans plaindre beaucoup les soi-disant victimes, je déplore cette sévérité dictée par les sept millions cinq cent mille suffrages. Mais je suis dégoûté de l'espèce de curée que lui donnent certains journaux. Il n'est plus besoin d'exciter le pouvoir à la rigueur ; il est assez armé pour n'avoir pas besoin de ce faible appui de la voix d'un journaliste. »

Une réflexion glissée dans la lettre suivante n'est pas sans valeur, au moins comme argument *ad hominem.* « Je vois, par tes lettres, que tu regrettes beaucoup le gouvernement républicain. En réservant mon opinion personnelle, qui est de nul poids dans l'affaire, il me semble que sa base est le suffrage universel, et que les plus républicains sont ceux qui, après ces votes répétés de décembre et des élections à l'assemblée législative, doivent le plus regarder le nouveau gouvernement comme légitime. »

Au moment où il écrivait ces lignes, Clerc revenait d'un voyage à Manille, enchanté de tout ce qu'il avait vu et en particulier d'un régime colonial qui, pour n'avoir rien de républicain, n'en était pas moins civilisateur.

« C'est ici, je crois, le type de toutes les colonies
faites ou à faire. Les Espagnols ont infusé aux Ta-
gals leurs qualités dominantes, l'attachement à la foi
et l'esprit militaire. Si on ne voyait la couleur un
peu foncée de la peau, à la manœuvre des troupes,
à leur démarche assurée, on croirait voir des soldats européens. Leur bravoure a été souvent éprou-
vée et n'a jamais fait défaut lorsqu'ils ont été conduits par des officiers espagnols. Par une coïnci-
dence qui peut paraître singulière, les Espagnols
ont retrouvé ici pour ennemis les musulmans et ils
se battent contre les *Moros* comme ils faisaient chez
eux du temps de la fameuse Isabelle. » Les *Moros* en
question ne sont autres que les Malais des îles Soloo
(ou Solo, comme disent les Espagnols), brigands de
mer qui exercent la piraterie sur toutes les côtes et
emmènent en captivité des populations entières.
Dans la dernière expédition des Philippins contre
ces forbans, on avait vu se joindre aux troupes régulières des volontaires levés, instruits, disciplinés,
conduits et commandés par leur curé, le P. Hanez,
de l'ordre des Augustins. « Ils montaient, raconte
Clerc, une flottille qui s'est réunie à San-José, à
celle du général Urbiztondo. Je m'imagine facilement l'allégresse qu'a dû causer cette réunion et la
confiance que le général devait prendre dans l'exécu-

tion d'un projet auquel le peuple s'associait si chaudement. Cette petite croisade, grâce à la simplicité
des croisés, — qui ne se doutaient pas du beau titre
que je leur donne et qu'ils méritent, — et à la vigi-
lance du pasteur, donna le modèle d'une armée chrétienne. Ils remplissaient tous leurs devoirs de religion
comme s'ils eussent été dans leur pays. Le jour de
l'action venu, le P. Hanez, qui les commandait toujours, les conduisit à l'assaut en même temps que
M. Garnier (officier français d'un rare mérite) ; il y
reçut un coup mortel et expira peu après. »

Enfin, après une longue attente, Clerc va être
soulagé du poids de son inutilité. Le *Cassini* ira
à Chang-haï, de conserve avec la *Capricieuse*, corvette à voiles à laquelle il servira de remorqueur.
A bord de la *Capricieuse*, commandée par M. de
Rocquemaurel, chef de la station, s'installe la légation française, composée du ministre, de sa femme,
de son secrétaire et d'un interprète. Quant au *Cassini*, il porte le procureur des Lazaristes et dix Sœurs
de Charité, pieuse colonie que l'on débarquera à
Ning-po. L'horizon s'est donc éclairci, et une douce
joie brille à bord ; on en retrouve les reflets dans la lettre
suivante : « Cette traversée, par le charme des vertus aimables de nos passagères, a été la plus agréable que nous ayons faite. Ce parfum de sainteté que
les communautés religieuses conservent précieuse-
ment et que le monde ignore, nous était offert, et

rien n'est doux et touchant comme ce dévouement si complet et si simple des filles de la Charité. Cette absence de tout petit manége féminin, ce désir de s'employer pour rendre service et non pour paraître utile, cette gaîté si douce et si égale, ce sont là des qualités qui faisaient de leur commerce un plaisir pour chacun de nous. Quant à leur piété profonde, leur dévotion éclairée, il ne m'appartient pas d'en faire l'éloge ; c'est cependant là le secret de toutes leurs autres qualités, la source d'où s'écoulent ces ruisseaux limpides et, plus exactement, la souche qui nourrit ces rameaux féconds. »

Clerc satisfait ici lui-même « ce désir de s'employer pour rendre service, et non pour paraître utile, » qu'il admirait dans les filles de la Charité. Il ne nous dit pas, et pour cause, comment leur débarquement s'est effectué. Mais le commandant du *Cassini*, qui n'a pas les mêmes raisons de se taire, nous raconte ainsi le fait en détail : « Alexis Clerc rendit d'immenses services au commandant du *Cassini* durant toute la campagne. Je n'en indiquerai que quelques-uns des plus marquants. En juin 1852 le *Cassini* dut recevoir à bord le R. P. Guillet, Lazariste, supérieur des Sœurs de la Charité, ainsi que dix Sœurs destinées pour Ning-po. Le bâtiment ne se prêtait guère à cette destination ; mais, grâce à la simplicité des bonnes Sœurs et à la courtoisie pleine

de convenance de l'état-major, les choses se passèrent aussi bien que possible, et le *Cassini* put
débarquer son précieux chargement à Ning-po.
Ce n'était pas facile de mettre à terre des femmes européennes dans une grande ville très-peu-
plée[1]. On pouvait même craindre une sorte d'émeute
lorsque les autorités et la population sauraient que ces
femmes étaient des religieuses. Il fut donc décidé que
leur débarquement aurait lieu la nuit dans un lieu
peu fréquenté, où des chaises à porteurs pourraient
les soustraire tout de suite aux regards des curieux.
Alexis Clerc se chargea de l'opération et fut secondé
par M. Joyant de Couesnongle, son ami, officier
d'administration. Tout réussit à point. Le temps
pluvieux fut même regardé comme une circonstance favorable, et vers 10 heures du soir les Sœurs
étaient installées dans la maison qui leur avait été
destinée. »

Après une navigation laborieuse, on arrive à
Chang-haï. Alexis annonce à son père cette bonne

1. La population de Ning-po, ou mieux Ning-po-fou (car
c'est une ville de première classe), s'élève à cinq cent mille
âmes.

nouvelle : « Nous sommes arrivés le 28 (juin) à Chang-haï, le port le plus au nord de ceux qui sont ouverts aux Européens, et celui par lequel la Chine sera probablement le plus entamée par l'Europe. D'abord, l'importance commerciale de ce point, déjà très-grande, est dans une voie d'accroissement dont on ne peut apprécier le terme. La ville de Chang-haï est du second ordre; elle est située sur le Wam-pou, affluent du Yang-tsé-Kiang. C'est un pays parfaitement plat et formé par les alluvions du fleuve. Du haut d'une pagode à neuf étages, à deux lieues de Chang-haï, on voit quelques buttes qui sont un lieu de promenade pour les Anglais. Ces plaines immenses sont sillonnées par un nombre infini de canaux. Les canaux sont les vrais chemins de la Chine; nous n'avons aucune idée en Europe de la profusion avec laquelle ils sont répandus ; ils servent beaucoup pour l'irrigation. Les champs sont bien cultivés et il n'est aucun terrain perdu que celui des tombeaux. »

Voilà tout ; de la mission des Jésuites, pas un mot. Alexis a sans doute ses raisons pour ne pas attirer prématurément son père sur ce terrain brûlant;

16

car déjà il doit pressentir que son séjour dans cette
mission, terme heureux et béni d'un si long voyage,
ne sera pas sans résultat pour la grande affaire de
sa vocation.

CHAPITRE VIII.

UNE CONVERSION A BORD DU CASSINI.

Pendant sa longue campagne dans les mers de
Chine, ayant toujours son centre de station à Macao,
le *Cassini* alla mouiller trois fois dans le port de
Chang-haï : en juin 1852, en mars 1853, et enfin,
une dernière fois, au mois de septembre de la même
année ; ce fut alors qu'il put offrir une protection
efficace aux établissements européens et en particulier à la mission française, placée sous le feu de
deux armées. Au second de ces trois voyages se rat-
tache l'intéressant épisode qui fera l'objet du présent
chapitre.

Avec ses qualités si sympathiques et son zèle enflammé, Clerc était partout un grand convertisseur,

et tel il s'était montré, on le sait déjà, à Lorient et
à Brest aussi bien qu'à Indret. Mais à bord du
Cassini, dans une réunion choisie d'officiers et d'é-
lèves de marine, l'occasion de faire du bien aux
âmes était pour ainsi dire de tous les jours, de tous
les instants; la saisir au vol sans se rendre importun, savoir attendre l'heure de la grâce pendant
des mois et même des années, en quoi il était secondé
par la durée de l'expédition, telle fut la ligne de
conduite qu'il suivit, non sans succès.

J'en recueille un premier témoignage dans la
lettre que j'ai déjà citée et qui m'arrive de la chartreuse de Reposoir. Attaché à l'expédition en qualité d'aspirant de marine, le jeune M. de G***, qui
avait reçu une éducation parfaite, n'était pas bien
loin du royaume de Dieu, et s'il négligeait depuis
quelque temps la pratique, si même sa foi s'était
obscurcie, il n'était heureusement ni incrédule ni
sceptique. Mais, comme ce paralytique de l'Évangile,
incapable de s'arracher à une mortelle torpeur, il
attendait *un homme*, un homme qui lui tendît la
main pour le plonger dans la piscine. Clerc fut cet
homme providentiel, et M. de G***, aujourd'hui
Chartreux, lui garde une reconnaissance éternelle.

« Je dois, nous écrit-il, rapporter ici un trait que
la reconnaissance ne me permettra jamais d'oublier
et vous expliquer comment la Providence s'est servie

de M. Clerc pour me ramener dans la voie du salut.
Depuis trois ans environ je n'approchais plus des
sacrements malgré les bons exemples que j'avais
sous les yeux. J'avais même éludé quelques tentatives faites à ce sujet par un Père missionnaire.
M. Clerc, comprenant ce que ma position pouvait
avoir de dangereux à cet âge, où trop souvent on
quitte le bien pour suivre aveuglément le mal, et
sachant en outre que mon éducation avait été très-
chrétienne, m'aborda un jour franchement et me
mit en peu de mots sur ce sujet. Se promenant avec
moi depuis quelques instants sur le pont du bâtiment, il me dit avec le sourire qui animait ses conversations les plus sérieuses : « Enfin, dites-moi
comment il se fait que vous ne pratiquez plus. Avec
l'éducation que vous avez reçue et la foi que vous
avez certainement, je ne vois réellement pas ce qui
peut vous retenir. » Comme je lui fis observer que
j'avais des doutes (suite probable de tout ce fatras
de mauvaises lectures qu'on fait dans le monde sans
scrupule et sans remords), il me dit vivement :
« Est-ce bien cela ? — Oui, lui dis-je. — Si ce n'est
que cela, reprit-il, que ne le disiez-vous plus tôt ?
Je vous donnerai de quoi vous éclairer. » Il me
donna en effet les *Études philosophiques* de M. Auguste Nicolas, que je lus attentivement. Dès que
j'arrivai au conseil de prier, je priai, et le voile

tomba. Combien je dois sans doute en cela aux
prières de M. Clerc! Dieu veuille l'en récompenser
au gré de mes désirs! Quelques jours après je repris
la bonne voie, qui, après quinze années, m'a conduit pas à pas à l'abri du cloître. »

Cela est bien simple, n'est-ce pas, mais c'est une
grande chose dans l'ordre du salut. Nous tous, qui
avons la foi et qui nous flattons d'aimer notre prochain comme nous-mêmes, combien d'occasions
semblables ne laissons-nous pas échapper, faute d'é-
pier les moments de la grâce, mais surtout faute de
connaître le prix d'une âme.

Toutes les conversions n'étaient pas si faciles,
même parmi ces aspirants de marine, la plupart,
mais non pas tous, élevés par des maîtres et des parents chrétiens. Avec tels et tels une première ouverture était chose très-hasardeuse, et, la glace une
fois rompue, il fallait bien se garder de presser
trop vivement le récalcitrant et d'engager la lutte
corps à corps. Trop souvent le zèle du prêtre, du
missionnaire y échouait. En sa qualité d'officier,
Clerc avait plus d'accès et le service du bord lui
offrait des facilités précieuses. C'est là un des grands
secrets de l'apostolat; rien ne nous le fait mieux
comprendre que l'exemple si doux et si puissant de
Notre-Seigneur annonçant le royaume de Dieu dans
les villes et les bourgades de la Judée. Voyez-le au

puits de Jacob, se manifestant à la Samaritaine et allumant dans le cœur d'une pauvre pécheresse la soif de cette eau vivifiante qui rejaillit jusqu'à la vie éternelle. Combien de fois n'a-t-il pas ainsi recueilli sur sa route et ramené au bercail les brebis errantes de la maison d'Israël !

Ce fut encore sur le pont du bâtiment, où Clerc était de quart avec un autre aspirant, — celui-là très-égaré, — qu'eut lieu le sérieux entretien à la suite duquel ce jeune homme s'avoua vaincu et rendit les armes. Laissons l'heureux converti nous raconter lui-même en toute sincérité sa propre histoire, depuis l'époque de son fatal endurcissement jusqu'à l'heure à jamais bénie où la grâce, contre laquelle il regimbait, triompha de ses longues résistances.

RÉCIT DE L'ASPIRANT DE MARINE.

Je n'ai pas eu le bonheur d'être élevé dans le respect de la sainte religion catholique ; cependant j'en reçus au collége les notions premières et ce fut avec une ferveur plus vive et plus sincère que durable que je reçus pour la première fois à douze ans et demi la sainte communion. Cette première fois devait, hélas ! être presque la dernière, pour un long temps du moins.

A la fête de Pâques qui suivit ma première communion, j'étais déjà profondément gâté par le respect humain, et si, à cette occasion, j'approchai une fois de la sainte table, ce fut à l'invitation des religieuses de l'infirmerie, où je me trouvais dans ce moment, et sans doute le Dieu d'amour ne trouva plus dans mon cœur qu'une bien chétive flamme trop refroidie déjà pour qu'il pût l'aviver.

De ce jour les ténèbres s'épaissirent de plus en plus autour de mon âme et, après avoir rougi d'abord d'un moment de naïve piété, j'en vins bientôt à me faire une misérable gloire d'afficher l'impiété par mes actes comme par mes discours.

Je passai du collége à une école préparatoire, puis à l'école navale. A dix-neuf ans enfin je pris la mer en qualité d'aspirant. Dieu, dont la miséricorde et la sagesse sont également insondables, avait sans doute préparé mon salut, en quelque sorte avant que je ne commençasse à me perdre ; car, dès l'âge de sept ans, j'avais, sans que rien y semblât pouvoir donner lieu, annoncé la volonté d'être marin.

A l'école navale je rêvais de faire sur les côtes de Chine mon premier voyage, et ce fut à ma demande et pour satisfaire ce désir que moi, contempteur public de toutes les choses saintes, je fus embarqué sur le *Cassini* commandé par M. de Plas, comptant parmi ses officiers M. Clerc, lieutenant de vaisseau, et parmi ses aspirants, mes camarades d'école, de G***, aujourd'hui Chartreux : j'étais encore un loup furieux et cependant le Seigneur me faisait entrer dans son bercail.

Outre de G***, deux ou trois de nos communs camarades étaient sinon affermis comme lui dans la foi, au moins observateurs réguliers des devoirs essentiels de la religion. C'était pour moi une raison de proclamer plus hautement et plus bruyamment mon impiété. Il n'était plaisanteries cyniques, propos obcènes, blasphèmes horribles, qui ne sortissent de ma bouche à tout instant.

Notre navire portait à l'île de la Réunion, Mgr Desprez, évêque nommé de cette île, avec plusieurs prêtres et des religieuses, et en Chine Mgr Vérolles, évêque de Mantchourie, ainsi que plusieurs prêtres des Missions étrangères.

La présence de ces personnes consacrées à Dieu irritait mon humeur antireligieuse.

Nous étions en mer à la fête de Pâques. Seul de tout le personnel du bord, je m'abstins d'assister à la messe qui fut célébrée avec une grande solennité, et j'étais très-fier de me voir seul parmi tant de personnes complétement *exempt de sots préjugés* et *courageusement indépendant*.

Il n'était resté dans mon cœur qu'une certaine sympathie pour les religieuses, sans doute simplement parce qu'elles étaient femmes, et le bon Dieu n'avait point à me tenir compte d'un sentiment dont il n'était pas l'objet. Cependant il semble que la miséricorde divine se soit donné à elle-même ce *prétexte* pour faire une tendre violence à mon âme rebelle.

Nous eûmes, dans les mers de Chine, à transporter pendant quelques jours les Sœurs de Saint-Vincent de Paul qui, de Macao, allaient s'établir à Ning-po. Ayant eu un jour l'occasion de descendre à terre en même temps qu'elles sur une des îles de la côte, je cueillis quelques fleurs pour les leur offrir. J'ai su depuis que ces bonnes et saintes filles avaient prié particulièrement pour moi à partir de cette époque.

Il y avait près de deux ans que nous avions quitté la France, quand, au mois de janvier 1853, nous eûmes occasion de séjourner quelque temps dans les eaux de Canton. Le commandant de Plas, qui avait fait établir une chapelle à bord et ne la laissait jamais manquer de chapelain, fit venir l'abbé Girard, prêtre des Missions étrangères, mort depuis au Japon et établi alors dans une maison flottante au milieu du fleuve.

L'abbé Girard, dont le cœur était dévoré de zèle pour le salut des âmes, se sentit attiré vers moi et, comme je l'ai su depuis, exprima à M. Clerc le sentiment que je lui inspirais et le désir qu'il concevait

de tenter ma conversion. Le pauvre M. Clerc, qui
avait eu depuis deux ans le loisir de connaître mes
dispositions, ne cacha point, paraît-il, qu'il n'entre-
voyait aucune chance de réussite. Cependant l'abbé
Girard, que le bon Dieu avait choisi pour être auprès de moi le premier messager de sa miséricorde,
ne se rebuta point; il m'attira un jour dans la cabine
que le commandant avait mise à sa disposition et,
sous prétexte de reconnaître si une certaine sténo-
graphie qu'il savait employée par moi était la même
qui lui avait été autrefois enseignée, il m'invita à
traduire devant lui une petite lettre qu'il avait écrite
à mon intention. C'étaient, vous le devinez, de
sages avis et de sérieux avertissements : il m'an-
nonçait au nom de la bonté divine que la grâce
me visitait et s'offrait à moi dans ce moment, mais
que, repoussée, elle ne reviendrait jamais peut-être.
Cet avis, qui bien d'autres fois m'avait été donné et
n'avait point ébranlé mon impiété, ne m'émut pas
beaucoup plus alors; cependant je me souviens que
j'eus comme un moment d'hésitation, comme un
léger trouble intérieur, trouble passager que j'avais
ressenti quelquefois déjà lorsque mes lèvres jetaient
à Dieu quelqu'un de ces défis effroyables dont le
souvenir me fait encore frissonner aujourd'hui.

Je n'ai remarqué que plusieurs années après une
circonstance qui semble indiquer comment la misé-

ricordieuse providence de Dieu fixe d'avance les
heures auxquelles elle veut faire un suprême effort
pour se rendre maîtresse de nos cœurs : le jour où
cela se passait et dont le missionnaire avait inscrit
la date en tête de sa lettre était précisément celui où
j'atteignais l'âge de vingt et un ans.

Notre entretien ne se prolongea pas ; je voulais
échapper à *l'influence pernicieuse* que j'avais cru
ressentir un moment, et quelques instants après, je
lisais, en faisant des gorges chaudes, la charitable
lettre du bon prêtre à mes camarades réunis.

Nous quittâmes les parages de Canton, nous éloignant ainsi de celui que le bon Dieu avait fait le
confident de ses tendres désirs à mon égard. Il avait,
paraît-il, chargé M. Clerc de continuer en moi la
reconstruction de la foi, dont, contre toute apparence, il ne désespérait pas d'avoir posé dans mon
cœur la première pierre.

Je me trouvais quelquefois de quart avec M. Clerc
et sous ses ordres, et un soir, comme nous étions à
l'ancre et que le service ne réclamait ni son attention ni la mienne, il sut amener la conversation sur
les questions religieuses et bientôt m'arracher l'aveu
du vide douloureux que je ressentais souvent dans
mon âme depuis que j'avais laissé s'éteindre la foi
de ma première communion. En effet, il m'était
arrivé à l'école navale, quand je prêtais l'oreille aux

leçons d'astronomie qui nous étaient faites, d'envisager avec dédain ma chétive existence comparée à l'immensité de l'univers et de me sentir pris d'un profond dégoût pour la vie, ne connaissant plus mon âme et ses éternelles destinées et me sentant condamné à préparer péniblement un *avenir* qui, s'il ne s'évanouissait point par la mort, ne serait peut-être pas plus long que le présent employé à l'assurer. Parfois même l'idée du suicide traversait mon cerveau de dix-huit ans, l'âge de la joyeuse insouciance.

Plus tard, à bord, dans le calme des belles nuits tropicales, au milieu de l'immensité, je cherchais à sonder les insondables profondeurs du ciel étoilé et à deviner au delà de cette matière immense, mais finie, l'Infini que mon âme avait perdu. C'était là un sentiment que je ne raisonnais pas, je ne savais pas ce que je cherchais, mais je sentais qu'il me manquait quelque chose ou plutôt qu'il me manquait tout. J'avais une carrière de mon choix et à mon goût ; je jouissais malgré mon impiété de la considération de mes chefs et de l'affection de mes camarades ; j'avais au loin une famille qui m'attendait pour me combler plus que jamais de ses tendresses, et pourtant dans ces moments où, tout bruit s'étant tu autour de ma conscience, elle pouvait entendre elle-même sa voix presque éteinte, je me sentais dans le vide.

Du jour où je fis l'aveu de ce besoin instinctif que

17

j'avais quelquefois ressenti, mais que j'avais bientôt
cherché à tromper au lieu de tendre à le satisfaire,
mon âme commença à se retourner, à *se convertir*,
selon l'expression si belle et si vraie qui a été ap-
pliquée à ce phénomène moral.

Dès lors, je regardai enfin du côté du but et je me
mis en marche d'un pas bien incertain, bien chan-
celant, bien irrésolu sans doute, mais me laissant
pousser par l'énergique charité de notre saint ami
qui, dès qu'il avait entrevu la possibilité de m'arracher au démon, s'était pris pour moi d'une brû-
lante affection surnaturelle.

Je dus lui dire que *je ne croyais pas en Dieu ;* et
en effet c'était la croyance en Dieu, le sentiment de
son existence que mon âme avait parfois cherché à
puiser dans les profondeurs du ciel. Suivant le cor-
seil de M. Clerc, je commençai à faire chaque soir,
avant de m'abandonner au sommeil, cette étrange
prière : « Mon Dieu, si vous existez comme on me
l'affirme, veuillez bien, je vous prie, m'inspirer le
sentiment de votre existence. »

Qui pourra mesurer l'étendue des miséricordes
de Dieu ? Cette prière qui ressemblait à un blas-
phème fut ma seule part de coopération dans l'œuvre à laquelle notre ami vénéré allait désormais
consacrer son zèle, et le Seigneur n'en attendit point
davantage de moi. Cette lumière que mon âme avait

cherchée d'instinct en même temps qu'elle la niait,
commença à pénétrer dans les replis de mon cœur.
Les épaisses ténèbres qui depuis nombre d'années
obscurcissaient ma vue commencèrent à se fondre
devant l'aurore de la grâce ; je me sentis saisi et
emporté par un courant divin auquel je n'avais
plus qu'à m'abandonner et qui m'entraînait à travers des régions nouvelles. La nuit où j'avais si
longtemps vécu s'éloignait de moi et devant moi la
clarté s'étendait sans cesse. Je me rapprochais des
objets qui, de loin et à travers les ténèbres de l'impiété, avaient excité mon aversion, et je les voyais
s'embellir à mes yeux. Mon affectueux pilote me
disait : « bientôt vous verrez des horizons nouveaux
s'ouvrir devant vous » ; et en effet j'éprouvais dans
l'ordre surnaturel ce que j'avais ressenti dans l'ordre
inférieur quand, pour la première fois, je m'étais
avancé vers la pleine mer, vers les eaux bleues et
limpides de l'immense et lumineux océan. Dès lors
mon âme est captivée, elle ne songe plus à résister,
elle se laisse doucement porter par la grâce ineffable
de ce Dieu qui, oubliant en un instant tous les ou-
trages qu'il a reçus de sa créature, semble *reconnaissant* de ce qu'elle veut bien se livrer à son amour.

Du travail qui se faisait dans les profondeurs de
mon âme, rien n'avait transpiré au dehors ; mes camarades me croyaient usque-là le rebelle endurci

qu'ils avaient entendu tournant en dérision les tendres et sérieux avertissements du pieux missionnaire.

Un soir, je me trouvais sur le pont quand on commença la prière selon les règlements maritimes : depuis deux ans je n'y avais jamais assisté, et, quand je me trouvais au milieu de l'équipage à ce moment, je m'écartais à la hâte pour n'être point dans l'obligation de me découvrir. Ce soir-là, je me sentis poussé à faire un premier acte de foi, et avant que le respect humain, si longtemps mon maître, eût eu le temps de me rappeler ses anciens droits, ma casquette était détachée de ma tête. Mes camarades (ceux qui imitaient mon irréligion) s'étaient écartés, se croyant suivis de moi. Quand je me retournai après la prière achevée et me rapprochai d'eux, une stupéfaction profonde se peignait encore dans leurs regards, mais ils eurent la délicatesse de ne faire aucune allusion à ce qui venait de se passer. Pour moi, je n'étais pas sans trouble, mais le pas était fait; j'étais comme un homme qui se sentait peu le courage de se jeter à la nage, mais qu'un autre a poussé dans l'eau : j'y étais, il ne me coûtait plus d'y rester.

De ce jour, la foi fit en moi de rapides progrès; la gratuite miséricorde de Dieu et le zèle brûlant du futur martyr agissaient seuls; je le répète encore, j'étais comme mollement entraîné par un courant qui ne me demandait point d'efforts.

De la religion qui avait éclairé mon enfance pendant de si courts instants, je n'avais conservé presque aucune notion. Je ne savais plus par exemple ce que c'était que la sainte Trinité, j'y faisais entrer la très-sainte Vierge ; mon ignorance était celle d'un païen. Un jour pourtant, je me sentis poussé à faire le signe de la croix. Le Seigneur semblait me demander ces faibles signes de ma bonne volonté et les attendre pour répandre sur moi ses grâces avec une nouvelle profusion.

A peu de temps de là, M. Clerc m'offrit une médaille de la sainte Vierge, je l'acceptai et la pendis à mon cou.

Le respect humain, vaincu une première fois par surprise, se trouvait maintenant dans mon cœur en présence d'un ennemi redoutable pour lui : c'était une disposition que j'ai toujours eue à pousser sans ménagement l'application de mes idées ou de mes fantaisies à l'extrême. Cette disposition, qui m'a fait commettre bien des fautes, fut là, par la miséricorde divine, un puissant soutien pour mon âme.

Deux ou trois mois auparavant, je faisais retentir de mes blasphèmes éhontés la pièce où mes camarades et moi nous vivions, — et l'on me vit, à l heure des ablutions matinales, découvrir ma poitrine où brillait la précieuse médaille.

Le bon Dieu avait armé l'un contre l'autre deux

travers de ma nature et rendait vigoureux celui qui
pour le moment devait assurer mon salut.

Je songe souvent, non sans en être attendri, à
l'attitude de mes camarades d'alors : les uns, pour
leur foi religieuse, avaient été les objets de mes
sarcasmes qu'ils ne me reprochèrent jamais ; les
autres au contraire m'avaient entendu dépasser de
beaucoup l'impiété de leurs discours, et, même
quand, trop tôt oublieux, je devins sévère pour l'incrédulité d'autrui, ils ne me reprochèrent jamais
d'avoir préconisé l'irréligion. L'un de ces derniers,
dans la suite, m'offrit souvent de me remplacer
quand le service m'aurait empêché d'assister à la
messe du dimanche.

Je voguais ainsi dans une mer calme et tranquille, quand, un jour, une tempête terrible s'éleva
dans mon âme. J'étais, cette fois encore, de quart en
même temps que M. Clerc ; huit heures avaient
sonné, la nuit était close, et nous devions demeurer
sur le pont jusqu'à minuit. Le navire étant sur ses an-
cres, les matelots dormaient étendus ; il semblait que
nous fussions à trois seulement entre le ciel et l'eau,
le bon Dieu, son fidèle interprète et moi. Ce soir-là
il se prit à me parler de la confession : à ce mot je
tressaillis et tout à coup ce lumineux Océan au milieu duquel mon âme se complaisait depuis quelques mois, sembla se rembrunir ; de tous les points,

je vis revenir à moi d'anciennes préventions que
j'avais cru évanouies parce que j'avais cessé de les
sentir; j'étais comme investi par un cercle de noirs
fantômes qui cherchaient à étouffer ma foi nouvelle,
et mes anciennes répulsions semblaient revivre dans
mon cœur et couvraient la voix suppliante de mon
chaleureux ami. Trois heures s'écoulèrent, lui parlant sans cesse, puisant dans les profondeurs de sa
piété et de sa tendresse des arguments toujours nouveaux pour triompher des répugnances que mon attitude silencieuse lui laissait facilement deviner. Il me
l'a dit depuis, il sentait alors que l'heure solennelle
avait sonné pour moi, et qu'arrivé sans peine aux
portes de la cité divine, j'allais, si je ne les franchis-
sais par un effort énergique, les voir se fermer pour
jamais devant moi. Dieu ne me devait rien en effet,
je n'avais rien fait pour lui; je lui devais compte au
contraire des grâces dont il venait de me combler et
qui m'avaient transporté jusqu'ici. Ce que j'éprouvais, c'est ce qu'éprouverait un homme arrêté devant une caverne mystérieuse d'une profondeur inconnue, pleine de ténèbres, qu'il croirait infestée de
hideux reptiles, et où cependant on voudrait lui
persuader de pénétrer seul, sans lumière et sans
secours. En un instant le démon, sentant sans
doute sa proie près de lui échapper, avait su rendre
la vie à toutes ces folles imaginations que j'avais

puisées dans d'exécrables romans. Accablée sous le
poids d'une sorte d'invincible terreur, mon âme ha-
letante faisait de temps en temps un effort pour triompher; puis elle retombait affaissée sur elle-même, sans
force et sans courage. L'angoisse que je souffris pendant ces trois heures de ma vie, je ne saurais l'exprimer; j'étais muet et mon pauvre ami, épuisé, sentait
son cœur se serrer douloureusement à la pensée que
c'en était fait de moi... Tout à coup, soulevé par une
de ces grâces suprêmes qui ont sans doute coûté à
notre Sauveur de bien déchirantes douleurs et de
bien profondes ignominies, je me redressai et je dis à
M. Clerc : « Je me confesserai demain! » Je ne sais
ce qui l'emporta dans son cœur, ou de la surprise, ou
de la joie. Je n'avais point réussi à éloigner de moi
ces fantômes qui m'obsédaient, mais j'avais répété
intérieurement et comme en balbutiant les paroles
que me dictait l'Esprit de Dieu : « Mon Dieu, je ne
sais me défendre de ces répulsions, mais en reconnaissance de ce que vous avez déjà fait pour moi, je
ferai cet effort qu'on me demande. » J'ai souvent
évoqué dans ma pensée ce moment solennel de ma
vie, et cela n'a jamais été sans une profonde émotion.

Le lendemain, j'entrais avec le P. Languillat [1],

1. Aujourd'hui évêque de Sergiopolis, administrateur du
diocèse de Nankin.

que j'avais choisi sur l'invitation de M. Clerc, dans
la chapelle du bord et j'ouvrais mon âme fermée depuis neuf ans. Ah! Dieu soit mille fois béni d'aimer
tant les misérables pécheurs!

Le P. Languillat m'avait engagé à lire la partie
des *Études* de M. Nicolas qui traite de l'Eucharistie; j'ouvris le livre en effet, mais le refermai bientôt; la grâce de Dieu devançait le texte et il me
semblait que ces pages si profondes n'avaient plus
rien à m'apprendre; mon cœur, plus prompt que
mon esprit, s'était abreuvé en quelques instants aux
eaux de la science divine. Je demandai à faire la
sainte communion et je rentrai définitivement dans
la vie chrétienne.

Vingt ans se sont écoulés depuis ce jour, et, dans
un combat incessant entre la grâce de Dieu et ma
misérable nature, celle-ci, pour ma honte, a été
trop souvent victorieuse; mais le Dieu infiniment
longanime et libéral n'a jamais permis que la foi
restaurée dans mon esprit y fût ébranlée. J'étais
revenu à la vie chrétienne presque sans étude;
longtemps encore je n'eus pas le loisir d'étudier
attentivement cette admirable science dont j'avais
reçu à peine les premiers éléments et qui m'était
devenue complétement étrangère durant mon ado-
lescence; cependant les révoltes de ma nature ne
purent jamais causer le plus léger trouble dans mes

croyances renouvelées. Je me sens depuis vingt ans dominé, enveloppé, pénétré par la foi, et je me prends à être effrayé de la terrible responsabilité que j'encours pour n'avoir pas su faire fructifier en moi une foi si vive, œuvre de Dieu seul.

Pendant les quinze mois qui suivirent cet événement capital de ma vie jusqu'au retour du *Cassini* en France, M. Clerc et moi, nous vécûmes de cette vie intime du bord. Chaque jour il m'édifiait par sa piété, son humilité, sa charité si affable pour tous. Que de fois nous priâmes ensemble, tantôt dans la modeste chapelle du bord ou dans sa cabine, tantôt sur le côté du navire, laissant tomber grain à grain les invocations du chapelet sur les flots murmurants que le bâtiment dépassait dans sa course et dont chacun, en fuyant dans la nuit, semblait mêler son bruissement mélodieux à celui de nos voix. Que de fois nous reçûmes ensemble l'hospitalité de vos pieux et vaillants frères à Zi-ka-wei [1], à Tsam-ka-leu, à Chang-haï. Ah! doux et impérissables souvenirs, que je ne puis rappeler à lui-même qu'en me tournant vers le Ciel.

On nous saura gré d'avoir reproduit, dans sa sim-

1. Collège des Pères Jésuites, près Chang-haï.

plicité éloquente, le récit de ce fervent converti,
qui, dès ce jour, fut l'ami de Clerc à la vie, à la
mort; qui, vingt ans plus tard, assista à sa profession solennelle faite dans la matinée du 19 mars
1871, à la sinistre aurore de la Commune, et qui
recevait encore quelques jours après un gage précieux de cette sainte amitié, une lettre, la dernière,
écrite sous les verrous de Mazas.

CHAPITRE IX

CHANG-HAÏ ET LA MISSION DES JÉSUITES.

Lorsque Clerc arriva pour la seconde fois à Chang-haï, dans le courant du mois de mars 1853, la première impression qui le saisit, ce fut celle des progrès continus de l'insurrection, dont le flot couvrait déjà une partie considérable de la province de Nankin et refoulait vers le littoral une véritable armée de pillards, rebut de toutes les provinces voisines, qui menaçaient de près la mission des Pères Jésuites et les établissements du commerce européen cantonnés sur les rives du Wam-pou, hors de l'enceinte fortifiée de la ville chinoise. « Nous sommes, écrivait-il, auprès d'événements très-importants : les fameux rebelles qui, depuis 1832, ont toujours gagné du terrain dans le Céleste Empire, après avoir, dans ces derniers temps, occupé les provinces de Ho-nan et Hou-pé, se sont emparés d'une très-grande ville, capitale de la province, du nom de Han-tchéou[1], je crois. A notre arrivée à Ning-po, on disait qu'ils investissaient Nankin ; ici, à Chang-haï, que Nankin était pris ; puis, qu'il n'en était rien et qu'ils s'étaient dirigés vers le nord. On est en somme fort mal renseigné, et les premières autorités chinoises n'en savent pas plus que nous. Ce qu'il y a de certain et ce que je sais par moi-même, c'est que les tao-tai ou gouverneurs de Ning-po et Chang-haï ont de grandes inquiétudes : ces immenses cités sont absolument dépourvues de soldats. A Ning-po une cinquantaine de soldats faisaient l'exercice tous les jours ; à Chang-haï, il y a vingt soldats ; ce sont des villes de peut-être 500,000 habitants. L'hiver est froid, le commerce presque anéanti, par suite la misère très-grande et hors de toute proportion avec ce que nous connaissons en France ; et cependant ces légions de misérables restent tranquilles et jusqu'ici les mandarins en sont seulement à la peur du mal. Pareille chose serait impossible en Europe, où un malfaiteur aurait bientôt l'audace de se créer des ressources par un pillage facile.

« La situation des autorités est si critique que le tao-tai de Chang-haï, l'année dernière si mal dis-

---

1. Peut-être Hing-tchéou, place forte dans le Ho-nan.

posé pour nous et dont la malveillance a failli nous
faire aller à Nankin, a reçu comme une précieuse faveur l'offre qu'on lui faisait d'un refuge pour lui, sa
famille et ses biens, en cas d'arrivée soit des rebelles, soit, ce qui est plus à craindre, d'une bande de
pillards.

« La faiblesse de cet immense empire est aussi
prodigieuse que sa durée, et je crois que l'instinct
de la fourmi a été un peu partagé entre elle et les
Chinois. Mais on ne peut non plus ne pas s'étonner
de la stupidité de ce gouvernement si inerte pour sa
propre défense. Comment, sentant si bien son inca-
pacité, n'a-t-il pas tenté d'avoir quelques troupes
mercenaires d'Europe? Les trois cents mobiles qui
sont en train de se faire un état en Amérique auraient suffi à enchaîner la victoire du côté de l'empereur, à discipliner et à entraîner ces pauvres soldats.
C'est en récompense d'un semblable service que les
Portugais ont obtenu de fonder Macao.

« L'empereur régnant s'appelle Hien-foung. Le
chef des rebelles, qui prend maintenant le même
titre, s'appelle Tien-té; il était, dit-on, autrefois
marmiton dans un couvent de bonzes. Ce qu'il y a
de sûr, c'est qu'il est Chinois, et que, quoique les
Tartares se soient *chinoisés*, la cause de la révolte
contre une dynastie étrangère est assez populaire
dans l'empire. Les rebelles, dit-on, ne pillent pas le

pays ; il n'y a rien de plus à craindre d'eux que des mandarins légitimes, et, n'était qu'ils laissent les villes sans organisation, sans autorité après les avoir occupées, de telle sorte que leur propre armée est suivie d'une armée de pillards, on n'aurait guère à s'en plaindre. Le mandarin de Chang-haï voudrait obtenir de notre simplicité que le *Cassini* allât à Nankin pour donner une grande force morale à la cause de l'empereur ; il n'a pas de pouvoirs, pas plus que notre commandant, pour traiter une aussi grosse affaire qu'une alliance défensive avec un empire si compromis ; aussi il en sera probablement pour ses frais d'amabilité.

« Les forces anglaises, américaines et le *Cassini* rallient Chang-haï, le nord de la Chine étant actuellement le théâtre d'événements probablement décisifs et de la plus haute importance pour le commerce anglais. Il y a des maisons anglaises fort puissantes qui, les mois derniers, n'ont pas pu payer leurs domestiques, tant l'argent est rare. Je remets au prochain courrier d'autres détails sur ces affaires. Le courrier part demain 20. Je n'ai que cette soirée pour faire réponse. »

Avant de clore sa lettre, Alexis ajoute encore les deux lignes suivantes : « C'est demain que doit se faire la bénédiction de l'église catholique de Chang-haï. C'est là un grand événement. »

En effet, depuis la ruine des anciennes missions consommée à la fin du dernier siècle, jamais l'Église catholique n'avait encore déployé tant de pompe, ni affirmé si hautement son droit d'avoir au moins sa place au soleil sur cette terre toujours arrosée du sang des martyrs. Il appartenait bien à Chang-haï de relever la croix et de remettre en honneur l'autel du Dieu vivant, car cette ville est la patrie de l'illustre disciple du P. Ricci, Paul Siu, qui, revêtu des premières dignités de l'empire, n'avait usé de son immense influence et de ses remarquables talents que pour protéger les missionnaires et travailler lui-même à établir dans sa famille et dans son pays le règne de Jésus-Christ. D'abord, ce généreux néophyte reçut les Pères dans sa propre demeure, qui fut ainsi la première église de Chang-haï ; mais le P. Catanéo lui ayant fait observer que les petits et les pauvres n'aborderaient pas volontiers le palais d'un si haut et si puissant personnage, il consacra à la construction d'une église et d'un presbytère un terrain situé dans l'enceinte de la ville, non loin de la porte septentrionale. Après la suppression de la Compagnie de Jésus, qui frappa au cœur ces belles chrétientés, l'église avait été changée en pagode et le presbytère était devenu tout ensemble une école publique et un couvent de bonzesses. Les Jésuites envoyés de nouveau en Chine par la Propagande, et

rentrés dans le diocèse de Nankin, se firent un devoir de protester contre cette spoliation, et, grâce
à l'énergique appui de M. de Lagrené, ils ob-
tinrent sinon une restitution devenue moralement
impossible, du moins des compensations et une in-
demnité convenable. Les bâtiments enlevés au culte
catholique ne leur furent pas rendus, mais on leur
abandonna un terrain assez spacieux baigné par le
Wam-pou, et c'est sur ce terrain que s'éleva la cathédrale de Saint-François-Xavier. Mgr de Bési,
administrateur du diocèse de Nankin, en avait posé
la première pierre en 1848, et cinq années après
(car il n'avait pas fallu moins pour cette grande œuvre), Mgr Maresca allait la bénir. L'architecte était
un missionnaire qui s'était essayé déjà en bâtissant,
à quelques milles de Chang-haï, la chapelle du collége de Zi-ka-wei. Il avait adopté sans servilité les
proportions d'ensemble et les caractères généraux de
l'ordre dorique, et faisant largement la part du goût
et des traditions du pays, il avait suspendu tout autour de l'édifice un long cordon d'ornementation
vraiment chinoise, dont le style rappelait celui des
chapiteaux gothiques. La croix, s'élançant dans les
airs au-dessus de tous les édifices de la ville, était
aperçue de fort loin et signalait aux yeux des infidèles eux-mêmes le centre de toute la mission et la
résidence de l'évêque. Sur la façade, on distinguait

20

entre autres ornements les armes du Pape, et les
néophytes charmés s'arrêtaient pour y lire de belles
inscriptions en caractères chinois qui rappelaient
un glorieux passé en reproduisant textuellement
celles que les anciens missionnaires avaient gravées
sur le portail de l'église de Pékin.

« Alexis Clerc, nous dit le commandant du *Cassini*, qui trahit ses propres sentiments en interpré-
tant ceux de cet autre lui-même, Alexis Clerc eut la
joie de voir cette église remplie de fidèles chinois
accourus en si grand nombre qu'il leur fut impossible de s'agenouiller pendant la messe. C'était un
spectacle touchant que cette multitude de barques
chrétiennes groupées sur le Wam-pou près de l'é-
glise, et portant soit une banderolle flottante, soit
un drapeau blanc sur lequel se détachait une croix
bleue. Il y avait dans ces barques des familles entières venues quelques-unes de plus de cinquante
lieues. Deux embarcations du *Cassini*, armées en
guerre, stationnaient dans le fleuve pour prévenir,
s'il y avait lieu, le tumulte et le désordre dont les
protestants et quelques Chinois avaient menacé les
Pères. Quelques sous-officiers armés s'étaient joints
à l'état-major du bâtiment présent à la cérémonie.
Le digne M. de Montigny, consul de France, qui
paraissait s'attendre à quelque agitation, s'était fait
accompagner d'un serviteur de confiance portant

des pistolets sous ses vêtements, et il n'aurait pas manqué d'en faire usage en cas de besoin. Mais, grâce à Dieu, il n'y eut que le désordre de l'enthousiasme et de la joie. La solennité des Rameaux, qui tombait ce même jour, inaugura noblement la cathédrale de Chang-haï. »

Tout le temps que lui laissait son service, Clerc le passait avec les Pères qui l'aimaient et le traitaient déjà comme un des leurs. A deux pas de la ville était le séminaire de Tsam-ka-leu, et à six kilomètres, le collége de Zi-ka-wei : deux heureux essais d'éducation indigène qui lui réservaient les plus agréables surprises.

Quand il vit de près ces enfants, ces adolescents d'une candeur et d'une docilité charmantes, d'une ferveur qui rappelait à leurs maîtres les beaux jours de Saint-Acheul, de Fribourg et de Brugelette, la plupart même d'une intelligence très-ouverte et accessible à tout ce qui constitue à nos yeux une éducation libérale; quand, dis-je, il les vit tour à tour à l'étude, à la chapelle, dans leurs jeux, il revint des préventions dont il n'avait pu se défendre en présence des types grotesques dont il avait rencontré les plus rares échantillons à Macao, et convint sans peine que tous les natifs du Céleste Empire n'étaient pas fatalement et invinciblement des *Chinois de paravent*. Ces jeunes écoliers, arrachés à l'infi-

délité et destinés, les uns à donner au milieu de la
corruption du paganisme l'exemple des vertus domestiques, les autres à devenir des prêtres de Jésus-
Christ, des apôtres, des martyrs peut-être, lui parurent dignes d'un tendre intérêt et il les aima comme
il savait aimer, de tout son cœur, de manière — j'en
ai la preuve sous les yeux — à leur inspirer à eux-
mêmes une affection reconnaissante et presque filiale.
Car c'étaient bien, si je ne me trompe, des élèves de
Zi-ka-wei ou de Tsam-ka-leu qui signaient ensemble
François Vuon et *Mathias Sen* au bas d'une lettre
latine sur papier rouge, accompagnant des vers
chinois ; lettre que Clerc reçut après son retour en
France et qu'il déposa dans ses archives intimes où
je l'ai retrouvée. J'y lis, entre autres (dans le latin,
bien entendu), que, depuis sa première apparition à
Chang-haï, Alexis n'a cessé de combler ses jeunes
correspondants de bienfaits dont le nombre et l'é-
tendue sont tels qu'il faut renoncer à les exprimer.
Mais on se souvient de lui dans la prière ; on demande à Dieu de lui accorder toute sorte de félicités : « une gloire élevée et durable comme les
montagnes, une grâce qui se renouvelle chaque jour
comme le soleil et la lune ; » et on le conjure de ne
pas oublier, de son côté, les malheureux Chinois,
entraînés en si grand nombre dans les voies de l'erreur et si difficiles à ramener à Dieu. Faisons **si**

grande qu'on voudra la part de la rhétorique et de
l'emphase orientale, ces braves jeunes gens ont la
mémoire du cœur et Clerc a su leur parler une
langue qui se fait entendre en tout pays.

Un des anciens ouvriers de la mission de Nankin,
que le délabrement de sa santé a rapproché de nous
et fixé en France, nous dit avoir conservé du passage du lieutenant Clerc à Chang-haï et à Zi-ka-wei
un souvenir délicieux. « En lisant, ajoute-t-il, le
récit de la captivité et de la mort de nos Pères (pendant la Commune), je me suis dit, pensant spécialement au P. Clerc : « Voilà le digne couronnement
« d'une vie que j'avais tant de fois admirée en Chine
« quelque vingt ans plus tôt, et qui m'apparaît
« maintenant comme un noble prélude à la gloire
« du martyre. » D'ordinaire, quand le *Cassini* était
au mouillage de Chang-haï, le futur martyr venait
s'associer à nos fêtes religieuses. Il était singulièrement heureux de se trouver en famille avec nos
Pères et de suivre l'ordre de la journée avec une
ponctualité et une aisance qui, sans son uniforme
d'officier, l'auraient fait prendre pour un fervent
religieux. Dans toutes mes relations avec lui, j'ai
admiré dès lors dans le jeune officier les marques
non équivoques d'une vertu des plus solides et d'une
piété des plus aimables, sans variations et sans in-
termittence. Toujours égal à lui-même, toujours

souriant sous l'effet d'une bonne et franche gaîté,
indice d'une belle âme, le jeune marin montrait
déjà par ses paroles et par ses actes que la vertu et
la piété étaient parfaitement acclimatées dans son
cœur, et elles rayonnaient sur toute sa vie d'un éclat
si doux qu'on ne pouvait le connaître sans éprouver
un sentiment profond d'amour et de vénération
pour sa personne. »

Le collége de Zi-ka-wei avait alors pour supérieur le P. Adrien Languillat, aujourd'hui évêque
de Sergiopolis et administrateur du diocèse de
Nankin ; vaillant missionnaire qui avait passé par
les prisons du Chang-ton et vu plus d'une fois la
mort de bien près. Clerc eut avec lui des rapports
intimes et devint son fils spirituel. Si nous ne l'a-
vions su de bonne source, nous l'aurions deviné rien
qu'à les voir ensemble, lorsque, en 1869, Mgr Languillat, se rendant au concile du Vatican, s'arrêta
quelques semaines à Paris et vint à l'école Sainte-
Geneviève où il retrouva le lieutenant du *Cassini*
sous l'habit de Jésuite. Clerc était du matin au
soir suspendu aux lèvres de l'évêque missionnaire,
visiblement ému lui-même de cette rencontre ines-
pérée après une si longue séparation, et la cordialité
de leurs épanchements nous faisait dire à tous :
« Voyez comme ils s'aiment ! »

Alexis se lia aussi d'une étroite amitié avec le su-

périeur général de la mission, qui était alors le
P. Joseph Broullion; nature énergique et passionnée, mais d'une passion qui sied bien à un cœur
d'apôtre, n'ayant d'autre objet que le bien des âmes.
Consumé en peu de temps par les ardeurs de son
zèle, cet actif et courageux supérieur a laissé de
précieux souvenirs dans la mission, qu'il n'a gouvernée que trois ans. Dans le courant de cette
année 1853, et pendant que le *Cassini* stationnait
tour à tour devant Chang-haï ou devant Macao,
le P. Broullion, repassant les mers avec M. de
Montigny, consul général de France, vint exposer
en personne à nos supérieurs de Rome et de Paris
les besoins de l'Église nankinoise et leur demander
du renfort [1].

Avant de repartir, il esquissa rapidement le tableau de la mission dont les intérêts lui étaient
confiés, y joignit un grand nombre de lettres de ses
confrères sur les événements qui agitaient le Céleste Empire, une introduction chaleureuse où son
âme d'apôtre se révélait tout entière, et le tout parut
en un volume (1855) sous ce titre : *Mémoire sur
l'état actuel de la mission du Kiang-nan* (1842-

[1]. Ce voyage explique comment il se fait que telle lettre
du lieutenant Clerc, que nous citerons tout à l'heure, est
datée de Chang-haï et adressée en Europe au supérieur de
la mission du Kiang-nan.

1855). Quelques détails empruntés à cet écrit don-
néront une idée exacte du spectacle que Clerc
avait sous les yeux et auquel on sait qu'il n'assistait
ni en indifférent, ni en simple curieux.

Qu'on se figure donc une province presque aussi
grande que la France, traversée de l'ouest à l'est par
un immense cours d'eau, le Yang-tsé-Kiang, que
des vaisseaux de ligne ont remonté jusqu'à quarante
lieues de son embouchure, et arrosée en tous sens
par d'innombrables canaux; ces canaux, qui sont
les principales voies de communications, servent
aussi à l'irrigation des rizières, et toutes ces eaux
sont utilisées pour la pêche, une grande partie des
habitants ne vivant que de riz et de poisson. Tel
est le Kiang-nan, dont la capitale est Nankin et qui
se divise en deux sous-provinces, le Ngan-hoei à
l'ouest et le Kiang-sou à l'est, c'est-à-dire vers le
littoral : ce dernier pays, entièrement plat, est très-
souvent ravagé par les inondations. On évalue la
population totale du Kiang-nan à cinquante millions d'âmes, et tout cela ne forme qu'un seul diocèse, le diocèse de Nankin, dont le dernier titu-
laire était un Jésuite, Mgr Leimbeck-Hoven, mort
en 1787 après l'extinction de son ordre. Voilà l'héritage que les Jésuites ont recueilli seulement
en 1842 ; champ immense resté presque sans culture et qu'il leur a fallu défricher de nouveau. Sur

ces cinquante millions on ne compte encore (1853) que 72,000 chrétiens ; mais ce petit troupeau est disséminé sur un espace sans proportion avec le nombre ; telle chrétienté, Ou-ho par exemple, est à plus de 500 kilomètres de Chang-haï ; de là les fatigues sans cesse renouvelées des ouvriers évangéliques, dont le zèle d'ailleurs ne saurait manquer d'emploi, puisqu'ils s'estiment, comme parle l'Apôtre, *les débiteurs de tous*, païens et chrétiens. Et puis on ne sait pas dans ce pays ce que c'est qu'un chrétien *non pratiquant;* tous font leurs pâques, ou, plus exactement, suivent les exercices de la mission lorsqu'on les donne dans leur district, et alors le missionnaire travaille jour et nuit. « Toutes les affaires de la chrétienté, dit le P. Broullion, se traitent à l'époque de la mission. Exercer la justice de paix, raccommoder les ménages, réconcilier les ennemis, presser les restitutions, corriger les libertins et les fumeurs d'opium, promouvoir les bonnes œuvres, rétablir, développer les associations de zèle et de charité, visiter les païens, soulager les malheureux, etc. : tel est le cercle inévitable dans lequel se déploie l'activité du missionnaire ; sans compter l'imprévu, comme les moribonds à visiter au loin, et les assauts à soutenir de la part des idolâtres qui viennent, trop souvent, hélas! bouleverser chrétiens et chrétientés, missions et missionnaires. Avec

18

sa trentaine de confessions annuelles par jour, le
prêtre ne suffirait pas aux soucis du détail : heureux
celui qui a pu s'associer un catéchiste intelligent et
créer au sein des paroisses, au moyen des adminis-
trateurs et des vierges, un centre de pieuses indus-
tries ; à l'aide de ces instruments, son action pénétrera plus avant, et les fruits de la mission se
conserveront après son départ. Car le séjour du
missionnaire, très-court dans les petites localités,
n'est long nulle part, et il y a d'ailleurs un grand
nombre de chrétiens trop chargés d'affaires pour
rester sous sa main plus de deux ou trois jours. Tels
sont, entre autres, les pêcheurs, contraints par l'in-
digence à s'éloigner aussitôt qu'ils ont terminé leur
confession, reçu la sainte communion et entendu
les instructions d'une ou deux matinées. Comment
retenir des hommes qui, sans un travail continuel, n'auraient pas à manger leur riz de chaque
jour? » [1]

En 1853, les missionnaires du Kiang-nan distri-
buèrent aux fidèles plus de quatre-vingt-trois mille
communions, ce qui représente plus de quatre-
vingt-onze mille confessions ; ils baptisèrent cinq
mille quatre cent quarante-cinq enfants d'infidèles,
dont cent quatre-vingt-dix-sept furent nourris dans

1. *Mémoire sur l'état actuel de la mission du Kiang-nan,*
p. 52.

les orphelinats de la mission, plus de six cents autres ayant été adoptés par des familles chrétiennes. Quant aux adultes convertis et baptisés, ils furent au nombre de plus de cinq cents; rude labeur et qui déchaîne toutes les fureurs de l'enfer; c'est sa proie qu'on lui arrache, et si elle lui échappe, il saura se venger. Mais l'apôtre de Jésus-Christ court au-devant de la persécution et de la mort; s'il succombe, il sait que sa dernière heure est celle du triomphe et que la récompense, qui lui est promise, n'aura pas de fin.

Le P. Broullion terminait ainsi son *Mémoire* :

« Nous pouvons promettre à ceux qui viendront partager nos travaux, beaucoup de fatigues, d'ennuis, de contradictions, et, sinon les palmes du martyre, de nombreuses occasions de se dépenser corps et âme pour la gloire de Dieu. Mais ils auront aussi l'assurance de hâter par leur dévouement la conquête définitive de ce vaste empire si longtemps rebelle à la prédication évangélique. »

Ce langage allait parfaitement à Clerc et il lui sembla que l'appel du supérieur de la mission s'adressait à lui en personne, tant il avait d'attrait pour tous les dévouements héroïques. Il voyait d'ailleurs les missionnaires à l'œuvre, vivant au milieu d'eux, traité comme l'un d'entre eux, prêt à partager, s'ils y consentaient, leurs fatigues apostoliques, et rien n'égalait l'éloquence des faits dont il était témoin tous les jours.

Dans le journal de la première grande retraite qu'il fit en France après son entrée dans la Compagnie, il a inscrit un nom, celui de Massa, qui lui rappelait la pauvreté évangélique poussée jusqu'au dénûment de toutes choses et au sacrifice de la vie. C'est un souvenir rapporté de Chang-haï. En effet, nos catalogues fixent la mort du P. René Massa au 28 avril 1853.

Quel admirable exemple que celui des Massa! Je dis des Massa, parce que le P. René, auquel se réfèrent les souvenirs de Clerc, n'était pas seul du nom et qu'en pareille matière on pourrait aisément les confondre. Ils étaient cinq frères, d'une famille patricienne de Naples, tous les cinq religieux de la Compagnie de Jésus, tous les cinq missionnaires au Kiang-nan. Les Pères Augustin, Gaétan, Nicolas et René Massa étaient arrivés ensemble dans la mission dès l'année 1846, et ils avaient été rejoints l'année suivante par leur plus jeune frère, Aloïs, alors dans sa vingtième année, qui ne reçut la prêtrise qu'en 1854. Ce n'est pas tout, et un dernier trait achèvera de peindre cette famille, digne des plus beaux siècles de l'Église, en complétant sa ressemblance avec les familles à jamais illustres où naquirent un saint Grégoire de Nazianze et un saint

Basile de Césarée. Quand ils virent tous leurs fils
partis pour la Chine, le baron Massa et sa noble
épouse voulurent aussi consacrer à Dieu leurs dernières années, et peut-être qu'à l'heure où j'écris
ceci, mûrs depuis longtemps pour le ciel, ils achè-
vent, dans la retraite qu'ils se sont choisie, de mériter par la grandeur de leur foi la couronne des patriarches.

Lorsque Clerc vint à Chang-haï, les Massa n'é-
taient déjà plus que quatre, le P. Gaétan ayant été
le premier enlevé à la mission, à la suite des inondations qui avaient ravagé le Kiang-nan en 1850,
et laissé après elles une effroyable misère. Tant que
dura la famine, la demeure de l'évêque à Tom-ka-
tou, et le collége de Zi-ka-wei, accueillirent jour-
nellement des milliers de pauvres auxquels on distribuait des rations de riz. Le P. Gaétan, prêtre
depuis quatre mois, s'employait de tout son cœur à
cette bonne œuvre, lorsqu'il apprend qu'on le réclame à l'hospice des enfants. Il était mouillé, à jeun
et tourmenté depuis six heures par la fièvre; n'importe, il vole à ses chers petits malades, en guérit
ou en baptise plusieurs; mais il gagne la maladie
épidémique dont il meurt huit jours après.

En 1853, c'est le tour de son frère René. La peste
avait succédé à l'inondation et à la famine, et ses
victimes jonchaient les routes du Ngan-hoei. Le

P. René, missionnaire de Ou-ho, bâtissait des han-
gars pour abriter les mendiants, et travaillait avec
une ardeur infatigable à la conversion des païens,
éclairés par tant de leçons terribles et attirés par
l'appât de la charité chrétienne dans les filets évangéliques. Voici ce que le P. Broullion nous raconte
de ses derniers travaux et de sa sainte mort, qui fit
sur Clerc une impression si profonde.

« Témoin des affreux ravages causés par la di-
sette, il s'oublia lui-même, et, afin de soulager un
plus grand nombre de malheureux, il se refusa jusqu'au nécessaire. Plus de fruits, plus de viande, aucune boisson fortifiante dans ses repas; une fois
par jour, il prenait un peu de riz et d'herbes salées,
nourriture insuffisante et malsaine qu'il se repro-
chait encore s'il apprenait qu'auprès de lui quelque
infortuné souffrait de la faim. Il s'empressait alors
de lui envoyer les mets de sa propre table, heureux
de jeûner pour l'arracher à la mort.

« Pendant six mois de séjour à Ou-ho, il prêchait
les infidèles plusieurs fois le jour. Un grand nombre
de catéchumènes furent accordés à son zèle; il en
baptisa jusqu'à trente-deux à la fois, et une quarantaine d'autres attendaient la même grâce lorsqu'il
tomba malade. Soixante-douze enfants, recueillis
par ses soins, furent confiés à des familles chrétiennes qui se chargèrent de les nourrir. Sur ces

entrefaites, nous essayâmes en vain de lui porter
secours; il était loin et l'armée insurgée du Kuam-si
nous fermait la route. Il continua donc à s'imposer
de nouvelles privations pour soutenir son œuvre.
Le travail et le jeûne épuisèrent ses forces. Contraint
de garder le lit, il ne se levait plus que pour célébrer la messe. Cependant, appelé par des malades
qui se mouraient consumés par la fièvre typhoïde,
il se hâta de les secourir. Ce fut son dernier effort.

« Le lendemain, il voulait se lever encore pour
offrir le saint sacrifice. « Il n'y a, disait-il, aucun
prêtre que je puisse appeler pour me donner le saint
viatique; il faut que je consacre, afin de mourir
entre les bras de Notre-Seigneur. » Mais ses membres refusèrent de le servir. Cédant aux instances
de son catéchiste, il voulut bien qu'on fît appeler
un médecin chrétien; mais celui-ci, arrêté par les
pluies et l'inondation, n'arriva qu'au moment où le
Père venait de prendre un remède préparé par un
païen. Soit effet de la médecine, soit que le mal fût
déjà parvenu à son dernier période, le P. René entra
le jour même dans un état voisin de l'agonie et ne
recouvra l'usage de sa langue qu'à sa dernière
heure.

« La veille de saint Marc, son visage s'illumina
d'une vive allégresse, et fixant un regard joyeux sur
son catéchiste, comme pour lui communiquer sa

pensée, il parut le charger de ses adieux pour ses
frères et ses amis de la Compagnie de Jésus. Le
jour suivant, 25 avril 1853, il remit son âme à
Dieu, dont il avait procuré la gloire au prix de sa
vie. Ses souffrances, sa mort, ses prières inaugu-
rèrent les progrès de l'Évangile dans le Ngan-hoei,
de même que le dévouement du Frère Sinoquet,
des PP. Estève, Gaétan (Massa) et Pacelli avaient
été une semence de salut pour le Kiang-sou. »

Mais pendant que Clerc contemple d'un œil d'envie l'héroïque dévouement des missionnaires aux
prises avec la peste et la famine, voilà qu'un troisième fléau se déchaîne sur la mission, la guerre :
une guerre mollement conduite et où les combattants font preuve de peu de discipline et de vertu
militaire, mais d'autant plus funeste aux populations inoffensives qu'elle foule et qu'elle écrase sans
pitié. De Chang-haï, où l'on appréhende l'approche
des rebelles, et non moins peut-être celle des impériaux, Clerc écrit le 1er juin :

« Mon cher père, le bâtiment qui portait mes
dernières lettres a eu le malheur de se perdre avec
le courrier. J'avais un fort gros paquet. Je vais
essayer de résumer très-succinctement ce que je t'y
annonçais.

« La grande affaire c'est la guerre des rebelles. Je
pense t'avoir déjà dit comment une troupe de gens

de la province de Kiang-si a traversé victorieusement le Kiang-si, le Canton, le Ho-nan, le Hou-pé,
ce qui vaut bien quatre royaumes comme la
France [1]. Aujourd'hui ils sont dans cette province
du Kiang-nan, maîtres de Nankin et de Tchen-
kiang-fou. Jusqu'ici ils n'ont éprouvé aucun échec,
mais ils n'ont établi aucune autorité dans les pays
qu'ils ont parcourus, de sorte qu'ils les ont profondément désorganisés en en chassant tous les magis-
trats et qu'ils n'ont rien édifié, au triple détriment
de l'empereur, d'eux-mêmes et surtout des peuples.
Mais en voyant l'immense étendue qui les sépare
aujourd'hui de leur point de départ, il paraît évident qu'ils sont dans l'inévitable alternative de
vaincre ou de périr tous. Le nombre de ces rebelles
est très-petit par rapport à l'entreprise, et des personnes bien informées ne voudraient pas en supposer plus de cinq mille. Comment une poignée
d'hommes peut-elle mettre ainsi un grand empire
en péril ? Ce n'est pas qu'ils soient mieux armés,

1. Clerc se trompe, croyons-nous. Les rebelles étaient partis
du Kouang-si, ou Kouang occidental, contigu au Kouang-
tong (Canton), ou Kouang oriental. Aussi nos missionnaires
les nomment-ils généralement *Kuam-si-jen*, ou hommes du
Kouang-si (*Kuam-si*, orthographe portugaise), ou tout simplement *Kuamsiniens*. Le Kiang-si, situé entre le Kouang-si
et le Kiang-nan, était la route la plus directe que l'insurrection
avait pu suivre pour arriver à Nankin.

ni plus habiles, ni peut-être plus braves que les
soldats de l'empereur; mais, depuis leur province,
où probablement ils étaient plus nombreux, ils
n'ont point eu de véritable résistance à vaincre et
leurs adversaires ont été plus agiles à fuir qu'à s'a-
vancer.

« Assurément, si l'on eût transporté les mobiles en Chine et non en Californie, ils auraient
conquis l'empire, et l'on peut s'étonner qu'il ne
surgisse pas quelque aventurier qui en tente la fortune.

« Ce qu'il y a de plus sûr, c'est que cet empire est
pourri jusqu'aux os dans ses chefs, dont la corruption et l'avidité sont le fléau des peuples, proie facile
du premier qui voudra les soumettre. On dit que
l'empereur réunit tout ce qu'il y a encore de Tartares dans le nord pour aller exterminer les rebelles.
Il n'est guère besoin de tant d'efforts. Mais le sûr,
c'est qu'on les laisse en possession de ce qu'ils occupent. Eux, de leur côté, ont fait des levées forcées
et, préposant un des leurs à vingt-cinq hommes,
essaient d'en faire des soldats.

« Les rebelles me paraissent avoir peu de chances
de succès. Mais voici que, d'un autre côté, dans le
Kiang-si (probablement Kouang-si) on parle d'une
nouvelle levée de boucliers, et que la province de
Canton commence à concevoir de vives alarmes. En

outre, la ville d'Amoy vient d'être prise sur les mandarins par des Chinois faisant partie d'une société secrète et vengeurs d'un des leurs injustement mis à mort il y a trois ans par le gouverneur de cette ville. Enfin, les pirates, plus nombreux que jamais, bloquent Fou-tchéou-fou, capitale du Fo-kien. Est-ce la fin de l'empire? Je ne le crois pas. L'histoire de la Chine présente beaucoup de ces époques malheureuses. Que les plaintes des peuples de l'Europe paraîtraient injustes aux Chinois! Aujourd'hui, le commerce est à peu près suspendu dans toute la Chine; vous savez bien en France que tous les Chinois sont commerçants; la ruine de plusieurs grandes maisons européennes est aussi presque certaine. La misère, déjà si grande, va augmenter au delà de toute mesure et pousser peut-être le peuple à tous les excès. Cet empire populeux est donc menacé des plus grands malheurs. Quant aux rebelles proprement dits, l'incertitude où l'on est sur leur compte a paru jusqu'ici dicter la conduite des puissances européennes à leur égard. Le gouverneur général de la double province de Kiang-sou et de Ngan-hoei, ou Kiang-nan, a demandé, au nom de l'empereur, à tous les ministres étrangers des secours contre les rebelles, mais on n'a pas donné suite à sa requête. Le plénipotentiaire anglais, Sir G. Bonham, s'est rendu à Nankin, a communiqué avec les Kuamsiniens et a rapporté leurs proclamations et quelques livres qui contiennent leurs doctrines. Il a traité les chefs avec les titres honorifiques qu'ils se donnent, — il est si bien dans la politique anglaise d'encourager toutes les révolutions, — puis, après cet exploit, il est parti pour Hong-kong avec les bâtiments qu'il avait amenés.

« Le ministre américain avait essayé d'aller à Nankin, mais le bâtiment qu'il montait tirait trop d'eau ; depuis, tous les bâtiments américains sont partis pour les îles Lieou-kieou, dernier rendez-vous avant le Japon, où ils vont entreprendre la négociation dont ils parlent depuis si longtemps. »

Après un retour attristé sur sa propre inaction, Clerc ajoute ces quelques détails sur le caractère de l'insurrection :

« Les rebelles affectent de se réclamer d'une mission divine, et ils prétendent obéir aveuglément aux ordres de Dieu qui leur a donné mandat; leurs livres sont un mélange des idées protestantes et mahométanes; ils paraissent fatalistes, attestent leur mission par leur succès et se disent très-résignés à succomber le jour où ils auront accompli leur destinée. Il y a peut-être aussi de la franc-maçonnerie dans leur affaire. Les sociétés secrètes jouent un certain rôle dans ces pays, surtout entre les Chinois expatriés, très-nombreux dans la Malaisie anglaise et hollandaise.

« Les chrétiens de Nankin ont eu à souffrir de ces rebelles ; ils ont été sommés, les uns de marcher à la guerre, les autres de faire quelque pratique religieuse contraire à la foi. Beaucoup ont péri. Cependant ce n'est point encore une véritable persécution. Les païens ont péri aussi en très-grand nombre. Jusqu'ici, il y a eu des mauvais traitements exercés contre les chrétiens, mais on ne sait pas de mise à mort qui soit due à la seule cause de la religion. C'en est toutefois assez pour que nous ne fassions pas de vœux pour leur succès. »

Une lettre de Mgr Maresca donne plus de détails sur ce commencement de persécution et se résume en ces termes : « Sur six cents chrétiens que nous comptons dans les villes de Nankin, Yang-tcheou, Tchen-kiang, cinquante ont été tués ou brûlés, plusieurs ont été liés et battus. La plupart ont tout perdu et restent captifs, exposés à toute espèce de dangers pour l'âme et pour le corps. »

Sans le moindre doute, on pouvait trouver dans de pareils faits un motif suffisant d'intervention armée.

Aussi, Clerc n'y tient plus ; puisqu'il ne peut agir, il faut qu'il parle, et sa parole ira retentir à Paris jusque dans le cabinet d'un ministre.

Dans les premiers jours de juillet, à bord du *Cassini*, qui mouille alors près de Castel-Peak, à petite

distance de Chang-haï, il prend la plume et il se
met à écrire à bride abattue une *Note sur notre
position en Chine, en Cochinchine et en Corée, et
sur le rôle que nous y pourrions jouer*. Le début
est plein d'élévation ; je cite :

« La France, obéissant au devoir d'un État, de ne
pas laisser les grands événements qui ne l'intéressent pas s'accomplir dans le monde sans témoigner
de sa présence et sans réserver ses droits quand elle
ne les fait pas valoir actuellement, entretient dans
les mers de Chine, depuis la guerre de l'opium, des
bâtiments de guerre que la protection des intérêts
de son commerce ne semble pas réclamer. N'y a-t-
il cependant que cette idée un peu vague et indéfinie
qui doive dicter la conduite tracée à nos agents
diplomatiques et à nos commandants militaires ?
Obéissons aussi à cet instinct mystérieux qui pousse
depuis trente ans les peuples civilisés vers la Chine,
et soyons disposés, nous aussi, à y jouer un rôle en
rapport avec notre caractère et notre aptitude nationale. Si l'influence croissante de l'Angleterre et des
États-Unis y est due à leur commerce, pourquoi la
nôtre, au défaut de cette base, ne se fonderait-elle
pas sur nos armes appuyant la justice ? La France
ne tire pas le moins bel éclat de sa gloire militaire,
des guerres qu'elle a soutenues sans en retirer de
profit matériel, et elle méprise une politique qui ne

tirerait l'épée que pour dicter des traités de commerce.

« Les empires de ces vastes régions sont souvent le théâtre de péripéties imprévues; les révolutions de palais y sont fréquentes. Tout le monde sait comment Mgr l'évêque d'Adran avait conquis à notre pays en Cochinchine une influence puissante et méritée ; des circonstances plus ou moins semblables peuvent souvent se présenter, et il importe que nos représentants puissent en profiter. Toutefois, le désir d'une large part d'influence n'est pas ici l'inspiration du seul orgueil national, et, bien que cette ambition soit irrépréhensible en soi, elle se justifie par un plus noble motif. Depuis la Tartarie jusqu'à la presqu'île de Malacca, de nombreux missionnaires de notre foi, et presque tous de notre pays, évangélisent ces immenses et malheureuses contrées. La France est le protecteur né de tous ; les nations européennes lui en reconnaissent l'honneur et la charge, et, par une tradition indestructible, — puisque les temps si funestes pour nous ne l'ont pas détruite — ces peuples ont encore les yeux tournés vers elle dans les souffrances où ils perdent toute autre espérance. »

Clerc est d'avis que l'on peut, avec une direction prudente des affaires, étendre à la religion une protection qui ne soit « ni un prosélytisme armé sur

les peuples, ni une usurpation sur les princes. » Et
là-dessus il se met à examiner la situation de ces
trois empires de l'extrême Orient : la Chine, la Cochinchine et la Corée.

Ses vues sur la Cochinchine, en particulier, sont
d'une justesse qui devait les faire accepter tôt ou
tard, et quel qu'ait été le sort de sa note, on y reconnaîtra la pensée qui a dicté la conduite du gouvernement lorsqu'il se décida enfin à envoyer dans
ce pays des forces suffisantes pour y prendre pied et
y fonder un établissement durable.

« En Cochinchine, des traités encore plus récents
nous accordent des priviléges importants ; nous pourrions revendiquer avec justice la propriété de Tou-
ranne, cédé à la France par l'empereur Kia-long.
L'amiral Cécile a échoué dans son entreprise de
renouer nos relations avec cet empire récemment
ami et allié. L'amiral Lapierre a été obligé de repousser par la force la réponse que l'on préparait
à cette même demande. Si le capitaine Lapierre, qui
a si noblement bravé dans cette circonstance la dis-
grâce qu'une certaine couleur de l'opinion publique
devait lui infliger, avait servi un gouvernement
comme celui qui vient de récompenser ses services,
il eût, sans aucun doute, après la destruction de la
flotte cochinchinoise, imposé un traité aux vaincus,
et la France n'aurait pas laissé la hache du bourreau.

par l'ordre d'un prince aveugle et cruel, frapper ses nobles enfants Scheffler et Bonnard, martyrisés pour la foi tandis que ses vaisseaux croisent sur les côtes ou stationnent stérilement à Macao. »

C'était tenir un noble langage et parler français. Mais quand la note de Clerc parvint au cabinet du ministre, car elle y est parvenue [1], on s'y occupait de toute autre chose, à savoir de l'expédition de Crimée. Ajoutons ici un détail que nous tenons de bonne source. Après la prise de Sébastopol, on voulut savoir quel avait été le rôle de l'évêque d'Adran et quels droits résultaient pour la France de l'alliance conclue entre le roi Louis XVI et l'empereur de Cochinchine. Sur la demande de personnages haut placés, une nouvelle note fut rédigée à Paris même, et elle fut remise par le baron Cauchy, l'illustre géomètre, au maréchal Vaillant, son confrère à l'Académie des sciences, un jour qu'à leur ordinaire ils occupaient à l'Institut deux fauteuils voisins. C'était le seul lieu où ces deux hommes, de foi politique si différente, pouvaient se rencontrer, et, jusqu'à un certain point, s'entendre. Plusieurs années avant sa mort Clerc vit l'accomplissement d'un vœu si cher à son cœur, et l'on juge de la joie qu'il dut éprouver lorsqu'il apprit, dans sa retraite, que

---

1. Elle a été marquée d'un timbre portant ces mots : *Marine et Colonies. Cabinet du ministre.* 1853, 3 *novembre.*

le drapeau français flottait sur les murs de Saïgon.

Pendant que le rôle de la France lui apparaissait ainsi dans toute sa grandeur et qu'il s'efforçait d'allumer au loin le feu dont son noble cœur était embrasé, il dut, à son grand déplaisir, s'éloigner encore une fois de Chang-haï; non sans espoir d'y revenir : il ne pouvait s'imaginer qu'on ne se servît pas du *Cassini* pour protéger les chrétientés du Kiang-nan et les intérêts européens menacés de fort près par les insurgés. Il écrivait de Hong-kong le 22 juillet : « Le *Cassini* répare ses chaudières et probablement à la fin d'août nous serons en si bon état que notre campagne pourra se prolonger facilement deux ans encore. Or, si on prend en France le parti d'intervenir en Chine, il me paraît difficile qu'on n'y emploie pas le *Cassini* qui est tout rendu et qui sera propre à tous les genres de services qu'on peut attendre d'un vapeur. Aussi j'ajourne toutes les espérances de retour et je ne fixe aucune limite à notre séjour ici. Les bâtiments qui doivent relever ceux de la station ont quitté la France, la *Constantine* le 6 février et le *Colbert* au commencement de mars. Chaque jour on attend la *Constantine* qui doit faire partir la *Capricieuse*. » En somme, il eût vu de bon cœur se prolonger d'une ou deux années cette campagne qui durait depuis près de trois ans. Voilà comment une ambition plus haute que celle à laquelle il obéissait en entrant dans la marine, le rattachait à une carrière dont il n'attendait plus rien pour lui-même, mais toujours noble et grande à ses yeux lorsqu'elle devenait l'auxiliaire de la civilisation et, disons le mot, du Christianisme.

Dans le courant de septembre, le *Cassini* mouillait dans la Taïpa, à deux milles de Macao, quand M. de Plas reçut, du chargé d'affaires de France, l'invitation de se rendre le plus tôt possible à Changhaï, où les établissements européens couraient les plus grands périls. Les réparations n'étaient pas achevées ; mais le commandant n'hésita pas ; il partit le lendemain et dans les premiers jours d'octobre il était à son nouveau poste. Voici ce qui s'était passé depuis le départ.

Le 7 septembre, au moment où l'on s'y attendait le moins, la ville avait été envahie par une bande d'hommes vêtus de rouge, armés de fusils, de sabres et de bâtons. Avant le point du jour, ils sont maîtres des portes, et au lever du soleil, ils occupent déjà tous les tribunaux et les principaux postes de la ville. Quelques mandarins sont tués, les autres s'enfuient ; les soldats, au nombre de mille peut-être, s'éclipsent si à propos qu'on n'en voit plus paraître un seul. A neuf heures on crie dans les rues que le peuple n'a rien à craindre ; des affiches paraissent sur les murs : elles portent que toute atteinte à la propriété sera punie de mort. De fait, plusieurs malheureux, convaincus de vol, furent décapités. Tout se passait donc *à l'instar* des grandes capitales d'Europe ; nos émeutiers chinois étaient passés maîtres et il leur restait peu à faire pour n'avoir plus rien à envier aux révolutionnaires en titre de Paris.

A peine arrivé , le commandant du *Cassini* , d'accord avec le consul français, prend des mesures efficaces pour la protection des établissements nationaux. Chaque soir une garde de matelots est envoyée au consulat et quelques hommes sont détachés à Tom-ka-tou et à Chang-haï. Le pavillon français est arboré sur la maison des Pères à Tom-ka-tou ; si ce drapeau est amené, ce sera signe de détresse.

Les rebelles — un ramassis de Fokiénois et de Cantonnais — s'étaient renfermés dans la partie fortifiée de la ville, d'où ils défiaient les impériaux avec une audace accrue par la lâcheté de leurs adversaires. On soupçonne qu'ils étaient secondés sous main par des Européens habiles à diriger le mouvement et intéressés au succès de l'insurrection.

Le commandant du *Cassini* nous raconte un incident tragi-comique, dans lequel Clerc, toujours prêt à s'exécuter, fit preuve de sa présence d'esprit et de son sang-froid habituel.

« Au mois de novembre, une flottille chinoise eut

ordre de venir canonner la ville et vint prendre position près de Tom-ka-tou de manière à attirer le
feu des insurgés dans la direction de la cathédrale et
de la principale résidence des Pères. Le pavillon fut
amené. Après en avoir délibéré devant Dieu, le commandant envoya Alexis Clerc dans sa baleinière
pour savoir ce qui se passait et faire cesser le feu
dans cette partie de la ville, s'il y avait lieu. Clerc
partit. La baleinière fut saluée de quelques boulets
qui pouvaient bien n'être pas précisément à son
adresse et il arriva à Tom-ka-tou, où le P. Lemaître
(depuis supérieur général de la mission) n'hésita
pas à s'offrir pour traiter avec l'amiral chinois. Ce
dignitaire fut trouvé à fond de cale, le bruit du canon lui étant particulièrement désagréable. On lui
signifia que s'il continuait à menacer et à faire menacer la résidence de Tom-ka-tou en tirant sur les
remparts de la ville, le commandant français viendrait s'y opposer avec ses canons. Loin de se fâcher,
il reçut cette sommation avec joie et donna carte
blanche au lieutenant Clerc et au P. Lemaître pour
avertir les petits bâtiments sous ses ordres. Les ca-
pitaines partagèrent la satisfaction de leur amiral et
vidèrent promptement la place. Le courage, secondé
d'une grande bonne humeur chez le lieutenant Clerc
et chez le P. Lemaître, dut produire un grand effet sur
les Chinois, car les boulets pouvaient parfaitement

atteindre les négociateurs comme les combattants. »

Clerc était d'avis qu'avec ces tristes impériaux il n'y avait pas grand'chose à ménager ; cependant, si avilis qu'ils fussent à ses yeux, il les préférait aux rebelles, pensant qu'ils étaient encore après tout les représentants de l'ordre établi et les défenseurs tels quels d'un gouvernement régulier. Il écrivait au P. Broullion, qui se trouvait alors en France pour les affaires de la mission : « L'orgueil chinois, tout robuste que vous le connaissez, ne peut résister entièrement à de tels assauts. L'incroyable lâcheté et la plus incroyable stupidité des attaques des impériaux contre la ville les laissent eux-mêmes confus, et en effet les Pères, dans leurs rapports avec eux, ne retrouvent plus les mêmes hommes. Quelques leçons pareilles, et il n'y aura plus à lutter contre ce mépris qui enveloppait tous les étrangers. Cette considération, qui est certainement d'un grand poids, me paraît faire envisager les révoltés de moins mauvais œil, quoiqu'ils soient la cause involontaire de ce bien. D'autre part, on a su, par la lettre que Mgr Mouly vous écrit, qu'on a persécuté les chrétiens à Pékin, et abattu la croix. Le catéchiste du P. René (Massa) a confessé la foi dans les tourments et, sur le point d'être mis à mort, a sauvé ses jours par la protection d'un mandarin qu'il avait converti. Pour moi, je préférerais encore faire main basse sur les rebelles ; mais il n'est pas question de cela ; on veut toujours agir comme si nous étions en Europe et avec la sanction d'un droit des gens un peu fantastique par son scrupule d'équité [1]. »

Les avis étaient très-partagés. On savait bien à quoi s'en tenir sur les Fokiénois et les Cantonnais qui occupaient Chang-haï, véritables bandits habilement organisés pour le pillage. Mais les rebelles du Kouang-si, maîtres de Nankin, exerçaient de loin plus de prestige et l'on se demandait s'ils n'allaient pas accomplir une grande révolution au profit de la nationalité chinoise ; car, il ne faut pas l'oublier, la dynastie régnante était de race tartare, ne datait que du milieu du xvııe siècle et ne s'était établie que par la conquête. Parmi les Européens qui faisaient des vœux pour l'insurrection, quelques-uns prétendaient que l'avénement de Tai-ping, l'empereur des Kuam-si-jen, ne pouvait manquer d'inaugurer l'ère de la liberté religieuse. Le fait est que les partisans de ce personnage mystérieux et très-habile se donnaient hautement pour les exterminateurs de l'idolâtrie et qu'ils mettaient au nombre de leurs livres de religion une traduction de saint Matthieu et quelques fragments de la Bible. D'autre part, ils avaient

1. Lettre du 1er novembre 1853, publiée par le P. Broullion dans son *Mémoire sur l'état actuel de la Mission du Kiang-nan;* Paris, 1855, p. 334.

abattu des croix, persécuté et mis à mort un certain
nombre de chrétiens ; leurs chefs, disait-on, prati-
quaient la polygamie, ce qui ne promettait pas un
respect bien sincère pour la morale évangélique et
faisait peu d'honneur aux ministres protestants
dont quelques-uns se vantaient d'avoir été leurs
initiateurs. Que fallait-il penser d'eux ? Les insurgés
qui déjà marchaient sur Pékin devaient-ils être pris
au sérieux et mis au rang de belligérants par les représentants des puissances européennes ? Cela valait
la peine d'être éclairci, et il fut décidé qu'on irait à
Nankin pour voir les choses de près et ne prendre
parti qu'à bon escient.

Donc, à la fin de novembre, le commandant de
Plas reçoit à bord du *Cassini* M. de Bourboulon,
ministre plénipotentiaire de France, madame de
Bourboulon, M de Courcy, secrétaire de la légation,
et leur suite. A la demande de M. Édan, consul
par *intérim* (M. de Montigny étant parti pour la
France), deux Jésuites, les PP. Gotteland et Clavelin, sont désignés pour accompagner l'expédition.

On lève l'ancre, on remonte le Yang-tsé-Kiang ;
le tirant du navire et les bancs de sable mouvants
ne permettent d'avancer qu'avec circonspection ; les
voyageurs contemplent à loisir ce beau fleuve, le
second du monde, dont l'embouchure a près de
trente lieues de large. Le 3 décembre, vers midi, ils

passent devant Kiang-in, ville de troisième ordre, autrefois le centre de nombreuses chrétientés dont il ne reste plus que des débris. Le 5, ils sont à Tchen-kiang-fou, ville de deuxième ordre, dont le port est formé par l'île d'Or et l'île d'Argent. Ces lieux charmants, ravagés par la guerre civile, n'offrent aux regards que des ruines. Enfin le 6, on est en vue de Nankin. Le *Cassini* avait rencontré deux flottes, de deux à trois cents voiles, sans essuyer aucune démonstration hostile. Là, pour la première fois, un coup de canon, parti d'une batterie couverte par les remparts, fait siffler un boulet aux oreilles des arrivants. On attend un second coup pour riposter; il n'est pas tiré, et les explications qu'on se hâte de demander, sont données de la manière la plus polie. On s'en contenta.

Je ne parlerai pas des entrevues de la légation française avec les ministres de l'empereur Taj-ping: le P. Clavelin en a laissé un récit pittoresque et animé dans une lettre publiée par le P. Broullion [1]. M. de Courcy, qui assistait à tout, n'en a rien dit dans son volume intitulé: l'*Empire du Milieu*. En somme, le résultat fut petit, pour ne pas dire nul. Clerc en augurait ainsi dès le commencement, et il se félicitait, au retour, que la diplomatie française

1. *Mémoire sur l'état actuel de la mission de Kiang-nan.* Appendice, p. 337.

21

eût échappé au danger de compromettre, avec sa dignité, la sécurité des chrétiens évangélisés par nos missionnaires, en traitant avec des rebelles. Mais il avait été profondément ému du spectacle de désolation qu'offrait cette immense ville de Nankin et il écrivait à quelque temps de là : « Nous en avons parcouru une très-grande partie, et nous n'avons vu ni un artisan exercer sa profession, ni un commerçant son négoce. Toutes les maisons ont été plus ou moins ravagées, et, chose extraordinaire, celles mêmes qui sont habitées ne sont point réparées; les portes et les châssis sont encore présents aux ouvertures, mais ne sont point fixés. Il n'y a plus, à ce que je crois, aucune propriété et le communisme est réalisé à souhait pour les expérimentateurs. Les femmes, séparées de leurs familles, même de leurs maris, sont comme parquées par petits détachements dans les maisons d'un même quartier. Elles sont sous la surveillance d'une d'elles qui exerce une autorité à peu près militaire. Quant aux hommes, presque tous ceux que nous avons vus étaient de très-jeunes gens, généralement originaires d'autres provinces, soit que les habitants de Nankin aient pris la fuite, soit qu'on ait préféré les envoyer dans les armées expéditionnaires pour mieux s'assurer de la ville.

« Tous ces jeunes gens sont richement vêtus d'ha-

bits de soie encore neufs; mais j'ai été plus attristé
de ce luxe que je ne l'eusse été de la pauvreté, car
c'est l'effet d'un immense pillage et de la prodiga-
lité propre au brigandage.

« On ne peut qu'éprouver la plus grande pitié
pour ce malheureux peuple opprimé par deux pouvoirs aussi mauvais l'un que l'autre.

« Ces peuples sont faits pour vivre sous le joug,
et s'ils avaient le bonheur d'être sous un bon gouvernement, ils ne songeraient pas à la révolte, car,
tout mauvais que soit celui des Tartares, personne
ne va au-devant de la nouvelle future dynastie.

« L'Europe ignore sa puissance et n'a plus le
cœur assez haut pour vouloir faire de grandes choses
à l'extérieur. Si nous étions au temps des Magellan
et des Cortez, on aurait beau jeu pour faire le plus
grand bien possible à tous ces peuples assis à l'ombre de la mort. »

Le 18 décembre, à midi, le *Cassini* jetait de nouveau l'ancre devant Chang-haï.

« Notre voyage de Nankin, écrit le P. Clavelin,
était donc terminé. Néanmoins, je dus prolonger
encore mon séjour à bord. C'est que notre bon commandant désirait grandement avoir un prêtre sur le
Cassini pour la solennité de Noël. La veille de Noël
nous entendîmes gronder le canon jusque bien
avant dans la nuit; une balle vint même tomber

au milieu de nous. Toutefois, au moment de commencer la messe, à laquelle tout l'équipage assista,
il se fit un silence complet ; ce qui, joint au recueillement des assistants, à la nouveauté du spectacle,
aux sentiments inhérents à une pareille fête, et
enfin à la vue du commandant, de quatre officiers
et plusieurs sous-officiers et matelots venant recevoir, avec la piété qui les distingue, la sainte communion en présence de toute l'assemblée : tout cela,
dis-je, fit sur moi une profonde impression, et le
souvenir de cette fête se conservera toujours dans
ma mémoire. »

Le lendemain fut consacré à l'accomplissement
d'un acte de justice nécessaire. Deux catéchistes de
la mission, saisis par les rebelles, avaient été traités
en espions et l'un des deux cruellement torturé. Le
commandant du *Colbert*, récemment arrivé de
France pour remplacer le *Cassini*, exigea une réparation ; il était disposé, en cas de refus, à tirer le canon.
La réparation fut accordée. Liou, chef des rebelles, envoya le coupable avec les exécuteurs. On fit grâce :
on savait les Chinois capables de tout ; plus d'une
fois, en pareilles occasions, ils avaient livré des innocents à la place des coupables. L'effet de ces procédés
aussi généreux que fermes fut excellent pour l'honneur du pavillon français et pour la considération
de ceux sur lesquels il étendait sa protection efficace.

« C'est ainsi, dit le P. Clavelin, que, grâce aux représentants de la France, nous jouissons d'une tranquillité parfaite et vraiment extraordinaire pour les circonstances. Puisse-t-elle durer toujours! »

Il ne convenait pas d'interrompre le récit des services rendus par le *Cassini* à la mission du Kiang-nan et aux établissements européens de Chang-haï; nous n'avons donc jusqu'ici montré notre héros que dans sa vie d'action, nous réservant de faire connaître ensuite le travail intérieur auquel il se livra pour ne revenir en France que bien fixé sur sa vocation : grande affaire qu'il avait déjà traitée une première fois avec le P. de Ravignan, et dont il voulut s'occuper de nouveau, dans la maison de Zi-ka-wei, sous la direction d'un éminent et saint missionnaire, le P. Languillat, aujourd'hui administrateur du diocèse de Nankin.

Il se mit donc en retraite, peu de temps avant le départ du *Cassini* pour Nankin; il fit avec ferveur les *Exercices spirituels* et procéda en toute maturité à cet acte important du choix d'un état de vie, de l'Élection, pour parler la langue des *Exercices*. Saint Ignace donne là-dessus des règles d'une admirable sagesse et qui, observées avec sincérité, rendent pour ainsi dire l'erreur impossible. La première et la principale, c'est que l'œil de notre intention soit simple; que nous n'ayons d'autre fin que la gloire de Dieu et le salut de notre âme ; que notre choix tende uniquement à obtenir cette fin. Clerc a-t-il bien observé cette règle ? On en jugera; il a rapporté de Zi-ka-wei la feuille sur laquelle il avait mis par écrit les motifs déterminants de son élection, et nous avons cette pièce sous les yeux; nous allons en extraire ce qu'elle contient de plus caractéristique.

Procédant avec ordre, il se pose successivement quatre questions qu'il examine et résout de la manière suivante :

« Me faut-il viser à la perfection ? [1].

1º Cela n'est pas nécessaire au salut.

2º Cela est peut-être au-dessus de ma persévérance.

3º Si mon courage échoue dans une entreprise qui n'est pas néces-

1º C'est beaucoup plus sûr.

2º Rien n'est impossible à Dieu ; les jours se déroulent un à un.

3º Ne pas entreprendre, c'est être déjà battu sans combattre, puisqu'il en a été délibéré.

---

1. Inutile de faire remarquer que la colonne de gauche contient les raisons *contre* et la colonne de droite les raisons *pour* l'affirmative.

saire, il sera déjà bien affaibli pour ce qui l'est absolument.

4° C'est plus noble.

5° C'est plus agréable à Notre-Seigneur.

6° La voix intime de la conscience qui me reproche des relâchements qui ne sont pas des péchés, est la voix de Notre-Seigneur jaloux de ma perfection.

7° Notre-Seigneur vomit les tièdes.

8° Celui à qui il a été plus pardonné doit aussi plus de reconnaissance.

« Donc je dois et je veux viser à la perfection.

« Me faut-il pour cela entrer en religion ?

1° Il me faut subvenir aux besoins de mon père.

1° Mon frère Jules s'en chargera seul avec joie. Je pourrai aussi lui laisser quelques économies de campagne.

2° J'ai expérimenté le grand ennui qui n'a cédé ni à terre ni embarqué.

3° Il me paraît impossible de ne pas être entamé par la vie de communauté du bord.

4° C'est une exception que de trouver à bord des secours religieux.

5° Je n'ai pas d'attrait particulier pour mon métier; ma carrière jusqu'ici ne m'y lie pas.

6° Notre-Seigneur me fait la grâce d'embrasser sans combat la pauvreté et la chasteté; il est imprudent d'aventurer ces dons dans le monde.

7° Ce serait une vocation singulière que de tendre à la perfection dans le monde; l'expérience de ces quatre dernières années prouve que ce serait une faute d'attendre encore.

8° J'ai déjà perdu du côté de la charité.

9° Il n'y a pas de perfection sans l'obéissance.

10° Il m'est évident qu'on y est beaucoup plus utile à soi et aux autres.

11° C'est le grand chemin.

12° Comment ne pas prévoir les assauts de la vaine gloire qui suivront l'avancement le plus naturel dans ma carrière?

13° C'est le port.

14° C'est, depuis quatre ans, le terme plus ou moins marqué où j'aspire.

« Donc je dois et je veux entrer en religion.

« Quelle religion me faut-il choisir?

1° La Compagnie de Jésus est plus nombreuse

et réellement établie en France.

2° On peut moins raisonnablement y prétendre à un office de marque.

3° Elle embrasse toutes les œuvres, et c'est la seule suggestion du mauvais esprit ou de l'orgueil qui peut faire croire qu'on n'y est pas employé à sa place.

4° Elle prend la responsabilité de toute la carrière qu'elle vous donne. Vous ne vous ingérez pas, par exemple, de recevoir le sacerdoce.

5° Elle a pour le salut et la perfection de ses enfants les plus admirables et minutieuses sollicitudes.

6° Elle n'a pas d'accommodements avec la règle : dispenses, etc.

« Donc je dois et je veux entrer dans la Compagnie de Jésus.

« Quand entrerai-je en religion ?

1° Quitter le *Cassini* serait non-seulement extraordinaire, mais, je crois, impossible.

2° Ce serait choisir moi-même une destination entre toutes celles que peut donner la Compagnie.

3° Il me semble naturel et convenable d'obtenir l'assentiment de mon père, au moins de l'informer moi-même de ma détermination.

4° Il me semble inutile et dangereux de rendre d'autres devoirs au monde.

« Donc, après très-peu de jours passés à Paris, je dois et je veux aller au noviciat qui m'aura été désigné.

« Fait à Zi-ka-wei, le 17 octobre.

« ALEXIS CLERC. »

Telles sont les grandes et saintes résolutions qu'Alexis avait prises devant Dieu et qu'il allait accomplir sans délai.

Nous passons sur les circonstances du retour en France, qui seraient maintenant de peu d'intérêt. Favorisé dans sa marche par un temps superbe, le *Cassini* entra dans la rade de Lorient le 5 juillet 1854. Il tombait en pleins préparatifs de guerre, et, sans avoir le temps de se reconnaître, il fut enveloppé dans le branle-bas général occasionné par l'expédition de Crimée. Le lendemain de son arrivée, Alexis écrivait à son père :

« Le port de Lorient redouble d'activité et l'on se prépare au tour de force de faire partir dans un délai de six jours le *Cassini* pour la Baltique et d'y porter je ne sais quoi. Néanmoins, tout ce beau zèle ne me touche pas de près, car j'ai été débarqué dès le jour de notre arrivée, et j'ai refusé de demander à continuer cette nouvelle queue de la campagne.

« Cependant, il y a eu je ne sais quelle confusion telle qu'aujourd'hui, à 4 heures, je dois rester embarqué pour la troisième reprise après avoir dû être débarqué deux fois. Je considère toutefois mon débarquement comme réel, et j'espère obtenir une petite permission de quinze jours pour Paris. Je ne puis fixer mon arrivée. »

Après une si longue absence, il brûlait d'aller

embrasser son père et son frère Jules, de féliciter ce dernier de l'union qu'il venait de contracter avec une personne digne de lui, et de prendre part, en bon frère, à cet événement de famille dont les détails lui étaient encore inconnus, privé qu'il était de toute correspondance depuis son passage à Singapour. Il se souciait médiocrement de partager la nouvelle fortune du *Cassini* qui ne devait être employé que comme transport. C'était plus militairement qu'il aurait servi, si la chose eût dépendu de lui.

« A la guerre comme à la guerre, écrit-il deux jours après, et si je pouvais être bon à quelque chose, ce n'est pas trois ans et demi de campagne — qui ne m'ont point épuisé — qui devraient me détourner de servir sur-le-champ. » — « Madame ma belle-sœur, ajoute-t-il avec courtoisie, a bien voulu m'écrire quelques mots. Je lui en suis bien reconnaissant, et j'espère qu'entre gens de bonnes intentions, nous ne tarderons pas à être vraiment frère et sœur. Patience ! patience ! et tout s'arrangera pour contenter tout le monde. »

Bref, malgré l'extrême fatigue de son équipage et le mauvais état de ses chaudières, le *Cassini* fut encore destiné à remorquer plusieurs vaisseaux et frégates soit à Lorient, soit à Brest ou à Cherbourg, après quoi son débarquement fut enfin décidé et

20

s'effectua dans les premiers jours du mois d'août.
Alors seulement Clerc obtint la permission d'aller
voir son père. Mais avant de partir, il offrit ses services pour la Baltique ; ils ne furent point acceptés,
tous les postes étant déjà remplis. Huit jours plus
tard, Clerc était au noviciat de Saint-Acheul, accom-
plissant à la lettre la résolution par laquelle il avait
terminé son élection :

« Après très-peu de jours passés à Paris, je dois et
je veux aller au noviciat qui m'aura été désigné. »

CHAPITRE X.

ALEXIS CLERC DANS LA COMPAGNIE DE JÉSUS.
SAINT-ACHEUL.

Enfin, après quatre années d'attente, Clerc allait pouvoir répondre à l'appel du Seigneur qui se faisait entendre à son cœur d'une manière toujours plus forte et plus pressante. Cependant, tout n'était pas fait; il y avait des liens à rompre avant qu'on pût l'admettre au noviciat, et il était facile de prévoir que l'opposition paternelle, singulièrement favorisée par les circonstances, ne désarmerait pas du premier coup. N'allait-elle pas même se déclarer à tout jamais inflexible et implacable? Hélas! on ne le verra que trop, c'est ce qu'elle fit et elle tint cruellement parole jusqu'au bout.

Clerc dut avoir le pressentiment des obstacles qui l'attendaient et du rude combat qu'il aurait à soutenir, lorsque, ayant fait part de sa résolution au P. de Ravignan dès son arrivée à Lorient, il reçut cette réponse peu encourageante :

Paris, **35**, rue de Sèvres, 18 Juillet 1854.

« Mon bien cher ami, votre lettre m'apporte de bien douces consolations. La grâce de Dieu vous garde et vous conserve tous les dons de sa bonté : prions pour que sa volonté s'accomplisse entièrement sur vous.

« Vous devez attendre, ce me semble, encore pour prendre une résolution dernière. Votre démission serait intempestive. Sans doute, il faut prévoir les difficultés et les obstacles ; cependant, ne craignons rien quand nous ne cherchons que la gloire de Dieu et le bien de notre âme.

« Vous ne pouvez douter de mon tendre intérêt, il vous accompagne partout. Adieu donc et au revoir. Soyons unis dans le cœur de Notre-Seigneur et dans la plus ferme espérance.

« Mes dévoués souvenirs au commandant.

« X. DE RAVIGNAN. »

Il est à croire que le P. de Ravignan fut satisfait des explications que Clerc lui donna lorsqu'il vint

à Paris et qu'alors, d'opposant qu'il était, il se déclara son allié et son auxiliaire; il nous semble
même impossible qu'il ne se soit pas rendu si le généreux postulant lui mit sous les yeux l'élection
qu'il avait faite à Chang-haï et qui avait reçu, dix
mois auparavant, l'approbation d'un religieux aussi
sage et aussi éclairé que le P. Languillat. L'illustre
et saint religieux n'avait-il pas tracé lui-même, dans
son bel ouvrage *De l'Existence et de l'Institut des Jésuites*, la route où il voyait son jeune ami marcher
d'un pas si ferme? N'avait-il pas, en traitant de l'Élection et en faisant appel à sa propre expérience, écrit
ces lignes où Alexis dut se reconnaître : « Quand
l'âme est tranquille, qu'elle possède en paix toutes
ses puissances, elle balancera, elle pèsera les motifs
opposés, consultant Dieu dans la prière. Elle se placera sur le lit de mort, aux pieds du souverain juge;
ou bien près d'un inconnu qui, rencontré pour la
première fois dans la vie, exposerait ses doutes, de-
manderait la solution, appellerait tout le désintéressement du plus libre conseil. La lumière se fait
ainsi : le choix se détermine, il immole sur l'autel
du sacrifice toutes les répugnances de la nature.
Jésus-Christ a vaincu, et le disciple fidèle, vain-
queur avec lui, chante et célèbre son triomphe en
dévouant au Seigneur ses forces, ses travaux et sa
vie tout entière, ou dans l'apostolat du monde, ou

dans la milice sacrée. — O Dieu! je vous bénis et vous rends grâces : c'est ainsi que vous avez fixé ma vie et assuré pour jamais ma bienheureuse existence [1]. »

Langage que comprendra quiconque a passé par la même voie et est parvenu au même terme, mais inintelligible pour M. Clerc le père, non-seulement à cause de sa tendresse qui répugnait à ce grand sacrifice, mais encore, il faut le dire, par suite des préjugés dont son esprit était obsédé.

Que se passa-t-il entre lui et son fils quand celui-ci lui déclara qu'il voulait être Jésuite et qu'il allait, de ce pas, frapper à la porte du noviciat de Saint-Acheul? On le devine de reste. Alexis fut respectueux sans doute, mais il fut ferme; il avait reconnu la nécessité et la convenance d'obtenir le consentement de son père, s'il le pouvait; ne le pouvant pas, il se rappela que Jésus-Christ a dit : *Qui aime son père ou sa mère plus que moi, n'est pas digne de moi* [2], — et il partit pour Saint-Acheul.

Il avait pourtant laissé l'espoir qu'il reviendrait; car n'ayant passé que huit jours au plus à Paris, il

---

1. *De l'Existence et de l'Institut des Jésuites*, chap. III, Élection ou choix d'un état de vie.

2. Qui amat patrem aut matrem plus quam me, non est me dignus. MATTH., X, 37.

n'avait eu le temps ni de faire agréer sa démission, ni de mettre ordre à ses petites affaires comme un homme qui sera bientôt mort au monde et pour qui les choses d'ici-bas ne seront plus rien. Mais quand il eut une fois touché le seuil du noviciat et acquis la certitude qu'on l'y recevrait, songeant aux assauts qui l'attendaient à Paris et à l'impossibilité trop réelle de rien gagner sur l'esprit de son père, il pensa qu'il ne devait plus quitter le port où il venait d'entrer, afin qu'il fût bien entendu que sa résolution était définitive et irrévocable. Il écrivit donc à M. Clerc :

« Mon cher père,

« Je te remercie de la bonté que tu as montrée quand je t'ai fait part d'un projet qui t'affligeait beaucoup. Assurément, je voudrais pouvoir t'en éviter le chagrin, mais je sens bien qu'en t'en expliquant les motifs, je n'y parviendrai qu'imparfaitement. J'obéis à la conviction que je dois prendre ce parti malgré les sacrifices qu'il m'impose. La constance que j'ai gardée à ce projet pendant quatre années au milieu de circonstances si diverses et toutes faites pour m'en distraire, ainsi que tu l'espérais, indique assez qu'il n'y a plus qu'à l'exécuter. On ne prend pas dans la vie de résolution capitale même

avec autant de maturité et de réflexion, et je man-
querais à un devoir si, pour conserver quelques
avantages de bien-être et de vanité, je refusais de
me rendre à la voix de ma raison éclairée par tous
les moyens. Ainsi, mon cher père, crois que,
dans cette affaire, je n'agis sous l'illusion d'aucun
entraînement, sous l'influence d'aucun enthousiasme; le peu de jours où tu m'as vu de près t'a,
je pense, fait porter ce jugement. Pourquoi alors
prévoir des regrets inutiles, ou pour mieux dire,
pourquoi les craindre? Ne les a-t-on pas en effet
prévus et conjurés par tant de réflexions, de conseils expérimentés et par une si longue tempori-
sation?

« Je sais que ton chagrin ne vient que de ton affection désintéressée qui redoute pour moi-même un
mal où je parais courir aveuglément; le mal, cependant, est au contraire de rester où je me trouve déplacé et où ma conscience ne peut plus avoir la
paix. Ce sont là de petits mystères intérieurs que tu
pénétreras facilement; en réalité, je quitte un bien
apparent et un mal réel et j'embrasse un bien réel
et un mal apparent.

« Cependant, bien que la raison justifie ma conduite, elle n'est pas suffisante toute seule pour la
dicter; il faut autre chose que la raison pour imposer un sacrifice même assez léger, et c'est à cette

partie noble de notre âme qui commande alors à notre volonté que je veux m'adresser pour que l'amour de ce qui est meilleur, plus parfait, te fasse plus facilement supporter ce que je fais dans un but généreux.

« Je t'annonce donc, mon cher papa, que l'on veut bien me recevoir au noviciat; il me reste à suivre fidèlement la voie où Dieu m'appelle, et à toi, mon cher père, à prendre part à mon entrée dans la vie religieuse, en l'acceptant le plus possible pour l'amour de Dieu.

« Je crois plus sage de ne pas retourner à Paris, pour épargner le mal à propos des visites que j'aurais à faire aux personnes qui ignorent ma résolution et aussi les représentations toujours les mêmes que ne manqueraient pas de faire les étrangers. Je me sentais déjà passablement gauche, je ne saurais plus du tout maintenant quelle mine faire; d'ailleurs, après cette reculade, le saut ne serait que plus difficile. Le très-petit nombre d'affaires que je laisse en arrière pourra s'arranger par correspondance. D'ailleurs, je n'aurai jamais été si près de vous; en trois heures, quand tu le pourras, tu viendras me voir.

« Que le bon Dieu nous donne la force d'accomplir ce qu'il demande de nous!

« Adieu, cher papa, je t'embrasse avec toute tendresse et prie Dieu qu'il te rende ce coup moins dur par la conviction que nous obéissons à sa sainte volonté.

« A. CLERC.

« Saint-Acheul, 19 Août. »

Cette lettre si tendre et si respectueuse mit le comble à la douleur de ce pauvre père, à son désespoir, car il sentit que la lutte qu'il allait engager avec son fils ne pouvait être pour tous les deux qu'une source inépuisable d'amertumes. Mais la passion ne raisonne pas, et il était bien résolu à s'opposer, coûte que coûte, à la vocation d'Alexis, même au prix du bonheur qu'ils avaient toujours trouvé l'un et l'autre dans l'union jusque-là si facile et si naturelle de leurs cœurs. Aussitôt après le départ d'Alexis pour Saint-Acheul, il avait rédigé une note où il s'ingéniait à trouver des raisons pour le détourner de son projet. Tout à l'heure, c'était pour son propre bien qu'Alexis devait rester dans la marine, mais maintenant, c'était dans l'intérêt de son père ; et, se faisant égoïste à plaisir, il imaginait un avenir lointain où Clerc, ayant pris sa retraite, le recevrait à son foyer, dans son humble ménage de garçon, désir qu'il exprimait sous toutes réserves, confessant qu'à vrai dire il serait difficilement mieux qu'auprès de son fils Jules et de sa belle-fille.

Mais bientôt il a recours à d'autres armes, dont il ne s'était pas avisé tout d'abord, et il ajoute en *Post-Scriptum* : « Je te prie de réfléchir encore que tu ne peux dans ce moment donner ta démission. Ce serait une lâcheté de déserter ton poste au moment où il peut y avoir du danger à courir. » Sur ce dernier point, Clerc pouvait avoir le cœur fort à l'aise ; sa résolution datait d'assez loin pour que, grâce à Dieu, la guerre de Crimée n'y entrât pour rien. S'il eût obtenu du service dans la Baltique, il aurait attendu la fin de la campagne pour donner sa démission, et cela, non par crainte du déshonneur, qui ne pouvait l'atteindre, mais par un sentiment élevé du devoir militaire. On avait déjà vu en Chine, comme on vit plus tard à la Roquette, s'il était homme à marchander sa vie et à reculer devant les boulets et les balles.

M. Clerc terminait par une adjuration et une menace :

« Je t'adjure, par toute l'autorité qu'un père peut avoir sur son fils, d'ajourner ton projet au moins jusqu'à la fin de la guerre.

« Si tu n'accèdes pas à ma prière, ne m'écris plus ; tout commerce sera désormais fini entre toi et moi. »

Voilà, certes, un terrible assaut ; mais Clerc

avait tout prévu, était préparé à tout ; pour l'amour
de Celui qui endura sur la croix un incompréhensible abandon de son Père céleste, il se résigna dès
lors à se voir ici-bas, si telle était la volonté de Dieu,
renié et repoussé par son père selon la chair.

Le P. de Ravignan était alors à Saint-Acheul ; il
y venait souvent en automne chercher la solitude
qui lui fut toujours chère, et se retremper dans le
travail et la prière, comme aux jours où, encore
obscur, il y consacrait les prémices de son talent et
de son zèle à l'enseignement de la théologie. M. Clerc,
qui savait bien que les conseils de l'éminent religieux avaient déjà prolongé de quatre années le séjour de son fils dans le monde, s'adressa à lui en
toute confiance à l'effet d'obtenir qu'Alexis, laissant
là ses idées de vocation, revînt à Paris. Il se flat-
tait sans doute d'avoir trouvé un moyen infaillible
de vaincre l'obstination de son fils. Vain espoir !
Voici quelle fut la réponse du P. de Ravignan :

« Saint-Acheul, 24 Août 1854.

« Monsieur,

« Je comprends parfaitement les peines que res-
sent un cœur de père et je m'associe à vos regrets.
Mais vous comprendrez aussi que, dans une question aussi grave, à l'égard de monsieur votre fils, je

ne puis et nous ne pouvons tous que le laisser à lui-
même. Il est libre aujourd'hui, il le sera pendant
tout le temps de son noviciat (deux ans) s'il y reste :
il ne contracterait d'engagements par les vœux de
religion qu'après cette époque. Il aura donc le loisir
d'examiner sa vocation et de se décider en pleine
connaissance de cause. A son âge, avec son expérience du monde, il est plus qu'un autre à l'abri de
toute illusion. La conscience, la conviction de l'âme
devant Dieu sont ce qu'il y a de plus respectable et
de plus sacré ; et toutes les autorités, comme tous
les sentiments, j'ose le dire, doivent s'incliner devant
une détermination consciencieuse dont Dieu seul est
juge.

« J'espère que vous voudrez bien, Monsieur,
agréer mes excuses de ne pouvoir faire ce que vous
désirez. Veuillez recevoir, avec mes vœux les plus
sincères, l'assurance de ma considération la plus distinguée.

« X. DE RAVIGNAN. »

M. Clerc ne se rendit pas ; il avait juré d'être irré-
conciliable et il le fut ; c'était pour lui un point
d'honneur et une sorte d'engagement de conscience ;
son libéralisme politique et religieux, son patrio-
tisme exalté, son ambition paternelle et jusqu'à sa
tendresse qu'il croyait outragée, tout se réunissait

21

pour l'affermir dans cette opposition ardente et
agressive qui, dès le commencement, ne laissait espérer ni paix ni trève.

Voilà quels combats et quels déchirements, si sensibles à une âme bien née, accueillaient Clerc à son
entrée dans la vie religieuse. Dès le premier pas il
se sentait atteint dans ses affections les plus chères,
et, victime volontaire, il ne lui restait qu'à se cour-
ber sous la croix qu'il allait porter toute sa vie.

Il n'était encore que dans sa première probation.
On nomme ainsi un laps de temps de dix à douze
jours, consacré à un examen réciproque, où le postulant se fait connaître lui-même tout en prenant
connaissance des constitutions de la Compagnie;
examen nécessaire, on le conçoit, pour éviter de part
et d'autre, dans une affaire si importante, tout mal-
entendu, toute surprise. Le P. Alexandre Mallet,
maître des novices et, en cette qualité, chargé d'examiner les dispositions de Clerc, son plus ou moins
d'aptitude à la vie et aux emplois de la Compagnie, le P. Alexandre Mallet était un homme vraiment intérieur, austère et doux, de frêle constitution et de chétive apparence, non sans chaleur de
cœur quand il s'agissait du bien des âmes et des intérêts de la gloire de Dieu, mais fort peu accessible à
l'enthousiasme et particulièrement attentif à se tenir
en garde comme à prémunir les autres contre les il-

lusions même généreuses. On voit que si ce caractère convenait à Clerc, c'était surtout par les contrastes, par l'avantage qu'il avait de rencontrer dans
son guide spirituel des qualités dont il n'était peut-
être pas pourvu lui-même au même degré. Donc,
avant de l'admettre au noviciat, le P. Mallet, qui, à la
rigueur, aurait pu s'en rapporter au P. Languillat
et confirmer purement et simplement l'élection que
Clerc avait faite à Zi-ka-wei, soit pour mettre à l'é-
preuve la vivacité de ses désirs, soit pour obtenir
plus de clarté dans une matière où l'on n'en saurait
avoir trop, lui prescrivit de faire une nouvelle élection en bonne forme pendant sa probation.

Pour le dire en passant, on voit assez par là si
nous prenons les sujets au vol pour les enrôler de
gré ou de force sous notre bannière, et si le *com-
pelle intrare*, qu'on nous reproche tant, est vraiment notre devise. Clerc n'était certes pas un sujet
à dédaigner; disons mieux, c'était, à raison de ses
antécédents, une recrue particulièrement précieuse
pour un ordre religieux qui ouvrait en ce moment
des écoles préparatoires. Rien de tout cela cependant ne fit qu'on crût pouvoir traiter à la légère
cette grande affaire de la vocation.

Clerc fit une nouvelle élection. Comme on le pense
bien, elle ne diffère pas notablement de la première,
au moins pour le fond; mais sous le coup de l'é-

preuve et de la contradiction, la résolution de tout quitter pour appartenir à Jésus-Christ s'accentue avec un redoublement d'énergie qui a sa valeur et son éloquence. Nous en citerons quelques traits des plus remarquables.

A la première question qu'il se pose : « Suivrai-je les conseils ou seulement les préceptes ? » il fait les réponses suivantes : « C'est une honteuse défaite de s'en tenir aux préceptes après avoir déjà longtemps essayé de suivre les conseils.

« C'est une très-lâche défaite que de céder sans combattre par la seule crainte de la bataille.

« C'est un impardonnable mépris de la grâce de Dieu, qui, sans beaucoup de peine, m'a quelque temps fait marcher dans la voie de ses conseils.

« La grande sûreté pour le salut que la voie des conseils! Pour moi, choisir l'autre, c'est comme choisir la perdition.

« Dois-je moins après la grâce d'une conversion si extraordinaire?

« Enfin, je veux suivre la voie des conseils parce que j'aime Dieu et veux le servir de mon mieux.

« Je m'en sens la force avec la grâce de Notre-Seigneur.

« Je veux de tout mon cœur, de tout mon esprit, de toutes mes forces, servir aujourd'hui et tous les jours de ma vie le Seigneur mon Dieu, mon très-miséricordieux, très-aimable et très-doux Sauveur, en m'efforçant de l'imiter avec le secours de sa sainte grâce et en montrant la plus entière docilité à ses conseils et à ses inspirations. Ainsi soit-il.

« Cette voie des conseils est celle même de Notre-Seigneur Jésus : *Qui vult post me venire, abneget semetipsum et tollat crucem suam* [1]. »

A la seconde question : « Dois-je embrasser la vie religieuse ou rester dans le monde ? » il répond :

« C'est un petit sacrifice de renoncer à ma position, je veux l'offrir au bon Dieu.

« Les vertus sont pratiquées dans la vie religieuse ; elles ne sont que méditées tout au plus dans le monde.

« L'expérience me prouve que je perds tous les jours quelque chose depuis trois ans.

« Il y a de bien plus grands dangers à terre.

« De plus grands aussi seront désormais à bord, où je serai sollicité par des emplois plus importants et honorifiques. »

En effet, Clerc, à son retour de Chine, était proposé pour un commandement et pour la légion d'honneur. Le beau moment pour faire à Dieu *un petit sacrifice*, c'était donc celui-là ; plus tard, le sacrifice eût été plus grand sans doute ; mais différer

---

1. Qui veut venir après moi, se renonce soi-même et porte sa croix.

par ce motif, c'eût été tenter Dieu et trop présumer de ses forces. Autres raisons pour embrasser la vie religieuse :

« Sainte obéissance, que j'ai mal pratiquée à bord, je veux que vous soyez désormais ma règle suprême, et j'espère mieux vous pratiquer quand je devrai le faire toujours, parce que vous me serez une stricte loi et non une œuvre surérogatoire.

« Le bien de l'exemple, seule raison plausible que l'on allègue, est plus grand en quittant toutes choses pour le désir de mieux servir Dieu. »

Troisième question : « Dans quel ordre entrerai-je ? »

Réponse : « Dans la Société de Jésus.

« Je la crois la plus propre à mon profit spirituel.

« Elle emploie toujours chacun le mieux possible, de façon à lui donner la satisfaction de travailler plus à la gloire de Dieu qu'il n'eût pu le faire sans la Compagnie.

« Elle s'appelle justement la Société de Jésus, parce qu'on y vit dans la présence et la société de Jésus qu'on médite toujours.

« Elle s'appelle justement la Compagnie de Jésus, parce que Jésus est le capitaine qui la conduit au combat et qu'elle souffre avec lui la persécution et les mépris.

« Enfin, j'aime la Compagnie.

« Aussi, je veux entrer dans la Compagnie de Jésus.

« Je conseillerais à un homme dans ma position, qui me serait du reste inconnu, de quitter tout et d'entrer au noviciat avec la ferme intention de faire après ses vœux.

« Je veux, au jour de la mort et du jugement, me féliciter d'avoir aujourd'hui quitté le monde pour la Compagnie de Jésus.

« A. CLERC.

« Saint-Acheul, jour de la fête de saint Augustin, 1854. »

« Presque jamais la pensée de travailler à la gloire de Dieu, en procurant le salut du prochain, n'a traversé mon esprit sans émouvoir mon cœur et sans m'inspirer le zèle ; j'ai très-habituellement éloigné cette pensée comme n'étant pas encore à sa place, mais me plaisant à croire qu'elle le serait un jour. »

Comment résister à des signes de vocation si manifestes et à des désirs si persévérants ? Aussi, on ne résista plus, et ce jour-là même, fête de saint Augustin, la porte du noviciat s'ouvrit pour Alexis. Sa jeunesse avait ressemblé à celle de l'évêque d'Hippone ; il se promit d'imiter ce grand converti dans

la sincérité de sa pénitence et l'ardeur de sa charité
A dater de ce jour, il n'est plus du monde, et il met
toute sa joie à se faire oublier. Sa démission lui arriva vers le milieu de septembre (elle est datée du
15) ; il pria son frère de régler ses petites affaires ;
le peu d'argent qui devait encore lui revenir (sans
doute comme dernière échéance de son traitement
d'officier), il l'offrit à plusieurs reprises à son père ;
fidèle à sa menace de rupture, M. Clerc le refusa.
Alexis l'offrit alors à la Compagnie, pour l'indemni-
ser des dépenses qu'elle ferait à son occasion pendant
son noviciat et ses études.

Ici donc commence une vie nouvelle, qui n'a rien
d'éclatant, rien d'extérieur, *vie cachée en Dieu avec
Jésus-Christ*, si cachée que les mondains la regardent comme une mort, et qu'elle leur fait horreur à
l'égal du tombeau. Plus de voyages, plus d'expéditions lointaines ; l'uniforme, qui jouit toujours en
France d'un tel prestige, remplacé par une pauvre
soutane, c'est-à-dire par un vêtement que le siècle
honore peu et qu'il ne tolère pas toujours ; enfin,
des occupations qui rappellent au religieux l'humilité de Nazareth, mais qui, par là même, se refusent
à fournir la matière d'un récit détaillé, à ce point
que les évangélistes eux-mêmes n'ont employé que
quelques lignes à raconter l'enfance et les trente
premières années du Sauveur Jésus.

Nous pourrons cependant pénétrer dans l'intérieur de Clerc, grâce aux notes intimes qu'il avait conservées de son noviciat, et qui contiennent, pour ce temps, sa véritable histoire et le fidèle portrait de son âme. Il s'y joindra le souvenir de ceux qui furent alors ses compagnons; souvenir nécessairement bien vague, puisque l'humble novice mettait toute son application à s'effacer, et qu'il y avait admirablement réussi.

La première épreuve qu'il eut à subir, le premier *expériment*, pour parler la langue de l'Institut, ce fut de faire pendant trente jours les *Exercices spirituels* de saint Ignace; de s'enfermer pour ainsi dire, à l'exemple du Fondateur de la Compagnie, dans la grotte de Manrèze, et là, de considérer sa fin dernière, ses devoirs envers son Créateur et son Dieu, la grandeur du péché et tous les maux qu'il traîne à sa suite, la malice du pécheur, ses propres égarements, ses fautes, à lui, Alexis, pendant tout le cours de sa vie, et de laver tout son passé, comme si cette conversion était la première, dans les larmes d'un sincère repentir et dans les eaux de la pénitence. Mais, après ces méditations de la vie purgative, qui remplissent la première semaine, tout le reste est à la contemplation et à l'imitation de Jésus-Christ. Le disciple de saint Ignace considère l'aimable Sauveur comme son roi et son capitaine; il

répond à son appel, se range sous son étendard et
met son bonheur et son orgueil à le suivre le plus
près possible. Or, il y a des âmes plus ou moins
vaillantes, même parmi celles qui s'attachent ainsi
au Seigneur Jésus; on embrasse sa croix d'une
étreinte plus ou moins ardente, on se dépouille plus
ou moins courageusement des livrées du monde
pour se revêtir de celles d'un Dieu crucifié. C'est là
que Clerc se signale tout d'abord et qu'il se montre
brave entre les braves. La plus grande abnégation
de soi-même, la mortification continuelle en toutes
choses, tels sont les moyens pratiques proposés à
ceux qui ambitionnent de s'élever à cette sainte folie
de la croix. Abnégation, mortification, et surtout
abnégation continuelle, ces mots sont durs et ils
épouvantent la nature; on ne peut se réconcilier avec
le mot et avec la chose que par un généreux abandon,
par une fidélité sans réserve à la grâce qui vous
presse de ne pas rester à moitié chemin.

Voyons si Clerc a été vraiment fidèle, ou s'il a
capitulé avec l'ennemi. C'est encore une élection
qu'il va faire, le choix du degré de perfection auquel
il veut atteindre avec la grâce de Dieu.

« Je proteste devant la divine majesté de Dieu,
devant la sainte Vierge et toute la Cour céleste, que
je n'ai ni ne veux avoir d'autre intention dans cette
élection que de choisir ce qui plaira le plus à Dieu

et sera le plus utile à ma perfection dans l'état où la grâce m'a appelé.

« Sentant et ayant plusieurs fois senti une espérance plus filiale en la bonté de Dieu, qui m'aidera à accomplir ce qu'il me conseille, une charité plus vive qui me pousse à être généreux envers Dieu et à tendre avec force et ardeur à ma perfection, et mon âme y trouvant la tranquillité et la paix en Dieu notre Seigneur, tandis que la pensée opposée plonge mon âme dans les ténèbres, le trouble, les attraits bas et grossiers, l'inquiétude des agitations et des tentations, qu'elle jette de la défiance sur ma vocation et ma persévérance et les grâces que Dieu m'accordera pour la suivre, qu'elle rend mon âme paresseuse, tiède et triste et comme séparée de J.-C. notre Seigneur ; — je veux, à la lettre, suivant la Règle 12ᵉ, *chercher dans le Seigneur la plus grande abnégation de moi-même et, autant que je le pourrai* (c'est-à-dire le plus possible), *une continuelle mortification en toutes choses.*

« J'entends par abnégation une parfaite obéissance, un grand abandon de mon sens propre avec mes frères, le désir de ne me distinguer en rien, une parfaite obéissance et une parfaite observation de la Règle 13ᵉ : *In exercendis, etc... si quidem injunctum fuerit ut in eis se exerceat* [1] ; ce que je

---

[1]. Il s'agit dans cette Règle 13ᵉ de l'exercice des offices bas

prierai le Père Maître de vouloir bien ordonner.

« J'entends par mortification continuelle en toutes choses, la souffrance sans interruption du corps en quelque endroit et de toutes les manières : ainsi porter constamment la chaîne, jeûner toujours et altérer le goût, coucher sur le plancher et tout vêtu ou sur une planche dans mon lit, prendre la discipline tous les jours au moins pendant un *Ave* et plus si j'en sens la dévotion, jusqu'à trois, sans demander permission spéciale. Voilà ce que je veux faire, et sans en rien retrancher, avec la grâce de Dieu et la permission du Père Maître, malgré les révoltes de la chair et les ruses du démon.

« Connaissant aussi par expérience que ma conscience me reproche tous les relâchements de la mortification, faire moins serait être sourd à la grâce; elle accomplira ce que certainement je n'oserais seulement pas entreprendre ni même me proposer.

« Ayant ensuite prié Notre-Seigneur Jésus-Christ de mon mieux, je considère :

« 1° Tout ce que les maîtres de la vie spirituelle disent en général de la mortification.

« 2° Qu'elle est surtout recommandée dans le commencement de la vie religieuse.

et humiliants, où saint Ignace conseille de rechercher avec plus d'empressement ceux qui répugnent le plus à la nature.

« 3° Que j'en ai plus besoin que personne pour laver mes péchés passés.

« 4° Que c'est un devoir de reconnaissance pour des bienfaits aussi grands qu'immérités.

« 5° Que c'est mieux imiter Notre-Seigneur.

« 6° Que c'est, selon la Règle 12ᵉ, le meilleur moyen d'arriver à l'amour des mépris et à l'horreur du monde qui est l'esprit de la Compagnie.

« 7° Que s'il y a une chose accordée à la sensualité, mon âme ira sur-le-champ s'en faire un trésor ; que, par conséquent, il faut que la mortification soit continuelle et en toutes choses.

« D'ailleurs, il n'y a pas d'inconvénient à ce régime : 1° parce que je suis assez robuste ; 2° parce qu'il n'a rien en soi qui puisse altérer la santé ; 3° parce que n'ayant ni charge, ni travail au noviciat, je peux subir quelque incommodité sans inconvénient.

« 8° Que cette mortification aidera beaucoup à atteindre l'abnégation qui est plus difficile.

« 9° Qu'elle fait atteindre presque d'emblée à la pratique de la Règle 29ᵉ.

« 10° Que la parole de Jésus aux religieux est formelle : *Qui vult post me venire, abneget semetipsum et tollat crucem suam* [1]. »

---

1. Si quelqu'un veut marcher à ma suite, qu'il se renonce soi-même et porte sa croix. Luc, IX, 25.

Voilà la vie crucifiée que Clerc embrasse avec joie pour l'amour de Jésus-Christ. D'une sincérité sans égale envers Dieu et envers lui-même, il déclare une guerre à mort à l'amour-propre et lui retranche du premier coup jusqu'aux plus légères satisfactions, afin de ne lui laisser nul espoir. Ce n'est pas tout : pour mieux s'assurer de lui-même dans cette difficile entreprise et se contraindre en quelque sorte à l'exécution de ces résolutions héroïques, il s'y engagera par vœu ; mais, joignant la prudence à la générosité, il ne fera qu'un vœu temporaire qu'il renouvellera tous les mois, le tout, bien entendu, moyennant l'approbation de son supérieur et directeur spirituel, le Maître des novices.

« Vous savez, mon Dieu, écrit-il dans son journal, que j'ai l'intention de m'engager par vœu, le premier vendredi de chaque mois, à suivre pendant ce mois la règle de mortification qui sera décidément acceptée par le Père Maître. Je les offre, ces mortifications, à votre Sacré Cœur couronné d'épines et percé d'une lance, et au Cœur Immaculé et traversé d'un glaive de douleur de Marie votre sainte Mère. Et je vous prie, si cette offrande vous est agréable, de me faire sentir une vive compassion à votre passion, une haine profonde de mes péchés et un grand amour pour votre infinie bonté. »

Sa prière est exaucée, et à mesure qu'il médite la

passion du Sauveur Jésus, il sent croître avec son amour son désir de lui ressembler en tout, dans son agonie et son abandon, dans la rage déchaînée contre lui, dans son abaissement et ses opprobres.

« *Jésus devant Hérode.* — Ne demander à Jésus ni prodige, ni grâce singulière, ni consolations rares, ni état d'âme nouveau : ce ne sont là que les désirs de la curiosité, de la sensualité et de l'orgueil. Je demande, ô Jésus, de combattre ces trois concupiscences et de recevoir vos grâces et vos faveurs pour mieux vous aimer et vous servir.

« Ne parler ni pour satisfaire sa propre curiosité, ni une vaine curiosité chez les autres. Revêtir la robe blanche d'Hérode, être le jouet de toute sa troupe.

« O mon Dieu, nous ne pouvons atteindre notre orgueil que par les humiliations; envoyez-en donc à votre orgueilleux serviteur. Veuillez faire que, malgré tous ses soins, il fasse un *exemplum* ridicule et qu'il en soit couvert de honte, de même que pour les *tons* [1]. Donnez-moi seulement votre grâce pour profiter de vos paternelles leçons. O Jésus, soyez toujours devant mes yeux revêtu de cette robe blanche et gardant, les yeux baissés, un profond silence. »

---

1. Les *tons*, ainsi que l'*exemplum marianum* (prédication sur quelque *exemple* relatif à la dévotion à Marie), sont des exercices oratoires en usage dans les noviciats.

Le jour suivant, voici comment il s'entretient avec Jésus condamné à mort :

« Jusqu'où veux-tu me suivre et m'imiter ? Combien de coups de fouet veux-tu bien recevoir pour moi ? Veux-tu aussi être lié, dépouillé ? Iras-tu jusqu'à verser quelques gouttes de sang ? Combien ? Revêtiras-tu le manteau de pourpre ? Veux-tu sentir aussi quelques épines de ma couronne ? — Je veux, Jésus, aller jusqu'où vous m'appellerez. Je veux ne pas détourner un coup, éviter une épine que vous me destinez. Je veux souffrir et être humilié pour vous autant que vous le voudrez. Vous donnez la force de faire ce que vous demandez. Et aussi je vous demande que vous demandiez beaucoup de moi. Oh ! souffrir pour vous, Jésus, être couvert d'opprobres pour vous, mais vous aimer, voilà mon bonheur. Vous aimer, vous aimer ! Donnez-moi de vous aimer et faites de moi ce que vous voudrez. *Amorem tui solum cum gratia tua mihi dones, et dives sum satis, nec aliud quidquam ultra posco*[1]. »

Après qu'il a si généreusement pris part aux mystères de la passion et de la mort du Sauveur des hommes, Jésus le comble et l'associe avec une douceur infinie à toutes les joies de sa résurrection glorieuse.

----

1. « Donnez-moi seulement votre amour et votre grâce, et je suis assez riche et ne demande plus autre chose. » Paroles du *Suscipe*, prière de saint Ignace.

« M'aimes-tu? » Ces paroles que Jésus sorti du tombeau adresse à saint Pierre, il les entend aussi, il y répond, et Jésus lui parlant encore de nouveau, c'est tout un amoureux dialogue entre le disciple fidèle et le Bien-Aimé de son cœur.

« M'aimes-tu? — Oh! Seigneur, je vous dois ma vie, ma conservation, la lumière de mon esprit, ma foi, mon baptême, mon pardon après dix mille offenses mortelles, ma vocation et plus encore votre amour qui m'embrase tout entier. Oh! oui, Seigneur, je vous aime; je vous prends à témoin que je vous aime. Vous savez que je vous aime, vous qui savez tout. Et pour réparer tant de forfaits, n'exigez-vous que ce témoignage de mon amour? Hélas! mon Dieu, que ne puis-je vous aimer davantage? Mais s'il est vrai que, aimer c'est vouloir aimer, oh! mon Seigneur, alors vraiment je vous aime, car je veux vous aimer de toute mon âme, de toutes mes forces et de tout mon cœur. Je ne veux pas qu'il y ait une pensée, une intention, une puissance, une affection en mon être, qui ne soit à vous et pour vous. Est-il possible que vous soyez si bon que de tant tenir à l'amour d'une si misérable créature et que vous ayez tant fait pour gagner son amour? Qu'en retirez-vous? — Ton amour seul. — Mais c'est là la dernière marque de votre amour, Seigneur, que de ne vouloir autre chose que mon

amour! Mais ce n'est pas encore tout : pour prix
de mon amour, vous me donnez à paître vos
agneaux, et vous voulez me revêtir du sacerdoce,
c'est-à-dire que je sois élevé jusqu'à cette dignité
sublime de faire des actes tout divins, tels que de
consacrer et d'absoudre. Et si je vous aime, vous
viendrez en moi, et par moi et avec moi continuer
votre médiation, votre rédemption et votre tout-
puissant et glorieux holocauste. — Silence. — Brû-
lez mon cœur de votre amour. — Quelle parole :
M'aimes-tu ? »

Tels sont les sentiments dans lesquels Clerc se
trouvait à la fin de sa grande retraite, faite à Saint-
Acheul, sous la direction du P. Mallet, en décembre
1854. Tout son noviciat est la mise en pratique des
résolutions qu'il avait prises au commencement, et
nous savons de bonne source que si plus tard, dans
les colléges où il avait à se dépenser de toutes manières, on ne lui permit pas ce fréquent usage des
mortifications extérieures, jamais il ne cessa de traiter son corps avec une extrême rigueur.

La maison de Saint-Acheul, abbaye de Génovéfains
avant la grande Révolution, collége célèbre et floris-
sant depuis 1814 jusqu'à 1828, était devenue, après
bien des vicissitudes, l'une des plus importantes de
la Compagnie en France, et elle comprenait alors,
comme aujourd'hui, trois communautés distinctes,

mais réunies sous l'autorité d'un même supérieur et ne formant en réalité qu'une seule grande famille, composée de Pères de résidence, de juvénistes et de novices. Les Pères de résidence vaquaient aux occupations du saint ministère, confesseurs, prédicateurs, missionnaires dans les villes et les campagnes ; quelques-uns, avancés en âge ou accablés d'infirmités, se bornaient à prêcher d'exemple, et personne, quoi qu'eux-mêmes en pussent dire et penser, ne regardait ces invalides de l'apostolat comme des serviteurs inutiles. Les juvénistes, ou jeunes scolastiques récemment sortis du noviciat, se préparaient, par une année ou deux de rhétorique, à enseigner dans les colléges la grammaire et les belles-lettres ; c'étaient les aînés des novices, sinon toujours par l'âge, au moins par l'ancienneté de vie religieuse. Enfin les novices, au nombre d'une cinquantaine, dont trente à quarante prêtres ou scolastiques, les autres frères coadjuteurs, faisaient, sous une direction toute spéciale, le premier apprentissage des devoirs de leur vocation ; ils tenaient dans cette grande famille la place des enfants ; mais ce n'étaient pas, on peut le croire, des enfants gâtés, bien qu'ils fussent l'objet du plus tendre intérêt et de la plus paternelle sollicitude. La langue latine a un mot charmant : *repuerascere*, redevenir enfant ; le mot est dans Cicéron, mais la chose ne se ren-

contre que parmi les chrétiens et c'est spécialement
dans les noviciats qu'on la voit fleurir et prospérer.
Heureuse enfance de l'âme qui s'abandonne avec
docilité à toutes les inspirations de la grâce, au bon
plaisir de Dieu, qui lui est manifesté par la voix des
supérieurs ! Aimable simplicité ! Innocence recon-
quise et sans cesse rajeunie dans le sang de l'Agneau
divin ! Et avec cela la joie, le contentement intime
du cœur, gage et avant-goût de la félicité du ciel.
Oh! que l'on comprend bien alors la parole du divin
Maître montrant à ses disciples de petits enfants :
« Le royaume des cieux est pour ceux qui leur ressemblent. »

Clerc trouva au noviciat tout ce qu'il cherchait
depuis si longtemps et il pratiqua là librement, du
matin au soir, les vertus religieuses dont il avait
faim et soif, pauvreté, chasteté, obéissance, mortification des sens, recueillement en Dieu, oubli et
anéantissement de soi-même pour s'unir étroitement
à Dieu. Quand il voulut s'humilier et s'abaisser, les
occasions ne lui manquèrent pas et il mit à les saisir
l'empressement d'un avare qui a découvert un trésor. Quoique la méditation et la lecture spirituelle
tiennent la plus grande place dans la journée du novice, il y a aussi, une fois ou deux par jour, un temps
considérable réservé aux travaux manuels : balayer
les dortoirs et les corridors, nettoyer la maison du

haut en bas, aider les Frères coadjuteurs dans les offices domestiques, au réfectoire, à l'infirmerie, à la cuisine, etc. ; voilà certes, dans une communauté nombreuse, une riche matière à l'exercice des *offices bas et humiliants*, et quand on sait bien s'y prendre, ce qui était le fait de notre humble et fervent novice, on trouve tous les jours à récolter, dans ce champ si varié, une moisson nouvelle.

L'un de ses conovices (le mot est reçu parmi nous, et il en vaut un autre) nous écrit ceci : « Il me souvient qu'au noviciat l'édification était grande de voir cet officier de marine aussi simple et aussi fervent que tout autre, si ce n'est plus. Un jour en particulier il me causa une sorte de surprise admirative, quand je le vis accourir près de notre admoniteur [1] et lui demander comme une grâce d'être désigné pour une besogne des plus ingrates et des plus humbles. C'était, si je ne me trompe, une pluie torrentielle qui avait inondé un trou obscur et sale : il y avait à patauger là-dedans, à éponger, etc. ; le lieutenant trouvait qu'à lui revenait tout naturellement cette corvée, et il sollicitait la préférence avec une ardeur toute juvénile et où perçait un désir intense d'humiliation. »

Un de ses compagnons de chambre (car chaque

---

[1]. Le Frère chargé de distribuer les travaux aux autres novices.

novice n'occupe pas une cellule à part) surprit un soir le secret d'une de ses souffrances qui n'entrait pas dans le programme de mortifications qu'il s'était tracé pendant sa retraite. L'ayant entendu pousser un gémissement évidemment arraché par la douleur, ce novice l'interrogea, et Clerc, pressé de questions, fut forcé de s'expliquer et d'avouer que son mal était déjà d'ancienne date, car il l'avait contracté au collége. Tombé à la renverse dans je ne sais quel exercice violent, il s'était fait une large plaie dont la guérison n'avait jamais été complète et où il était resté des esquilles. Quand il les sentait à fleur de peau, sans recourir au chirurgien ni à l'infirmier, Clerc les extirpait lui-même comme il pouvait; tellement qu'il n'avait pas beaucoup à faire pour souffrir toujours, selon la résolution qu'il en avait prise, dans quelque partie de son corps.

Il n'y a qu'une voix sur sa gaieté, sur sa bonne humeur, sur le charme de son commerce et l'aménité de son caractère; qualités natives remarquées en lui de tout temps, mais épurées, ennoblies et perfectionnées par la grâce.

Les plus clairvoyants ont vu là une source abondante de mérites et la preuve du grand empire qu'il exerçait sur lui-même; car cette paix dont il jouissait visiblement et qui rayonnait sur toute sa personne, était le prix de ses victoires.

« En songeant à lui, nous dit un témoin qui le vit alors de fort près [1], je me rappelle la gaieté robuste, *robustam alacritatem*, dont parle quelque part le P. Sacchini, et qui rend capable d'une plus forte dose d'épreuves en fait de pénitences et d'humiliations. »

C'est bien cela : le bonheur d'appartenir à Dieu sans réserve, l'ivresse du sacrifice, tel était le principe de cette charmante gaieté, de cette amabilité inaltérable, servie d'ailleurs par les dons heureux de l'esprit et par les ressources d'une mémoire ornée de toute sorte de connaissances. Mais qui eût pénétré dans son intérieur eût bientôt découvert que cette joie, d'ailleurs très-réelle et nullement affectée, n'était pas incompatible avec la souffrance, et il eût admiré encore plus cette sérénité constante en apprenant que Clerc portait au cœur une plaie vive, toujours saignante, depuis le jour où son père avait juré de n'avoir plus rien de commun avec lui, tant qu'il le verrait dans la Compagnie.

Du noviciat de Saint-Acheul, Clerc avait plusieurs fois écrit à son père; jamais il n'avait reçu de réponse; ses lettres n'étaient pas lues, ni même ouvertes, paraît-il; les témoignages si multipliés de sa

---

[1]. Celui dont nous rapportons le témoignage était *socius* du Maître des novices et présidait à quelques-uns des exercices de noviciat.

filiale tendresse semblaient dédaignés et mis à néant.
Quand il vit que tous ses efforts de rapprochement
étaient en pure perte, il n'écrivit plus et se contenta de prier et de gémir en silence.

Mais voici qu'on se plaint de son silence. Bien
plus, on s'adresse au P. de Ravignan, qui, persuadé
que Clerc est en faute et s'est mis sur le pied de
tenir rigueur à son père, écrit au P. Maître qu'il
désapprouve hautement cette conduite et qu'Alexis
fera bien de se montrer à l'avenir plus affectueux.

Quand la lettre du P. de Ravignan lui eut été
communiquée, Clerc eut un éclair de joie, croyant
à un retour de tendresse paternelle. Mais l'illusion
fut de courte durée. Une nouvelle lettre du novice,
adressée à M. Clerc, eut le même sort que les précé-
dentes. Ne sachant que penser ni que résoudre,
Alexis a enfin recours à son frère pour savoir
ce que cela veut dire. Pour ne pas aggraver la situation, il le prend encore sur un ton assez enjoué.
Mais que n'a-t-il pas dû souffrir en constatant une
fois de plus l'inutilité de ses efforts et l'inflexibilité
de son père, toujours résolu à repousser ses avances
et à lui refuser les plus vulgaires témoignages d'intérêt et de sympathie ?

« Voici maintenant, écrit-il à son frère, le
6 mai 1855, une énigme que je propose à ta sagacité. Je suis un sujet de scandale dans la Compa-

gnie. Comme encore très-imparfait et de mauvais exemple, il n'y aurait rien que de juste et tu aurais bien vite deviné que je suis à peu près tel que tu m'as connu. Mais c'est toute autre chose : je suis un mauvais fils, je n'écris jamais à mon père, et les bonnes âmes de dire que les Jésuites détruisent chez les enfants jusqu'à l'amour filial. Enfin l'histoire, par qui et comment, je n'en sais rien, arrive jusqu'au P. de Ravignan ; elle est par lui écrite au R. P. Maître, je suis mis en demeure de m'expliquer ; mais je n'étais pas assez fin pour cela. Enfin, je me figure que mes prières ont fait un miracle et que la tendresse paternelle a fait lire en cachette les lettres qu'on n'ouvrait pas devant le monde. Aussitôt j'écris de ma plus belle écriture la lettre dont tu m'as conté le triste sort. Ainsi la pauvrette a passé dans son intégrité au panier et j'en suis encore à l'espérance.

« Que faut-il faire? Est-il croyable, comme l'écrit le P. de Ravignan, que notre père se plaigne de mon silence, quand c'est lui qui ne veut pas m'entendre? Et où atteindre l'auteur de l'histoire? En tout cas, je te l'apprends pour t'expliquer ma lettre et pour qu'au besoin tu rétablisses les faits dans leur vérité. »

Tout s'expliqua bientôt; ce n'était pas M. Clerc qui s'était plaint du silence qu'observait le novice

22

de Saint-Acheul vis-à-vis des siens, mais la belle-sœur d'Alexis, Mme Jules Clerc; et ce propos recueilli par un ami d'enfance, Alexandre (que nous avons nommé ailleurs M. de S'''), puis officieusement rapporté au P. de Ravignan, avec lequel Alexandre était très-lié, avait produit cet *imbroglio* dont Clerc amnistia gracieusement les coupables.

« Comment! c'est vous, petite sœur, écrivit-il lorsqu'il eut enfin le mot de l'énigme, c'est vous qui êtes l'artisan de cette affaire de lettre. Si vous n'aviez la simplicité de l'avouer, je ne l'aurais jamais deviné. Soyez du reste rassurée, je n'ai eu aucun désagrément avec personne, et au contraire, comme je crois l'avoir écrit à Jules, j'ai eu une grande joie à cette occasion, m'imaginant que mes lettres feraient plaisir à mon père et qu'il était en mon pouvoir de lui être agréable en quelque chose.

« Ce qu'il y a de plus à admirer, c'est la bonne foi d'Alexandre qui vous croit tout simplement sans faire la part des petites exagérations autorisées par l'usage, et qui s'en va sérieusement conter l'histoire au P. de Ravignan, — comme s'il n'aurait pas aussi bien pu m'écrire cela lui-même. Vous vouliez peut-être me faire gronder; eh bien! pour la punition de votre malice, sachez bien que je ne l'ai pas été. »

Toujours prompt à s'épancher dans le cœur de son frère Jules, Alexis ne se lassait pas de l'entre-

tenir du bonheur de sa vocation : « Je te dirai de
moi que le temps passe ici avec une rapidité in‑
croyable et que c'est seulement par le calendrier que
je peux croire qu'il y a tantôt onze mois que je suis
dans cette maison de bénédiction. O heureux temps !
aurais-je jamais cru que je pusse redevenir jeune
avec des jeunes gens ? Et comment pourrais-je être
assez reconnaissant envers Dieu pour la grâce qu'il
m'a faite d'une si belle vocation ? »

Agé de trente-six ans, Clerc était presque doyen
d'âge au noviciat ; à part deux ou trois prêtres, ses
aînés de fort peu, tous comptaient douze, quinze
ou dix-huit années de moins que lui ; ses voyages
ajoutaient à son expérience : c'était un Nestor dans
ce jeune monde, mais un Nestor qui ne le cédait à
nul autre en bonne humeur et en franche gaieté.
Causeur charmant, on aimait à le faire causer, et il
n'était jamais à court. Comme l'a dit le fabuliste :

> Quiconque a beaucoup vu
> Peut avoir beaucoup retenu.

Qui avait vu plus que lui ? Il avait vu le dedans
des choses, en observateur sagace, et n'avait rien
oublié, car il était doué d'une mémoire à toute
épreuve. Grande ressource dans les récréations d'un
noviciat, là où ne pénètrent pas les bruits du de‑
hors, où on ne lit pas les journaux. Avec lui on

visitait à volonté l'Inde, l'Océanie, mieux encore la Chine. La Chine! c'était la Compagnie elle-même, c'était la famille qu'on y retrouvait. Combien la mission visitée par Clerc ne comptait-elle pas de missionnaires sortis de ce même noviciat de Saint-Acheul et sur les traces desquels chacun brûlait de marcher! Mais dans ces entretiens qui procuraient à ses frères une bien innocente satisfaction, Clerc craignit qu'il n'y eût pour lui-même un écueil caché; son humilité s'alarmait du rôle, si modeste fût-il, qu'il avait à s'attribuer lorsqu'on mettait ainsi à contribution ses souvenirs de marin.

Il y réfléchit sérieusement pendant la retraite qu'il fit à la fin de sa première année de noviciat; il s'examina et trouva sans doute matière à réforme. Il mit par écrit les résolutions suivantes.

« Résolutions : m'effacer, tenir mes affaires et papiers en ordre.

« Pour le premier point, je vois cinq points d'examen particulier :

1º Ne pas parler de soi le premier, et si l'on ne peut éviter de raconter quelque chose, tâcher de ne pas s'y montrer en relief et de s'y perdre avec les autres personnages.

2º Ne pas attirer les autres à en parler et à nous en faire parler.

3º Faire doucement place à l'esprit des autres.

4° Parler d'une voix modérée et avec une grande sobriété de gestes, sans chercher à trop bien dire et à passer pour spirituel ou agréable.

5° Garder quelques bons mots, heureux à-propos. »

Plus d'une fois sa pensée se reporte vers la Chine, où il a recueilli en passant de si grands exemples d'abnégation et qui lui semble offrir au missionnaire d'admirables occasions de s'anéantir.

« Notre-Seigneur m'apprendra à souffrir le froid et les incommodités de toute espèce, à ne pas me plaindre. Ici le Verbe est fait *infans*; *Deum infantem...* Oh ! puissé-je pour vous, ô Jésus, aller balbutier le chinois au lieu de la langue que je parle avec vanité. »

« Vous ne me laissez pas sentir, Seigneur, la coupure du triple glaive. Cependant, il s'agit de la pauvreté qui peut aller jusqu'à mourir de besoin comme le P. René Massa [1], et de la pauvreté spirituelle par rapport aux louanges, honneurs... C'est le renoncement à tous les biens extérieurs, j'offre par là tout à Dieu.

« La chasteté, c'est l'immolation du corps. Je sais bien qu'elle ne peut exister sans cela. C'est, entre

---

1. Voyez, chap. IX, p. 318, les détails sur la mort du P. René Massa, missionnaire du Kiang-nan. Clerc, qui était alors à Chang-haï, les avait reçus de première main.

autres, la garde continuelle des règles de la modestie : prison pour nous, tour inexpugnable pour un précieux trésor.

« L'obéissance, ce sera celle du jugement, jusqu'au point où Dieu m'a si aimablement mis à l'épreuve pour la pratiquer et où j'ai tant manqué.

« Je veux tout cela froidement. O Jésus, inspirez-moi les sentiments de votre Sacré Cœur, pour faire parfaitement une offrande parfaite. »

Et afin de bien sentir, comme il disait, *la coupure du triple glaive*, il demanda et, selon toute apparence, il obtint de prononcer les trois vœux de dévotion, vœux de pauvreté, de chasteté et d'obéissance, le 9 septembre 1855, fête du Bienheureux Pierre Claver, de la Compagnie de Jésus.

On se demande, quand on le voit se reprocher avec tant d'insistance de se mettre volontiers en évidence dans la conversation, de parler de son passé et de ses faits et gestes, si réellement ce défaut était bien saillant et s'il y avait là ample matière à réforme. L'occasion d'éclaircir ce point s'est présentée d'elle-même, et nous savons maintenant à quoi nous en tenir. Clerc avait fait à Saint-Acheul son *expériment de cuisine* sous un Frère cuisinier qui vit encore et dont nous avons gardé nous-même excellent souvenir. Pour expliquer aux profanes un langage qui leur est peu familier, disons tout simplement que Clerc, comme tous les autres novices, avait été pendant un mois entier aide de cuisine, occupé du matin au soir à ceci, à cela, sous les ordres du cuisinier en chef et vivant de la vie des Frères coadjuteurs. Interrogeant sur le cher et vénéré novice les premiers témoins de sa vie religieuse, dont le nombre a singulièrement décru depuis 1855, nous nous sommes, comme de raison, adressé à ce Frère cuisinier, et nous lui disions, pour lui en rafraîchir la mémoire : « Vous n'aviez pas tous les jours sous vos ordres des lieutenants de vaisseau. »

Devinerait-on ce que le bon Frère nous répond? Nous nous bornons à transcrire : « Ce que je me rappelle, touchant le P. Clerc, c'est de l'avoir vu faire de l'encre indélébile pour marquer le linge, montrant au Frère linger la manière de l'employer, tout cela de la meilleure grâce, sans prétention aucune. C'est même ce soin de s'effacer qui m'a le plus étonné, quand, longtemps après qu'il eut quitté Saint-Acheul, j'appris ce qu'il avait été dans le monde : à ma souvenance, aucun mot ne lui était échappé qui eût trait à la navigation. »

Ainsi, pendant un mois entier, vivant avec ces bons Frères, passant avec eux le temps des récréations, où, par une déférence bien entendue, on devait lui laisser les honneurs de la conversation, il fut assez maître de lui-même pour qu'il ne lui soit pas échappé un seul mot qui fût de nature à faire soupçonner à ses interlocuteurs ce qu'il avait été dans le monde ; et s'il eut quelquefois à parler de la mission de Chine, comme c'est assez probable, rien ne trahit qu'il eût vu de ses yeux ce qu'il racontait, ni qu'il eût jamais porté l'épaulette d'officier de marine.

Nous voilà, Dieu merci, suffisamment édifiés sur sa folle vanité et son incurable désir de paraître.

CHAPITRE XI.

On peut croire qu'après un tel noviciat il avait jeté les fondements des vertus solides et parfaites. La Compagnie n'avait pas encore fini de le former, mais elle pouvait déjà lui demander quelques services. Au commencement de l'année scolaire 1855-1856, il fut envoyé au collége de l'Imaculée-Conception à Vaugirard pour remplir les fonctions de surveillant en même temps qu'il se préparerait, en suivant un cours complémentaire, à subir un examen sur toutes les parties de la philosophie.

C'était l'apprentissage de sa vie de collége, son début dans la grande œuvre de l'éducation, à laquelle il devait consacrer huit autres années. Des quatorze ans qui lui restaient à vivre, il en passa donc neuf dans les colléges; ajoutez-y quatre années de théologie (1861-1865) et ce second noviciat d'un an que nous nommons troisième Probation (1869); vous aurez l'abrégé de sa vie religieuse et vous pourrez compter toutes les étapes de la route obscure et laborieuse par laquelle il gravit jusqu'au sommet de son héroïque et glorieux sacrifice.

Ce grand art de s'effacer, qu'il avait appris au noviciat et dans lequel il était déjà passé maître, ne l'abandonna pas pendant tout ce temps; et bien que cela n'entamât nullement l'originalité de son caractère, on conçoit cependant que la tâche du biographe, auquel son héros se dérobe tant qu'il peut, en est singulièrement simplifiée.

Qu'on soit tranquille, nous n'inventerons rien pour pallier cette pénurie, et le laconisme qu'elle nous impose est lui-même assez éloquent pour que nous n'ayons nulle envie d'y chercher remède. Au reste, le feu intérieur dont nous l'avons vu embrasé dans ses retraites se fait jour en certaines occasions et jette çà et là de vives clartés. Cela suffit bien pour compléter nos informations dans un sujet où il ne s'agit pas de satisfaire une vaine curiosité, mais de répondre au pieux intérêt qui s'attache à la connaissance intime d'une belle et sainte âme.

Un vénérable religieux, qui fut le guide spirituel de Clerc et le dépositaire des secrets de sa conscience pendant la seule année qu'il passa au collége de Vaugirard, nous fait de lui ce portrait d'après nature, qui reproduit surtout la physionomie intérieure de notre bien-aimé frère : « Le P. Alexis Clerc fut aimé de Dieu et des hommes. Dieu était pour lui un père tendre et miséricordieux, un ami bienveillant et dévoué : il n'avait pas d'autres sentiments de son Dieu. Aussi ses oraisons étaient ordinairement un entretien filial avec Lui, un épanchement d'amour et de reconnaissance. Son bonheur d'aimer Notre-Seigneur et d'en être aimé se reflétait sur son visage et lui donnait une expression de joie douce et sereine. De là aussi sa charité et son zèle pour le prochain. Toute sa vie, comme celle de son divin Maître, se passait à faire du bien. Se dévouer, rendre service, enseigner ses élèves, soulager les malheureux, convertir les pécheurs, faire entrer dans leurs cœurs le repentir et la paix de la conscience, c'était là ses délices. Tous ceux qui le voyaient se sentaient à l'aise et le cœur dilaté ; on l'aimait parce que lui-même aimait beaucoup, car un ardent amour de Dieu avait ajouté un nouvel élan à la bonté naturelle de son cœur et à la franche loyauté de son caractère. »

Ce portrait nous semble de toute vérité ; et

en particulier cette puissante attraction que Clerc
exerçait sur les âmes, ce don de se faire aimer en
aimant beaucoup, le tout pour le plus grand bien
spirituel du prochain et la plus grande gloire de
Dieu, qu'il ne perdait jamais de vue, nous pouvons
dire que c'est là tout lui-même, tel que nous l'avons
connu, tel qu'il est resté dans la mémoire de ceux
qui ont eu le bonheur de vivre avec lui.

Il va sans dire qu'on ne permit pas à Clerc de
continuer dans la vie de collège toutes les mortifications qu'il s'était imposées au noviciat ; il dut renoncer, entre autres, à coucher sur une planche, et
on lui prescrivit de ménager davantage ses forces
qu'il devait réserver aux études qu'il avait à faire
pour son propre compte et aux humbles fonctions
dont il était chargé auprès des élèves. Il se com-
pensa par d'autres victoires sur lui-même et traita
toujours assez rudement, assez cavalièrement, si
j'ose dire, son pauvre corps, dont il avait depuis
longtemps fait un esclave.

Le séjour de Vaugirard le rapprochait de sa famille, où il voyait réalisé le plus cher de ses vœux,
dans la tendresse vigilante et dévouée dont la vieillesse de son père était entourée. Là, sans doute, la
joie n'était pas toujours sans mélange. Selon une
belle pensée de saint Chrysostome, Dieu se plaît à
mêler dans la vie des justes les biens et les maux, et

il en compose ainsi la trame avec une admirable variété [1].

Pendant que Clerc était à Saint-Acheul, il était né à son frère Jules un fils, qu'on avait nommé Alexis comme son oncle, et l'on fondait déjà sur ce petit être les plus douces espérances. Mais Dieu ne l'avait que prêté; il le reprit, laissant à peine à celui dont l'enfant aurait perpétué le nom dans la famille le temps de lui sourire une fois ou deux. L'oncle Alexis, qui heureusement avait affaire à des cœurs chrétiens, s'empressa de sécher les larmes que faisait couler la perte de ce cher premier-né : « Mon cher et bon Jules, écrivait-il, je sais combien grande est l'affection des pères, et je compatis à la grande douleur que vous cause la perte de ce bel enfant. Les parents ne mesurent pas leur tendresse aux qualités de leurs enfants ; cependant la perte de ceux qui en possédaient le plus est aussi plus regrettable. J'ai pu juger par moi-même qu'Alexis promettait beaucoup.

« La foi, qui ne nous permet pas de douter du souverain et éternel bonheur déjà possédé par ce cher petit être, est le seul motif de consolation que l'on puisse offrir à ses parents. Puissent vos cœurs

1. Tum de adversis, tum ex prosperis, justorum vitam quasi admirabili varietate contexit.

23

y trouver, sinon la consolation entière, au moins quelque adoucissement. »

Qui n'aurait cru que M. Clerc, heureux d'avoir son fils si près de lui, se serait réconcilié avec une vocation qui ne rendait pas leur séparation nécessaire? Si Alexis eût été capitaine de frégate, les années qu'il passa à Vaugirard ou à Paris, il les aurait probablement employées à courir les mers, à visiter de nouveau l'Afrique, la Chine ou l'Océanie, et qui sait s'il eût jamais revu son père? Mais non! celui-ci ne pouvait se résoudre à le voir Jésuite, et, cruel contre lui-même, il allait jusqu'à se refuser, lorsqu'elle lui était offerte, la douceur de sa présence. Une lettre d'Alexis à son frère nous révèle cette douloureuse situation. Voici ce qu'il lui écrit de Vaugirard le 29 décembre 1856 : « Mon bon Jules, veux-tu demander à notre père s'il me permettra de l'embrasser le premier de l'an et, dans ce cas, me dire l'heure où il serait le plus commode que j'allasse vous voir? Et aussi, au cas où la demande aurait une fâcheuse réponse, ne laisse pas de me dire ce que tu comptes faire dans la journée, afin que, si cela se peut, je te rende mes petits devoirs de cadet..... »

Avançons de quelques années, pour vider ce calice jusqu'à la lie.

Ordonné prêtre dans le courant de septembre

1859, le P. Clerc allait célébrer sa première messe le 26 de ce mois, dans la chapelle publique de l'école Sainte-Geneviève. Il écrit à son père une lettre dictée par la foi la plus vive, mais où éclate en même temps sa tendresse filiale.

« Je te prie bien instamment, mon cher père, de ne pas manquer, afin que vous soyez tous réunis au pied de l'autel où j'aurai l'incompréhensible honneur d'offrir à Dieu tout-puissant son Fils unique, Dieu tout-puissant, oblation infiniment agréable au Père et source de toutes les grâces qu'il répand sur les hommes ; d'immoler la Victime qui satisfait pour les péchés du monde, de renouveler le sacrifice de Notre-Seigneur Jésus-Christ au calvaire. C'est Lui qui est la réconciliation de Dieu avec les pécheurs. Il n'est aucune dette, aucune offense que Dieu ne remette à celui qui lui présente en satisfaction et en réparation le sang de Jésus-Christ, qui s'est fait notre caution. Pourrais-tu détourner les yeux de la preuve si bien faite pour te toucher qu'il t'en offre, puisque c'est en ton fils qu'il fait éclater la munificence de ses pardons ? Ne voudrais-tu pas voir l'honneur insigne auquel il m'élève ? Après m'avoir tiré de la honte et de l'abaissement du péché, il me place parmi les princes de son peuple. Dieu est plus jaloux, plus glorieux de sa miséricorde que de ses autres attributs ; il veut te faire voir qu'il mesure ses grâces à nos besoins.

« Viens adorer entre mes mains Notre-Seigneur Jésus-Christ; le bon Jésus, après avoir épuisé son sang à souffrir pour nous, n'a pu satisfaire à son amour qu'en se donnant à nous d'une manière aussi parfaite que merveilleuse dans la sainte Eucharistie.

« Viens, mon cher père, recevoir la première bénédiction de mes mains; viens témoigner de la grandeur, de la majesté de la religion qui, sans l'abaisser, fait bénir le père par le fils.

« C'est pour moi un besoin et un devoir de reconnaissance et d'amour de te convier à ces joies du ciel, de te communiquer les prémices des grâces et des bénédictions que Dieu veut répandre par mes mains. Puisses-tu en être un jour comblé!

« Je te conjure encore une fois, mon cher père, de donner à cette fête auguste et solennelle le complément, nécessaire à mon cœur, de ta présence. »

M. Clerc fut ému, sans doute, en lisant ces paroles pleines d'une émotion partie des plus intimes profondeurs d'une âme qui n'avait pas cessé de lui être chère. Cependant il tint bon et résista aux mouvements de son propre cœur. Il n'assista pas à la première messe de son fils.

Clerc n'était plus à Paris, mais dans notre maison

de Laval, où il faisait alors sa théologie, lorsque
arriva la mort de son père, le 30 décembre 1863.
Le vieillard, qui baissait insensiblement, sans pourtant avoir rien changé à ses habitudes, s'était éteint
sans crise, sans agonie, hors de la présence de ses
enfants et d'une manière si inopinée qu'aucun prêtre
ne l'avait assisté à sa dernière heure. La douleur d'A-
lexis fut muette; il y avait longtemps que la mesure
était comble et que son âme n'osait s'ouvrir à l'espérance. Il ne put se défendre de réflexions doulou-
reuses sur les causes, malheureusement trop communes, qui avaient tenu les yeux de son respectable
père fermés à la lumière du christianisme. Plus
tard, sans doute, ce qu'il apprit de la bouche de son
frère put tempérer la cruelle amertume des premiers
regrets. M. Clerc n'avait persévéré qu'en apparence
dans son insensibilité à l'égard des vérités de la foi ; à
la longue, et sous l'influence des pieux exemples de
la famille, ce fier courage s'était amolli et, sur ses
derniers jours, il priait, on l'entendait réciter avec
onction et d'un ton pénétré, en insistant sur chaque
demande, l'Oraison dominicale. Comment croire que
la grâce, sans laquelle il est impossible d'invoquer
le Seigneur Jésus, fût étrangère à ces sentiments si
voisins de l'aveu et du repentir qui appellent le
pardon?

A l'occasion d'une mort encore plus soudaine et

bien autrement alarmante [1], le P. de Ravignan n'avait-il pas dit : « Nous ne saurions pénétrer les secrets de la divine miséricorde; nous ne pouvons savoir ni affirmer ce qui se passe dans les derniers instants d'une agonie cruelle et mystérieuse; mais, chrétiens, placés sous la loi de l'espérance non moins que de la foi et de l'amour, nous devons nous élever sans cesse, du fond de nos peines, jusqu'à la pensée de la bonté infinie du Sauveur. Aucune borne, aucune impossibilité n'est placée ici-bas entre la grâce et l'âme, tant qu'il reste un souffle de vie... Nous connaîtrons un jour ces ineffables merveilles de la miséricorde divine; il ne faut jamais cesser de l'implorer avec une profonde confiance. »

Clerc dut trouver dans ces paroles de son saint ami des motifs de consolation et d'espérance. Nous en avons d'autres aujourd'hui, nous qui savons ce que Dieu lui réservait à lui-même. Devant le tribunal de ce grand Dieu à qui toutes choses sont éternellement présentes et qui appelle ce qui n'est pas encore comme ce qui est, le sang du fils criait déjà miséricorde pour le père.

Le 1er janvier de l'année suivante, après avoir offert le saint sacrifice pour l'âme de son pauvre

---

1. Celle du duc d'Orléans, fils aîné du roi Louis-Philippe. Voyez la *Vie du R. P. de Ravignan*, par le P. A. de Ponlevoy; Paris, 1860, t. I, p. 244.

père, Alexis, adressant ses souhaits à son frère et à sa belle-sœur, leur exprimait la reconnaissance dont il se sentait pénétré pour les soins affectueux qu'ils avaient prodigués au vieillard pendant ses derniers jours, et pour les sacrifices qu'ils avaient dû faire à son humeur, à ses goûts et plus encore à ses opinions. « Que Dieu récompense, disait-il en parlant de sa belle-sœur, la grande douceur qu'elle n'a cessé de montrer depuis qu'elle est entrée dans notre famille. Je crois que ses enfants, source d'un bonheur si doux, sont le gage assuré que Dieu a accepté tant de concessions faites à l'amour de la paix. Eh bien donc !

Princesse en qui le Ciel mit un esprit si doux,

élevez ces chers petits trésors, « douce et frêle espérance, » dans l'amour de Jésus-Christ et de la sainte Vierge. Si nous n'avions pas, votre mari et moi, appris sur les genoux d'une femme bien douce aussi et bien chrétienne la vérité de la foi, la grâce de Dieu, après des années d'oubli, eût peut-être en vain frappé à la porte de notre cœur, et vous n'auriez pas aujourd'hui auprès du vôtre, ce cœur droit, loyal, pur, fort que vous savez connaître et aimer. »

Revenons maintenant sur nos pas. Nous n'avons pas voulu séparer ces pages qui nous montrent dans Alexis le bon fils et le bon frère ; mais elles sont postérieures en date au point où nous avons laissé sa biographie, c'est-à-dire à l'année scolaire 1856-1857, qu'il passa tout entière au collége de Vaugirard.

L'année suivante, nommé professeur de mathématiques à l'école Sainte-Geneviève, il débutait dans cet enseignement qui devait occuper, presque exclusivement et jusqu'à la fin, ses années actives. Naturellement sa place était marquée là : ses études antérieures comme les aptitudes de son esprit, sa qualité d'ancien élève de l'École Polytechnique, son titre de licencié ès sciences mathématiques, tout le recommandait pour cet emploi, et, en lui en assignant un autre, nos supérieurs auraient paru mal justifier la réputation qu'ils ont de mettre chacun au poste qui lui convient le mieux et qu'il est le plus propre à remplir.

Il est vrai qu'on aurait pu l'envoyer d'abord en théologie; de la sorte, ayant à suivre un cours de quatre ans, il aurait passé ses derniers examens aux environs de quarante et un ans, âge assez respectable et peu accoutumé à se voir sur les bancs. Mais l'école Sainte-Geneviève, nouvellement fondée, réclamait des professeurs, et il va de soi que, dans ces commencements, on n'avait pas l'embarras du choix. Plusieurs de ceux qui devaient y réussir avaient besoin de préparation ; Clerc était tout préparé et bon à prendre; on le prit, sans lui demander si une autre destination ne lui serait pas plus agréable. D'autres que lui firent le même sacrifice, et le firent avec joie.

C'est l'honneur et la force de notre Institut qu'en pareil cas les intérêts particuliers s'effacent devant l'intérêt supérieur de la gloire de Dieu.

Quand on vit s'ouvrir bien modestement, dans notre maison de la rue Lhomond (ancienne rue des Postes), cette école préparatoire, aujourd'hui florissante et même célèbre, il ne manqua pas de gens pour nous avertir que nous allions à un échec certain. On ajoutait que si nous avions réussi dans nos collèges à faire des bacheliers ès lettres, nous serions peut-être moins heureux dans l'enseignement des sciences et que, dans tous les cas, la lutte serait vive. A vrai dire, l'entreprise était hardie et tant soit peu hasardeuse. Les établissements analogues, auxquels il fallait tenir tête, avaient pour eux (quelques-uns du moins) un demi-siècle d'existence et de succès, l'opinion, l'expérience acquise, la richesse et un nombreux personnel parfaitement aguerri, tandis que nous n'avions rien de tout cela. Cependant ces obstacles ont été surmontés, et même le succès ne s'est pas fait longtemps attendre. Par quels moyens les nouveaux venus se sont-ils fait une assez belle place à côté de leurs redoutables concurrents ? Par le dévouement, par un dévouement tel que tous les mobiles humains n'en sauraient inspirer de semblable. Sacrifier son temps et ses goûts, sa santé, ses forces et la sève de sa jeunesse, sans compensation

possible en ce monde, voilà ce que des religieux ont
pu faire par la grâce de leur vocation, ce que Dieu
a béni, et nous en voyons aujourd'hui les fruits. Il
ne.s'agit pas seulement du résultat des examens, des
élèves admis à l'École polytechnique, à Saint-Cyr,
aux écoles navale, centrale, forestière, etc.; ils se
comptent maintenant par cent et par mille, ils remplissent les armées de terre et de mer, sans parler des
carrières civiles où ils ne tiennent pas le dernier
rang. Mais nos dernières guerres, dans leurs sanglantes journées, ont fait éclater en eux des mérites
bien autrement précieux à la patrie que le savoir
professionnel ou la haute culture de l'esprit. Une
centaine de ces nobles jeunes gens, tués à l'ennemi
et tombés les armes à la main, sont la digne couronne de maîtres qui, eux aussi, ont su verser leur
sang pour une cause non moins belle ou plutôt pour
la même cause, maîtres et élèves n'ayant qu'un cri
et qu'une devise : Dieu et patrie [1] !

Là, Clerc rencontra parmi ses nouveaux collègues,
alors simple surveillant, le P. Léon Ducoudray,
qui devint plus tard son supérieur, et dont il fut le
compagnon jusque dans la mort. Comme ils étaient
faits pour se comprendre! Avec une ardeur plus

---

[1]. Voyez : *Souvenirs de l'École Sainte-Geneviève. Notices
sur les élèves tués à l'ennemi;* par le R. P. Chauveau, de la
Compagnie de Jésus ; 3 vol. in-18.

contenue et moins prompte à s'enflammer, c'était, chez ce dernier, même abnégation, même générosité active et joyeuse, même dévouement à l'œuvre commune. Moins extraordinaire à certains égards, sa vocation lui avait cependant coûté plus d'un sacrifice. Docteur en droit, fort bien né, possesseur d'un belle fortune, doué de nobles facultés rehaussées par la parfaite distinction de sa personne et de ses manières, il aurait pu prétendre à tout dans le monde et dans les régions élevées de la vie publique, où il serait entré de plain-pied. Il aima mieux vivre pauvre et obscur pour l'amour de Jésus-Christ, et, à vingt-cinq ans, il quittait tout, son brillant avenir et une admirable mère, justement fière d'un tel fils, pour entrer dans la Compagnie de Jésus. Les supérieurs ne furent pas longtemps à s'apercevoir de son mérite, mais ils ne se hâtèrent pas de le mettre sur le pinacle. Après deux années de noviciat, après une autre année consacrée à l'étude de la philosophie et à la préparation d'un examen, ils lui assignèrent ces humbles mais importantes fonctions de surveillant, trop semblables à celles que Dieu confie à ses anges pour qu'un vrai religieux puisse les dédaigner. Il y déploya une rare maturité et un remarquable coup d'œil. C'était, a dit quelqu'un qui l'a bien connu, « un surveillant de grande attitude. » Je le crois bien! Comme il marchait en la

présence de Dieu, il possédait son âme dans la paix
et une certaine dignité calme ne l'abandonnait jamais. Aussi personne ne s'étonna, quand, jeune
encore, sa théologie terminée, il fut nommé recteur.
Il était de toute manière à la hauteur de sa position,
et mis aux prises avec des difficultés peu communes,
qui auraient déconcerté une âme moins vaillante, il
en triompha par sa sublime abnégation et la grandeur de sa foi. Clerc connut aussi à l'école Sainte-
Geneviève le P. Caubert, qui, dans la sinistre journée du 26 mai 1871, accompagnait au dernier combat le P. Olivaint et le P. de Bengy, et tombait
avec eux sous la fusillade de la rue Haxo. Aujour-
d'hui une même sépulture les réunit tous et ils reposent glorieusement ensemble au pied de l'autel
des Martyrs.

On le voit donc, le futur martyr de la Roquette
se trouvait là dans son élément, en compagnie
d'âmes de même trempe, de même qualité que la
sienne ; et il expérimenta qu'il ne s'était pas trompé,
lorsque, fuyant le monde et redoutant pour sa faiblesse la contagion de ses vices, il s'était dit le jour
de son élection : « La vie commune religieuse vous
porte presque sans que vous le sentiez, aux vertus
opposées, et vous encourage à toutes les autres par
le bon exemple. »

On peut résumer en deux mots les huit années

qu'il passa à l'école Sainte-Geneviève : il s'effaça de plus en plus, et il se dévoua sans réserve. Avant comme après sa théologie, chargé d'un cours de second ou de troisième ordre, il ne brilla pas plus que d'autres dont les connaissances n'étaient, à beaucoup près, ni aussi étendues ni aussi relevées que les siennes. Un de ses supérieurs, comme lui élève de l'École polytechnique, trouvait son cours *presque trop savant*. Au point de vue tout pratique de la préparation des examens, ce n'est point un éloge. Peut-être aussi son esprit essentiellement alerte et primesautier avait-il quelque peine à régler sa marche de manière à ce qu'il fût facile à tous de le suivre. Il compensait ce défaut par une complaisance à toute épreuve qui mettait ses élèves parfaitement à l'aise, et leur permettait de lui demander, à temps et à contre-temps, toutes les explications désirables. Quelques lignes de sa main nous montrent dans quel esprit vraiment surnaturel, avec quel détachement de lui-même et quel humble acquiescement à la volonté de Dieu, il acceptait dans sa plénitude, si contraire à la nature et si ingrate qu'elle pût être, la tâche que lui imposait l'obéissance dans les fonctions assez diverses qu'il avait à remplir auprès des élèves.

« L'emploi que j'ai reçu avec indifférence me paraît le plus désirable qu'on puisse avoir dans la maison.

« Enseigner les sciences utiles à la carrière temporelle des enfants.

« Enseigner les vérités de la religion, et enfin enseigner la vertu.

« Il me faut, pour le premier et le second point, du travail ; il me faut pour le troisième, être très-uni avec Jésus-Christ. Je veux m'y efforcer et j'expliquerai la vie de Notre-Seigneur à la Congrégation.

« Mes instructions seront moins sous forme de thèses, plus sous forme de conférence.

« Je veux être comme le bâton par rapport aux corvées. »

Ainsi le P. Clerc, alors prêtre, était cette année-là : 1° professeur de mathématiques (enseigner les sciences utiles à la carrière temporelle des enfants) ; 2° chargé d'un catéchisme (enseigner les vérités de la religion) ; 3° directeur d'une congrégation, et c'était là principalement qu'il avait à *enseigner la vertu*. En outre, il était requis pour certaines *corvées*, qui ne lui appartenaient à aucun de ces trois titres et dont l'énumération complète est impossible, attendu qu'elles se composaient surtout d'accidentel et d'imprévu. Conduire les élèves à la promenade, pas toujours, bien entendu, par le plus beau temps du monde ; les accompagner, les jours de sortie, aux gares des chemins de fer ; surveiller, à l'heure de la rentrée, les parloirs, les cours et les corri-

dors, etc., etc. ; tout cela n'a rien à démêler avec
l'enseignement des mathématiques et ce n'est pas
aux honorables professeurs de nos lycées qu'il faudrait s'adresser pour l'accomplissement de pareille
besogne. Ils se retranchent dans leur classe, comme
c'est leur droit : *suum cuique.* Plût à Dieu seulement que cette surveillance de tous les instants, où
la bonne tenue et la moralité des élèves sont inté-
ressées au plus haut point, ne fût pas abandonnée à
des auxiliaires d'ordre subalterne, dépourvus d'autorité comme de dignité personnelle et incapables
d'inspirer à la jeunesse le respect qu'ils n'ont pas
toujours pour eux-mêmes ! C'est là, on en convient,
une des grandes plaies de l'éducation laïque, et l'on
en cherchera vainement le remède en dehors des
sentiments que la foi met au cœur du religieux et
du prêtre. Avec le zèle des âmes et l'obéissance religieuse, tout devient facile, et ce qui partout ailleurs était réputé petit et méprisable s'ennoblit par
l'élévation du but et la grandeur du résultat. Ah !
sans doute, humainement parlant, c'est un assez
triste métier de conduire une escouade d'adolescents
en promenade, surtout à travers les rues et les bou-
levards de Paris, où l'on peut redouter pour eux de
fâcheux contacts et des éclaboussures de plus d'une
sorte. Mais on ne s'est pas fait religieux, ni en particulier Jésuite, pour se donner du bon temps, et si

l'on a la sainte passion de glorifier Dieu et de sauver
les âmes en se mortifiant, on en trouvera là le
moyen avec toutes les chances du monde d'échapper
aux assauts de la vaine gloire et aux surprises de
l'amour-propre. S'il en coûte un peu, — et il en
coûtera quelquefois beaucoup à la nature, — au
moins ce n'est pas peine perdue, et le résultat est
immanquable à la longue. Malgré la légèreté de
leur âge, les jeunes gens comprennent d'instinct que
si un homme de mérite, après tant d'autres sacrifices, renonce en leur faveur à son repos et à ses
aises, c'est qu'il attend beaucoup d'eux, et, touchés
d'un tel dévouement, ils travaillent à s'en rendre
dignes. C'est pour eux la semence des meilleurs sentiments, et tels vous diront qu'ils ont été gagnés
par là, sans trop savoir comment, au devoir et à la
vertu. Jamais, du haut de sa chaire, où il fait pourtant preuve de science, de talent et de zèle, le professeur le plus accompli n'eût remporté sur eux pareille victoire. Mais ils ont vu ce même professeur
descendre jusqu'à eux, entrer pour ainsi dire dans
le tous les jours de leur vie d'écoliers, se mêler peut-
être à leurs jeux, se prodiguer du matin au soir en
se faisant tout à tous ; alors tout est dit, ils savent à
quel ami véritable et sûr ils ont affaire, et il leur
sera bien difficile de résister à ses instances lorsqu'il
leur demandera pour toute récompense de faire leur

dévoir en conscience et de songer tout de bon à devenir, non pas seulement de braves gens, mais des gens de cœur, mais de vrais et solides chrétiens.

Voilà quelle est l'importance capitale de ces humbles et fatigantes corvées dans une maison d'éducation chrétienne. Saint Ignace avait dit que le religieux obéissant était comme un bâton dans la main d'un vieillard. Le P. Clerc, se faisant à lui-même l'application la plus méritoire, veut être *comme un bâton pour les corvées.* Ceux qui l'ont vu à l'œuvre diront qu'il s'en acquittait de la meilleure grâce du monde. Aussi était-il universellement chéri et respecté de ses élèves.

S'il y allait de si grand cœur lorsqu'il ne s'agissait que de discipline extérieure, qu'était-ce donc dans son catéchisme, dans sa congrégation, où il enseignait non plus les mathématiques, mais la vertu et la religion ?

Sa congrégation se composait des futurs élèves de l'École polytechnique ; c'était la tête, l'élite de l'école Sainte-Geneviève, et comme ces jeunes gens joignaient en général la distinction du talent à l'autorité de la vertu et du caractère, leur exemple était très-puissant dans la maison et il dépendait d'eux en quelque sorte d'entraîner à leur suite dans la bonne voie le reste de leurs camarades. Le P. Clerc s'appliquait à fortifier leur foi, à la prémunir contre

les dangers qui allaient bientôt l'assaillir, à leur
inspirer une piété sincère, virile et généreuse, une
tendre dévotion envers Jésus-Christ et sa sainte
Mère, et à mettre ainsi sous la garde de la Vierge
Immaculée tous les trésors que promet à la maturité de l'âge la pureté d'un cœur de vingt ans. Aussi
ses congréganistes le vénéraient-ils comme un saint,
et ils le chérissaient comme le meilleur des pères.
« Il y mettait tout son cœur, » a dit le R. P. de
Ponlevoy, qui, visitant l'école Sainte-Geneviève en
qualité de Provincial, avait particulièrement l'œil
ouvert sur tout ce qui tenait au service de Dieu et
ne pouvait être indifférent à un spectacle si consolant pour sa foi. « J'ai assisté plusieurs fois, ajoutait-il, à ces réunions pour les présider. On ne saurait dire la jubilation qui respirait dans la personne
du P. Clerc au milieu de tous ses enfants. »

Ses enfants ! c'est bien le mot, et ce que nous verrons des rapports affectueux qui se liaient entre eux
et lui et se poursuivaient, toujours intimes et con-
fiants, longtemps après leur entrée dans le monde,
nous attestera combien son action était profonde
sur les cœurs qu'avait une fois touchés la flamme
de sa charité et de son zèle.

Quelques mots ici sur les quatre années que le
P. Clerc consacra à l'étude de la théologie dogmatique (1861-1865) et qu'il passa au scolasti-

cat de Laval, où l'on a gardé de lui bon souvenir.

Il se remit donc sur les bancs à quarante et un ans, et cela, on peut le croire, de fort grand cœur, heureux d'obéir à ses supérieurs, et heureux aussi, au delà de toute expression, de retrouver son saint Thomas et d'avoir avec lui de longs et studieux entretiens. Que dis-je saint Thomas? C'était toute l'école qui venait à lui et il l'accueillait de fort bonne grâce. Tantôt Suarez, et tantôt Tolet ou Fonseca — ses cahiers en font foi — occupaient tour à tour ses doctes loisirs et il s'abandonnait sans contrainte au penchant qu'il avait toujours éprouvé pour la scolastique. Il faut noter ceci comme un trait de sa physionomie, et ce n'est pas le moins attachant. En toutes choses il avait, si j'ose dire, horreur du *quod justum* et il inclinait à tout ce qu'il jugeait non-seulement utile, d'une utilité pratique et immédiate, mais encore noblement surérogatoire; et comme il avait mis un certain luxe dans l'usage des mortifications corporelles, il en mit aussi dans ses études; suivant toujours cette généreuse impulsion que nous avons remarquée en lui dès le noviciat et persuadé qu'il ne faut rien de médiocre au service de Dieu.

L'étude ne fut pas sa seule occupation. Il était prêtre; il exerça soit à Laval, soit dans les villes voisines, quelques-unes des fonctions du ministère

évangélique, et donna même des missions dans les
campagnes. Mais c'est surtout à la jeunesse ouvrière
de la ville qu'il consacra les prémices de son zèle ;
et voici ce que nous écrit à ce sujet un ami qui, se
trouvant à Laval, a bien voulu interroger à notre
intention des souvenirs encore tout vivants et nous
transmettre les renseignements qu'il a puisés aux
meilleures sources :

« Les membres de la conférence de Saint-Vincent
de Paul se rappellent encore avec bonheur les débuts
du P. Clerc comme catéchiste des apprentis. Ses
instructions étaient solides et parfaitement appro-
priées à son auditoire ; il savait surtout le captiver
par des récits pleins d'intérêt. Aussi les enfants
aimaient-ils à l'entendre, et plusieurs ont avoué
depuis qu'ils ont trouvé dans ses conseils un puissant secours.

« Une autre œuvre plus importante, à laquelle il
fut consacré par ses supérieurs, ne lui permit pas de
continuer. Je veux parler de l'œuvre de Beauregard.
Arracher les jeunes gens aux plaisirs dangereux de
la ville, en leur procurant d'innocents délassements,
telle est la pensée qui a présidé à la fondation de
cette institution charitable. Les dimanches et jours
de fête, de jeunes ouvriers se réunissent dans une
maison agréablement située. Ils y assistent à la
messe et aux vêpres, se reposent au milieu de

joyeux compagnons des fatigues de la semaine, et le soir rentrent au sein de leurs familles. Ils se font généralement remarquer par des habitudes paisibles et par l'assiduité au travail. Quelle différence avec ces pauvres ouvriers qui usent leurs forces dans la débauche et ne reprennent que péniblement le travail interrompu !

« Le P. Clerc ne tarda pas à se faire aimer de tous, du président et des enfants. Il se mêlait à tous les jeux, afin de mettre de l'entrain par son exemple. Son habileté était proverbiale ; il provoquait *les plus forts* et se laissait souvent battre pour procurer à ses antagonistes l'honneur et le plaisir de la victoire. Quand le mauvais temps ne permettait pas à cette bruyante jeunesse de prendre ses ébats dans la prairie, le P. Clerc était le centre autour duquel on se rassemblait et alors commençait un récit palpitant d'intérêt, un interminable récit dont l'intrigue se compliquait plus ou moins, selon la durée du mauvais temps. Tous écoutaient avec la plus grande attention, et souvent même, malgré le retour du beau temps, le narrateur cédait à la douce violence qui lui était faite et menait à bonne fin l'histoire commencée.

« S'agissait-il d'une mesure d'administration, son avis était généralement adopté comme le meilleur. Fallait-il employer la rigueur contre un esprit in-

27

discipliné? le P. Clerc intercédait pour le coupable : son cœur était si miséricordieux ! Un enfant avait-il mérité d'être renvoyé? le Père n'y consentait qu'avec peine ; il voulait qu'on attendît, car, pour lui, c'était une âme de plus qui allait se perdre. »

Nous le savons d'ailleurs, et par une source également très-sûre, le zèle qu'il déploya dans cette œuvre, à la poursuite des âmes, eut souvent les plus doux et les plus consolants résultats. Son aimable enjouement lui avait gagné tous les cœurs, mais son influence était grande surtout sur ceux de ces jeunes gens qui approchaient de l'âge mûr, et quelques-uns, dociles à ses conseils, firent de remarquables progrès dans la vertu. L'un d'entre eux, à vingt-six ans, commença ses études classiques afin d'entrer dans les saints ordres. Quelle ne fut pas l'ardeur du P. Clerc à seconder son dessein! Que de démarches ! Que de fatigues! Il ne fut content qu'après lui avoir procuré, autant qu'il était en lui, les secours nécessaires pour faire ses études et pour suppléer le salaire de ses journées.

Ainsi, dans la mesure du possible et sans laisser refroidir son zèle pour la théologie, le P. Clerc, pendant son séjour à Laval, consacrait ses plus doux loisirs à la pratique de cette ingénieuse et active charité dont il connaissait depuis longtemps tous les secrets et qui avait fait dire de lui, à Indret, alors qu'il était encore officier de marine, qu'il valait à lui seul toute une conférence de Saint-Vincent de Paul.

Et maintenant, qu'on nous permette une réflexion en terminant ce chapitre, l'un des plus courts de cette biographie où nous avons par-dessus tout à cœur d'être véridique.

Voilà donc, rassemblé en fort peu de pages, tout ce que nous avons pu recueillir d'intéressant sur cette partie considérable de la vie religieuse de notre bien-aimé frère, comprise entre la fin de son noviciat et le commencement de sa troisième Probation : c'est-à-dire sur treize années pleines, dont il passa une à Vaugirard, huit à l'école Sainte-Geneviève et les quatre autres à Laval. Assurément, au point de vue purement humain, c'est fort peu de chose, et l'on nous reprochera peut-être d'avoir encore, dans notre brièveté, trop insisté sur certains détails. Cependant l'auteur de l'*Imitation* nous dit en propres termes : « Ce n'est pas peu de chose que de demeurer dans les monastères ou dans une congrégation, d'y vivre avec ses frères sans reproche et d'y persévérer avec fidélité jusqu'à la mort [1]. » Mais quand

1. Non est parvum in monasteriis vel in congregatione habitare, et ibi sine querela conversari, et usque ad mortem fidelis perseverare. *Imit.*, l. I, cap. XVII.

la mort qui couronne une si sainte vie est celle d'un martyr, que vous en semble ? Ne vaut-il pas la peine alors de s'enquérir des mérites cachés ou peu éclatants auxquels Dieu réservait dans sa sagesse l'incomparable honneur de cette suprême victoire ?

C'est pourquoi, ayant à dérouler ces treize années de vie religieuse, où le jour succède au jour sans changer le cours des occupations ni varier l'emploi des heures, nous n'avons pas cru devoir, pour complaire aux goûts du monde, omettre des faits petits et vulgaires en apparence, mais où un œil exercé saura discerner, à la lumière de la foi, le grand caractère d'une vertu à l'épreuve des plus rudes combats et à la hauteur de tous les sacrifices.

CHAPITRE XII.

LE P. CLERC ET SES ÉLÈVES

Nous n'avons pas tout dit sur le professorat du P. Clerc. Il faut voir les fruits : *a fructibus eorum cognoscetis eos* [1]. Oh! c'est quelque chose d'aimable et d'attachant plus qu'on ne saurait croire. Professeur dévoué, dévoré du désir d'être utile à ses élèves, il a aimé et il a été aimé, il s'est donné et on s'est donné à lui, comme la jeunesse sait le faire, sans marchander et sans songer à se reprendre. Voilà ce que nous apprennent de nombreuses lettres qu'il avait conservées avec soin dans ses archives intimes,

[1]. C'est à leurs fruits que vous les connaîtrez. MATTH. VII, 29.

comme autant de témoignages d'un passé toujours cher. Ne lui était-il pas bien permis, au soir de ses journées laborieuses et pleines, de se reposer à l'ombre de ces jeunes et fraîches amitiés et de respirer le parfum qui s'exhalait du cœur de ses bien-aimés élèves ?

Nous l'avons respiré après lui et nous en sommes embaumé. Si étranger que nous fussions aux circonstances mentionnées dans ces lettres, dont les signataires nous étaient inconnus, nous n'avons pu nous défendre d'une émotion sympathique en pénétrant, beaucoup plus que nous ne l'avions d'abord espéré, dans la vie intime de cette classe dont le P. Clerc faisait ses délices et qui avait tant de ressemblance avec une famille bien unie.

Nous ne croyons pas être indiscret en dérobant quelques pages à cette correspondance dont les plus graves confidences ne craignent pas le grand jour. Ce sont des fleurs cueillies dans le jardin du P. Clerc et dont nous lui voulons tresser une couronne. Il ne déplaira pas à ses anciens élèves que l'on apprenne par là que, s'il était pour eux toute tendresse, il n'avait pas, Dieu merci, affaire à des ingrats.

C'était en octobre 1861, époque de la rentrée des classes ; le P. Clerc avait professé l'année précédente le cours des *marins* (cours préparatoire à l'école navale), enfants d'une quinzaine d'années et les plus jeunes de toute l'école Sainte-Geneviève [1]. A peine arrivés, ils n'ont rien de plus pressé que d'aller se jeter dans les bras de leur excellent maître. Mais, hélas! sa chambre est vide et on leur apprend qu'il a quitté la maison depuis quelques semaines; il réside actuellement à Laval, où il passera plusieurs années. Quelle amère déception pour eux! quels regrets! quelles plaintes! On eût dit qu'ils étaient victimes d'une trahison et qu'on avait perfidement profité de leur absence pour faire le coup. Comment le P. Provincial, auteur de ce changement, ne les avait-il pas consultés? Puis, la première émotion passée, ils songent qu'il y a encore quelque communication possible entre Paris et Laval, et chacun de prendre la plume pour écrire à son ancien maître. Si j'en juge par les échantillons que j'ai sous les yeux, la poste eut fort à faire en cette fin d'octobre.

« Mon bon et cher Père, écrit celui-ci, je ne veux pas que les autres vous écrivent sans que votre *petit gars* (c'est un Breton) ne le fasse aussi, et que vous pensiez qu'il ne se souvient que de ceux qui sont présents. Je vous assure bien que je me souviendrai toute ma vie des bontés que vous avez eues pour

1. Cette section a été depuis transférée à Brest, dans le plus proche voisinage du vaisseau-école.

moi. J'ai eu bien du regret d'être parti de Paris sans
pouvoir vous dire à revoir ; si le P. P..., qui m'a
mené à la gare, ne m'avait pas empêché d'aller à
votre chambre, je ne serais pas parti ainsi ; etc., etc. »

Tous lui tiennent à peu près le même langage,
mais chacun s'estime redevable envers lui à des
titres tout particuliers. « Mon Père, dit un autre
qui se croit en retard, il est bien honteux pour moi
d'être le dernier à vous écrire, vous qui m'avez
donné tant de témoignages de bonté l'année dernière, quoique par moment vous me fissiez les gros
yeux et qu'un pain sec complet ou accompagné de
pruneaux me fît souvenir qu'on ne causait pas en
répétition. Mais tout cela, je le sais, était pour me
faire travailler et profiter le plus possible pour l'année
suivante. Ce n'est qu'avec un profond étonnement
mêlé de regrets que j'ai appris votre départ d'ici ;
car après tous les rapports que nous avions eus ensemble, j'aimais bien mieux vous avoir que d'avoir
le P. N..., que je ne connaissais pas... etc. »

Notons-le toutefois : on s'accoutuma au nouveau
professeur, on se félicita de la solidité et de la clarté
de son enseignement, et nul ne s'avisa de faire sa
cour au P. Clerc en lui disant qu'il n'était pas bien
remplacé.

En voici un qui mêle à l'expression de ses regrets
une pointe de malice :

« Je n'ai pas besoin de vous exprimer tout le chagrin que j'ai éprouvé quand j'ai appris que vous nous aviez quittés. C'est malheureux pour nous, les marins ; mais je pense cependant que vous ne devez pas être fâché, non pas de nous avoir quittés, mais d'avoir quitté le métier de professeur, qui, à ce que l'on dit (je n'en puis pas parler d'expérience), ne doit pas être ce qu'il y a de plus amusant, surtout quand on a beaucoup d'élèves médiocres. »

Le compliment n'est pas des plus flatteurs pour messieurs les *marins*, mais l'observation, dans sa généralité, ne manque pas de justesse.

Le P. Clerc était-il donc perdu pour eux sans retour ? Non ; d'après les usages de la maison, on pouvait espérer le voir aux époques des examens semestriels, où il viendrait partager les travaux de ses anciens collègues. D'ailleurs Laval était sur la route de Brest, sur la route du vaisseau-école, et, une fois nommés élèves de marine, ses élèves, en se rendant à leur poste, avaient une belle occasion de le saluer au passage.

« Mon Père, écrit l'un de ces heureux concurrents qui vient de lire son nom dans la feuille officielle, vous devez connaître le résultat des examens ; aussi ma lettre a pour but de répondre à l'aimable invitation que vous me faites. Nous devons partir dimanche 28 septembre, par le train du matin qui

arrive à Laval à 2 heures 13'. Ce sera pour moi un
grand bonheur de vous voir, mais je ne voudrais
pas que vous vous dérangiez à cause de moi si vous
étiez occupé. » Le même écrira bientôt du vaisseau-
école et donnera des nouvelles de ses camarades, en
y joignant les noms et qualités des officiers du bord,
la plupart anciens camarades du P. Clerc.

L'un des plus sensibles au départ inopiné qui
excita tant de regrets, ce fut un nouveau venu,
jusque-là élève de Vaugirard, lequel, par conséquent, ne connaissait guère le Père que de réputation, mais se faisait fête plusieurs mois à l'avance
d'avoir à se préparer sous sa conduite à l'école navale. Employant courageusement une partie de ses
vacances à se mettre au niveau du cours qu'il allait
suivre, il soumettait à son futur professeur le rè-
glement de ses journées, où le travail était sagement
combiné avec le repos et les distractions de la saison ;
et après avoir donné cette preuve non équivoque de
sa bonne volonté, il terminait en disant : « Cette
lettre, mon Père, est sans doute bien sèche, bien
froide et bien insignifiante par elle-même ; ce n'est
pas le style d'un élève d'humanités ; mais du moins
soyez persuadé du respect et du dévouement (puisqu'il n'a pu encore apprendre à vous connaître,
c'est-à-dire à vous aimer) de votre fils reconnaissant
et aimant. » Cela paraît un peu contradictoire dans

les termes; mais on voit que le cœur prenait les devants, tant il était sûr de son fait et reconnaissait d'avance le père dans le futur professeur.

Arrivé à l'école Sainte-Geneviève trop tard pour devenir son élève, il ne se croit pas quitte vis-à-vis de lui et lui écrit encore : « Mon Révérend Père, vous ne vous attendiez pas sans doute à recevoir quelques lignes de ma part. Cependant j'ai cru de mon devoir de vous remercier des bontés que vous aviez eues pour moi, et, en voyant tous nos condisciples me vanter votre bonté à leur égard, j'ai pensé bien faire en vous mettant un peu au courant de l'état où nous sommes. » Suit le compte-rendu de son travail de vacances, où il a fidèlement observé les instructions du P. Clerc. Mais le pauvre enfant ne tarit pas sur le chapitre de la bonté, et insistant sur ce que lui en ont dit ses nouveaux camarades : « H***, ajoute-t-il avec ingénuité, m'a parlé de vous d'une manière qui m'a fait bien plaisir, car j'ai compris que, dans les deux fois que je vous avais vu, je ne m'étais pas trompé et que vous étiez véritablement un bien bon Père. » Celui qui a écrit ces lignes est mort à vingt-trois ans enseigne de vaisseau. Tombé dès ses premiers pas dans la carrière qui souriait à sa jeune ambition, mais sans doute préservé par cette fin prématurée de la corruption du siècle, le peu que nous apprenons de lui nous attache à sa mémoire et nous le fait aimer comme il aimait lui-même l'excellent maître qu'il n'avait fait qu'entrevoir.

L'affection que le P. Clerc inspirait à ses élèves nous apparaît déjà intime, profonde, sérieuse, chrétienne par-dessus tout, est-il besoin de le dire? Viennent les jours d'épreuve, ces jeunes gens sauront où chercher la consolation et trouveront tout naturel de lui confier non-seulement les petites déconvenues de leur vie d'écoliers, mais aussi les cruels échecs qui renversent leurs projets d'avenir et les pertes encore plus irréparables qui plongent leurs familles dans le deuil.

Voici une lettre que nous citons avec un vrai plaisir, ne pouvant douter que celui qui l'a écrite ne fût le digne élève d'un tel maître :

Ecole Ste-Geneviève, ce mardi 23 octobre 1861.

« Mon bien cher et révérend Père,

« Je vous demande pardon de venir vous déranger, mais un motif bien puissant m'engage à vous écrire. Toute notre famille, et particulièrement mon bien cher père, vient d'éprouver un cruel malheur. Mon grand-père, le père de mon père, vient de mourir subitement, sans avoir eu le temps de faire aucune préparation pour ce terrible

passage. Ce cher grand-père est mort lundi dernier
17 octobre, l'on ne sait à quelle heure, puisque c'est
en entrant le matin dans sa chambre que le domestique l'a trouvé inanimé et étendu sur le sol. La
veille de sa mort il avait été aussi gai, aussi en train
que les autres jours ; il avait reçu une visite de deux
heures, avait joué au billard et était resté jusqu'à
dix heures du soir, riant et jouant aux cartes.
Hélas! il ne pensait point au cruel malheur qui
allait nous frapper. Il est à croire qu'il n'aura pas
eu un instant d'agonie et qu'il ne se sera pas senti
mourir; car après sa mort, lorsqu'il a été replacé
sur son lit, ceux qui ont eu le bonheur de le voir
m'ont dit qu'il ressemblait à un beau vieillard endormi. La figure était calme et ses traits nullement
altérés; il se sera levé pour prendre quelque chose
dans sa chambre, et il sera tombé frappé d'un coup
d'apoplexie foudroyante. Cette mort est bien affreuse
et bien cruelle pour lui comme pour ses enfants,
qui n'ont pu recevoir ni ses derniers conseils, ni sa
dernière bénédiction. Papa l'avait vu il y a seulement quinze jours, et ma tante ne l'avait vu pour
la dernière fois qu'il y a un mois; quant à mon
oncle, il était avec mon grand-père, mais il n'a pas
eu plus de consolation que les autres, puisque, après
l'avoir laissé bien portant la veille, il devait le retrouver sans vie, sans avoir eu un mot de consola-

tion ou d'adieu de sa part. C'est bien terrible aussi et bien cruel pour moi, car je ne saurais vous dire toute l'affection que je portais à ce bien-aimé grand-père; mais enfin, au milieu de toutes ces angoisses, nous avons quelque sujet de consolation et d'espérance en la miséricorde de Dieu. Mon grand-père était heureusement très-pratiquant depuis l'âge de soixante-douze ans, âge auquel il a fait seulement sa première communion. A partir de cette époque, il n'a pas manqué une seule confession ni une seule communion, et il a été toujours environné de familles pauvres dont il faisait le bonheur. Tout ceci nous fait espérer que Dieu l'aura appelé à lui pour le récompenser de sa vie si pleine et si honorable. Cette mort, quoique bien affreuse, est peut-être encore un coup de la grâce de Dieu, qui a voulu épargner à mon cher grand-père les souffrances et les angoisses de la mort, que ce cher parent craignait si fortement. Enfin, nous espérons fermement et nous prions aussi bien ardemment pour le repos de son âme. Je vous demanderai donc, mon bien cher Père, de vouloir bien dire une messe pour lui et de ne pas l'oublier dans vos prières quotidiennes. Nous le recommandons tout particulièrement à vous dont les prières sont si puissantes auprès de Dieu.

« Votre enfant bien-aimé,

« R. P. L. »

Il est inutile d'insister sur les sentiments qui ont dicté cette lettre, signée d'un des noms les plus respectés de la haute bourgeoisie parisienne.

Mais quel est ce jeune malade, mûri avant le temps par la souffrance, qui expose avec tant de candeur l'état de son âme et qui date ses lettres d'une petite ville de la Côte-d'Or?

Nous avions vainement cherché son nom dans l'*Annuaire de l'école Sainte-Geneviève*, et nous nous demandions où il avait puisé une foi si fervente, lorsque nous eûmes la pensée d'écrire à M. le curé-doyen de S***, entre les bras duquel, selon toute probabilité, il avait rendu le dernier soupir.

Dès lors tout s'est expliqué, et des lettres du P. Clerc, conservées au sein d'une famille en deuil, nous parvinrent bientôt et nous apprirent à quelle direction efficace et sûre il soumettait cette âme prédestinée à la croix et à la couronne d'innocence.

Louis (nous tairons le nom de sa respectable famille), devenu de bonne heure élève du collége de Montgré, dirigé par les Pères de la Compagnie de Jésus, avait voué à ses maîtres une affection qui ne s'est jamais démentie. Sur la fin de ses études, éprouvant un grand attrait pour la vie religieuse, il résolut d'entrer au noviciat et ne se laissa détourner du but qu'il poursuivait avec ardeur ni par les rail-

leries de certains amis, ni par l'opposition formelle
de son père. Ce père crut qu'il aurait raison de sa
constance en le lançant malgré lui dans le monde,
et il exigea qu'il fît son cours de droit. Par les conseils de M. le curé de S***, Louis demanda qu'il lui
fût au moins permis d'aller étudier à Paris, où il
aurait plus de liberté pour fréquenter la maison des
Pères et leur confier les intérêts de son âme. C'est
là qu'il rencontra le P. Clerc, et l'on peut juger de
l'accueil qu'il reçut par ce petit mot qu'il a précieu-
sement gardé jusqu'à la mort :

« Mon cher enfant, vous jouez encore à cache-ca-
che ; puisque vous ne m'avez point attrapé, vous devriez continuer à me chercher. Je vous avais déjà,
la semaine dernière, accordé ce que vous me demandez, je vous le répète donc, mais je ne vous dispense pas de me trouver lorsque vous viendrez à la
maison pour cela, et que je ne suis pas sorti.

                « Votre très-affectionné en N. S.

                        « AL. CLERC. S. J.

        « 12 Juin 1867, Paris. »

Au mois de novembre, Louis est dans sa famille,
et il écrit à son tour :

« Mon Père, depuis que j'ai quitté Paris, ma pensée est allée bien souvent vous trouver. Que de fois

je vous ai rendu de ces visites charmantes, où vous
me prodiguiez tous les trésors de votre amitié, de
votre science et de votre piété. J'ai conservé de ces
heureux instants le meilleur des souvenirs, et mes
regrets de les avoir perdus deviennent tous les jours
plus amers. Je voudrais vous dire quelle reconnaissance je vous garde pour vos bontés, pour votre
dévoûment sans bornes, votre inépuisable charité.
Mais j'aurais honte de vouloir m'acquitter envers
vous, par des remercîments stériles, de la dette que
j'ai contractée. Je veux rester toute ma vie votre
débiteur, parce que je ne pourrai me libérer complétement que là-haut. En attendant, je prierai
Dieu de vous rendre au centuple cette douce paix
que vous m'avez donnée, ces consolations que vous
n'avez jamais refusées à mes importunités, enfin tous
ces profits spirituels que j'ai retirés de vos bons avis,
de votre excellente direction. »

Pauvre jeune homme! atteint d'un mal inconnu,
il ne se sent pas assez fort pour faire le voyage de
Paris; tout au plus espère-t-il aller à Dijon, dans
un mois, reprendre, s'il est possible, ses études in-
terrompues.

« Mon cher et bien cher enfant, reprend le P. Clerc
(lettre du 16 décembre 1867), qu'est-ce donc que
cette mauvaise santé-là, et n'allez-vous pas enfin
prendre le dessus comme il convient à un homme?

Est-ce une maladie nouvelle ou une suite de celle de l'an passé? Vous ne m'en dites pas assez; je crains que ce ne soient encore vos entrailles. On ne sait trop comment atteindre un mal si profond, et il jette un grand trouble partout, même lorsqu'il n'est pas très-violent. Je crois à l'efficacité des eaux contre ces maladies: pensez-y pour la saison prochaine; — et aussi à celle d'un bon régime: une vie bien régulière et de l'exercice corporel. »

Suivent des conseils d'hygiène qui témoignent du plus tendre intérêt.

« Ayant quitté ce mauvais Paris, poursuit-il, vous n'auriez pas dû être malade; peut-être avez-vous emporté le germe du mal ces deux dernières années. Je voudrais pourtant vous y revoir. Faudra-t-il attendre 1869? Autant dire l'an quarante. S'il s'agit d'un séjour dépendant d'un grand projet, vous ne le dites pas; et en vérité votre lettre est trop courte et me laisse tout à demander.

« Je dis tout, c'est trop, c'est prendre un ton grognon mal à propos, car votre bonne petite lettre me dit que vous m'aimez. Il n'y a rien de si doux que de savoir que notre amour est payé de retour. Je vous aime trop tendrement, bien cher enfant, pour ne pas recevoir une grande joie de l'expression de votre affection.

« Que vos visites m'étaient agréables et que mon cœur se plaisait à recevoir les communications du vôtre ! Il n'y avait pas seulement pour moi le plaisir et la douceur d'une vive affection satisfaite ; il y avait encore la joie de vous aider dans vos bonnes intentions et de rassurer une conscience délicate et alarmée. Que votre désir de la vérité, votre docilité, votre confiance me donnaient de consolation ! Cher et bien cher enfant de mon cœur, que Dieu vous bénisse et vous conserve dans la ferveur et la fidélité.

« Je me porte à merveille et enseigne de plus en plus les mathématiques ; notre école de la rue des Postes prospère parfaitement. Je ne saurais vous dire combien nos élèves, surtout ceux de la première division, sont excellents : travail, docilité, piété, sont presque au delà de mes désirs ; je crois qu'on ne désire guère ce que l'on n'espère pas, et je crois que mes espérances sont dépassées. Après la grâce de Dieu, c'est à la prudence, à la piété et à la fermeté de notre Père Recteur (le P. Ducoudray) que nous le devons.

« Adieu, mon cher enfant, j'aurai une grosse intention pour vous jeudi prochain et le jour des saints Innocents. Je vous embrasse ici, et je vous aime bien dans le Sacré Cœur de N. S.

« AL. CLERC, S. J. »

Au printemps de l'année suivante le jeune malade croit renaître; il vient, dit-il, d'être délivré de son terrible ennemi, le ténia ou ver solitaire, et il s'empresse de faire part de cette heureuse nouvelle au digne ami dont il tient à calmer les tendres inquiétudes. Celui-ci avait commencé une lettre où il lui prodiguait les conseils pour hâter sa guérison; elle se termine par l'expression de la joie la plus vive. « Oui, vous allez redevenir alerte, gai, vigoureux, et je vous verrai dans la fleur de la jeunesse. Je remercie assurément Dieu de bon cœur, pour m'avoir conservé et guéri mon cher enfant; mais de plus je dirai la messe en action de grâces pour ce bienfait, et afin que vous puissiez vous y joindre, je la fixe au dimanche 24 mai, fête de Notre-Dame Auxiliatrice.

. . . .

« Enfin, vous voulez une lettre pour l'Ascension, vous l'aurez aussi, et si vous aviez demandé qu'elle vous portât toutes mes amitiés, tous mes souhaits, toutes mes bénédictions pour vous, elle aurait tout cela puisque je l'y mets, et encore cette parole de Notre-Seigneur : *vado parare vobis locum* [1], pour vous occuper le jour de jeudi que vous passerez dans votre chambre. »

Un mois entier s'écoule et les forces du pauvre

1. Je vais vous préparer une place.

enfant ne sont pas encore revenues. Il écrit cependant (lettre du 23 juin 1868) :

« Mon Père, votre bonne lettre du mois dernier
m'a fait un si grand plaisir que c'est à vous que j'a-
dresse les premières lignes que je peux écrire. J'ai
été secoué bien fortement par l'ennemi que vous
savez, et pour m'en délivrer, il m'a fallu lui livrer
un si rude assaut que je suis encore aujourd'hui à
peine convalescent. Mes forces commencent seulement à revenir et elles ne me permettent de vous
écrire que quelques mots fort insignifiants par leur
laconisme. Mais au moins je vous aurai remercié,
je me serai recommandé de nouveau à vos prières
et je vous aurai renouvelé l'expression de mes sentiments les plus vifs d'affection et de filial dévouement, etc.

« Votre enfant en N. S.

« Louis C. »

« Mon cher Louis, répond le P. Clerc (lettre du
2 juillet 1868), vous m'étonnez et vous m'affligez en
m'apprenant le rude combat que vous avez livré. Je
ne croyais pas qu'il fût si long ni si terrible, et
j'imaginais que la difficulté était plutôt de reconnaître l'ennemi que d'en triompher. C'est plus d'un
mois qui s'est passé depuis l'Ascension jusqu'au

23 juin, et pendant que vous étiez en proie à de grandes souffrances et aussi menacé dans votre vie, j'étais dans la confiance que votre convalescence, déjà décidée, marchait à une heureuse guérison.

« Au moins cette fois êtes-vous bien débarrassé de la tête de l'hydre? Ses terribles crochets ont-ils lâché prise? A votre âge, on revient vite à la santé, et, entouré comme vous l'êtes de soins et d'affections, votre bonheur de revenir à la vie, si profond en lui-même, recevra de nouveaux charmes du chemin qui vous y conduira et des mains qui vous soutiendront.

« Oh! je suis bien sûr que vous avez été patient et résigné, doux, si je puis dire, envers la souffrance. Il est peut-être plus difficile de se garder dans la convalescence de l'exigence et de la sensualité. Sauriez-vous voir autour de vous, empressées, attentives, une mère, une sœur, sans réclamer, sans provoquer leur dévouement? Ce serait mieux de l'attendre doucement et quelquefois de s'en défendre.

« C'est difficile aussi de savoir borner les soins multipliés, minutieux, de notre corps, de notre santé, à ceux qui sont nécessaires (c'est là un devoir), ou même utiles (ce qui est encore dans l'ordre), sans rechercher toutes les délicatesses propres seulement à satisfaire notre sensualité.

« Si je vous fais ainsi de la morale (*opportune*,

importune, comme dit saint Paul), c'est que je sais bien à qui je m'adresse, et mes condoléances, non plus que mes espérances, adressées au cœur de l'ami, ne suffiraient pas au cœur de mon cher fils en Notre-Seigneur.

« Ne manquez pas, dès que vous pourrez aller jusqu'à l'église, de faire la sainte communion. Pour moi, je dirai la sainte messe pour vous en action de grâces, et aussi à l'intention de votre pleine et prompte guérison, le jeudi 8 juillet.

« Je vous reverrai donc comme renouvelé, comme ressuscité, avec une vie nouvelle, plus forte, plus robuste, et aussi avec une âme perfectionnée par la souffrance.

« Oh! mon bien cher fils, tout est bon pour ceux qui aiment Dieu : *Diligentibus Deum omnia cooperantur in bonum.* Je crois bien! Dieu, qui est bon même envers les méchants, a une providence tout affectueuse et paternelle pour ceux qui l'aiment.

« Quand on attend tout, qu'on reçoit tout de sa main, peut-il y avoir dans notre destinée quelque chose de funeste? Non, ni la maladie, ni la mort. Il vous destine au ciel et il vous y conduit par le chemin qu'il vous faut. »

Quelle force et quelle douceur à la fois! Le jeune homme était digne de ces conseils, qui venaient bien à propos, comme on va le voir, à la veille des suprêmes épreuves qui lui étaient réservées.

Une lettre, la dernière de Louis, écrite à deux reprises le 10 et le 11 septembre, nous rappelle les accents plaintifs du roi Ezéchias : « Au milieu de mes jours j'arrive aux portes du tombeau... [1] »

« Mon bon Père, il y a des siècles que je ne vous ai écrit et, pendant tout ce temps, Dieu sait combien de fois j'ai pensé à vous. J'étais encore jusqu'à ces jours incapable de tenir une plume. Ma santé a traversé bien des épreuves et je ne sais guère comment je suis encore en ce monde. J'essayerai pourtant de vous le dire en reprenant haleine plusieurs fois s'il le faut.

« Je n'ai pas oublié que vous m'avez offert de continuer à être mon guide spirituel; je ne sais si vous avez compris que j'ai accepté. Mais sans aucun doute, votre dernière lettre renfermait des conseils si précieux, si bien appropriés à mes besoins, que Dieu seul avait dû vous les inspirer.

« Je viens vous en demander encore, mon bon Père; si vous saviez comme vos bonnes paroles me font du bien !

« J'ai un grand remords. Voici tantôt mon neuvième mois de maladie. Quelle grâce c'est là que

---

1. Ego dixi : In dimidio dierum meorum vadam ad portas inferi. ISAIE, XXXVIII, 20.

Dieu a voulu me faire! Mais j'en ai si peu profité que j'ai conservé religieusement tous mes défauts, et je ne suis pas plus prêt à mourir qu'au premier jour. Mon Dieu, pardonnez-moi! Mon Père, aidez-moi! Il faut que je sois prêt à mourir. La mort est à ma porte, il faut que je me sauve à tout prix... »

Là s'arrête le pauvre malade, n'en pouvant plus; mais le lendemain il ajoute :

« Je ne suis plus qu'un squelette. Les personnes qui ne m'ont pas vu depuis quelque temps ne me reconnaissent plus... » Puis il énumère ses misères, — misères de la maladie accrues encore par les remèdes, — et il sollicite de la manière la plus touchante le secours dont il a besoin pour soulever le poids qui l'accable et se tourner vers Dieu seul avec un cœur confiant et soumis.

Fut-il répondu à cette lettre? Quelques mots tracés au dos et sur les marges indiquent le sens de la réponse que le P. Clerc devait faire; mais cette réponse ne s'est pas retrouvée, et qui sait si la mort, plus prompte, ne l'a pas prévenue?

Mais nous avons la certitude que la mort fut douce à cette âme privilégiée, si douce elle-même et si humble. Témoin de son passage à une vie meilleure, M. le curé de S*** nous écrit : « Cette belle âme était mûre pour le ciel. » Et faisant allusion à sa vocation et à ses désirs de vie religieuse, il ajoute :

« Dieu ne voulut pas vous prêter notre cher Louis, comme il vous avait prêté son modèle, Louis de Gonzague. »

Il est vrai, le vertueux jeune homme n'a pu franchir le seuil du noviciat et il n'a pas reçu de nous, avant de mourir, le doux nom de frère. Mais Dieu, en le retirant du monde, qui n'était pas digne de lui, l'a placé au ciel dans le chœur virginal des Louis de Gonzague, des Stanislas Kostka et des Berchmans, et c'est là que le P. Clerc a retrouvé son cher enfant pour ne plus le perdre, lorsqu'il est allé à son tour prendre possession de la gloire qu'il avait conquise au prix de son sang.

Revenons, une fois encore, à ses chers petits marins, qui eurent tant de part à sa sollicitude, excitée sans doute par le souvenir des dangers qu'il avait courus lui-même dans la carrière où il les voyait entrer si jeunes, si innocents parfois, mais toujours si dépourvus d'expérience [1].

Nous avons remarqué l'un d'entre eux, objet, évidemment, de la part de son professeur, d'un intérêt tout particulier, et dont la correspondance, com-

---

1. Dans la seconde période de son professorat (1867-1869), le P. Clerc fournit aussi des élèves à l'école centrale. Mais ces jeunes gens, ne s'éloignant pas de Paris, venaient le voir et ne lui écrivaient pas. Ils ont donc laissé peu de traces dans le dossier de sa correspondance.

mencée à l'école Sainte-Geneviève, se poursuit sur
le vaisseau-école et bien au delà, toujours filiale
et confiante, à travers les vicissitudes de sa vie de
marin. Pour n'être pas indiscret, nous lui avons
demandé la permission d'user de ses lettres; il a
voulu les revoir, et, en nous les rendant, il nous
remercie avec effusion du bonheur que nous lui
avons procuré. « En parcourant ces pages, je me suis
revu, nous écrit-il, à l'époque la plus heureuse de
ma jeunesse. J'ai vécu à nouveau, pendant le court
espace d'une heure, ces deux années de mon séjour
à la rue des Postes, années si rapides, si remplies et
si fécondes. J'ai retrouvé mes camarades d'autrefois
et mes professeurs, tous des amis... »

Et là-dessus, ses souvenirs revenant en foule, il a
laissé courir sa plume. Pourquoi ne pas associer le
lecteur au plaisir que nous avons éprouvé en lisant
ces pages pleines d'une émotion sincère? On y verra
le P. Clerc tel qu'il apparaissait à ses élèves, dans la
spontanéité et l'abandon de son aimable et charmant
caractère. Celui auquel nous cédons la parole sortait de Sainte-Barbe et arrivait à l'école Sainte-
Geneviève encore enfant; il a été depuis enseigne de
vaisseau; aujourd'hui, rentré dans la vie civile, il a
son foyer où nous lui souhaitons des fils qui lui
ressemblent. L'homme a gardé les bons sentiments
de ses jeunes années, et c'est encore le plus bel

hommage qu'il pouvait rendre à la mémoire de son cher et vénéré maître.

« Me voici, nous écrit-il, frappant pour la première fois à la porte de l'école et venant timidement demander une place parmi les enfants de la maison.

« C'était aux vacances... la ruche était silencieuse. Dans le fond des grands corridors passent et disparaissent des robes noires... puis, d'autres robes noires qui me semblent de gigantesques ombres.

« Faut-il le dire? (bah! à quatorze ans!) j'avais presque peur. Tout à coup je me trouve en présence du supérieur, le R. P. Turquand. Cette belle figure encadrée de cheveux blancs imposait le respect; le calme et la sérénité s'y reflétaient et cette vue faisait du bien. Que me dit-il? que répondis-je? Je ne l'ai jamais bien su, troublé comme je l'étais; tout ce que je compris, c'est que j'allais passer un examen.

« Oh! pour le coup, toutes mes frayeurs me revinrent. Le Père supérieur me fit conduire dans une salle d'étude; la porte se ferme; j'avais devant moi un immense tableau, à côté de moi une de ces robes noires comme celles que j'avais aperçues dans les corridors. Je baissais les yeux, n'osant regarder ni la robe ni le tableau, lorsque j'entendis une voix bien timbrée, bien franche : « Eh bien, mon enfant, vous voulez donc être des nôtres ? »

« J'étais peu habitué à ce ton de bienveillance dans les colléges que je quittais. Ces mots : « mon enfant, » si nouveaux pour moi, me firent une singulière impression; j'eusse voulu trouver des paroles pour remercier celui qui les avait prononcés. Mais rien ne venait. Celui-ci continuait cependant, me questionnant avec affabilité sur ce que j'avais fait jusqu'alors : quels étaient mes goûts, mes plaisirs, etc. Il ne me demandait pas si j'étais fort en mathématiques; on n'exigerait de moi, disait-il, que de la conduite et de la bonne volonté; on répondait du reste...

« A mesure qu'il parlait, je me sentais plus rassuré. Je levai les yeux : je n'ai jamais vu de visage plus ouvert, plus loyal. Le front était haut, le regard plein d'intelligence; je me sentis en présence d'un homme supérieur; mais ce qui dominait dans cette physionomie, c'était la bienveillance, la bonté; elle y éclatait partout. Je me sentis attiré par une sympathie extraordinaire. J'ignore quelle impression je produisis alors, mais la conversation prit insensiblement un tour plus empreint de bienveillance d'une part, de confiance et d'abandon de l'autre. Je dis conversation, lisez confession; au bout d'une demi-heure j'avais vidé mon cœur.

« Et quand ce fut fini, le Père, me prenant par la main, me reconduisit chez le Père supérieur; il lui

dit quelques mots à voix basse et sortit en me souriant. Le P. Turquand m'apprit alors que le P. Clerc
consentait à m'admettre dans sa classe et qu'à compter de ce jour, je faisais partie de la maison.

« J'étais ravi. Mais ce qui me réjouissait le plus,
c'était de penser que j'allais être dans la classe du
P. Clerc! de ce Père que je venais de quitter... que
je pourrais le voir et l'entendre chaque jour.

« Tel il m'est apparu dans cette première entrevue, tel je l'ai toujours trouvé depuis : droit,
simple et indulgent. Nous autres, « les enfants »,
comme il disait, nous l'adorions. Quelle joie quand,
en dehors des classes, il venait se mêler à nous, et
comme on l'entourait! Descendait-il dans la cour
pendant une récréation, aussitôt on courait à lui,
on voulait lui parler, on s'arrachait une de ses réponses. Parfois, il était obligé de se fâcher pour
qu'on continuât de jouer : alors il menaçait de
quitter la cour. Le plus souvent il feignait de prendre un intérêt immense à une grande partie de balle
ou de gymnastique. Oh! alors c'était un mouvement, un entrain incroyable; c'était à qui ferait les
plus beaux coups, risquerait les tours les plus périlleux.

« Plus tard, quand il quitta la classe, épuisé par
la fatigue, le travail (aussi les macérations de toutes
sortes, car cet homme si bon pour les autres était

impitoyable pour lui-même), ce fut une consternation générale, lorsque, en revenant de vacances, on apprit que le P. Clerc était parti. J'en sais qui ont versé des larmes bien sincères. »

Bientôt le cœur déborde et notre cher correspondant se rappelle, ici ses camarades tombés sur le champ de bataille, là ses maîtres immolés par la Commune : « P. Clerc, P. Ducoudray, s'écrie-t-il, chères et saintes victimes, est-ce ainsi que vous deviez couronner une vie d'abnégation et de dévouement?

« O mon Père Clerc ! vous me disiez souvent jadis : « Plus tard, quand je ne pourrai plus élever des jeunes gens et en faire des Français et des hommes de bien, le désir le plus cher à mon cœur serait d'être envoyé, missionnaire en Chine, mourir pour mon Dieu et sa sainte religion ! » Ah! qui eût pu prévoir que ce vœu serait si tôt accompli! »

J'ai laissé parler l'homme, et certes on ne m'en saura pas mauvais gré; mais revenons maintenant de douze à quatorze ans en arrière, et voyons comment l'enfant s'exprimait après ce cruel départ du P. Clerc.

Après quelques excuses motivées par un contre-temps qui l'a jusque-là empêché d'écrire : « J'espère bien, dit-il, que si vous venez à Paris cette année, ou si je retourne à Angers l'année prochaine, nous pourrons nous voir. J'aurais tant de plaisir à vous dire de vive voix combien je vous suis reconnaissant de toutes les bontés dont vous m'avez comblé pendant toute l'année qui vient de s'écouler! Mais d'ailleurs je dois vous dire que je ne suis pas le seul qui vous ait regretté et que chaque élève a fait une piteuse mine en apprenant que vous aviez quitté tous vos enfants. »

Suivent des détails sur les changements dans le personnel de la maison, sur le nouveau professeur, *qui ne badine pas,* sur le travail auquel on se met de tout cœur, non sans espoir de succès. Le P. Clerc n'a-t-il pas promis qu'on réussirait?

Dans la lettre suivante, le jeune correspondant, qui est enfant de chœur, ne tarit pas sur les cérémonies de la fête de la Toussaint; ce qui prouve, par parenthèse, que l'on peut trouver là une innocente et agréable diversion à des études bien arides et qui ne disent rien au cœur. Puis il ajoute: « Enfin, mon cher Père, vous me demandez des détails; que vous dirai-je? Que j'ai beaucoup grandi et ensuite que je pense déjà au moment où il me faudra quitter cette maison. Je prévois que j'aurai un bien grand chagrin, car c'est la première fois que je me suis senti aimer ceux avec qui je vivais et que je me sentais aimé aussi. Car enfin qu'est-ce qu'un collége? Une réunion d'individus qui viennent là pour faire leurs classes et qui se croient obligés de rompre en visière à tout le monde. Ici, au contraire, outre que les élèves sont dans de bons rapports entre eux, les Pères font de leur côté tout ce qu'ils peuvent pour se faire aimer de leurs élèves. Comment la concorde ne règnerait-elle pas dans la maison? Mais c'est vous, mon bon Père, que je dois remercier et aimer par-dessus tous; car, paria que j'étais, c'est vous qui, le premier, m'avez appelé à vous; aussi, croyez-le bien, je vous en serai toujours reconnaissant et, de loin comme de près, je mêlerai toujours votre nom dans mes prières parmi ceux qui me sont les plus chers. Mais ne viendrez-vous donc pas à Paris? etc., etc. »

Quelques lignes de la lettre suivante :

« Quand donc pourrai-je dater mes lettres du *Borda?* Quand pourrai-je les terminer par ces mots pompeux : *Fait en rade de Brest, à bord du vaisseau-école.* Il faut attendre, n'est-ce pas, cher Père, et surtout travailler; je fais l'un et l'autre. »

. . . .

« Vous nous recommandez, cher Père, de vivre en bonne intelligence et union les uns avec les autres; je vous assure que cette recommandation est superflue cette année. Que vous seriez content de voir vos enfants ne former qu'un seul tout à la gymnastique et aux autres jeux! »

. . . .

« Peut-être, cher Père, avez-vous été étonné de m'entendre dire que j'avais lu la lettre de P... Mais il faut que je vous dise qu'on s'arrache vos lettres, il s'en fait une consommation effrayante. Aussitôt que l'un de nous a reçu une lettre de vous, elle court toute la division; on fait cercle pour l'entendre; puis, des élèves, vos ordres du jour vont quelquefois chez les Pères. Ne soyez donc point avare, cher Père, de vos bonnes lettres toujours remplies de conseils et encore plus d'affection. »

L'enfant va entrer en retraite; il réclame une messe à son intention, et cela du ton le plus pressant. Après la fête de Noël, nouvelle description d'une belle solennité religieuse avec cette réflexion finale : « Je vous assure, cher Père, que c'est un spectacle bien touchant de voir tous les élèves, tout le collége approcher de la sainte Table dans les grandes cérémonies. » Et ainsi de suite, toute l'année, grâce à cet aimable correspondant, l'ancien professeur saura tout ce qui arrive à ses chers enfants, leurs progrès plus ou moins rapides, la place de chacun dans le classement trimestriel, le découragement de celui-ci, la maladie d'un autre, etc., etc. Puis arrive le jour tant souhaité où une première lettre porte cet en-tête : *Borda, Rade de Brest*, et débute de la manière suivante : « Mon cher Père, vous avez su que j'avais été reçu et je viens vous rendre la part qui vous revient dans mon succès. Si en effet vous n'aviez cessé de m'encourager au travail et si vous ne m'aviez pas constamment montré une bonté vraiment paternelle, j'eusse été rebuté dès la première année, et je ne pourrais aujourd'hui dater ma lettre du *Borda*. Acceptez donc l'assurance de ma grande reconnaissance, et joignez à toutes vos bontés le pardon de ma négligence. » Un peu plus loin nous lisons dans la même lettre : « En arrivant ici, j'ai été voir les RR. PP. Jésuites. J'ai fait connaissance avec le P. L.; c'est lui qui m'a donné mon correspondant, car je ne connaissais personne... Malgré ma joie, je n'ai pas été faire mes adieux au P. C. (son professeur de l'école Sainte-Geneviève) sans quelque tristesse de quitter cette maison où j'avais passé deux années, sans contredit les meilleures de ma vie. » A bord du vaisseau-école, la correspondance se poursuit pleine de détails sur les anciens élèves du P. Clerc, qui continue à veiller sur eux de loin comme de près. Ainsi, — heureuse rencontre! — il se trouve que l'ancien commandant du *Cassini* est maintenant en rade de Brest à bord du *Turenne*, placé sous ses ordres; voilà un ami sûr pour ces chers enfants, et cet ami s'empresse de tenir auprès d'eux la place du P. Clerc. « Laissez-moi vous remercier, écrit-on à celui-ci, d'une connaissance que vous m'avez fait faire, et

qui pour moi est bien précieuse. Je veux parler de
M. de Plas. C'est un homme bien charmant et bien
distingué, un vrai officier de marine. Plusieurs fois
il nous a envoyé sa baleinière, à D..., P..., T... et
moi, et nous avons dîné à bord du *Turenne* et passé
une soirée délicieuse. »

Encore une citation, et ce sera la dernière, em-
pruntée à une lettre datée du *Magenta*. Dans un
voyage à Paris, l'aspirant de marine a revu quelques
instants la maison de la rue des Postes, il y a retrouvé le P. Clerc, et cette visite a ravivé en lui des
sentiments qu'il ne peut taire : « En parcourant
avec vous cette maison où j'ai passé deux années si
calmes et si joyeuses, je me suis cru plus jeune de
trois ans. Je me revoyais livré tout entier à ces
graves occupations qui, seules alors, avaient le privilége de m'empêcher de dormir, la balle et surtout
la gymnastique. Que de fois, alors que vous vous
efforciez de faire entrer dans ma tête une démonstration importante, mon esprit rebelle rêvait un
nouveau saut périlleux !

. . . .

« Que de fois, depuis que je l'ai quittée, j'ai eu à
regretter cette maison hospitalière au sein de laquelle la robe si sévère du prêtre a fait si bon accueil à l'uniforme quelque peu taché du petit Bar-
biste !... Le gamin est devenu jeune homme. Le

jeune homme s'est-il fait homme ? Je l'ignore (peut-être vous pourriez le dire, mon bon Père, vous qui le connaissez si bien); mais ce que je sais, c'est que du gamin il ne reste que le souvenir et l'attachement pour ceux qui lui ont si cordialement tendu la main. »

Nous n'ajouterons rien ; de pareils témoignages, rendus en si grand nombre dans l'abandon et le laisser-aller du commerce le plus intime, peuvent se passer de commentaire. Où sera la sincérité si elle n'est pas là ? On est tenté d'appliquer cette parole de l'Écriture : *ex ore infantium... perfecisti laudem.* Oui, vraiment, des bouches d'enfants ou de très-jeunes gens, des lèvres encore étrangères au déguisement et à la flatterie, ont pu seules donner à ces éloges, que je n'ai fait que recueillir, cette parfaite vérité et aussi ce charme.

Mais nous ne terminerons pas ce chapitre, consacré au P. Clerc et à ses élèves, sans mentionner ceux d'entre eux qui, après l'avoir tant aimé, ont prouvé, en mourant pour l'honneur et la défense de leur pays, qu'ils avaient su admirablement comprendre cette âme héroïque et mettre leurs sentiments au niveau des siens.

Le premier est Roland du Luart, qui tomba frappé de trois balles à Etla, près d'Oajaca, pendant la campagne du Mexique où il avait déployé la plus brillante valeur (18 décembre 1864). En apprenant

l'arrivée du corps de son fils à Saint-Nazaire, le
comte du Luart réclama aussitôt la présence du
P. Clerc, qu'il invitait à prononcer quelques mots
à la funèbre cérémonie. « Il n'y a que trop de leçons
renfermées dans ce cercueil, » répondit le P. Clerc,
et il s'empressa de satisfaire aux pieux désirs du
père et de la mère de son cher Roland.

Trois autres ont arrosé de leur sang la terre de
France envahie par l'étranger.

A Gravelotte (16 août 1870), Louis Couturier,
officier d'ordonnance du général Bataille, qui, le
bras traversé par une balle, n'en continuait pas
moins son service sous le feu de l'ennemi, lorsqu'un
obus éclata sous le ventre de son cheval, qui fut tué,
en même temps que lui-même tombait grièvement
blessé au bas ventre. Emporté à l'ambulance, il mourut deux jours après, ayant reçu avec piété les derniers sacrements et pressant le crucifix sur son cœur.

A Fréteval (14 décembre 1870), Maurice de Boys-
son, qui avait cinq frères sous les drapeaux dans
cette lamentable guerre : un autre a succombé en
même temps que lui. Enseigne de vaisseau, Maurice venait de faire la triste et inutile campagne de
la Baltique, lorsqu'il rencontra à Cherbourg son
ancien professeur. « J'ai le regret, écrivait-il à ses
parents, de ne pouvoir suivre la retraite qu'il donne,
mais je vais le voir souvent et je crois que nous

sommes fort contents l'un de l'autre. » Il marchait
à la tête d'une compagnie de fusiliers marins dans
cette héroïque affaire de Fréteval, où le commandant Collet tomba le crâne fendu, et Maurice à ses
côtés, la poitrine traversée par une balle.

Enfin à la sanglante bataille du Mans (11 janvier 1871), Maurice du Bourg; un héros de Cas-
telfidardo et de Mentana, accouru des premiers à
l'appel de Pie IX et resté, jusqu'au 20 septembre,
fidèle au noble drapeau pontifical. Il menait au feu
ses chers zouaves, devenus les *volontaires de l'Ouest*,
lorsqu'il fut frappé d'une balle au front au moment
où il essayait d'emporter le plateau d'Avours occupé
par les Prussiens. Par ses vertus chrétiennes comme
par sa bravoure chevaleresque, vraiment de la race
des Cathelineau, des Lescure et des Bonchamp.

Tels furent les élèves du P. Clerc. Je ne parle,
bien entendu, que des morts.

Pour ceux qui, grâce à Dieu, sont encore aujour-
d'hui pleins de vie et d'avenir, je leur dédie ces pages, dont ils m'ont fourni la matière et où plusieurs
se reconnaîtront. Puissent-elles avoir pour tous le
charme qui s'attache au souvenir des jours heureux
et purs, raviver, s'il en était besoin, leurs meilleurs
sentiments, les exciter au bien par l'exemple de ces
chers morts, et surtout ne devenir jamais, pour
aucun d'eux, un reproche.

CHAPITRE XIII.

LE P. CLERC ET SES ANCIENS CAMARADES.

Grand était l'étonnement des camarades du P.
Clerc qui, ne l'ayant connu que dans sa vie de dissipation et de plaisirs, le retrouvaient tout à coup,
après longues années, prêtre et Jésuite. *Quantum
mutatus ab illo!* C'était là l'impression première,
et quelques-uns n'en sont jamais revenus. Cependant la plupart, encore plus charmés que surpris,
s'apprivoisaient peu à peu avec son nouvel habit et
sa nouvelle manière d'être; ravis de constater de
leurs yeux qu'il n'avait rien perdu de son esprit, de
sa gaîté, de son amabilité d'autrefois, il leur arrivait bien plutôt de dire : Il n'est pas changé, c'est
toujours le même. Et la vieille intimité renaissait

d'elle-même, dès la première entrevue. Ce que Clerc
était devenu en quittant le monde ne diminuait pas
la confiance, bien au contraire, et si par hasard on
mettait sa bonne volonté à l'épreuve, c'est alors surtout qu'on se félicitait d'avoir en lui un ami sûr,
dévoué, serviable au possible. Aussi, à très peu
d'exceptions près, tous venaient à lui de bon cœur.
L'ardeur connue de ses convictions religieuses ne le
rendait pas inaccessible à ceux qui n'avaient pas le
bonheur de les partager. Je pourrais citer tel savant,
étroitement lié avec lui depuis qu'ils s'étaient rencontrés, camarades de promotion, à l'École polytechnique : homme assurément très-distingué, mais
qui a la réputation, méritée je crois, d'être fort
indulgent aux coryphées de la libre pensée. Je suis
bien sûr que Clerc, qui était la franchise même,
ne lui épargnait pas le blâme à ce sujet ; et pourtant
leur amitié ne s'est jamais démentie et elle a duré
jusqu'aux sanglantes journées de la Commune.
Ayant fait lui-même si longue résistance à la grâce
avant de s'abandonner à son empire, il ne désespérait de personne, et quelle que fût la vivacité de ses
désirs, il savait attendre. Plus d'une fois la conquête des âmes qui lui étaient chères fut le prix de
sa longanimité charitable et prévenante.

On se rappelle peut-être M. C***, l'un des deux
camarades avec lesquels, à son retour du Gabon,

26

Clerc partagea pendant plusieurs mois la jouis-
sance d'une petite habitation et d'un jardin situés
dans un des faubourgs de Lorient [1]. L'application
d'un chrétien de si fraîche date à la lecture de
saint Thomas était un sujet d'étonnement pour les
deux amis qui lui crurent d'abord le cerveau
dérangé, contre-carraient à qui mieux mieux ses
idées religieuses, engageaient avec lui des discussions moitié sérieuses moitié plaisantes, et, voyant
qu'ils ne gagnaient rien sur son esprit, finissaient
par l'appeler *petit frocard*. Cependant M. C***
n'était pas tout à fait aussi insensible qu'il le croyait
à ces exemples qu'il accueillait avec toutes les ap-
parences d'un scepticisme railleur, et il a reconnu
plus tard qu'il en avait bien malgré lui subi l'influence. Cela se passait en 1847. Vers la fin de 1850,
le *Cassini*, destiné pour la Chine, étant en rade de
Lorient, Clerc vient surveiller les préparatifs du départ ; il revoit son ami et, cette fois, il l'amène *bien
près des vérités chrétiennes*. Quatre autres années
se passent ; Clerc arrive de Chine, il trouve M. C**
marié et ne peut refuser l'hospitalité que lui offre le
jeune ménage. Leurs relations sont plus intimes et
plus cordiales que jamais ; Clerc déclare qu'il ne
quittera Lorient que pour entrer au noviciat de la

1. Nous avans parlé de M. C... au chapitre III, page 92.

Compagnie de Jésus. — « Mais c'est un suicide ! »
s'écrie M. C***, et il s'efforce de lui prouver que la
vie n'est pas si mauvaise après tout et qu'il a tort de
renoncer à toutes les joies qu'elle lui promet encore.
Comme dernier argument, il allègue son propre
exemple et montre les deux jolis enfants qui lui
sont nés pendant le voyage de son ami. On lui répond d'abord faiblement et avec un certain embarras, comme si on avait peu d'espoir de se faire comprendre. Mais bientôt la glace est rompue dans une
promenade que les deux amis font ensemble ; Clerc
donne libre cours à ses pensées, à ses sentiments les
plus intimes, et il s'exprime avec une éloquence en-
traînante. M. C*** n'a jamais oublié depuis ce mémorable entretien « du pont Saint-Christophe, »
qui lui a révélé toute l'élévation de cette belle âme.
Que disait donc Clerc à son ami ? « Que la destinée
de l'homme sur la terre est d'aspirer au bien et que,
pour lui, il le veut faire autant que cela lui est possible ; que sans doute les joies dont on lui parle ont
leur séduction, mais qu'elles ne le tentent guère ;
qu'il veut le bien pour le bien, et qu'il n'existe qu'en
Dieu. Là est son espoir, son ambition, le reste ne
lui est rien ; il se livre donc sans réserve à l'amour
du souverain bien, de Dieu, de la perfection infinie. »

En nous rapportant cet entretien : « Je cherche,
dit M. C***, à vous donner la note ; c'était l'aspira-

tion vers le pur amour de Dieu. J'avais lu cela dans
les histoires des Saints, mais je n'y croyais jusque-
là que modérément ; cette fois je le voyais de mes
yeux et le doute ne m'était plus possible. J'eus le
bon sens d'admirer cet élan et cette vertu. Je compris que Clerc n'avait rien de mieux à faire que de
marcher dans sa voie, et j'eus dès lors la conviction
qu'il deviendrait un saint. »

Avant de partir pour le noviciat, Clerc, laissant
ses hardes et bagages chez M. C***, donna son sabre
au petit Paul, l'aîné des fils de ce cher ami [1].

Au mois de décembre, M. C*** lui écrivait à
Saint-Acheul : « Je te dirai, mon cher Clerc, que
ton passage à la maison et la détermination que tu
as prise m'ont fait beaucoup réfléchir et ont troublé
un peu la quiétude dont je jouissais. » La pensée de
l'éternité s'emparait de cette âme accoutumée à ne
songer qu'aux intérêts et aux joies d'ici-bas. Huit
jours après, autre lettre qui commence ainsi : « Je
viens d'être bien cruellement éprouvé ! Mon Paul,
mon bel enfant chéri vient de nous être enlevé au
milieu de sa beauté et de sa force. » Et quatre mois
après, le frère de Paul n'était plus ! « Oh ! s'écrie le
pauvre père, les heureux jours que j'ai passés dans
ma petite maison, avec mes beaux enfants, ma chère

---

1. Cette arme a passé depuis aux mains d'un capitaine de
frégate, qui la garde comme une relique.

femme et toi, mon bon ami! Maintenant mes deux petits sont couchés côte à côte dans le cimetière. »

Quelle leçon! Fut-elle comprise? Non, pas tout à fait du premier coup. La correspondance se poursuit à travers une quinzaine d'années, c'est-à-dire depuis l'entrée d'Alexis au noviciat jusqu'à la veille des douloureux événements qui mirent le sceau à son héroïsme. Il n'épargne pas les conseils, les exhortations, les reproches même; mais comme cela part du cœur! Qui pourrait s'offenser de ces vives et pressantes instances, preuves d'une amitié sans mesure? Il s'accuse d'avoir été âpre et cassant dans un entretien qu'ils eurent à Paris et dont le résultat fut décisif. M. C*** ne se plaint pas; il rend pleine justice à son ami et lui sait gré de sa franchise. Le P. Clerc revient encore avec beaucoup d'humilité sur ses torts personnels, mais il est dans la joie, l'âme de son ami est sauvée. « Mon cher ami, écrit-il, c'est une bonne marque d'amitié de ta part de m'avoir écrit le grand changement que Dieu a opéré dans ton âme; tu as bien jugé de la joie que j'en devais recevoir. Je me joins à toi pour remercier Dieu et je dirai le 12 novembre, à ton intention et en reconnaissance de ce que Dieu a fait pour toi, une messe d'action de grâces.

« Depuis notre dernière entrevue, je ne pensais pas sans chagrin à notre long et pénible entretien et je craignais beaucoup que Dieu, dans sa bonté, voyant que tu t'écartais de lui dans la prospérité, n'essayât de te ramener par l'adversité. Heureusement il n'en a pas été besoin et cela est préférable, non seulement à cause du mal auquel tu échappes, mais encore à cause de la plus grande générosité d'une conversion spontanée.

« Quand je te disais en te quittant, et c'était pour finir du moins mal possible, que celui-là se sauverait certainement qui suivait avec bonne foi n'importe quel chemin, pourvu qu'il conformât toujours sa conduite à ce qu'il croit la vérité, je t'avouerai que je n'avais pas l'espérance de voir ta bonne foi se rendre sans plus longs combats au premier rayon de la vérité; mais tu prouves encore plus fortement cette proposition. Tu la prouves dans le sens où elle doit être le plus souvent (si ce n'est pas toujours) entendue : que Dieu montre bientôt la vérité à ceux qui la cherchent.

« Notre discussion a été difficile, pénible de part et d'autre, dure de la mienne; Dieu sait cependant que j'avais, alors même, pour toi le cœur d'un ami; je ne le regrette pas, parce que l'amitié ne doit pas être une molle condescendance et que l'effet en a été heureux.

« Maintenant que tu partages ma foi, tu sens que la certitude avec laquelle je parlais de ce qui la

touche devait rendre mes assertions décisives, abso-
lues; je pense n'avoir défendu avec toi ce qui est
d'opinion qu'avec beaucoup de restriction et dans
la disposition de céder facilement. Mais il est inutile de faire l'apologie d'une conduite que tu juges
favorablement. Je crois qu'avant d'en finir sur ce
sujet je te dois en quelques mots le jugement que
j'ai alors porté de toi. Tu n'es plus le même homme,
et je ne parle que dans une bonne intention.

« Toutes les idées justes en métaphysique, en religion, en morale, en politique, je dirai même en
histoire, avaient fait naufrage. Il n'en restait qu'une
debout; heureusement elle est capitale, avec celle-
là on peut reconquérir toutes les autres : c'est
l'idée de la fin dernière. Là-dessus, au point de vue
naturel, tu as toujours parlé juste. Tu auras un sujet
d'étude intéressant à faire, en recherchant si elle a
eu sur ce grand changement l'influence que je crois.

« Ta lettre du 1er novembre te fait le plus grand
honneur : *Qui se humiliat, exaltabitur*. Et en vérité, tu l'as écrite avec le sentiment qui animait
saint Augustin en composant ses *confessions ;* ce
besoin de réparer le mal, de se rétracter, d'avouer ses
orgueilleuses faiblesses, est une preuve de générosité. Si les hommes sont obligés d'oublier des torts
qu'on reconnaît si sincèrement, qu'on regrette de si
bon cœur, le bon Dieu sait les faire tourner en mé-

rite. Encore une fois, on ne peut plus noblement confesser ses erreurs ; cela est si beau, si prompt, si complet, que tu peux y voir un de ces coups de la grâce que Dieu ne fait que rarement. »

Maintenant veut-on voir avec quel aimable enjouement et quelle grâce ingénieuse le P. Clerc presse son ami, qui se défend de son mieux, de tendre toujours et partout à la perfection ? La perfection, il la veut non-seulement dans les choses qui regardent le service de Dieu, mais encore dans celles qui passent pour indifférentes et que l'opinion commune relègue dans une sphère où le christianisme n'a rien à voir. M. C*** avait dit, on saura tout à l'heure dans quel sens : « Je suis toujours hussard, mais je n'aime plus la sabretache [1]. » Son ami lui renvoie cette parole avec commentaire.

> « Je suis toujours hussard, mais
> je n'aime plus la sabretache. »

« Mon cher ami et frère en N. S.

« Voilà mon texte et j'en pourrais choisir un meilleur, mais nous le développerons avec une certaine liberté.

[1]. Inutile de rappeler, si ce n'est peut-être en faveur de quelques profanes, que la sabretache est une espèce de sac plat qui pend à côté du sabre de certains cavaliers. M. C... se donnait beau jeu en s'attaquant à cette partie de l'équipement du hussard, dont l'utilité est assez contestable.

« C'est une grâce particulière de Dieu que cet attrait que nous avons pour la nouveauté, et puisque les commencements sont toujours difficiles, il était bien digne de Celui qui conduit toutes choses à leur fin par la douceur de mettre ce sentiment dans nos cœurs. Ensuite, lorsque les choses ont perdu cet attrait, Dieu a encore très-suavement disposé que l'habitude eût, elle aussi, une douceur qui nous les fît accomplir volontiers. Qui n'admirerait et n'aimerait une si sage et si paternelle providence?

« Laissons le jeune hussard aimer sa sabretache, et le vieux cuirassier ne plus sentir la meurtrissure du cilice auquel il est condamné.

« Mais tu vois qu'il y a quelque chose de mieux que la gloriole du premier et que l'insensibilité du second.

« Dis-moi, tant que tu voudras, que tu n'es pas fait pour la perfection; je sais à quoi m'en tenir maintenant et je t'en parlerai toujours.

« Mais par forme de sermon je veux te donner un échantillon de mes études philosophiques de l'année passée [1]. Tu n'es pas fait pour la perfection. — *Distinguo :* Pour l'atteindre, *concedo.* — Pour la vouloir, pour y tendre, *nego.* Et tu la veux très-certainement.

[1]. Le P. Clerc venait de repasser sa philosophie à Vaugirard.

« Revenons à la sabretache; et n'y a-t-il pas
d'autres motifs possibles de nos actes que la puéri-
lité ou l'insensibilité? Notre volonté est à nous et
nous pouvons l'avoir très-parfaite. Que penserais-tu
du hussard qui aimerait le singulier objet en question parce qu'il marque qu'il sert son pays et son
roi, qu'il appartient à un corps d'élite qu'on expose
dans les batailles aux plus grands périls? Au point
de vue humain, ne voilà-t-il pas au moins un sage,
sinon un héros?

« Mais s'il veut y voir le cachet de la servitude
que Dieu lui impose par l'intermédiaire de ses supérieurs et l'aimer comme tel, ne voilà-t-il pas un
saint?

« Il y a eu un jeune homme dans la Compagnie,
nommé Jean Berchmans, dont on suit la béatifica-
tion [1]; il aimait tant sa chère soutane, qu'il la bai-
sait avant de la revêtir. Nous lui prenons cette
pieuse pratique. Voilà, n'est-ce pas, pour nous, savoir aimer la sabretache.

« Mais enfin, on ne peut toujours ni tous les jours
aimer la sabretache, et un hussard de cœur ne la
porte pas moins et n'en est pas moins bon hussard.

« Tu n'as plus d'attrait naturel, de goût pour ton
métier, tu en sens toutes les difficultés et toutes les

---

1. Elle a été prononcée depuis.

charges, aucune illusion ne te les cache plus ; c'est
que tu es capable de le continuer par des motifs
plus relevés : servir ton pays, surtout servir Dieu
avec désintéressement là où il t'a placé; accomplir
la rude mortification et la patiente sanctification du
travail, par quoi l'homme atteint sa fin dernière.

« Cela est si vrai que si on te proposait de revenir
aux illusions qui te procuraient certaines douceurs,
tu refuserais et préférerais tes souffrances actuelles.
Le vrai, le noble, le grand, voilà ce qu'il faut à
l'esprit et au cœur de l'homme. Réjouissons-nous,
nous posséderons un jour la vérité, la majesté, l'in-
finité de Dieu.

« Mon sermon est fini et je te vois sourire; il faut
encore mettre de l'eau dans son vin, penses-tu ;
n'aie pas peur, je ne suis pas si fort en action qu'en
paroles, je suis pourtant vrai quand je parle; mais
je conviendrai, si tu veux, que je m'anime, que je
me grise de ma propre parole. Qu'y veux-tu faire?
Tirons le moins mauvais parti possible de nos misères; grisons-nous de l'amour, de l'enthousiasme
de ce qui est parfait; nous en rabattrons toujours
assez dans la pratique. Laissons nos aspirations
monter, monter toujours jusqu'au trône de Dieu; sa
bonté peut-être exaucera ces prières imparfaites. »

En nous envoyant ces lettres, pieuses et chères
reliques dont nous ne sommes que dépositaire,

M. C*** ajoute quelques mots sur les qualités atta-
chantes de son saint ami, relevées par la générosité
et la grandeur de ses sentiments chrétiens : « Cette
beauté d'âme et cette grandeur de vertu ne dimi-
nuaient en rien l'amabilité et l'enjouement de son
caractère, et je l'ai toujours considéré, depuis son
dernier passage à Lorient, comme une âme d'élite
que j'admirais, tout en étant aussi à mon aise avec lui
qu'auparavant. Il me témoignait à moi et aux miens
une amitié extraordinaire, plus grande que celle
que je pouvais mériter, bien que je l'aimasse tendrement. J'ai lu quelquefois que des saints avaient eu
sur la terre des amitiés semblables ; c'est comme cela
que je considère notre liaison et je crois fermement qu'il nous continue cette amitié dans le ciel.
Il aimait beaucoup deux petits enfants que j'ai perdus en 1854, et j'aurais voulu pouvoir vous envoyer la lettre qu'il écrivit à leur mère pour la consoler, mais nous l'avons égarée pour le moment. Je
pense qu'il est avec eux et que tous trois protégent
notre famille. J'ai toujours cru que Clerc aurait
une mort magnifique. Je ne me suis pas trompé, et
je vois d'ici sa joie de donner sa vie pour Jésus-
Christ. »

Qui reconnaîtrait, à un tel langage, l'homme qui
avait tant de peine à prendre au sérieux son ami
après l'admirable changement que la religion avait

opéré en lui? Ne peut-on pas dire aussi de M. C*** : *Quantum mutatus ab illo?* Et n'est-il pas devenu, à son tour, un bien consolant exemple de la bonté si patiente de Dieu et de la toute-puissance de la grâce?

Autre exemple, non de conversion, mais du salutaire et doux ascendant que le P. Clerc exerçait sur ceux qui, l'ayant connu dans le siècle, s'estimaient heureux de le retrouver tel que l'avait fait sa nouvelle vocation.

Un jour, à Laval, il reçoit la visite de deux camarades, tous les deux anciens officiers de marine. « Ces messieurs, nous dit une personne bien informée, revinrent charmés de son aimable simplicité, de sa gaieté, de sa sainteté gracieuse. » L'un des deux visiteurs, M. de Vauguion, pouvait presque se dire son voisin, le château des Alleux (près de Cossé, Mayenne), qu'il habitait, n'étant qu'à quelques heures de Laval. Comme il pressait le Père de lui rendre visite à son tour, celui-ci, pour concilier les inclinations de son zèle avec les devoirs de l'amitié, vint aux Alleux et partagea son temps entre le château et la paroisse où il donna une mission. A peine est-il de retour à Laval, qu'on le réclame auprès de son ami atteint d'une fluxion de poitrine qui inspire les plus vives inquiétudes. Il y vole et, en entrant dans la chambre du malade, il dit simplement : « Je suis

27

venu pour vous aider à sanctifier votre maladie. »
Les secours de son ministère sont acceptés avec joie
et, après avoir réconcilié cette chère âme, il part
très-consolé des dispositions si rassurantes où il la
laisse, sur le seuil peut-être de l'éternité.

M. de Vauguion se rétablit. En 1870, voyant la
France envahie, il reprit du service, déploya devant
l'ennemi une brillante valeur et se montra toujours
et partout passionné pour le devoir; mais il puisa
dans les camps le germe du mal auquel il devait
succomber. Nommé député à l'Assemblée nationale,
il était à son poste, à Versailles, lorsque, le 11 avril
1871, il fut forcé de se mettre au lit. Pendant cette
maladie qui fut la dernière, il demanda un jour
avec anxiété : « Et le P. Clerc? Pourvu qu'il ne soit
pas pris par ces gens de la Commune. Que je voudrais en avoir des nouvelles! » On s'informe et l'on
apprend que le Père est enfermé à Mazas. L'ami auquel il ne pouvait plus apporter les suprêmes consolations, termina son exil le 20 avril, dans les sentiments d'une grande piété. Clerc avait encore un
mois à passer sous les verrous. Notons une circonstance qui doit trouver place ici à titre de
pieux souvenir. Le château des Alleux, visité par
le Père en 1865, a reçu depuis une destination
vraiment digne des sentiments si élevés et si chrétiens de ses anciens hôtes, et aujourd'hui il abrite

une petite colonie formée de nos frères exilés de
la province de Venise, qui préludent, par une vie
de recueillement et d'étude, aux travaux de l'apostolat.

Pour bien des raisons, le commandant du *Cassini*, devenu capitaine de vaisseau, était, aux yeux
du P. Clerc, quelque chose de plus et de mieux
qu'un camarade, et la cordialité de leurs rapports ne
fit jamais oublier à l'ancien lieutenant la distance
que d'honorables états de service mettaient entre lui
et son chef vénéré. Pendant longues années, en lui
écrivant, il ne l'appela que « mon cher commandant; » mais un jour vint où il lui donna le nom
plus doux de « frère; » M. de Plas l'était devenu
par son entrée au noviciat de la Compagnie de
Jésus.

Ici, en me remettant entre les mains quinze années de correspondance, on me recommande la plus
grande discrétion. J'en ferai ma loi et me garderai
bien de troubler, par une publicité importune, une
vie qui, après avoir connu le grand jour, aime à
s'entourer d'ombre et de silence.

Le commandant honorait dans son ancien lieutenant la qualité de religieux et le caractère sacerdotal dont il le voyait revêtu. La confiance, qu'il
avait toujours eue en lui, s'était donc accrue et il
ne dédaignait pas de le consulter, qu'il s'agît de

son intérieur ou de certains devoirs inhérents à sa
position, et dont il croyait avec raison que le
P. Clerc était bon juge.

L'alliance italienne, par exemple, lui faisait prévoir telles occasions où sa conscience réclamerait
contre les exigences de l'obéissance militaire : « J'ai
retrouvé à peu près la tranquillité d'esprit, écrivait-
il, depuis que j'ai suivi vos conseils, néanmoins il
me vient de fortes rafales de dégoût de ma carrière
quand je songe que les circonstances auraient pu
m'appeler à figurer dans les banquets et les fêtes du
roi galant-homme à Naples. Je pense bien que le
bon Dieu me fera connaître ce qu'il veut de moi,
quand il m'enverra des épreuves de cette sorte. Il
paraît que quelques officiers ont fait des démarches
pour éviter l'honneur d'être décorés par le roi d'Ita-
lie soi-disant; cela me fait plaisir. » Et le Père lui
répondait : « Je crois bien que vous pourriez demander un commandement pour les mers de Chine,
et je vous engage à le faire. Je crois bien aussi qu'ils
ne se méprendront pas et qu'ils ne vous en donne-
ront pas dans l'escadre de la Méditerranée. »

Quoique M. de Plas, habitant la Charente, ne fût
pas aussi voisin de Laval que M. de Vauguion, il
obtint aussi la visite du Père, qui descendit chez
lui, à Puycheni, et de là, évangélisa la paroisse de
Saint-Romain. Dès qu'il en eut reçu la promesse, il

écrivit : « Cher ami et Révérend Père, il y a environ quatorze ans que vous me répondiez : *Magnificat anima mea Dominum*, à la proposition de faire une campagne dans les missions catholiques; votre bonne lettre a mis ce commencement du beau cantique de la sainte Vierge sur mes lèvres. »

On devine ce qu'étaient leurs entretiens, où les choses de l'âme tenaient toujours la plus grande place. Les idées de vocation assaillirent vivement M. de Plas lorsqu'il vit un de ses plus intimes amis, M. de Cuers, quitter le service pour entrer dans la congrégation dont il est devenu supérieur général. Plusieurs retraites n'ayant pas amené une lumière suffisante, le P. Clerc ne pouvait que lui conseiller d'accepter les emplois de son grade, où les occasions ne lui manqueraient pas de prêcher d'exemple; et c'est ainsi qu'il devint encore capitaine de pavillon de l'amiral Bouët-Willaumez, à bord du *Solferino*, et major de la flotte à Rochefort. Cependant les années s'ajoutant aux années, le commandant allait bientôt prendre sa retraite; ses inclinations pour la vie religieuse n'avaient fait d'ailleurs que se fortifier; mais il craignait que son âge ne fût un obstacle à la réalisation de ses désirs. Le P. Clerc lui dit alors : « Vous êtes très-versé dans les *Exercices spirituels* de saint Ignace, vous savez ses *règles d'élection*, vous pouvez les appliquer à la décision que je vous propose. » Il lui proposait d'entrer dans la Compagnie de Jésus, moyennant une dispense d'âge qui ne pouvait, lui semblait-il, être refusée à un postulant de ce caractère.

L'élection fut faite, la décision prise, la dispense demandée et obtenue ; et, à quelque temps de là, le commandant, dont les derniers liens avec le monde étaient brisés, pouvait écrire du noviciat d'Angers à son ami : « Ainsi que vous me l'aviez annoncé et promis pour ainsi dire, je trouve ici une grande paix et le bon Dieu me paie la petite part de bonne volonté que je lui ai apportée, avec une grande générosité. » Le noviciat du P. de Plas, commencé à Angers, se termina à Rome ; et là il recevait de son ami des effusions de cœur comme celle-ci : « Je vous avouerai simplement, moi aussi, la vivacité de mon désir de vous revoir. J'ai tant de joie quand je pense à vous depuis que je vous sais dans la Compagnie ; je suis si assuré que vous vous féliciterez de jour en jour davantage de la grâce que Dieu vous a faite, que vous bénissez Dieu du fond de votre cœur et l'aimez tous les jours davantage, que je ressens une douce consolation. » Une visite au port de Cherbourg, pendant le carême qu'il a prêché dans une des paroisses de la ville, lui suggère ce retour sur un passé que ni l'un ni l'autre n'est tenté de regretter : « J'ai visité votre *Solferino*. C'est

déjà une vieillerie ; les merveilles nouvelles me
donneraient peu le goût de recommencer. Après
votre carrière si pénible, si complète, vous venez
chercher, au lieu du repos, de l'honneur que vous
avez gagné, le travail et le mépris dans la Compagnie. Oh ! mon bien cher commandant, encore une
fois réjouissons-nous de ce que Dieu vous donne
l'intelligence de ce que si peu d'hommes peuvent
comprendre. »

On a déjà vu apparaître un moment, à propos du
séjour de Clerc à Brest, un enseigne de vaisseau
avec lequel il se rencontra à la conférence de Saint-
Vincent de Paul, et qui, averti par la secrète conformité de ses propres aspirations, démêla en lui du
premier coup le germe encore obscur de la vocation
religieuse [1]. Plus heureux que lui alors, moins
assujetti à des circonstances de famille, cet enseigne
dépouilla le premier l'uniforme et entra au noviciat
de la Compagnie de Jésus pendant que son cher
camarade faisait sa campagne de Chine. Mais
Clerc ne tarda pas à le rejoindre ; vivant sous le
même toit et mangeant à la même table, ils por-
tèrent ensemble le joug aimable et doux du Seigneur, à Paris et à Laval. Tantôt éloignés et tantôt
rapprochés l'un de l'autre, selon que l'obéissance

1. Chapitre III, page 123.

disposait d'eux pour la plus grande gloire de Dieu, toujours ils se félicitèrent mutuellement d'avoir été fidèles au rendez-vous qu'ils s'étaient donné dans la sainte milice alors qu'ils appartenaient encore à celle du siècle.

Le lecteur n'en a-t-il pas été frappé comme nous? Depuis l'humble et pieux Joubert qui s'enfuit un jour à Saint-Sulpice et meurt diacre à vingt-neuf ans, jusqu'au commandant du *Cassini*, combien de grâces de vocation répandues autour de Clerc sur des officiers de tous les grades [1]! Cela nous rappelle ce qu'il avait coutume de dire : « Nous sommes les enfants des Saints; nous surtout Français, plus réellement peut-être qu'aucun autre peuple de la chrétienté, et il est peu d'entre nous qui n'aient dans les veines du sang des Saints. »

Quand l'ardeur de ce généreux sang se rallume, nous sommes capables de tous les dévouements, de tous les héroïsmes. Si les lois, si les mœurs administratives de ce temps ne comprimaient pas l'essor

---

1. Rappelons quelques noms. Le commandant Marceau, qui voulait se faire mariste, M. de Cuers, mort supérieur général des Prêtres du Saint-Sacrement. M. de G***, cet aspirant de marine ramené par le P. Cler à la pratique et qui nons écrit de la Chartreuse de Reposoir. Nous pourrions y joindre M. l'abbé de Broglie, qui faisait partie de l'état-major du *Solferino*, en même temps que le commandant de Plas.

de la vie chrétienne, sur ce sol d'une admirable fécondité et tant de fois arrosé du sang des martyrs, on verrait encore fleurir, sous une forme nouvelle, les grandes vocations monastiques et chevaleresques des vieux âges de foi. Ce serait la régénération, mieux encore la résurrection de la France.

CHAPITRE XIV.

LE P. CLERC A SAINT-VINCENT DE LAON ET A L'AMBULANCE
DE VAUGIRARD. — SES DERNIERS VŒUX.

Le P. Clerc avait cinquante ans, dont quinze de
vie religieuse, lorsque, au mois d'octobre 1869, ses
supérieurs l'envoyèrent à la maison de Saint-Vincent de Laon, pour y faire cette troisième Probation
que la Compagnie de Jésus réserve à ses enfants au
milieu de leur carrière, et par laquelle elle achève
de former en eux l'homme intérieur, avant de les
admettre aux derniers vœux.

Saint Ignace a placé haut notre idéal, et, pour
nous en approcher le plus possible, il n'a rien épargné. On s'est justement représenté ce saint fondateur « comme un ouvrier courbé avec ardeur sur
son ouvrage pour le façonner et le perfectionner-;
l'essayant, puis le reprenant pour le façonner encore

et le refaire ; et ne le livrant à sa destination que lorsqu'il a épuisé toutes les ressources d'un art patient et laborieux [1]. »

Voilà donc, après de longues années consacrées en partie à l'étude, en partie à l'enseignement des sciences divines et humaines, le religieux, déjà prêtre et dans sa pleine maturité, appelé à une école plus élevée encore que celles qu'il vient de traverser : l'école du cœur, *schola affectus;* le mot est ravissant et il est de saint Ignace lui-même, qui avait les entrailles d'un père aussi bien que le génie d'un législateur.

Donc, nouveau noviciat, autant dire nouvelle enfance par la simplicité du cœur et la docilité à se laisser conduire ; mais aussi mâle et forte école, qui exige dans les disciples une coopération active et spontanée au travail intérieur dont leur volonté est l'indispensable instrument et dont leur perfection religieuse sera le terme.

Au seuil de ce second noviciat, la grande retraite; pendant trente jours encore les *Exercices spirituels.* Ce n'est plus cette fois le lait des enfants, mais le pain des forts. Avec quelle générosité le P. Clerc entra dans la voie qui lui était tracée ! Il la connaissait, faisant depuis longtemps une étude as-

1. Le P. de Ravignan, *de l'Existence et de l'Institut des Jésuites.* Chap. II, § 3. *Troisième Probation.*

sidue des *Exercices ;* mais il n'avait garde de se diriger lui-même et de se fier à sa propre prudence. Les notes que nous avons sous les yeux attestent son empressement à recourir aux lumières du Père Instructeur. Elles nous montrent aussi ses combats, sa fidélité à lutter contre la désolation et la sécheresse, au point de doubler l'heure de méditation s'il lui arrivait de n'y éprouver que trouble et anxiété; enfin sa mortification extraordinaire, pour laquelle il obtint, cette année-là, une latitude qui lui avait été refusée lorsqu'il supportait les fatigues du professorat On lui permit de prendre la discipline tous les jours, excepté les dimanches et fêtes, et de jeûner trois fois la semaine. Il aurait voulu jeûner tous les jours.

Les reproches qu'il s'adresse (on fera bien de ne pas les prendre à la lettre) témoignent d'un ardent désir d'atteindre à une pureté d'intention aussi grande que possible, avec la grâce de Dieu.

Il se demande si les honneurs sont une fin digne de lui. « Les honneurs ? — Travaillerai-je encore pour être loué, pour qu'on dise que je suis habile et intelligent ou autre chose flatteuse ? Quelle récompense ! *Vani vanam* [1]. Mais cependant il faut réagir pour ne pas être alléché par la douceur de la

---

1. Ceux qui sont vains ont reçu une récompense vaine.

louange. Le contentement de soi-même ? — Encore
plus vain et plus dangereux. Je n'ai presque cherché autre chose. Trouver la paix et la joie intérieure
dans son devoir est bon ; mais chercher sa satisfaction dans ses œuvres est mauvais et illusoire. Or,
cela ne m'arrive que trop et, pourvu que j'aie rempli ma charge, je n'ai souci ni du service de Dieu
ni du bien du prochain. Quelle vanité, puisque
c'est là un travail sans fruit; j'en suis le principe et
la fin; c'est une occupation, ce n'est pas un travail.
Le pire serait de se complaire dans sa vertu. Grâce
à Dieu, je ne crois pas être si insensé. J'ai là-dessus
si peu de sujets d'illusion. »

Un peu plus loin il dit : « Quel profit ai-je tiré de
tant de travaux, à la fin pénibles cependant? Quoi!
rien autre chose que de m'être oublié? Ah! mon
Dieu, que tout n'en périsse pas! Et qu'en ai-je tiré
pour les autres? Que les fruits sont petits et rares!
Oh! si j'avais vivifié cette action par l'union avec
Dieu, par la prière, par l'abnégation et en faisant
usage de toutes choses pour la gloire de Dieu! »

Il n'y a que les saints à se juger ainsi. Le Saint-
Esprit n'a-t-il pas dit : *Justus prior est accusator
sui.* Mais il ajoute aussitôt : *Venit amicus ejus et
investigabit eum* [1]. Nous avons donc le droit de ré-

1. Proverbes, XVIII, 17.

viser le jugement si sévère que notre saint confrère portait sur lui-même.

L'ardeur de son amour pour Jésus-Christ éclate à propos des paroles du saint vieillard Siméon : *Quia viderunt oculi mei Salutare tuum!* « Faites, je vous en supplie, ô mon Dieu, briller à mon âme cette lumière. Vous êtes le soleil, vous êtes la splendeur : que votre éclat dévore mes yeux, qu'ils ne puissent ensuite rien voir ; que tout autre amour soit éteint, tout désir étouffé, toute curiosité morte. Qu'est-il besoin d'apprendre et de connaître des choses nouvelles, pour celui qui connaît la vérité éternelle? Qu'y a-t-il de beau et de séduisant pour celui qui a entrevu votre beauté? Un seul rayon de votre gloire peut faire tout cela en mon âme. On peut vivre après, mais on est comme mort ; on voit sans voir, on entend sans entendre, ou mieux, on voit et on entend Jésus en tout et partout. »

Mais voilà que cette lumière pâlit à ses yeux. Il écoute, il n'entend rien ; aucune de ces paroles auxquelles on reconnaît l'accent du Bien-Aimé. La page suivante, dont je ne veux rien retrancher, est l'image fidèle d'une âme emflammée du désir de la perfection, mais en même temps humblement soumise à Dieu qui est maître de ses dons.

« Je demande avec une grande instance une vive lumière pour régler l'avenir, un sentiment profond du désir de servir Dieu par ce moyen ; il me semble que j'ai fait tout ce qui était possible pour l'obtenir, que je n'ai absolument rien négligé de ce qui était prescrit, recommandé, et de ce que je croyais de mon côté pouvoir faire : fidélité, prière, mortifications, je n'ai rien omis, et cependant je n'ai point obtenu cette grâce abondante. Elle est pourtant selon la sagesse chrétienne, puisque je ne demande que de connaître ce que Dieu désire de moi, et que c'est avec le plus vif désir et, je crois, avec une pleine bonne volonté que je dis : *Quid me vis facere*[1]? Et encore ce désir, bon en soi, est aussi bon pour moi, qui en recevrais une si puissante excitation, une si forte impulsion. Oui, Seigneur, je demande une grâce de conversion qui fasse de moi, à partir d'aujourd'hui, un homme tout nouveau.

« Peut-être le Seigneur me répond-il :

« N'est-ce pas une grande grâce que je t'ai accor-
« dée de faire la grande retraite aussi bien que tu le
« pouvais? N'en est-ce pas une autre que ce désir si
« vif que tu éprouves? *Qui biberit, sitiet adhuc*[2].

« Veux-tu être rassasié, et ne sais-tu pas que ce
« serait un malheur? Ne sais-tu pas ce que je désire
« de toi, et si tu le sais, pourquoi désires-tu plus de

1. Que voulez-vous que je fasse? Paroles de saint Paul au moment de sa conversion. Act. ix. 6.
2. Celui qui boira aura encore soif.

« lumière? Je t'en donne la mesure qui te convient.
« Je te veux voir marcher avec la lumière impar-
« faite que je te communique; la foi est-elle donc
« sans obscurité? en est-elle moins certaine pour cela?

« N'as-tu pas pour te conseiller et te tranquilliser
« mon serviteur à qui je veux que tu t'ouvres naï-
« vement? N'est-il pas plus excellent pour toi que
« tu sois obligé de recourir à lui et de soumettre ton
« esprit, que si tu devais marcher dans la confiance?
« Ne serais-tu pas exposé à marcher bientôt dans la
« confiance de toi-même?

« N'est-ce pas l'ordre régulier et paternel de ma
« providence surnaturelle, et pourquoi réclamer une
« révélation qui n'est pas nécessaire?

« Tu ne pourrais pas porter des grâces extraordi-
« naires sans en tirer vanité, et c'est la première
« satisfaction à ta demande de corriger ton amour-
« propre, que de ne point lui donner l'aliment que
« tu réclames.

« D'ailleurs, n'as-tu pas assez de force pour mar-
« cher dans l'exécution de tes résolutions?

« Elles sont bonnes, sages, prises dans la sincère
« intention de mon service et sous mon inspiration
« certaine quoique cachée; pourrais-tu douter que
« je ne t'aide à les accomplir?

« Tu espères beaucoup d'un grand mouvement
« d'amour que je te donnerais. D'abord ce mouve-

« ment serait passager, ensuite il laisserait encore
« nécessaires mes secours continuels.

« Ces secours qui seraient toujours nécessaires te
« seront aussi toujours suffisants; je te les donnerai
« toujours.

« Tu veux les sentir. Mais sens-tu les secours par
« lesquels je soutiens tout ton être, toutes tes facul-
« tés, par lesquels je concours à tous tes actes? Telle
« est ma conduite, très-forte et très-douce, aussi bien
« dans l'ordre de la grâce que dans l'ordre de la nature.

« D'ailleurs ton état d'âme depuis vingt-cinq jours
« n'est-il pas une grâce que tu peux assez facilement
« constater? Est-ce un signe douteux de mon assis-
« tance?

« Tu voudrais davantage; mais, quand je te donne-
« rais davantage, ne voudrais-tu pas recevoir encore
« plus? Puisque tu sais que tu agis avec moi et par moi
« dans tes résolutions, cela te doit suffire, et tu dois
« t'en remettre aveuglément à mon amour (ce sera).

« Quelle plus belle devise pourrais-je te donner :
« *Pro corde meo, per ipsum cor meum, et cum ipso,*
« *et in ipso* [1].

« D'ailleurs ton désir me plaît. Prie instamment
« mon cœur, celui de ma mère, et laisse-moi de
« t'exaucer quand il faudra. »

[1]. Pour mon cœur, par mon cœur, avec lui et en lui.

Tout pour le Cœur de Jésus, par ce Cœur, avec lui et en lui ; telle fut donc la devise du P. Clerc au sortir de sa grande retraite. Il n'était pas mal inspiré, se trouvant à l'*école du cœur*, de prendre pour maître, pour modèle et pour soutien le cœur de son Dieu. Le 29 novembre, entre les mains du Père Instructeur, il prononça un acte de consécration au Sacré Cœur de Jésus; « ce dont je me réjouis dans le Seigneur, écrivait-il, rendant grâces mille fois à la bonté de Dieu et à la tendresse du Sacré Cœur de Notre-Seigneur Jésus-Christ. » C'est sous les auspices de cet adorable Cœur qu'il mit ses résolutions. Elles ne consistaient en rien moins que dans cette parfaite abnégation où se résume toute la science des Saints et que saint Ignace nomme *le troisième degré d'humilité.* « Il ne peut y avoir de délibération, écrivait-il, sur ce qui est nécessaire; il faut le vouloir fortement et l'exécuter quoi qu'il en coûte. Or cela se trouve pour moi renfermé dans le troisième degré d'humilité et dans la onzième règle du Sommaire; et je veux l'avoir toujours présent sous les yeux. » Quant aux motifs de sa consécration au Sacré Cœur, je me borne à celui-ci : « Je crois que cette dévotion donne droit à une effusion immédiate du Sacré Cœur de Notre-Seigneur dans le nôtre. »

Quinze ans auparavant, faisant à Saint-Acheul sa première grande retraite, il avait pris ces mêmes résolutions généreuses ; son mérite et son honneur, c'est de les avoir renouvelées, en parfaite connaissance de cause, avec une sincérité qui éclate surtout dans le choix des moyens par lesquels il s'assure de l'exécution.

Il est facile d'imaginer comment il passa cette année vouée tout entière aux exercices de la vie intérieure et à des œuvres où le zèle ne se déploie que sous les formes les plus humbles. Le Père Instructeur admirait sa docilité parfaite, rendue plus méritoire par son âge. « Toujours, nous écrit-il, on le trouvait disposé non-seulement à exécuter les ordres qui lui étaient donnés, mais même à prévenir les désirs de ceux qui lui tenaient la place de Dieu. » Quant à ses confrères, ils étaient à la fois édifiés et charmés, et cette vertu, si austère au fond, leur a laissé à tous l'impression la plus douce. L'un d'eux nous écrit : « Il me fut donné de passer avec lui l'année qui a précédé sa mort glorieuse, la bonne année de la troisième Probation. Personne n'appréciait mieux que lui cette faveur que la Compagnie accorde à ses enfants. Vingt fois on l'a entendu se féliciter de ce qu'*un vieux comme lui* pût avoir une pareille année. Aussi était-il un modèle pour nous tous. Malgré ses cinquante ans, il avait toute la simplicité, je dirai même les grâces et l'amabilité de l'enfance religieuse. Comme un enfant, il demandait

exactement toutes les petites permissions prescrites
par la règle. Pour lui il n'y avait là rien de petit; il
savait, il pressentait peut-être que, par une abnégation continuelle dans les petites choses, il se préparait aux plus grandes choses, à l'apostolat, au martyre. On le trouvait toujours prêt à rendre service, et
il semblait prendre plaisir à se charger d'une corvée,
d'une besogne désagréable. D'une imagination vive
et d'un caractère enjoué, il était très-aimable causeur et racontait à ravir. Personne, je crois, ne s'est
jamais ennuyé de sa conversation qui unissait l'utile
à l'agréable. Il avait des connaissances très-variées
et joignait à beaucoup d'esprit un bon sens exquis
qui savait apprécier sainement les choses. Faut-il
ajouter qu'aux heures de récréation et de promenade
on était heureux de se trouver auprès de lui? Plein
de charité pour les personnes, il était sans ménagement pour l'erreur, qu'il avait le don de découvrir
sous n'importe quel déguisement. La rectitude de
son jugement lui faisait abhorrer, comme d'instinct,
ce mélange de principes appelé *libéralisme catholique*, et plus d'une fois je l'ai entendu stigmatiser
ce regrettable système de conciliation aussi énergi-
quement que l'a fait depuis notre saint Père Pie IX,
en disant que c'était *un véritable fléau.* »

On s'occupait peu de politique dans la maison de
Saint-Vincent et l'on ne savait même que très-vague-

ment ce qui se passait au dehors. Cependant on ne pouvait ignorer le bruit qui se faisait autour du concile du Vatican, et, dans la prévision d'une lutte prochaine entre la révolution et l'Église, on pouvait n'être pas rassuré sur le parti que prendrait le gouvernement impérial, jaloux de rajeunir son prestige même au prix des alliances les plus compromettantes. Mais ils étaient bien rares, ceux qui voyaient là un péril et une menace pour la paix de l'Europe. Au mois d'avril 1870, on s'en souvient, sous le ministère libéral et pacifique de M. Émile Ollivier, tout était couleur de rose, et qui songeait encore aux points noirs qu'on avait vus apparaître à l'horizon au lendemain de Sadowa? Le P. Clerc ne partagea pas l'illusion commune; il pressentit l'orage prochain, et le prédit dès ce moment. Un de ses anciens camarades étant venu le voir à Saint-Vincent, on parla des différentes carrières où l'on pouvait engager les jeunes gens. Le Père se prononça pour la carrière militaire, et comme son ami montrait quelque hésitation, il lui dit : « Il y aura une « débâcle. Quand et comment? Je ne sais pas, mais « certainement il y en aura une avant peu. » Sur quoi son interlocuteur ajoute : « Sans croire beaucoup moi-même à la stabilité de l'ordre de choses alors existant, je ne croyais pas entendre une prophétie qui dût être si tôt vérifiée. »

Quatre mois après cet entretien, non-seulement nous étions en pleine guerre, mais en pleine *débâcle*, battus coup sur coup à Wissembourg et à Reichshoffen, en attendant la catastrophe de Sedan. En pareilles conjonctures, la place du P. Clerc était dans les camps ou dans les ambulances; on l'envoya d'abord à Cherbourg pour préparer les marins à la lutte en les réconciliant avec Dieu; après quoi, on lui assigna son poste de dévouement et de péril à l'ambulance du collége de Vaugirard, qu'il ne quitta plus de tout le siége. Il y fut rejoint par son ancien commandant, maintenant Père de Plas, et tous deux recueillirent dans l'exercice de la charité ce qu'ils avaient semé ensemble pendant leur campagne de Chine.

Le P. Clerc dirigeait l'ambulance; il en profita pour se faire le serviteur de tous et pour avoir sa bonne part des besognes les plus rudes et les plus mortifiantes. Alors on vit quels trésors d'abnégation il avait amassés pendant tout le cours de sa vie religieuse. J'en parlerai d'après des témoins oculaires qui, sans songer à l'observer, ne l'ont pas perdu de vue et sont encore sous l'impression des admirables exemples qu'il leur donnait tous les jours.

Voici quel était régulièrement l'emploi de ses journées. A cinq heures et demie, il montait à l'autel, célébrait le saint sacrifice de la messe et, après son action de grâces, descendait à l'ambulance, où il commençait par réciter son bréviaire. Cela fait, il appartenait tout entier à ses chers blessés. D'abord il visitait les plus souffrants, les consolait, leur distribuait de petites douceurs, leur rendait en un mot tous les services que peut suggérer la charité la plus tendre. Puis il poursuivait sa visite, allant de lit en lit, disant à chacun un petit bonjour, s'informant des besoins du corps et parfois aussi de ceux de l'âme, toujours prêt à satisfaire aux uns et aux autres.

L'heure du repas arrivée, il récitait le *bénédicité*, auquel répondaient les pauvres blessés. Alors il prenait un tablier, se joignait aux servants, distribuait les légumes, la soupe, etc.; puis, comme une tendre mère eût fait pour son enfant, il aidait à manger ceux que leurs blessures privaient de l'usage de leurs membres.

Quand il avait lui-même pris son repas, presque toujours c'était à l'ambulance qu'il venait passer sa récréation, au grand contentement des malades.

L'après-midi était la répétition de la matinée, et ce train de vie, cruel à la nature, se renouvelait tous les jours, à moins que, par suite de quelque engagement, le Père ne jugeât sa présence plus utile au dehors qu'à l'ambulance. Alors il allait administrer les mourants sur le théâtre même de l'action et relever les blessés qu'attendait l'omnibus du collége. On le vit, à Champigny et à Bagneux, s'exposer à un

feu très-vif sans sourciller. A Bagneux, on se battait
en plein village. Quand l'omnibus revint pour la
seconde fois, il ne ramena pas le P. Clerc. Très-
inquiet, le Père Recteur se fait sur-le-champ conduire là où il a disparu, au risque de tomber au milieu des ennemis, qui ont, dit-on, repris le village,
emporté le matin par les Français qui battent maintenant en retraite.

On arrive, on parcourt avec anxiété le champ de
bataille encore tout fumant. Quelle n'est pas la surprise et la joie du Père Recteur et de ses compagnons, lorsque, après un quart d'heure de recherches, ils trouvent le P. Clerc assis sur une pierre,
et là récitant son bréviaire aussi tranquillement
qu'il eût pu le faire dans sa chambre!

Quand les blessés arrivaient à l'ambulance, il
étanchait lui-même le sang de leurs blessures et
lavait avec une éponge leurs membres meurtris et
ensanglantés. Il leur lavait aussi les pieds, heureux
d'imiter en cela son divin Maître, non par manière
de cérémonial, mais par des actes réitérés où l'humilité et la charité avaient pour compagne insépa-
rable une mortification très-méritoire. Il les chan-
geait de linge, de draps, n'épargnait aucune peine
pour leur procurer quelque soulagement et faisait
lui-même, plusieurs fois le jour, le pansement des
plaies les plus répugnantes.

Quel n'était pas l'attendrissement de ces pauvres gens ! Il faudrait avoir un cœur de bronze pour résister à tant de charité, et, grâce à Dieu, nos soldats ne sont point ainsi faits. On nous cite un d'eux, Renaudin, enfant de Paris et forgeron de son métier. Engagé seulement depuis quinze jours, il eut, à Champigny, la cuisse fracturée. Il resta sept ou huit heures gisant sur le champ de bataille. Le P. Clerc prit de lui un soin tout particulier et le fit approcher plusieurs fois des sacrements. Il n'était service si abject qu'il ne lui rendît. « Vous ne savez pas, dit un jour le malade à un Père, vous ne savez pas comme le P. Clerc est bon ? Il m'a fait ce que mon propre père n'aurait jamais fait. » L'émotion le gagnait, il ne pouvait continuer son repas commencé, et, ne sachant comment s'exprimer, il répétait en pleurant : « Si vous saviez comme je l'aime ! » Il est mort peu de jours après dans les meilleurs sentiments.

Le P. Clerc confessait presque seul les deux cents malades de l'ambulance. Le samedi et les veilles de fêtes, il les exhortait à faire acte de chrétiens, et on les voyait aller un à un s'agenouiller à ses pieds où ils recevaient le pardon. Le dimanche, attentif à leur faire entendre la messe, il disposait tout de manière à leur rendre ce devoir facile et même agréable. Au milieu de tant de sombres journées

28

arriva la nuit de Noël, et elle s'illumina tout à
coup, dans la chapelle du collége, d'une clarté qui
semblait à jamais disparue et qui causa la plus douce
surprise aux pauvres victimes des fureurs de la
guerre. Grâce au concours d'un certain nombre
d'élèves, qui fréquentaient encore la maison comme
externes et auxquels on avait eu soin de préparer
des lits, la messe de minuit fut célébrée avec une
solennité tempérée, mais fort inattendue en ces
tristes conjonctures, et on y entendit des chants
accompagnés d'orgue, de violoncelle et de flûte.
Outre les amis généreux dont l'ingénieuse charité
multipliait les ressources et presque les agréments
de l'ambulance, on remarquait dans l'assistance
M. l'amiral de Montaignac, qui commandait le quatrième secteur et avait son quartier général au collége, le fils de l'amiral et plusieurs officiers de
son état-major. Au moment de la communion, les
élèves, par un sentiment délicat, cédèrent spontanément le pas aux soldats qui avaient eu l'honneur de
verser leur sang pour la France. Ce ne fut pas sans
attendrissement qu'on vit le P. Clerc s'avancer vers
la table de communion entre deux jeunes gens de
dix-huit ans, fort affaiblis par leur blessures, qui
s'appuyaient sur ses bras. Les autres infirmes, retenus par la gravité du mal sur un lit de douleur, ne
furent pas frustrés de la céleste nourriture; ils ne

pouvaient pas venir s'agenouiller au pied de l'autel, mais Notre-Seigneur alla lui-même à eux, précédé du long cortége de leurs camarades qui marchaient en bon ordre, sur deux rangs, le cierge à la main; et quand fut terminée la touchante et pieuse cérémonie, tous ces cœurs de jeunes gens et de soldats ne faisaient plus qu'un, et rien ne manquait à la sérénité miraculeuse de cette nuit où la paix du ciel avait été donnée encore une fois aux hommes de bonne volonté.

Tels sont les souvenirs de l'ambulance de Vaugirard. On nous dit encore que, malgré les froids extraordinaires de ce cruel hiver, le P. Clerc ne voulut jamais allumer de feu dans sa chambre; que, pendant toute la durée du siége, il ne se donna ni un jour ni une heure de répit, ne sortant jamais que pour aller porter secours aux mourants et aux blessés. Ces détails, bien incomplets sans doute, n'en donnent pas moins l'idée d'une vertu peu commune, et ceux qui nous les ont transmis ont soin d'ajouter: « Ne nous doutant pas qu'il fût un élu du Seigneur pour le martyre, nous n'apportions pas une aussi grande attention à ses actions, pleines d'abnégation cependant; et puis, il était si humble qu'il trouvait toujours le moyen de les faire passer inaperçues. » N'est-ce pas là précisément ce qui les rendait plus saintes et plus précieuses devant Dieu?

Il ne sortit de l'ambulance de Vaugirard que pour

aller à l'école Sainte-Geneviève se préparer, par une retraite de huit jours, à prononcer ses derniers vœux, dont la solennité venait d'être fixée au 1er mars.

Ce fut sa dernière retraite. Après que le flot de la Commune eut passé, on retrouva dans sa chambre, occupée pendant deux mois par les fédérés, quelques feuilles, dédaignées par eux et portant encore l'empreinte de leurs talons, où notre bien-aimé frère avait mis par écrit ses pensées, ses résolutions, jusqu'à la veille de sa profession solennelle.

Quelle humilité dans les reproches qu'il s'adresse sur les six mois qui viennent de s'écouler et pendant lesquels il a fait l'admiration de ceux qui l'ont vu à l'œuvre tous les jours ! « Pourquoi, dit-il, n'ai-je pas mieux réglé et disposé ma vie pendant mon emploi à l'ambulance ?... Quel changement ne se fait-il pas en moi ! quelle inconsistance ! Comment ai-je tenu mes résolutions de troisième an ? En vérité je suis honteux et presque surpris. »

Puis, faisant allusion à un entretien avec le P. Ducoudray qui seconde son amour de l'humiliation et le confirme dans les bas sentiments qu'il a de lui-même : « Le désordre de mes actions n'est pas, comme le dit le bon Père Recteur, le *non-ordre*. Au contraire, tout, dans ma vie, a son ordre, sa place, les heures, les choses. Tout est prévu, ordonné, ou par les règles, ou par l'emploi, ou par le supérieur, ou par l'élection; il reste, quand on a fait la part de tout cela, très-peu de chose. Ce n'est pas la non-subordination et la non-discipline d'un troupeau de mobiles; c'est l'insubordination et l'indiscipline d'une troupe formée, et le désordre s'introduit dans ma vie, non pas faute de règle ni faute de connaissance, mais par la lassitude et la contrainte de la pratique et par la nonchalance et l'inapplication des chefs, c'est-à-dire de ma volonté. » Nous savons heureusement qu'en pareille matière, il ne mérite pas d'être cru sur parole.

Je cite enfin la dernière page, inspirée par la méditation des *deux Etendards*.

« Notre-Seigneur nous présente sa croix en nous disant : *In hoc signo vinces*. On peut s'imaginer le discours qu'il nous tient en nous la présentant :

« Ces mépris qui te font tant d'horreur, ne les
« as-tu pas mérités par tes péchés ? Et quand tu t'es
« offert à tout souffrir pour les expier, en as-tu ex-
« cepté la honte qui en est le juste salaire?

« Qu'est-ce qui t'est dû pour tes mauvais penchants,
« pour tes faiblesses et tes défaillances? Où sont tes mé
« rites et tes vertus, tes services, tes grandes actions?
« Ne veux-tu pas que toute justice s'accomplisse?
« N'as-tu pas besoin d'être ainsi contenu à ta place,
« et ne faut-il pas dompter ta vanité et ton orgueil?

« Ne faut-il pas que tu t'abaisses devant Dieu? et

« c'est ce que tu fais en t'abaissant devant l'outrage
« qu'il t'envoie par les hommes. Ne veux-tu pas lui
« rendre un culte digne de lui ? Fais quelque chose
« de grand pour son honneur. Ne veux-tu pas
« m'imiter ? Enfin c'est ma voix qui te presse, c'est
« ma main qui te présente la croix, je l'ai portée
« avant toi et je l'ai fait pour t'encourager et te mon-
« trer l'exemple. Je te la donne : comme elle est
« mon triomphe et ma gloire, elle sera aussi les
« tiens. Et comme elle est le gage de mon amour
« pour toi, elle le sera de ton amour pour moi.

     « *O crux! O bona crux*[1] *!* »

Animé de ces sentiments de profonde humilité et
d'amour passionné pour Jésus crucifié, il fit sa profession solennelle le dimanche 19 mars, fête de saint
Joseph, entre les mains du P. Ducoudray, recteur
de l'école Sainte-Geneviève, dont le sang allait se
mêler au sien dans l'immolation du 24 mai.

Déjà la Commune était sur pied. Les pieux
amis qui prirent part à cette fête intime, célébrée
dans la matinée du dimanche, eurent quelque peine
à regagner leur demeure à travers les barricades qui
se dressaient sur les flancs de la montagne Sainte-
Geneviève pour interdire l'accès du Panthéon aux

---

1. C'est la salutation qu'adresse l'apôtre saint André à la
croix sur laquelle il va mourir. Le P. Clerc répétera ces paroles à Mazas en saluant les murs de sa cellule.

troupes régulières. La veille, les assassins des généraux Lecomte et Clément Thomas avaient pré-
ludé dans la rue des Rosiers aux exécutions som-
maires de la Roquette et de la rue Haxo.

Malgré les agitations de la rue et l'incertitude du
lendemain, le fervent religieux passa les semaines
suivantes dans le plus grand recueillement et se mit
en devoir de préparer le cours de mathématiques
spéciales dont il venait d'être chargé. Après diverses
combinaisons qui échouèrent, on avait décidé
que l'ouverture des classes, empêchée par l'insurrection, se ferait le 12 avril, à la maison de campagne d'Athis. Resté à Paris en attendant qu'on
eût besoin de lui, le P. Clerc augurait mal de ce
qui se passait sous ses yeux : l'indiscipline des
troupes, dont il avait été si souvent témoin pendant le siége; la faiblesse du gouvernement, qui
doutait de son droit à pareil moment, la démora-
lisation, le défaut d'entente, le manque de conviction et d'énergie des honnêtes gens, tout cela l'at-
tristait profondément, et il était de ceux qui ne se
faisaient aucune illusion sur la gravité du mal dont
nous étions atteints bien avant qu'il éclatât par la
désorganisation des pouvoirs publics. On l'entendait dire quelquefois : « *Moriamur in simplicitate
nostra*[1]..... Il n'y a plus qu'à mourir ; il n'y a plus

1. Mourons dans notre simplicité.

place ici-bas pour les honnêtes gens. » Le ton enjoué qui accentuait ces paroles n'en dissimulait
nullement l'amertume.

Vers la fin du mois, une personne dévouée qui
n'avait pu assister à la cérémonie du 19, vint lui
faire une visite d'excuse et de politesse. Comme elle
avait dû traverser pour arriver jusqu'à lui plusieurs
barricades : « Mon Père, lui dit-elle, n'avez-vous
point peur pour vos maisons et vos personnes à
Paris ? — Si fait, madame, répondit-il ; j'ai d'autant
plus peur que Paris est plus coupable ; il aurait
besoin d'être purifié par le sang... Le bon Dieu
devrait bien prendre le sang de quarante d'entre
nous. »

Il ne marchandait pas, comme on voit, et supposait aux autres la sainte ardeur du sacrifice dont il
était consumé. Dieu peut-être n'a pris des victimes de
choix que pour en restreindre le nombre sans diminuer la valeur de l'holocauste. Qui sait cependant ?...

« Deux jours avant son emprisonnement, dit un
de ses collègues de l'école Sainte-Geneviève, j'ai été
frappé de sa persistance à se tenir dans sa cellule, et
mon impression fut que, prévoyant dès lors que sa
vie était en danger, il se félicitait d'avoir à l'offrir à
Dieu. Je l'invitai à prendre des précautions ; sa réponse me donna lieu de croire qu'il désirait faire le
sacrifice de sa vie. »

Au fait, il avait toujours eu ce désir, peut-être même avec la prévision du genre de mort qui lui était réservé.

Enumérant tout ce que nous devons accepter de grand cœur, pour répondre à l'esprit vraiment militaire de la Compagnie de Jésus, il écrivait :

« Un poste périlleux... ennuyeux, — brillant...
« obscur, — les balles..... la maladie. »

Et il s'était persuadé que Dieu lui épargnerait l'épreuve de la maladie.

Restaient donc les balles. Mais au moment où il jetait ces mots sur le papier (novembre 1869), qui aurait prévu la Commune de 1871 et la fusillade de la Roquette?

CHAPITRE XV.

LE P. CLERC, PRISONNIER ET VICTIME POUR L'AMOUR
DE JÉSUS-CHRIST. — MAZAS. — LA ROQUETTE.

Au point où nous voilà parvenu de cette tâche chère et sacrée, nous avons devant nous un guide dont l'autorité est grande et que nous suivrons pas à pas. Qui ne connaît les *Actes de la captivité et de la mort des PP. Olivaint, Ducoudray, Caubert, Clerc, de Bengy*, par le P. Armand de Ponlevoy? On ne peut lire ces pages véridiques, écrites par le témoin ému d'une immolation sanglante, sans songer à l'ère des persécutions et aux catacombes. Là se retrouvent la plupart des lettres écrites par le P. Clerc sous les verrous, à la Conciergerie et à Mazas ; je n'aurai qu'à les reproduire. Cependant, ayant à s'occuper des cinq otages à la fois, le P. de Ponlevoy a négligé plusieurs

pièces d'un réel intérêt, mais qui auraient trop
compliqué son récit d'une sobriété remarquable. Il
m'a donc laissé à glaner. Je ramasse avec joie quelques épis qui ne seront pas le moindre ornement de
ma gerbe.

Le P. de Ponlevoy a tout observé de Versailles,
où l'avait fixé l'avis unanime de ses consulteurs,
afin qu'il pût continuer à correspondre avec tous
les religieux dont il était supérieur. C'est à Versailles que lui écrivaient de leur prison les PP. Olivaint et Ducoudray et les autres otages. Il leur a
répondu, mais ses lettres ne leur sont jamais par-
venues. Ce qu'il a souffert alors est inexprimable.
Les blessures de son cœur ont saigné trois ans encore et puis il est mort, victime de son dévouement
sans mesure et de ses angoisses paternelles, hélas!
trop souvent renouvelées.

Voici, dans toute leur simplicité, les faits tels
qu'il les présente dans les *Actes*. J'abrége encore
son récit.

Dans la nuit du lundi au mardi saint, 4 avril,
entre minuit et une heure, l'école Sainte-Geneviève
est complétement cernée par un bataillon de gardes
nationaux, tous armés jusqu'aux dents. On frappe
à coups redoublés à la porte du numéro 18. Le
Frère portier se lève et dit qu'il va chercher les
clefs déposées, selon l'usage, dans la chambre du

Père Recteur ; la porte s'ouvrira donc dans un instant. Cet instant paraît long à nos braves ; le clairon sonne trois fois en guise de sommation et une décharge générale sur toutes les fenêtres jette l'alarme dans le quartier. Le P. Ducoudray comprit bien vite que toute protestation était inutile ; son attitude pleine de sang-froid et de dignité faisait dire à ces misérables : « Quel homme ! et quelle énergie de caractère ! » Pendant toute la nuit, la maison fut fouillée à fond. On prétendait trouver des armes ; on n'en trouva pas. On en voulait surtout à la caisse ; elle était épuisée par les dépenses du siége. Alors on s'en prit aux personnes, que l'on retint comme otages ; et telle fut la récompense des soins prodigués pendant six mois aux blessés dans l'ambulance de l'école.

A cinq heures, le clairon donne le signal du départ pour la Préfecture de police et les prisonniers défilent entre deux haies de gardes nationaux. En tête, à une petite distance de tous les autres, marche le Père Recteur ; viennent ensuite les PP. Ferdinand Billot[1], Émile Chauveau, Alexis Clerc,

---

1. Le P. Billot vient d'être enlevé à l'école Sainte-Geneviève après vingt ans et plus de professorat. C'est une grande perte. Il était très-estimé de l'illustre Cauchy, son premier maître, qui même avait songé à lui léguer ses travaux inédits dont quelques-uns réclamaient un continuateur plutôt encore qu'un éditeur. Doué d'une pénétration supérieure et possédant

Anatole de Bengy, Jean Bellanger, Théodore de Regnon et Jean Tanguy, les FF. Benoît Darras, Gabriel Dedébat, René Piton, Pierre Le Falher et sept domestiques. A la hauteur du pont Saint-Michel, vers l'entrée de la cité, le P. Ducoudray se retourne et, d'un air radieux, dit au P. Chauveau qui se trouve plus près de lui : « Eh bien ! *Ibant gaudentes*, n'est-ce pas ? — Que vous a-t-il dit ? » demandent à ce dernier les gardes inquiets. Celui-ci répète la phrase suspecte. « Dieu sait ce qu'ils y pouvaient comprendre ! » ajoute l'historien. Vrais imitateurs des apôtres, *ils s'en allaient tout joyeux d'avoir été jugés dignes d'être outragés pour le nom de Jésus-Christ* [1].

A la Préfecture de police, les clairons sonnent aux champs pour annoncer le succès de l'expédition et la riche capture. Je fais grâce au lecteur des grossières injures qui accueillent les captifs et de l'interrogatoire sommaire que subit le P. Ducoudray. Le Père Recteur est renfermé seul au secret dans une cellule de la Conciergerie ; les autres sont con-

---

des connaissances étendues en plus d'un genre, il aurait pu occuper avec honneur une chaire de théologie. Il emporte les regrets d'une foule de jeunes hommes dont ses douces vertus avaient gagné le cœur, tandis que son dévouement leur rendait facile l'accès de l'École polytechnique.

1. Ibant gaudentes... quoniam digni habiti sunt pro nomine Jesu contumeliam pati. Act. V, 41.

duits au dépôt et entassés, avec une trentaine de
détenus, dans une salle commune destinée jusque-
là aux femmes sans aveu que la police ramasse la
nuit dans les ruisseaux de la capitale.

Quand il se vit ainsi séparé de tous les siens, par
esprit religieux et amour de la vie commune, le
P. Ducoudray demanda et obtint d'avoir au moins
un de ses frères pour compagnon. Il avait nommé
le P. Alexis Clerc ; celui-ci répondit avec allégresse
à cette consigne qui l'appelait à la mort. Dès qu'ils
furent réunis, ils organisèrent ensemble un petit
service de ravitaillement en faveur de leurs frères
privés, comme eux, des objets de première nécessité,
et chacun d'eux expédia au dehors des billets qui
arrivèrent à destination et qui portent encore le
timbre et le visa de l'état-major de la place. Le
P. Clerc s'était adressé à son frère, toujours si dévoué, et ne tarda pas à recevoir, selon sa demande,
des serviettes, des mouchoirs et des cuillers en fer
battu, dont l'apparition causa une soudaine éclaircie
de joie dans la salle commune. « La propreté étant
une grande consolation du prisonnier, » le Père
s'empressa de remercier sa belle-sœur, qui avait
pourvu à tout en l'absence de son mari ; ses frères
bénissaient la charité si attentive qui leur procurait
ces humbles dons et en doublait le prix.

« Un geôlier du dépôt de la Préfecture, chargé

de visiter les deux reclus dans leur cellule commune, donnait ces détails sur leur vie à deux : « Ils ne manquent de rien, sont gais et paraissent très-heureux, prient ensemble presque continuellement. » Le P. Ducoudray avait souvent exprimé ce vœu à un de ses plus intimes confidents : « Ah ! « si nous pouvions aller tous deux sur une monta-« gne avec notre crucifix, nous prierions bien le bon « Dieu. » Le souhait était exaucé[1]. »

Mais cette prison était trop douce pour nos chers détenus, qui savaient y trouver encore l'image de la vie religieuse et y respirer le parfum de la charité fraternelle. Aussi ne firent-ils qu'y passer. Le jeudi soir, 6 avril, une voiture cellulaire, partagée en cases soigneusement fermées et séparées les unes des autres, les emporta de la Conciergerie à Mazas avec Mgr. l'Archevêque de Paris et M. le Président Bonjean. Le P. de Bengy, enlevé à la salle commune, faisait aussi partie du convoi et une cellule l'attendait à la prison de Mazas. Plus tard (le 13 avril) la même prison reçut le P. Olivaint et le P. Caubert, arrêtés dans notre maison de la rue de Sèvres dans la soirée du 4 avril. Deux autres Jésuites y furent

1. *Actes de la captivité et de la mort des RR. PP. P. Olivaint, L. Ducoudray, J. Caubert, A. Clerc, A. de Bengy,* par le P. A. de Ponlevoy, 11e édition, p. 58. Nous renverrons toujours à cette même édition.

encore enfermés le 18 avril, mais ceux-ci échappè-
rent à la mort. Quant aux seize habitants de l'école
Sainte-Geneviève, Pères, Frères et domestiques,
restés dans la salle commune, leur sort fut quelque
temps incertain ; mais il y eut à l'Hôtel de Ville un
moment d'indulgence, à la faveur duquel ils furent
relâchés le 12 avril, après neuf jours d'emprisonnement.

Voilà donc le P. Clerc entièremeut séparé de ses
frères et enfermé dans son étroite cellule de la prison de Mazas. Certes, le logis n'est pas gai ; il commence à être connu : tant d'honnétes gens ont eu,
par la grâce de la Commune, le loisir de l'étudier de
près et en ont publié des descriptions exactes ! Ce
qu'il y a de certain, c'est que notre cher prisonnier
n'y perdit pas la joie de l'âme ; au contraire, il
éprouva une dilatation inexprimable. Sur ces murs
nus et froids il vit resplendir la croix de Notre-Seigneur, et il s'écria en entrant : *O bona Crux!*

Puis, il se souvint qu'il avait là, comme dans sa
cellule de la rue Lhomond, son devoir à remplir. Il
était professeur de mathématiques spéciales, et la
rentrée des élèves allait se faire à la maison de
campagne d'Athis. Ira-t-il jamais les rejoindre ?
Cela est fort douteux ; mais il n'importe ; son devoir pour le moment est de préparer son cours et
il se met aussitôt à l'œuvre. Dès la première lettre

qu'il adresse à son frère Jules, il demande non-
seulement une Bible et un bréviaire, mais encore
des livres de géométrie analytique, avec une insistance d'autant plus méritoire que ces matières,
dont il a été saturé, ont maintenant pour lui moins
d'attrait. Un de ses confrères, qui le connaissait
bien, a été jusqu'à dire que cette préparation anti-
cipée de ses classes, dans sa cellule de Mazas, n'était
ni plus ni moins qu'un acte héroïque. « Je me
porte très-bien, dit-il en terminant sa lettre, suis
très-content et, avec ces livres, défierai indéfiniment l'ennui qui ne s'est point encore présenté. »
Imaginez, si vous le pouvez, un homme plus facile
à contenter.

Arrive la fête de Pâques (9 avril), et les privations
les plus sensibles du pauvre prisonnier ne sont pas
celles que la réclusion inflige à la nature. Mais
l'*Alleluia*, qui chante le triomphe de Jésus-Christ
sur la mort, n'en retentit pas moins au fond de son
cœur, et empruntant le langage du Martyrologe
en ce jour, il écrit à son frère bien-aimé :

« Mon cher Jules,

« *C'est aujourd'hui la fête des fêtes, la Pâque
des chrétiens, le jour que le Seigneur a fait !* Il
n'y a eu pour nous messe ni à dire ni à entendre,
mais il y a eu la joie et la paix dans le Seigneur.

« Comme tes envois sont beaucoup plus copieux qu'il ne faut pour moi, ton intention de venir au secours de mes compagnons de captivité m'est démontrée, et si je suis heureux de t'exprimer ma reconnaissance pour ta fraternelle amitié, je le suis bien davantage de le faire pour ta charité ; c'est la plus excellente de toutes les vertus, et qui ne sera remplacée par rien de plus excellent, même dans le ciel. Et aussi, non-seulement je te remercie, mais je te félicite, parce que je sais que Dieu ne te laissera pas sans récompense pour ton zèle à subvenir aux besoins de ceux qui souffrent pour son nom.

« Ce m'est une nouvelle et vive consolation que de te voir associé à notre tribulation. Je n'en suis pas seulement heureux et fier pour mon compte, mais aussi pour le tien ; et j'espère que c'est là pour toi et pour les tiens la première des grâces, dans une série plus abondante qu'auparavant, que Dieu répandra sur vous tous.

« Ne t'inquiète plus de moi ; mets ta famille en sûreté, c'est le plus pressé. Je n'ai du reste aucun besoin à te faire connaître. J'ai du linge suffisamment et j'ai de l'argent pour me procurer des aliments.

« Je m'étais préparé ce matin à déjeuner : juste arrive ton envoi ; j'ai fait honneur à tout. Cette rencontre si opportune est une des mille délicatesses de la providence de Notre Père qui est aux cieux. Qu'il en soit béni, et l'instrument qu'il a choisi pour me faire arriver ses bienfaits ! Je ne veux pas demander à la Préfecture la permission de prendre des livres chez moi, non pas par crainte d'un refus, ni pour m'épargner la reconnaissance, mais pour de meilleures et plus hautes raisons. D'ailleurs, avec la Bible, j'ai de quoi nourrir mon âme pendant plus de temps que je ne serai en prison, y dussé-je mourir de vieillesse. Que Charles, qui m'enseigne à prendre le mal en patience, veuille enfin apprendre de moi à le supporter avec Notre-Seigneur ; il trouverait le secret de souffrir avec joie et avec fruit [1]. »

Après cette lettre il se fait un long silence, et ce n'est que quinze jours plus tard, le samedi 22 avril, que le P. Clerc fait parvenir à son frère les lignes suivantes. Elles sortent d'une prison muette comme la tombe, dont les échos ne sont réveillés que par la canonnade. « On entend nuit et jour gronder le canon ; donc on se dispute les forts et nous faisons,

1. M. Charles Clerc est un frère aîné qui a passé en Algérie une grande partie de sa vie, et avec lequel nos lecteurs n'ont pas encore eu l'occasion de faire connaissance. Nous sommes heureux de lui offrir ici l'hommage de notre respectueuse sympathie.

après les Prussiens, le siége de Paris ; mais les Prussiens en auraient eu pour longtemps encore à le
prendre de vive force. J'en conclus, et tu vois que
mes données ne sont pas nombreuses, j'en conclus
néanmoins que le siége et ma détention peuvent ne
pas finir demain. J'en ai bien pour quelques jours
encore avec le livre que tu m'as donné, mais j'en
voudrais un autre. »

Là-dessus nouvelle demande de livres de mathématiques. Mais cela ne suffit pas pour des loisirs
qui peuvent se prolonger encore plusieurs semaines.
« Si tu peux, ajoute-t-il, me procurer la *Somme
théologique* de saint Thomas, je serai pourvu pour
longtemps. » Il va donc reprendre dans sa prison
ses habitudes de travail, et renouer ce commerce
assidu avec saint Thomas que n'interrompaient pas
même, dans sa vie d'officier, les expéditions lointaines. La lettre se termine par ces mots :

« Ne m'as-tu pas répondu ? Ta réponse à ma
dernière lettre ne m'a-t-elle pas été donnée ? Je n'en
sais rien. On parle de la clôture des couvents de
religieuses : celle de Mazas n'est pas à dédaigner.

« Je te recommande surtout de ne te compromettre en rien pour moi ; ce que je te demande est de
l'abondance et non pas du nécessaire. Ainsi ne va
pas te faire incarcérer pour me venir en aide ; cela

ne servirait à rien, et tu n'es pas dans les mêmes conditions que moi pour le prendre patiemment. »

Le 25 avril, il écrit encore sur le ton d'un reproche affectueux : « Tu pourrais peut-être ne pas me laisser si ignorant. Il ne te faut pas conspirer avec tout le système de la prison cellulaire pour faire silence autour de moi. Puisque je ne sais absolument rien du dehors, il m'est impossible d'en savoir moins, et une de tes lettres ne m'arriverait pas ou serait mutilée, qu'elle m'en apprendrait toujours autant que si tu n'y mets rien.

« Par exemple, je voudrais savoir si nos compagnons de la Conciergerie ont été relâchés, si l'on a arrêté d'autres Pères, pillé leurs maisons ; si notre École préparatoire s'est ouverte quelque part, si les petits garçons sont encore au collége, et je ne pense pas qu'on m'empêche de l'apprendre. C'est là ce qui m'intéresse le plus.

« Peut-être aussi pourras-tu savoir si c'est une chose arrêtée que nous ne devions voir personne, contre l'usage cependant de la prison, et ensuite si l'on pense à faire quelque instruction contre nous. »

Insistant sur ses demandes de livres, motivées par le temps assez long qui lui reste probablement à passer dans la solitude : « La Somme de saint Thomas, dit-il, est un livre qu'il te faut emprunter, en temps ordinaire je saurais bien te dire où, mais aujourd'hui je ne sais pas. Tout prêtre un peu instruit ou studieux la possède certainement dans sa bibliothèque. Toute bibliothèqué qui n'est pas exclusivement futile le contient aussi, et un bibliothécaire un peu complaisant te le prêterait pour un pauvre prisonnier.

« Je ne manque de rien, si ce n'est que le régime de la prison ne comportant plus d'aumônier, nous n'avons ni messe ni sacrements. Jamais, je crois bien, les prisonniers ne les ont tant désirés.

« Je prie le bon Dieu, j'étudie, je lis, j'écris un peu, et je trouve que le temps passe vite, même à Mazas.

« Il y a vraiment des pressentiments : je n'avais, je crois, jamais passé sur le chemin de fer de Vincennes sans regarder cette prison, et me dire que j'y serais peut-être un jour. J'ai, pendant qu'on la construisait, visité avec beaucoup de soin celle de la Santé, toujours avec la même préoccupation. Pour ne pas exagérer les pressentiments que je reçois, je dois ajouter que j'imaginais que cela se ferait par le moyen régulier et officiel d'un monsieur Bonjean quelconque, magistrat des vieux Parlements, tandis que ce pauvre M. Bonjean trouve moins étonnant de se voir lui-même en prison, que de s'y voir avec les Jésuites. Oh ! fortune ! Je puis dire aussi : Oh ! Commune, voilà de tes coups ! »

En effet la rencontre est singulière, et M. Bonjean ne l'avait sans doute pas prévue plus que lui. Combien ce magistrat n'eut-il pas à se féliciter, à la Roquette, d'un voisinage qui lui permit d'ouvrir son âme à celui qui s'étonnait à bon droit de l'avoir pour compagnon de captivité!

Le P. Clerc reçut bientôt les détails qu'il sollicitait sur le sort de ses confrères et des établissements de la Compagnie ; et, parmi tant d'amertumes, il éprouva quelque consolation en apprenant que les œuvres d'éducation, qui lui étaient chères entre toutes, se poursuivaient, dans la mesure du possible, en dépit de l'horrible lutte qui mettait Paris à feu et à sang. Les élèves de l'école Sainte-Geneviève étaient réunis à Athis, ceux de Vaugirard à Saint-Germain-en-Laye, et son frère Jules n'était pas étranger à cette dernière installation. Grâce à une espèce de sauvetage, organisé par ses soins, on put enlever du collége de Vaugirard, comme d'un bâtiment échoué à la côte, une partie du matériel dont on avait le plus grand besoin à Saint-Germain et qui autrement eût été la proie de la Commune. Les deux neveux du prisonnier de Mazas, Alexis et HenriClerc, jeunes élèves de Vaugirard, continuaient leurs études à Saint-Germain, où ils ne tardèrent

pas à recevoir les plus touchants témoignages de
la tendresse de leur oncle.

« A la bonne heure, répond-il après avoir reçu
ces nouvelles (lettre du 28 avril), voilà qui est écrire!
En deux mots tu me renseignes sur tout ce qui
m'intéresse le plus. Maintenant mon ignorance de
tout ce qui se passe m'est beaucoup moins pénible.

« Ne fais plus de démarches pour me voir, je crains
qu'elles ne t'attirent quelque désagrément et je n'en
espère pas de résultat. Cette barrière s'ouvrira par
une autre main que la tienne; et si elle ne s'ouvre
pas, nous saurons nous y résigner.

« Tu accepteras de bon cœur les compliments
qu'on te fait pour moi. Je suis heureux et fier de
souffrir quelque chose pour le nom que je porte. Tu
sais assez que le coup ne m'a pas surpris, je n'ai pas
voulu l'éviter, et je veux le supporter.

« Je n'espère pas la délivrance dont tu me parles,
et je ne sais s'il faut craindre quelque chose de la
peur, de la colère, du besoin de se compromettre
encore davantage. Moins je suis maître de moi,
plus je suis dans la main de Dieu; il arrivera ce
qu'il voudra, et il me donnera de faire ce qu'il
veut que je fasse. *Omnia possum in eo qui me con-
fortat* [1]. »

1. Je puis tout en Celui qui me fortifie.

Huit jours plus tard il recevait enfin la visite de son frère. Celui-ci ne vint pas seul; une femme d'un grand cœur, qui avait déjà fait preuve de dévouement à l'ambulance de Vaugirard, ayant obtenu pour elle-même de voir le prisonnier à travers les grilles de Mazas, s'était fait accompagner par M. Jules Clerc.

L'entretien fut aussi gai qu'il aurait pu l'être au parloir de Vaugirard ou de l'école Sainte-Geneviève. Il fut marqué par un incident qui, selon l'expression du P. de Ponlevoy, ne manque pas d'un certain cachet chevaleresque. L'entrevue ayant été ménagée, à la faveur du népotisme, par le crédit d'un grand dignitaire de la Commune, on dit au P. Clerc que ce puissant personnage daignerait se rendre lui-même à Mazas pour lui proposer de le comprendre dans une négociation d'échange de prisonniers. « Mais à l'idée seule d'un pareil traité, l'ancien officier de marine, qui s'entendait en honneur, bondit sur sa chaise. — « De grâce, contenez-vous, lui « dit-on, et surtout si l'offre vous en est faite, n'al« lez pas vous compromettre; il vous en arriverait « malheur. — Quel malheur? Et qu'ai-je à craindre? « Nous ne pouvons guère être plus mal qu'à la Con« ciergerie et à Mazas. — Pardon, mon Père, par« don... — Alors, s'écria-t-il en tressaillant, nous « serions fusillés ! quelle bonne fortune !... Tout

« droit en Paradis ! » Et il avait l'air radieux, les mains étendues, les yeux au ciel. »

Il était ravi d'apprendre que les établissements de la rue Lhomond et de Vaugirard s'étaient heureusement réorganisés à Athis et à Saint-Germain, et que la Commune avait relâché, entre autres, deux de ses confrères absolument nécessaires pour le cours des *spéciaux*, qui pourraient bien, pensait-il, se passer de lui quelque temps encore.

Dès le lendemain il écrivait à son frère : « Je suis vraiment dans la joie depuis hier. Les nouvelles que tu m'as apportées sont très-bonnes, et le mal pouvait être beaucoup plus grand. En définitive, nos œuvres sont gênées, mais ne seront point empêchées. Mais ce qui me fait le plus de plaisir, c'est de te voir rendre service à M. Gravoueille[1], et tu comprends que tout en estimant ces services, ce qui me touche surtout, c'est l'excellence de la bonne œuvre que tu fais là. Notre-Seigneur récompense toujours ce que l'on fait pour lui; il est assez généreux pour ne se laisser vaincre par personne. Je suis fier de toi.

« Je t'ai dit qu'on nous laisse arriver des journaux [2]. J'en ai lu trois, j'ai écrit je ne sais combien

---

1. Le R. P. Gravoueille, recteur du collège de Vaugirard.
2. Cet adoucissement du régime de la prison était probablement dû à la même influence qui avait procuré au P. Clerc la visite de son frère et de la personne ci-dessus désignée.

de lettres et je n'ai pas ouvert un livre de mathématiques de la journée. Quelle débauche! »

Cette lettre porte la date du 5 mai. Le 6, avant de l'expédier, il ajoute ces lignes qui prouvent combien peu il conservait d'illusions : « Ils remplissent leur prison. L'heure de leurs plus mauvais conseils sera, je crois, l'heure de leurs plus grands revers. »

Il ne manqua pas d'acquitter sa dette de reconnaissance envers la personne dévouée qui avait surmonté tant d'obstacles pour le visiter et lui procurer la visite de son frère.

« Ce n'est pas assez, lui écrivait-il, de vous avoir remerciée une fois, je vous dois trop, et je veux vous remercier encore.

« Je vous dirai, pour cela, la joie que m'a causée votre visite inattendue. Je vous croyais en province, et, pendant ce temps, vous reveniez à Paris; vous fourrant dans la gueule du loup, vous forciez la porte de cette impénétrable prison. Croyez bien que j'imagine ce que vous ont coûté les démarches qu'il a fallu faire, et puis tous les ennuis et toutes les fatigues de ces dérangements, de ces voyages multipliés de Versailles, de Paris, de Saint-Germain. Mais la charité, dit saint Paul, est *pleine de bénignité, elle ne se recherche pas, elle sait tout espérer et tout souffrir*. Aussi elle surmonte tous les obstacles. C'était donc vous qui deviez abaisser cette barrière.

inébranlable malgré tous les efforts de mon frère
pendant un mois; car c'est juste après un mois d'emprisonnement que j'ai eu la joie de vous voir. Cela
convient : la charité, qui est meilleure, doit l'emporter sur l'amitié fraternelle. Mais quelle attention
et encore quelles peines! aller chercher et attendre
mon frère, pour me l'amener avec vous !

« Voyez, comme Dieu justifie sa Providence dès
ce monde, et si les horreurs de ces temps n'ont pas
leur raison d'être, puisqu'elles amènent des dévouements si aimables et si délicats.

« Il faut que je vous dise encore, après ce mois
d'une séparation absolue, tandis que j'entends sans
cesse, nuit et jour, gronder le canon, quelle consolation c'est de voir ceux qu'on aime et d'apprendre
des nouvelles d'un tel intérêt ! De plus, toutes les
nouvelles que vous m'avez données sont bonnes. Les
coups qui nous ont frappés ne nous ont causé qu'un
mal assez limité, nos colléges en sont à peine gênés,
tandis qu'un petit nombre, souffrant pour le nom
de Jésus, rendront les travaux des autres plus efficaces et plus fructueux.

« J'ai donc rapporté dans ma cellule un cœur bien
joyeux. La mortification de la vie solitaire est peu
de chose pour un religieux habitué au silence et à
l'étude, et dont la vie se passe dans sa cellule religieuse. Mais l'ignorance sur de si grands intérêts est

très-pénible, et toute la résignation possible à la volonté de Dieu ne peut ni ne doit nous y rendre indifférent.

« Comment donc faire pour vous témoigner quelque reconnaissance ? Je veux continuer mon office auprès de vous, vous exciter à la fidélité à vos résolutions, et surtout à vous rapprocher toujours davantage de Notre-Seigneur, non-seulement spirituellement, par la prière et la pratique de tous vos devoirs, ainsi que par vos œuvres de charité, mais encore de vous en rapprocher corporellement par la sainte communion. Ici pas de confession, pas de messe, même le dimanche. Nous sommes logés, nourris; c'est assez pour des animaux. Profitez des sacrements qui vous sont offerts.

« Sauriez-vous me dire pourquoi nous qui sommes capables, et si facilement, de sentiments dévoués et affectueux, nous sommes froids à l'égard de Notre-Seigneur? N'a-t-il pas le cœur le plus généreux, le plus délicat et le plus tendre? Il n'y a rien de bon en aucun homme, qui ne soit bien plus excellemment en lui ; il le faut aimer de toutes nos forces. »

En même temps il écrit au P. Chauveau, qu'il sait maintenant en liberté et occupé à procurer à ses frères, restés sous les verrous, les soulagements que comporte le régime de la prison : « Je n'ai à souffrir de rien, excepté de l'ignorance de ce qui se passe. J'ai des livres et le temps disparaît presque aussi vite qu'ailleurs, entre la prière, la lecture et l'étude ; pour le linge et les aliments, la charité ne nous laisse manquer de rien. Qu'on ne s'inquiète de moi nulle part.

« J'ai entendu parler de propositions d'échange entre certaines personnes. *Absit !* Je ne veux pas. Je patiente très-bien, et le ferai tant qu'il faudra. Mais il y a tant de raisons pour refuser un échange ! Oh ! non !

« Dites à la main charitable qui nous nourrit, de moins me prodiguer ses bienfaits. C'est flatteur pour elle, quoique honteux pour moi : *j'engraisse !* Pourrai-je sortir de ma cellule, quand viendra l'heure de la délivrance ? Ma cellule, oh ! horreur ! est-elle une mue ? Enfin, je n'ai pas besoin de tant de choses. »

Pendant qu'il jouissait encore d'une facilité relative de correspondre avec le dehors, il adressa deux lettres, prévoyant sans doute qu'elles seraient les dernières, à ses deux jeunes neveux Alexis et Henri, membres de la petite colonie qui avait planté sa tente à Saint-Germain-en-Laye, en attendant la libération du collége de Vaugirard. A l'exemple du divin Maître, *comme il avait aimé les siens, il les aima jusqu'à la fin* [1]. Jamais son affection envers tous, dont

----

1. Cum dilexisset suos, in finem dilexit eos. Joan. XIII, 1.

nous avons déjà trouvé tant de preuves dans ses lettres à son frère, ne s'épancha en termes plus vifs et mieux sentis. Au petit Henri, enfant d'une dizaine d'années, il écrit :

« Mon cher petit Henri,

« Tu es bien sage et bien appliqué, c'est ton papa de qui je le tiens ; aussi est-il content de toi ainsi que ta chère maman, nous tous et tes maîtres. Ne te fais pas de chagrin de ne pas être à la tête de ta classe ; tu n'es pas le premier, mais tu n'es pas non plus le plus grand.

« Tu ne peux être savant avant d'avoir étudié, et puisque tu étudies, tu le deviendras. Aie confiance ; tu sais bien qu'on sème en octobre pour récolter en août.

« Tout va bien ; ne sois pas triste et mécontent quand nous sommes tous satisfaits.

« Bien aimer Notre-Seigneur, bien aimer la sainte Vierge, bien faire ses devoirs et se bien conduire, c'est tout ce qu'il te faut. Avec cela on doit marcher heureux et fier.

« Avec le temps, tu grandiras en taille, en science, en sagesse et en grâces. C'est ce que te souhaite

« Ton oncle affectionné en N. S.

« AL. CLERC, S. J.

« 8 mai 1871, Mazas. »

Le même jour, il écrit à l'aîné du petit Henri, qui a reçu au baptême le nom de son oncle :

« Mazas, lundi 8 mai 1871.

« Mon cher neveu Alexis,

« Ton père m'a donné de tes nouvelles, et comme elles sont bonnes, je veux t'en complimenter ; il le faut faire par écrit de ma prison. Il m'a dit tes succès dans ta classe, la croix obtenue deux fois et le ruban, et ta docilité qui satisfait tes maîtres. Voilà qui fait un bon écolier !

« Comme un bon écolier remplit bien tous ses devoirs, il contente ses maîtres et se contente lui-même : il n'a point de reproches à redouter, aussi est-il confiant ; il n'a point de faute à cacher, aussi est-il ouvert ; il n'a que des compliments à recevoir, aussi est-il avenant ; et il est disposé à aimer tout le monde, comme tout le monde est disposé à l'aimer.

« Ce ne serait pas assez pour toi d'être un bon écolier et un enfant aimable, il te faut être un saint enfant. Il faut que Dieu ait dans ton cœur la place qui lui convient, c'est-à-dire la première. C'est pourquoi ce qui m'a le plus réjoui, c'est que j'ai appris que tu te montres aussi pieux que sage et laborieux, et que tu es le premier en Catéchisme. Tu penses sérieusement à ta première communion et tu t'y prépares avec toute l'application dont tu es capable. Tes deux sœurs t'ont donné un bon exemple ; tu veux le suivre et en laisser un pareil au petit Henri ; c'est comme cela que la piété grandit dans les familles, et en resserre les liens.

« Il faut néanmoins en cela, comme dans tes études et ta conduite, modérer trop d'empressement de bien faire et de réussir. Quelle joie c'est pour nous, mon cher Alexis, surtout pour ton bon père et ta mère si tendre, de n'avoir à redouter que ce danger ! Cependant il est redoutable.

« C'est peut-être en formant ton cœur à une piété vive, mais douce, ambitieuse de plaire à Dieu, mais lui demandant le moyen de le faire, jalouse d'aimer beaucoup Notre-Seigneur, mais lui demandant cet amour à lui-même, que tu apprendras à plus attendre, dans les autres choses aussi, de Dieu que de toi-même, et, par exemple, à joindre, dans ton travail et ta bonne conduite, l'ardeur à la modération. Ce n'est pas, tu comprends bien, mon cher enfant, ton zèle qu'il faut diminuer ; le régler et le conduire avec prudence, c'est le fortifier et non pas l'affaiblir.

« J'ai donc la confiance que tu vas faire une excellente première communion et que Notre-Seigneur se donnant à toi tout entier, plus généreux envers toi que tu ne l'auras été envers lui, te comblera de grâces, et surtout pénétrera ton cœur d'un amour ineffaçable pour lui ; je ne manquerai pas de le prier pour que tu fasses dignement cette grande action et que tu en tires de grands fruits.

« Adieu, mon cher enfant !

> « Ton oncle prisonnier pour le nom de Jésus, qui t'embrasse affectueusement dans son Cœur.

> > « AL. CLERC, SOC. JESU. »

Le jour même où le P. Clerc prenait ce beau titre : *Prisonnier pour le nom de Jésus*, afin qu'il fût encore mieux justifié aux yeux de tous, la Commune faisait promulguer à Mazas un nouvel arrêté en vertu duquel le parloir était supprimé pour les prêtres otages et maintenu seulement pour les laïques. Le citoyen Garreau venait d'être nommé directeur de Mazas. C'était, a-t-on fort bien dit, « son don de joyeux avénement [1]. »

Mais il est un visiteur que la Commune n'arrêtera pas ; c'est Celui qui a dit à ses Apôtres : *Je ne vous laisserai pas orphelins ; je viendrai à vous* ; et encore : *Si quelqu'un m'aime... mon Père l'aimera ; et nous viendrons à lui et nous ferons notre demeure auprès de lui.* Tout se prépare pour cette visite auguste et consolante entre toutes, et nous

1. *Actes*, p. 118.
2. Joan. XV, 14, 23.

touchons ici à la scène la plus intéressante aux yeux
de la foi de ce drame renouvelé des catacombes qui
allait se dénouer par le martyre. Laissons parler
l'auteur des *Actes*, qui n'a rien ignoré de ce qui s'est
fait alors, et dont le cœur aurait deviné au besoin
tout ce qu'accomplissait une charité capable de braver tous les périls et de surmonter tous les obstacles.

« 15 mai. — Au milieu du mois consacré à Marie,
enfin se lève un beau jour, journée de grâce et de
joie, qui en présageait une autre désormais prochaine de sacrifice et de gloire. Les captifs de Mazas
ne cessaient de redire au ciel et à la terre : *Veni,
Domine Jesu!* Ah! venez donc, Seigneur Jésus.
Etiam venio cito! Oui, fut-il répondu, voilà que je
viens. En effet, tout à coup les portes s'ouvrirent,
les prisonniers ne sortirent point, mais Jésus entra.

« Cependant dans la matinée de ce jour béni, le
Désiré n'avait point encore paru.

« Le P. Clerc écrivait avec son allégresse ordinaire :
« Votre petit mot me fait grande consolation et
grande joie ; je vous en suis bien reconnaissant et
vous prie de me continuer, comme vous saurez le
faire, ce bon secours. Vous m'en faites espérer de
plus grands, à la bonne heure! Dieu est si bon pour
nous!

« Je continue à faire des mathématiques et à préparer mon cours ; et quand on a fait ses exercices de

piété, la journée a disparu. J'entrevois un rayon de
lumière et j'espère de meilleurs temps pour notre
malheureuse patrie. Je suis, pour le présent, toujours content d'être en prison, ainsi soyez rassuré sur
moi. — Que Dieu vous bénisse pour votre charité !
Mes compliments et mes souhaits affectueux pour
tous nos amis en Notre-Seigneur.

« Oh ! que la séparation fait sentir où le cœur a
mis son amour ! »

« Le P. Olivaint, averti de son côté, écrivait au P.
Lefebvre :

« Quelle Providence que vous ayez pu rester
« là-bas ! Comme il est manifeste pour moi que le
« Seigneur a tout conduit ! — Me voilà au qua-
« rante et unième jour de ma retraite. A partir
« d'aujourd'hui je ne vais plus méditer que sur
« l'Eucharistie. »

« Cependant tout était prêt, dedans comme dehors,
pour faire entrer Jésus dans la prison. Avant tout,
les captifs avaient dû être prévenus eux-mêmes de
l'ingénieuse et audacieuse entreprise. Comme toute
lettre partant de Mazas, ou y venant, était ouverte
et lue, on imagina de glisser des billets dans la pâte
de petits pains, avant de les mettre au four. Telle
était la teneur des mystérieux billets : « Les circonstances sont fort graves, courage ! Demain, vous
recevrez la suprême consolation, » et au bas :

« Vous recevrez un vase rempli de lait et au fond
vous trouverez ce que je vous annonce. » L'avis fut
reçu et compris, on répondit de Mazas : *Nous serions bien contents d'avoir le petit pot de crème.*
On crut alors pouvoir procéder sûrement à la délicate opération. La main d'un prêtre déposa quatre
saintes hosties dans une première boîte garnie à
l'intérieur en tout sens d'un corporal et renfermée
elle-même dans une seconde boîte, avec un autre
petit corporal et le sachet de soie muni d'un cordon
pour porter au cou. Le tout fut disposé dans le double fond hermétiquement fermé d'un pot de crème
rempli jusqu'au bord. Il y en avait trois seulement,
pour les PP. Olivaint, Ducoudray et Clerc; cette
fois on n'avait point encore su lier la partie dans le
quartier des PP. Caubert et de Bengy.

« Vers le milieu du jour parvinrent à Mazas les
petits pots et les *petites boîtes* [1], attendus et si désirés : midi et demi était l'heure propice où tous les
prisonniers se trouvaient dans leurs cellules. Les
employés se montraient obligeants et empressés,
étonnés eux-mêmes de sentir leur triste rôle adouci :
à la porte de la prison on les gratifiait d'une bonne
aubaine et dans l'intérieur des cellules les invitait
le plus gracieux accueil : Ah ! voilà nos bons com-

---

1. Ce sont les expressions énigmatiques dont le P. Olivaint
s'est servi dans une lettre précédente.

30

missionnaires, ne manquait guère de s'écrier en les
voyant le P. Alexis Clerc.

« A partir de cette heure, nos trois captifs privi-
légiés portaient donc sur leur poitrine, comme sur
un vivant autel, le Dieu de leur cœur et leur partage
pour l'éternité.

« La sainte opération enfin réussie, chacun d'eux
devait aussitôt avertir.

« Le P. Olivaint se hâte d'envoyer dans la soirée
du 15 mai ce petit mot d'avis :

« Je n'attendais plus rien aujourd'hui. Ma sur-
« prise et je dirai ma consolation n'en a été que
« plus grande. Merci donc encore ! Un gros, un
« énorme merci !

« Je me suis occupé longtemps du Saint-Esprit,
« dans ma retraite ; je vais maintenant méditer sur
« l'Eucharistie. »

« La joie du 15 mai ne pouvait être sans lendemain. Le 16 mai, ce n'est à Mazas qu'un cri de reconnaissance. Le P. Clerc mande à un de ses frères[1] :

« Mon cher Émile,

« Présumant l'inquiétude presque anxieuse où
« l'on est de l'envoi qui nous a été fait ce matin,
« j'ai fait tout ce que j'ai pu pour vous en tirer. J'ai

---

1. Le P. Émile Chauveau.

« écrit à ce sujet à mon frère une lettre qui est par-
« tie déjà, je crois. Toutefois je doute que mon frère
« soit à Paris et qu'il comprenne bien l'importance
« de la commission que je lui donne, l'ayant faite en
« mots à double sens. Aussi je prépare à tout événe-
« ment ce petit mot pour vous.

« Tout est arrivé en parfait état, et tout était dis-
« posé avec une industrie et une adresse admirable.
« J'aime mieux laisser à votre piété de se retracer ma
« joie que d'essayer de le faire par ma plume. Mais je
« crois bien pouvoir dire que je défie tous les événe-
« ments. Il n'y a plus de prison, il n'y a plus de soli-
« tude et j'ai confiance que si Notre-Seigneur permet
« aux méchants de satisfaire toute leur haine et de
« prévaloir pendant quelques heures, il prévaudra sur
« eux en ce moment-là même et glorifiera son nom
« par le plus faible et le plus vil instrument.

« Bénissons Dieu de toutes nos forces, parce que
ses bienfaits sur nous sont redoublés. Adieu. *Pax
et osculum in Christo* [1]. »

                    « ALEXIS CHRISTOPHE [2] CLERC, S. J.

« P. S. — J'ai été touché en disant vêpres, portant
« Notre-Seigneur sur mon cœur, de l'oraison du bon

---

1. Je vous souhaite la paix et vous embrasse en Notre Seigneur.
2. On sait que ce nom signifie *Porte-Christ*.

« Paschal Baylon [1]. Oh ! qu'il aurait su autrement
« apprécier et reconnaître la grande grâce que Notre-
« Seigneur fait à son indigne serviteur.

« Je n'ai reçu aujourd'hui vendredi, que les ali-
« ments du corps, et du linge ; je serai obligé de
« fractionner ma dernière hostie. »

« Mais voici du même jour, et encore pour le même
objet, la dernière lettre du P. Clerc, et vraiment
son *Nunc dimittis*.

« Ah! mon Dieu, que vous êtes bon ! Et qu'il est
« vrai que la miséricorde de votre cœur ne sera ja-
« mais démentie !

« Et vous, que de remerciements, que d'actions
« de grâces ne vous devons-nous pas ? Après avoir
« mille et mille fois répété l'expression de mon im-
« périssable reconnaissance, et vous avoir offert à
« un titre nouveau les faibles services d'un cœur

---

1. C'était en effet la veille de la fête de saint Pascal Baylon,
religieux de l'Ordre de Saint-François, célèbre par sa dévotion
envers la sainte Eucharistie. Voici cette oraison : « *Deus, qui*
« *beatum Paschalem, Confessorem tuum, mirifica erga Cor-*
« *poris et Sanguinis tui sacra mysteria dilectione decorasti :*
« *concede propitius, ut quam ille ex hoc divino convivio spi-*
« *ritus percepit pinguedinem, eamdem et nos percipere merea-*
« *mur.* » — « Seigneur, vous qui avez doué votre bienheureux confesseur Paschal d'un admirable amour envers les sacrés mystères de votre Corps et de votre Sang, daignez nous
accorder la grâce que notre âme aussi bien que la sienne se
fortifie et s'engraisse à ce divin banquet. » (*Breviar. roman.*,
17 mai.

« cependant sincère et dévoué, il me restera de sou-
« haiter que le don que vous me faites vous soit
« toujours fait à vous-même, et surtout aux jours
« des épreuves.

« Je n'avais pas osé concevoir l'espérance d'un
« tel bien! posséder Notre-Seigneur, l'avoir pour
« compagnon de ma captivité, le porter sur mon
« cœur et reposer sur le sien, comme il l'a permis à
« son bien-aimé Jean. Oui, c'est trop pour moi, et
« ma pensée ne s'y arrêtait pas. Et cependant cela
« est. Mais n'est-il pas vrai que tous les hommes et
« tous les saints ensemble n'auraient non plus ja-
« mais osé concevoir l'Eucharistie? Oh! qu'il est
« bon, qu'il est compatissant, qu'il est prévenant,
« le Dieu de l'Eucharistie!

« Ne semble-t-il pas nous faire encore ce repro-
« che : *Vous ne demandez rien en mon nom, de-*
« *mandez donc et vous recevrez?* Je l'ai sans l'a-
« voir demandé; je l'ai et je ne l'abandonnerai plus,
« et mon désir de l'avoir, éteint faute d'espoir, est
« ranimé et ne fera que grandir à mesure que du-
« rera la possession.

« Ah! prison, chère prison, toi dont j'ai baisé les
« murs en disant : *bona crux!* quel bien tu me
« vaux! Tu n'es plus une prison, tu es une cha-
« pelle. Tu ne m'es plus même une solitude, puis-
« que je n'y suis pas seul, et que mon Seigneur et

« mon Roi, mon Maître et mon Dieu, y demeure
« avec moi. Ce n'est plus seulement par la pensée
« que je m'approche de lui, ce n'est plus seulement par
« la grâce qu'il s'approche de moi ; mais il est réel-
« lement et corporellement venu trouver et consoler
« le pauvre prisonnier. Il veut lui tenir compagnie ;
« il le veut, et ne le peut-il pas puisqu'il est tout-
« puissant ? Mais aussi que de merveilles pour venir
« à bout d'un tel dessein ! Et vous entrez dans ces
« merveilles de la tendresse du cœur de Jésus pour
« son indigne serviteur.

« Oh! dure toujours, ma prison, qui me vaux de
« porter mon Seigneur sur mon cœur, non pas
« comme un signe, mais comme la réalité de mon
« union avec lui ! Dans les premiers jours, j'ai de-
« mandé avec une grande instance que Notre-Sei-
« gneur m'appelât à un plus excellent témoignage
« de son nom. Les plus mauvais jours ne sont pas
« encore passés : au contraire ils s'approchent et
« ils seront si mauvais que la bonté de Dieu devra
« les abréger, mais enfin nous y touchons. J'avais
« l'espérance que Dieu me donnerait la force de
« bien mourir; aujourd'hui mon espérance est de-
« venue une vraie et solide confiance. Il me semble
« que je peux tout en Celui qui me fortifie et qui
« m'accompagnera jusqu'à la mort. Le voudra-t-il?
« Ce que je sais, c'est que, s'il ne le veut pas, j'en

« aurai un regret que la seule soumission à sa vo-
« lonté pourra calmer.

« Mais s'il le veut, comme vous aurez eu une
« grande part à ce bienfait de la force qu'il m'aura
« prêtée ! »

Que pourrions-nous ajouter ? Un prêtre, ayant
lu cette lettre aux fidèles du haut de la chaire,
la comparait à celles de saint Ignace d'Antioche.
Oui, certes, la ressemblance est frappante. C'est
que le même Dieu habitait en eux et leur inspirait
les mêmes ardeurs ; et si Clerc avait eu, comme
cet illustre martyr, à s'expliquer devant des juges,
il leur aurait tenu le même langage :« Je suis prêtre
de Jésus-Christ, à qui je sacrifie tous les jours, et
maintenant je souhaite me sacrifier moi-même en
mourant pour sa gloire comme il est mort pour
mon amour. »

Le grand secours que nos prisonniers avaient
reçu le 15 mai leur fut encore renouvelé huit jours
après, d'une manière vraiment providentielle, quelques heures seulement avant qu'ils fussent trans-
férés de la prison de Mazas à celle de la Roquette.
J'emprunte encore cette page à l'auteur des *Actes*.

« Le lundi 22, vers midi, deux femmes faibles et
intrépides, à pied et avec une charge qu'elles se
partagent, sous un ciel embrasé, s'acheminent
pendant une heure au travers des vastes quar-

tiers déserts que sillonnent seulement les patrouil-
les de la Commune. Où vont-elles? A Mazas. Et
que portent-elles? Le Dieu des martyrs. Cette fois
toutes les mesures avaient été prises, la répartition fut complète; chacun de nos prisonniers recevait quatre hosties enveloppées d'un corporal,
comme d'un linceul, dûment renfermées dans une
petite boîte, avec le sachet de soie muni d'un cordon
pour être porté au cou. En venant à pareille heure,
le Seigneur Jésus semblait redire à ses serviteurs sa
parole d'autrefois : *Iterum venio et accipiam vos
ad meipsum.* « Je reviens, non plus pour demeurer avec vous, mais pour vous emmener avec
moi. »

Ainsi chacun d'eux portait déjà sur soi son Viatique, et ils purent, à l'approche du dernier combat,
faire à plusieurs de leurs compagnons de captivité
cette grande charité de rompre avec eux le pain des
forts.

Ce même jour, assez tard dans la soirée, ils furent entassés dans des charrettes et conduits à la
Roquette, la prison des condamnés. A leur arrivée,
rien n'était prêt pour les recevoir; on les fit stationner longtemps dans une sorte de salle d'attente
dont les murs étaient garnis de banquettes de bois.
L'Archevêque de Paris était là, assis comme les autres sur sa banquette, entre M. le président Bonjean

et M. Deguerry, curé de la Madeleine. Celui-ci
ayant appelé le prélat par son titre honorifique, un
garde l'interpelle rudement : « Citoyen, il n'y a
pas de seigneur ici. » A l'instant même un des prisonniers (c'était le P. Clerc, au dire d'un témoin)
se lève de sa place et, se mettant à deux genoux devant Monseigneur, lui baise la main et demande sa
bénédiction. Puis, ayant remarqué l'air exténué
du malheureux pontife, il ouvre un petit paquet
qu'il portait sous le bras et lui offre quelques provisions sauvées de Mazas.

Enfin on les conduit à leurs cellules, où ils trouvent pour tout ameublement un lit composé d'une
paillasse et d'une couverture. Les PP. Ducoudray
et Clerc, rapprochés de nouveau, furent placés dans
la quatrième section, au premier, non loin de l'Archevêque et de M. Deguerry. Après la première
nuit passée dans sa nouvelle prison, le P. Clerc an-
nonça à son frère son changement de domicile par
un billet d'un laconisme significatif, écrit sous les
yeux des guichetiers et des agents de la Commune :

« Mon cher Jules,

« Hier, lundi 22, nous avons été déménagés et
nous sommes actuellement à la Roquette, probablement pour plus de sûreté.

« J'ai vu cette nuit la lune et les étoiles, et je t'écris

sur le rebord de ma fenêtre, sous le ciel bleu ; du reste, ni table, ni chaise. La vie de l'homme peut être très-simplifiée.

« Nous ignorons nos nouvelles conditions d'existence ; elles paraissent ne pas nous faire un isolement aussi complet qu'à Mazas.

« 4e section, n° 6. Grande Roquette. »

En effet, ce n'est plus l'isolement du régime cellulaire. De sa fenêtre, ouvrant maintenant à hauteur d'appui et donnant libre accès à l'air et au soleil, le prisonnier aperçoit d'abord, longeant le bâtiment, un premier chemin de ronde assez spacieux, qui sert à la promenade, à la récréation, si l'on veut. Au delà ses yeux rencontrent l'une des deux hautes murailles entre lesquelles circule le second chemin de ronde, où il doit, deux jours après, recevoir la mort. Par une disposition de local qui règne dans toute la prison, sa cellule, contiguë à celle du président Bonjean, n'en est séparée que par une mince cloison qui partage également la fenêtre commune. A un signal donné, les deux prisonniers peuvent se rencontrer là tête à tête, et rien ne les empêche d'avoir ensemble les communications les plus intimes. Circonstance providentielle, comme on le verra.

Quand le temps le permettait, les prisonniers descendaient deux fois par jour, pour la promenade, dans le premier chemin de ronde. Ils s'y rencontrèrent pour la première fois le mardi, entre huit et neuf heures, pendant que les gens de service faisaient le ménage de leurs pauvres cellules. Ce que furent les épanchements de ces heures dont chacune pouvait être la dernière ; quelle douceur éprouvèrent à se retrouver, après une si longue séparation, ceux surtout qu'unissaient plus étroitement les liens de la fraternité religieuse, on le devine mieux qu'on ne saurait l'exprimer. Si l'*Ecce quam bonum* ne pouvait être chanté en pareil lieu, le sentiment auquel il répond n'en était pas moins dans tous les cœurs. Comme ils étaient unanimes, nos bien-aimés frères, dans l'acceptation généreuse du plus grand des sacrifices, et dans les vœux ardents qu'ils formaient pour la malheureuse patrie dont ils ne voulaient pas désespérer ! Il règne un merveilleux accord dans leurs paroles, pieusement recueillies par l'auteur des *Actes*. J'en veux citer quelques-unes, empruntées soit à leurs lettres écrites à Mazas, soit à ces mémorables entretiens de la Roquette où leur voix s'est fait entendre pour la dernière fois.

Au bruit du canon qui ébranlait sa cellule, le P. Olivaint écrivait : « Et cet affreux canon qui gronde sans cesse ; oh ! que cela me fait mal ! mais aussi que cela me porte à prier pour notre pauvre

pays! S'il ne fallait que donner ma misérable **vie**
pour mettre un terme à cela, que j'aurais vite fait
mon sacrifice ! »

Plus calme, le P. Caubert ne cessait de prier pour
la France et pour Paris, et il espérait un meilleur
avenir. « J'ai la conviction que l'on verra bientôt
tous les cœurs s'entendre et s'unir dans un même
esprit de concorde et de charité. » A un célèbre
avocat qui le visitait dans sa prison, il disait :
« C'est une bien grande épreuve pour le pays, et
qui le sauvera. » Et comme celui-ci exprimait ses
doutes à cet égard : « Quant à moi, ajoutait-il, je ne
doute pas, je suis sûr, je crois fermement que la
France sortira de là régénérée, plus chrétienne et
par conséquent plus forte qu'elle n'a jamais été. »

Le P. Clerc n'écrivait-il pas de son côté : « J'entrevois un rayon de lumière et j'espère de meilleurs
temps pour notre malheureuse patrie. »

Ibant gaudentes... C'est le premier mot qui s'est
échappé des lèvres du P. Ducoudray au moment de
son arrestation ; il l'a répété à la Conciergerie, et
cette joie de souffrir pour Jésus-Christ ne s'est jamais démentie. De sa cellule de Mazas, il écrivait :
« Dès le premier jour de mon arrivée ici, je me suis
tenu prêt à tous les sacrifices ; car, j'en ai la douce
et forte confiance, si Dieu fait de nous, prêtres et
religieux, des otages et des victimes, c'est bien *in*

odium fidei, in odium nominis Christi Jesu [1]. » On l'entendit répéter à la Roquette, le jour même de sa mort : « Si nous sommes fusillés, il est certain pour moi que ce sera en haine de la foi. A ce compte, le purgatoire ne sera pas long. » Le P. de Bengy disait sur le même sujet : « Dieu aime qu'on lui donne avec un cœur joyeux ; et, comme il n'y a pas de don plus considérable que celui de la vie, il faut le rendre parfait en le faisant avec joie. » Est-il besoin de rappeler les sentiments du P. Olivaint ? Depuis longues années déjà, il ne respirait que le martyre. Un jour, entendant prêcher sur les Martyrs japonais, il fut pris de transports inexprimables ; il lui sembla que sa poitrine s'ouvrait et qu'il en sortait des flots de sang. Pensant alors qu'il serait peut-être martyr, il ne se possédait plus de joie. On a entendu le P. Clerc : « J'ai demandé avec une grande instance que Notre-Seigneur m'appelât à un plus excellent témoignage de son nom... Il me semble que je peux tout en Celui qui me fortifie et qui m'accompagnera jusqu'à la mort. Le voudra-t-il ? Ce que je sais, c'est que, s'il ne le veut pas, j'en aurai un regret que la seule soumission à sa volonté pourra calmer. »

Ne nous étonnons plus lorsqu'un témoin oculaire

[1]. En haine de la foi, en haine de Jésus-Christ.

nous dit : « J'ai vu tous vos Pères et je leur ai parlé ; ils étaient calmes et souriants au soir de leur vie comme à l'aurore d'un beau jour. Le P. de Bengy n'avait rien perdu de son sang-froid et de sa gaîté ; le P. Caubert, de son recueillement suave et modeste ; le P. Clerc, de sa généreuse allégresse ; le P. Ducoudray, de sa virilité simple et digne ; le P. Olivaint, de sa vive énergie et de sa paix radieuse. »

Mais surtout songeons à l'Hôte divin qu'ils avaient reçu et qui était invisible au milieu d'eux. Chacun d'eux le portait sur son cœur. Là est le secret de leur force invincible et de leur inaltérable sérénité.

On sait qu'ils ne gardèrent pas pour eux seuls le don céleste. Ces journées furent pour tous les otages une admirable préparation à la mort ; les prêtres se confessaient les uns aux autres et entendaient les confessions des laïques ; laïques et prêtres, s'attendant à mourir d'un instant à l'autre, se tenaient prêts à paraître devant Dieu et à faire généreusement le sacrifice de leur vie.

Il était une âme entre toutes que l'infinie miséricorde avait plus particulièrement confiée au zèle et à la charité du P. Clerc, l'âme du président Bonjean, son voisin de cellule. Le président, à fort bon droit, ne passait pas pour ami des Jésuites, et son gallicanisne ultra-parlementaire avait fait quelque bruit dans les discussions du sénat. Mais il s'agissait bien de gallicanisme à pareil moment ! Vu de près, le Jésuite lui parut avant tout un prêtre, portant dans ses mains le pardon et pouvant prononcer, au nom de Jésus-Christ, les paroles de la vie éternelle. Au fond, ces deux âmes étaient faites pour s'entendre, car elles avaient l'une et l'autre, au suprême degré, la religion du devoir et n'admettaient aucune transaction en matière d'honneur.

Si le P. Clerc repoussait avec indignation l'idée d'un échange de prisonniers, entre Paris et Versailles, dont on voulait lui assurer le bénéfice, le président avait, lui aussi, de ces délicatesses magnanimes et il était vraiment victime de sa fidélité à ce qu'il regardait comme un des devoirs de sa charge. Absent de Paris au moment où la Commune s'en emparait sans coup férir, le courageux magistrat était aussitôt revenu à son poste, sans beaucoup d'espoir de servir la cause de l'ordre et sachant parfaitement à quoi il s'exposait[1]. Arrêté dès le 21 mars

---

1. M. Devienne, premier président de la cour de cassation, étant absent et malade, M. Bonjean, doyen des présidents de chambre, était devenu par le fait le chef de ce grand corps et le premier représentant de tout l'ordre judiciaire à Paris.

au sortir de son audience, il avait passé deux mois
entiers à Mazas, et, malgré son âge avancé (67 ans),
on le vit supporter sans faiblesse les rigueurs du régime cellulaire. Il avait été question, un moment,
d'une mise en liberté, sur parole, qui lui aurait
permis d'aller en Normandie passer quelques heures
auprès de Mme Bonjean. Sa seule crainte alors, à
lui et Mme Bonjean, ce fut qu'il ne lui arrivât de
manquer involontairement à la parole donnée, et la
noble femme lui écrivait : « Je partage à un tel
degré l'appréhension que quelque accident, indépendant de ta volonté, eût pu entraîner pour toi
quelque infraction involontaire à la promesse donnée par toi, que c'est à peine si j'ose souhaiter que
tu courres une si terrible chance. Mais combien la
noblesse d'un tel scrupule est comprise par peu de
monde ! »

Et comme une vertu ne va jamais seule, le président pardonnait de tout son cœur à ses ennemis,
et, dès les premiers jours de sa captivité, il signait
un écrit où nous lisons : — « Ne cherchez pas à
connaître les noms de ceux qui me retiennent ici
contre toute justice et toute raison; et surtout ne
cherchez jamais à en tirer aucune vengeance directe
ou indirecte. »

Enfin, nous citerons cet avis qu'il adressait à ses
enfants quatre jours avant sa mort : — « Que la

persécution que je souffre et la mort sanglante qui
d'un moment à l'autre peut terminer ma laborieuse
vie, ne soient pas pour vous une cause de découragement. Ne dites pas : A quoi a servi à notre père
ce long dévouement à tous les devoirs? Que n'a-t-il
fait comme tant d'autres qui, moins austères, moins
rigides, ont su se mettre à l'abri du danger et jouis-
sent maintenant d'une heureuse vieillesse? — Oh!
non, ne le dites pas, et n'en croyez pas ceux qui
vous tiennent un tel langage : car moi qui n'ai
jamais trompé personne, moi qui voudrais encore
moins tromper mes enfants en ce moment solennel,
je vous affirme que, si misérable que puisse être la
fin qui paraît m'être destinée, je ne voudrais à aucun prix avoir agi autrement que je ne l'ai fait.
C'est que le premier bien, mes chers enfants, c'est la
paix de la conscience; et que ce bien inestimable
ne peut exister que pour celui qui peut se dire : *J'ai
fait mon devoir.* »

Il le fit jusqu'au bout, non-seulement en magistrat intègre et en bon citoyen, mais encore en chrétien fidèle aux engagements de son baptême. Tant
de noblesse dut inspirer au P. Clerc une vive sympathie et nul doute qu'il sut se faire comprendre du
président, lorsqu'il eut à traiter avec lui du plus
grand et du plus saint de tous les devoirs. Leurs
entretiens, commencés à la fenêtre commune, se

prolongeaient au temps de la promenade, et les autres prisonniers respectaient une intimité dont ils devinaient assez la nature. Au reste, M. Bonjean ne s'en cachait pas, et nous nous en référons à son propre témoignage. « A la récréation du jour (23 mai), qui se prit à l'ordinaire dans le premier chemin de ronde, l'Archevêque fatigué d'avoir marché long temps, comme il n'y avait nulle part où s'asseoir, alla s'appuyer contre la rampe du petit escalier tournant qui monte au corridor du premier. Un de ses vicaires généraux et M. Bonjean vinrent à lui; ce dernier paraissait radieux : « Eh bien! Monseigneur, lui dit-il, moi le gallican, qui aurait jamais cru que je serais converti par un Jésuite! [1] »

Le P. Clerc venait de faire sa dernière conquête, de recueillir la dernière joie de son zèle sacerdotal.

Le soleil du 24 mai se leva splendide sur la ville qu'avait éclairée toute la nuit la flamme des grands incendies. Paris brûlait...; ses palais et ses monuments inondés de pétrole par la main des insurgés, nous apprenaient de quoi est capable la civilisation sans Dieu. Et à mesure que l'armée régulière gagnait du terrain, que le cercle de fer se resserrait autour de la Commune aux abois, la lutte, plus meurtrière et plus violente, se concentrait dans les arrondisse-

1. *Actes*, p. 170.

ments voisins de la Roquette. A deux pas de la prison, sur les hauteurs du Père-Lachaise, des batteries de grosses pièces ne cessaient de tonner et de vomir sur tous les quartiers une pluie de fer et de feu. Le P. Clerc dut se souvenir de ce qu'il avait dit : *L'heure de leurs plus mauvais conseils sera celle de leurs plus grands revers.* Dès le commencement de cette journée, lamentable pour notre infortunée patrie, mais pour lui si glorieuse, il se prépara au combat. Ne possédait-il pas dans sa prison Celui qui est la *Force des Martyrs?* Il se nourrit de sa chair sacrée, et sans doute attentif à ménager le trésor des saintes espèces, il put non-seulement prolonger son action de grâces, mais continuer son adoration pendant tout le jour.

Dans cette même matinée, le P. Olivaint porta la sainte Eucharistie à l'Archevêque de Paris, et le curé de la Madeleine la reçut de la main du P. de Bengy. Le jeune ecclésiastique qui avait pour voisin le P. Ducoudray, et qui lui a survécu, sut aussi d'une manière certaine qu'il portait sur sa poitrine le Saint-Sacrement et qu'il s'était communié lui-même dans sa cellule.

Les deux récréations d'usage eurent lieu comme la veille; elles furent graves sans le moindre doute, mais le cœur trouva encore à s'y dilater en respirant, dans cette réunion de frères, l'arome de la charité.

MM. Amodru et Lamazou, du clergé de Paris, ont fait connaître les sentiments de générosité et d'indulgence dont se montraient animés l'Archevêque et le curé de la Madeleine, qui ne s'attendaient pas encore à un dénouement si tragique, incapables qu'ils étaient de croire à tant de haine. Il ne nous est parvenu aucune parole recueillie à cette dernière heure de la bouche du P. Clerc; nous savons seulement qu'on remarqua ses fréquents tête-à-tête avec le président Bonjean et le respect vraiment filial qu'il témoignait à l'Archevêque en toute occasion. Désormais son histoire se confond avec celle des cinq otages qui subirent la mort en même temps que lui, et c'est à l'auteur des *Actes* de nous raconter comment cette journée s'acheva par l'immolation sanglante où notre généreux combattant cueillit avec tant de joie la palme du martyre.

« La Commune, retranchée alors dans la mairie du onzième arrondissement, n'avait plus de force que pour le crime; hélas! elle en avait trop encore! Elle ordonne d'urgence l'exécution en masse de tous les otages de la Roquette. A six heures du soir, à titre de représailles, plus de soixante prisonniers doivent être passés par les armes. A cette injonction extrême de désespérés qui n'ont plus rien à perdre, le greffier de la prison trouve moyen d'incidenter, sur le fond plutôt que sur la forme. On parlemente, et après quelques allées et venues entre la Roquette et la mairie du onzième arrondissement, la Commune consent à décimer seulement la soixantaine, à la condition expresse de désigner elle-même ses victimes préférées. A tout prix, elle veut des prêtres, ces hommes qui gênent le monde depuis dix-huit cents ans; et par une association étrange, M. le président Bonjean est porté sur la liste. Près de deux heures se passèrent dans ces redoutables négociations.

« Il était donc environ huit heures du soir. Tous les prisonniers se trouvaient dans leurs cellules, et il n'y avait plus à l'intérieur de conversations qu'avec le Ciel. Tout à coup on entend dans le lointain un bruit confus, de plus en plus distinct; des voix d'hommes et d'enfants, des clameurs et des rires encore plus féroces se mêlent au cliquetis des armes. C'étaient en effet les exécuteurs des hautes œuvres : pour six victimes, pas moins d'une cinquantaine de bourreaux, Vengeurs de la République et Garibaldiens, soldats de toutes armes et gardes nationaux de tout costume, y compris ces enfants terribles qu'on nomme les gamins de Paris. A leur tête marchait un homme blond, moustaches en brosse. « Citoyens, dit-il en s'adressant à sa troupe, vous savez combien il en manque des nôtres, six. Fusillez-en six ! » Le détachement pénètre dans ce corridor du premier, quatrième division, où se trouvent nos chers captifs, le parcourt dans toute sa longueur, et va se ranger à l'extrémité opposée, au haut de ce petit escalier tournant qui conduit au chemin de ronde. Au passage, chaque détenu avait reçu d'avance, par son guichet entr'ouvert, une insulte et une sentence de mort.

« Alors un personnage, faisant l'office de héraut, d'une voix retentissante, somme les prisonniers de se tenir prêts et que chacun ait à répondre à l'appel de son nom. Cela dit, la liste fatale à la main, il proclame aussitôt, avec la même qualification pour tous, et suivant l'ordre numérique des cellules, les six condamnés de la Commune. A mesure qu'un nom a été prononcé, une porte s'ouvre et une victime se livre. M. Bonjean, M. Deguerry, M. Clerc, M. Ducoudray, M. Allard et M. Darboy ont été successivement appelés.

« M. l'abbé Gard, le témoin ordinaire du P. Ducoudray dans sa cellule, ajoute ici un détail que je tiens à conserver : « Le mercredi soir, j'étais couché, quand on vint faire l'appel. Quand le P. Ducoudray fut nommé, il devait être en prière, et il n'entendit pas son nom ; il resta du moins une demi-minute et je dus l'avertir. Je l'entendis se mettre à genoux et sans doute il consomma les saintes espèces qu'il portait encore. Je lui demandai de m'en laisser une part, mais il me répondit : « Non, non. » D'où je compris que tout était consommé.

« Mais déjà tous les appelés sont présents : l'Archevêque et ses compagnons, précédés et suivis de l'affreuse escorte, passent et descendent un à un par l'escalier étroit et sombre, et au bas, se trouvent dans ce même chemin de ronde où tout à l'heure ils prenaient encore leur récréation.

« Les voilà donc enfin à la merci d'une impiété sauvage et de la plus brutale insolence. Un des officiers de cette ignoble troupe dut même intervenir, et, compatissant à sa manière : « Camarades, s'écriat-il, nous avons mieux à faire que de les injurier, c'est de les fusiller. C'est le mandat de la Commune. »

« Tel était l'arbitraire et le désarroi de ces temps que le lieu de l'exécution n'avait pas même été fixé. Toute place était bonne pour verser du sang. On fut donc au moment d'opérer à l'endroit même. Mais on avisa que c'était bien près de la prison, sous les fenêtres mêmes des prisonniers ; il y aurait là trop de témoins pour le crime. En effet, de toutes ces fenêtres, à tous les étages, l'œil plonge dans le premier chemin de ronde et les prisonniers restés dans leurs cellules assistaient d'en haut à cette scène de mort, entendaient tout, voyaient tout. Il fut décidé qu'on passerait dans le second chemin de ronde, où l'on serait à l'abri de deux hautes murailles. On se met en mouvement; un brigadier ouvre la marche, derrière lui s'avancent ceux qui vont mourir, ainsi groupés : Mgr l'Archevêque de Paris donne le bras à M. Bonjean; le P. Ducoudray et le P. Clerc accompagnent et soutiennent de chaque côté le vénérable curé de la Madeleine, chargé de ses quatre-vingts ans; vient enfin M. l'abbé Allard; puis, à l'entour et derrière, les hommes et les enfants armés, dans une espèce de désordre. Durant ce parcours, à une fenêtre du premier, un des prisonniers agita son mouchoir en signe d'adieu; le P. Ducoudray se retourna vers lui et le salua du geste. On le vit ensuite entr'ouvrir sa soutane, et porter la main à sa poitrine, pour indiquer sans doute qu'ils allaient être fusillés.

« A l'extrémité du premier chemin de ronde, il y eut un arrêt obligé, il fallut forcer la porte qui introduit dans le second. A partir de cet endroit, les victimes disparurent, et il ne resta plus que des témoins qui ne viendront pas déposer : les exécuteurs eux-mêmes. On sait seulement qu'on eut encore à parcourir ce second chemin de ronde dans toute sa longueur, en sens inverse du premier, jusqu'à l'angle sud-est. On rapporte aussi que le généreux P. Alexis Clerc, qui avait tant désiré rendre au nom de Jésus le plus excellent témoignage, celui du sang, ouvrit sa soutane et présenta son cœur pour accueillir la mort. On voit enfin, par les traces profondes des balles égarées, que les victimes ont dû être rangées sur une ligne, au pied de la haute muraille d'enceinte.

Cependant, dans les cellules de la prison, quelle anxieuse attente! A deux genoux, on priait, on écoutait, respirant à peine. On entendit un feu de peloton, puis quelques coups détachés, des cris de « Vive la Commune! » C'en était fait, il n'y avait plus de victimes, mais des martyrs!

. . . .

« Vers le milieu de la nuit, il se fit un grand bruit autour des prisonniers. Était-ce une nouvelle tentative d'invasion? Mais bientôt les grilles, aux extrémités du corridor, et les portes de toutes les avenues se refermèrent avec fracas, et l'on distingua ces paroles prononcées d'un ton de maître : « Si l'on revient encore, je défends d'ouvrir. » C'était seulement partie remise.

« Un peu plus tard enfin, il y eut un sourd roulement, le long du second chemin de ronde. On enlevait les six dépouilles sanglantes. Les corps jetés, plutôt que posés sur une petite voiture à bras, arrivèrent vers trois heures du matin au cimetière du Père-Lachaise ; et là, sans cercueil, sans cérémonie aucune, ils furent enfouis pêle-mêle dans la fosse

commune, à l'extrémité d'une longue tranchée ouverte à l'angle sud-est du cimetière, tout à fait contre le mur d'enceinte. »

Quand la hideuse Commune fut terrassée et que
nos troupes eurent occupé le cimetière du Père-
Lachaise, on s'empressa de rechercher les corps des
victimes ; on les découvrit sous un mètre cinquante
de terre détrempée par les pluies récentes, souillés
d'une boue sanglante et très-maltraités, mais encore parfaitement reconnaissables. Après qu'on les
eut mis dans des cercueils, la chapelle du cimetière
reçut provisoirement M. Bonjean et M. Allard ;
et tandis qu'une garde d'honneur accompagnait
Mgr l'Archevêque et M. Deguerry jusqu'au palais
de l'archevêché, les PP. Ducoudray et Clerc, es-
cortés aussi de soldats, étaient transportés à notre
maison de la rue de Sèvres et déposés à l'église,
dans la chapelle dédiée aux saints Martyrs japonais.
Ils y furent bientôt rejoints par les PP. Olivaint,
Caubert et de Bengy, massacrés le vendredi 26 mai,
avec plus de quarante autres otages, prêtres ou
soldats, dans la cour de la cité Vincennes, rue
Haxo.

Je passe sous silence les funérailles, célébrées le
mercredi 31 mai au milieu d'une émotion facile à

concevoir ; l'allocution adressée à la nombreuse assistance par le vénérable M. Hamon, curé de Saint-Sulpice, dont les lèvres tremblantes laissè- rent échapper le mot de *Martyrs ;* enfin les paroles si éloquentes, pleines de larmes, prononcées au ci- metière du Mont-Parnasse par M. le comte Eugène de Germiny, au nom de tous les élèves des PP. Oli- vaint et Ducoudray. Il faut lire cela dans les *Actes,* si on ne l'a déjà lu, et n'en rien perdre.

Aujourd'hui les corps de nos chères victimes re- posent dans la chapelle des Martyrs, sous le pavé du sanctuaire et sous les marches de l'autel ; un sentiment bien explicable n'ayant pu souffrir qu'ils restassent plus longtemps dans notre sépulture or- dinaire, sans aucune marque distinctive. Au moins les fidèles peuvent maintenant couvrir leurs tombes de couronnes et de fleurs nouvelles, sans compter que ce précieux voisinage remplit notre maison de la bonne odeur du sacrifice.

Cinq grandes dalles de marbre, ornées d'inscrip- tions en style des catacombes, indiquent la place occupée par chacun d'eux. Sur l'une des cinq, à l'extrémité de droite (côté de l'Épître), on lit :

HIC IACET IN PACE ☧

ALEXIVS CLERC

DOMO PARISIIS

PRESBYTER SOCIETATIS IESV

NATVS ANNOS LI MENSES V DIES XIII

LIBENS FVSO SANGVINE FIDEM SIGNAVIT

IX KAL. IVN. A. D. MDCCCLXXI

C'est-à-dire :

CI-GÎT EN LA PAIX DU CHRIST

ALEXIS CLERC

PARISIEN DE NAISSANCE

PRÊTRE DE LA COMPAGNIE DE JÉSUS

AGÉ DE LI ANS V MOIS XIII JOURS

DE BON GRÉ IL SIGNA LA FOI DE SON SANG

LE 24 MAI DE L'AN DU SEIGNEUR MDCCCLXXI.

Vraiment l'auteur de cette inscription a été bien inspiré et il a merveilleusement saisi le trait distinctif [1]. *Libens*, de bon gré, c'est bien cela ! Voyez-vous notre généreux martyr aller à la mort en ouvrant son vêtement pour recevoir les balles en pleine poitrine, et tout joyeux de rendre à Jésus-Christ, comme il l'avait tant souhaité, le plus excellent témoignage ?

1. Les cinq inscriptions sont l'œuvre du P. Victor de Buck, l'éminent bollandiste.

On avait déjà raconté cette belle mort et elle excitait l'admiration universelle ; grâce à Dieu, on saura désormais qu'elle a été le digne couronnement d'une vie non moins belle, cachée en Dieu avec Jésus-Christ. Un de ses amis n'avait-il pas dit longtemps à l'avance : « Clerc fera une mort magnifique ? » Tous ceux qui le voyaient d'un peu près pouvaient en soupçonner quelque chose ; mais aucun n'avait de lui cette connaissance intime que nous venons d'acquérir en le suivant pas à pas pendant environ une trentaine d'années. Depuis sa conversion, il a toujours marché par la route la plus droite, et les obstacles qu'il a surmontés n'étaient pas petits. Quelle victoire que celle de sa vocation ! Combattu à outrance par son propre père, il soutient ce rude assaut sans éclat et sans bruit, mais avec quelle générosité et quelle constance ! Nous avons déchiré le voile de sa vie religieuse : c'est le sacrifice en permanence. Partout on sent l'homme d'un grand cœur et d'une grande foi, qui va de l'avant, toutes voiles déployées, au large. Où ne va-t-on pas ainsi quand c'est l'Esprit-Saint qui enfle la voile ?

Il me semble que de sa tombe j'entends sortir ces paroles par lesquelles il nous exhorte à combattre à notre tour le bon combat : *Que Dieu vous donne à tous un cœur, afin que vous le serviez, et que vous*

*fassiez sa volonté avec un cœur grand et une vo-
lonté généreuse* [1].

Vous méditerez quelquefois, jeunes gens, vous
qu'il a tant aimés en Notre-Seigneur, sur les conseils qu'il donnait à ceux de votre âge et sur les
exemples qu'il nous laisse à tous. Jeune, il avait
touché l'écueil des passions, et ses écarts furent
probablement plus grands que les vôtres. Mais une
expiation surabondante avait fait de lui un homme
nouveau, et vous avez vu de quelles saintes ardeurs
il était dévoré. Quels qu'aient été les débuts de votre
vie, il est encore temps pour vous de faire un noble
emploi de vos forces; rien n'est perdu avec l'aide de
Dieu; et — je le dis pour d'autres que vous — les
ouvriers de la onzième heure peuvent eux-mêmes recevoir le salaire de la journée entière, pourvu qu'ils
rachètent par l'intensité du travail le temps dont ils
avaient été jusque-là follement prodigues.

Notre récit est terminé; cependant encore un
mot, qui trouve ici sa place naturelle et que le lecteur attend sans doute.

1. Et det vobis cor omnibus, ut colatis cum, et faciatis ejus
voluntatem, corde magno et animo volenti. II Machab. I, 3.

La piété publique, nous le disions à l'instant, a senti d'instinct que ces dépouilles déposées dans la chapelle des Martyrs, étaient elles-mêmes des dépouilles de martyrs. De là un courant tout spontané qui n'a cessé d'amener les fidèles à ce sanctuaire de bénédictions. Ce n'est pas encore le culte extérieur, que l'Église interdit tant qu'elle ne l'a pas autorisé ; mais c'est la vénération intime et privée, la prière du cœur qui ne monte même pas toujours jusqu'aux lèvres ; et il semble que le Ciel justifie une pareille confiance par des grâces extraordinaires, on peut dire miraculeuses

Non loin de là, une salle, ouverte au pieux visiteur, offre à ses regards le mobilier des cinq cellules occupées à Mazas par les otages ; le lit, la table, la chaise, rien n'y manque ; on y a joint certains objets à l'usage particulier de chacun d'eux, comme le bréviaire à demi brûlé du P. Olivaint et ses instruments de pénitence. Sur une table, à l'écart, on aperçoit des plaques de marbre dont les inscriptions attestent les vœux qu'on adresse aux victimes de la Roquette et de la rue Haxo et les faveurs obtenues.

Au reste, on peut lire, dans la dernière édition des *Actes* par le R. P. de Ponlevoy, le récit très-circonstancié de plusieurs guérisons dont il faut bien faire honneur à leur entremise, puisque la science se montre impuissante à les expliquer. Sur cinq de ces faits, d'un caractère plus marqué, le procès a été instruit selon toutes les formes canoniques, au sein d'une commission nommée par l'Ordinaire. Enfin, l'autorité compétente est saisie et sa décision attendue avec confiance. A Rome seule il appartient de prononcer dans la cause des serviteurs de Dieu.

Mais, sans rien préjuger à l'avance, ne peut-on pas déjà sourire à cet espoir qu'un jour viendra où l'Église placera sur les autels, avec ses quatre compagnons, Alexis Clerc, marin, jésuite et otage de la Commune, mis à mort en haine de la foi ?

Alors, la gloire de sa sainteté rejaillira sur les écoles catholiques et sur la marine française. La marine, qui a donné ce vaillant soldat à la Compagnie de Jésus et à l'Église, pourra, le revendiquant à bon droit, l'honorer comme un de ses modèles les plus sympathiques et de ses plus chers protecteurs.

FIN.

TABLE DES MATIÈRES.

FIN DE LA TABLE DES MATIÈRES.

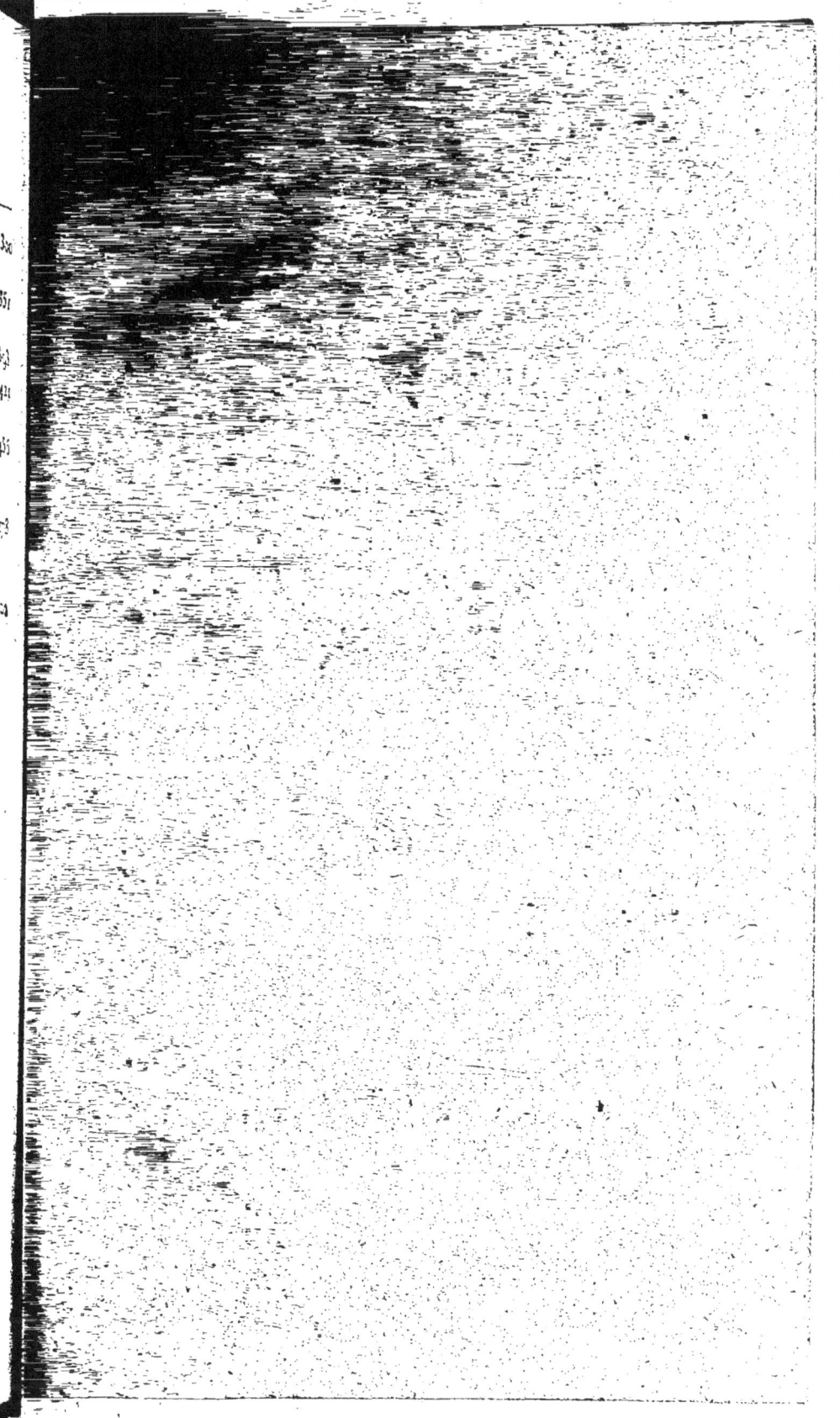

www.ingramcontent.com/pod-product-compliance
Lightning Source LLC
Chambersburg PA
CBHW070347030726
47504CB00001B/94